Catalogage avant publication de Bibliothèque et Archives nationales du Québec et Bibliothèque et Archives Canada

Porée-Kurrer, Philippe, 1954-

    Maria

    (Collection Second souffle)
    Édition originale : 1999.
    Suite de : La promise du lac.

    ISBN 978-2-89431-483-8

    I. Titre. II. Collection : Collection Second souffle.

PS8581.O743M37 2013   C843'.54   C2013-941338-3
PS9581.O743M37 2013

© **Les éditions JCL inc., 2013**
Édition originale : août 2013

Maria

Collection
Second
Souffle

Les éditions JCL inc.
930, rue Jacques-Cartier Est, Chicoutimi (Québec) G7H 7K9
Tél.: (418) 696-0536 – Téléc.: (418) 696-3132 – www.jcl.qc.ca
ISBN 978-2-89431-483-8

Cet ouvrage est aussi offert en version numérique.

PHILIPPE PORÉE-KURRER

Maria

Roman

LES ÉDITIONS JCL

Du même auteur :

ÉDITIONS ORIGINALES :

À l'est de minuit, roman, Éditions JCL, 2008, 282 p.

La Main gauche des ténèbres, roman, Éditions JCL, 2007, 408 p.

Maria, Roman, Éditions JCL, 1999, 368 p.

La Quête de Nathan Baker, roman, Éditions JCL, 1994, 536 p.

La Promise du Lac, roman, Éditions JCL, 1992, 512 p.

Le Retour de l'Orchidée, roman, Éditions JCL, 1990, 688 p.

Collection Second Souffle :

ÉDITIONS SEMI-POCHE :

La Promise du Lac, roman, Éditions JCL, 2013, 528 p.

Maria, roman, Éditions JCL, 2013, 384 p.

Nous reconnaissons l'aide financière du gouvernement du Canada par l'entremise du Fonds du livre du Canada pour nos activités d'édition. Nous bénéficions également du soutien de la SODEC et, enfin, nous tenons à remercier le Conseil des Arts du Canada pour l'aide accordée à notre programme de publication.

Gouvernement du Québec – Programme de crédit d'impôt pour l'édition de livres – Gestion SODEC

À la mémoire de Simonne Basnier.

Pour toi, mamie,
tu m'as tout donné sans attendre autre chose que
ce que je n'ai pas su te rendre.

PRÉFACE

À la fin de *La Promise du Lac* (1992), Maria Chapdelaine a suivi son mari Charlemagne Saint-Pierre, fils de Blanche-Aimée, la patiente qu'elle a soignée en tant que bénévole à l'Hôtel-Dieu de Chicoutimi. Après un bref séjour à Val-Jalbert, les époux se sont établis au nord du lac Saint-Jean, dans les environs de Saint-Eugène, où Maria, peu après son arrivée, a donné naissance à des jumelles qui porteront les prénoms de celle qui est devenue sa belle-mère, Blanche et Aimée.

Au début de *Maria*, la suite publiée en 1999, elle a déjà mis au monde un fils, Abel, et, enceinte de six mois, elle attend impatiemment le retour de Charlemagne du chantier où il est allé gagner l'argent nécessaire pour améliorer sa ferme ou ce qui en tient lieu. Mais ce retour ne se produira pas comme elle l'espère et elle accouchera dans les douleurs, au bout du monde, d'une autre fille, Charlotte, en l'absence de son mari, qui a été forcé de s'enrôler comme volontaire pour aller défendre son pays en guerre contre l'Allemagne. Car, à peine est-il revenu à la civilisation à la fin du printemps 1914 que, surpris par un violent orage, il se voit contraint de se réfugier dans une taverne de Chicoutimi pour échapper aux éléments déchaînés. Une altercation éclate entre clients et il assomme involontairement un policier accouru sur les lieux pour rétablir l'ordre. Ce geste irréfléchi le conduit en cour municipale où le juge lui donne le choix de la sentence;

ou il accepte un séjour de six mois en prison, ou il rejoint sur-le-champ l'armée et le Vieux Continent, sans revoir son épouse qu'il prévient par lettre.

Celle-ci est donc condamnée à s'organiser seule sur la nouvelle terre à peine défrichée. Elle tient tête à son père Samuel qui voudrait bien qu'elle vienne s'installer à Péribonka, car Pâquerette, sa nouvelle épouse, n'a pu contrer l'effritement de la famille; l'un des fils est installé sur une ferme à Normandin, un autre est devenu fermier dans l'Ouest, un troisième a choisi le même métier, mais en Ontario, alors que le quatrième travaille comme journalier dans une usine de la compagnie Ford, à Detroit. Maria n'est toutefois pas seule, car la cadette, Alma-Rose, la rejoint pour s'occuper des relevailles, attirant dans son sillage un marchand de tissu roumain de religion juive dont elle tombe amoureuse, au grand dam de son père et de sa sœur. Bientôt, de nouveaux voisins, un couple de jeunes mariés du Bas-du-Fleuve, viennent s'installer sur un lot limitrophe, ce qui agrémente quelque peu la vie de la petite famille Saint-Pierre; il s'agit de Thomas Jolycœur, venu de Rivière-du-Loup, et d'Aude Gosselin, de Cacouna.

Ponctuent le quotidien difficile et éreintant des rares habitants de ce coin de pays des lettres de Charlemagne, depuis les champs de bataille en France, qui renseignent lecteurs et lectrices sur le conflit qui sévit en Europe et surtout sur les conditions vraiment inhumaines dans lesquelles sont tenus les soldats dans les tranchées insalubres qu'ils ont dû creuser à la hâte pour se protéger des envahisseurs allemands.

Cette absence prolongée de Charlemagne du foyer familial perturbe non seulement les conditions de vie de part et d'autre de l'océan, mais chavire aussi les cœurs exposés aux égarements, surtout dans le cas du brave père de famille, séparé des siens pendant quatre longues années. Démobilisé, Charlemagne ne parviendra pas, malgré sa bonne volonté, à retrouver la paix, ce qui dérange évidemment Maria, incapable de l'empêcher de boire et de ruiner ainsi sa santé physique et mentale.

Une fois de plus, Philippe Porée-Kurrer réussit, avec *Maria*, à prouver son indéniable talent de conteur et à montrer qu'il est un fin observateur de la nature et de son environnement. Cela dans une langue toujours juste, qui sait traduire non sans réalisme le quotidien des gens qui n'ont pas eu la chance de fréquenter les grandes écoles. Comme Louis Hémon, son compatriote devenu son maître pour ce projet, il est attiré par les vastes espaces du territoire américain et par les beautés de la nature, une nature exigeante et combien difficile à apprivoiser, comme l'a déjà laissé entendre la mère Chapdelaine, qui souhaitait admirer « un beau morceau de terre planche dans une vieille paroisse, [un] terrain sans souche ni creux ». Cette nature, dans toute sa simplicité et dans toute sa sauvagerie primitive, accède chez Porée-Kurrer, comme chez Hémon, au statut de personnage.

Il est certes quelque peu surprenant de voir Maria, qui a tant hésité à rester au pays, dans l'œuvre maîtresse, accepter d'accompagner son Charlemagne le conquérant au fin fond de la région du Lac-Saint-Jean, dans un coin de pays encore vierge, sans chemin ni services publics, et de revivre sans protestation aucune les mêmes privations, les mêmes difficultés qu'elle voulait pourtant fuir.

Si, dans *La Promise du Lac*, elle semblait attirée par une certaine modernité, dans *Maria*, du moins jusqu'à la fin ou presque, elle paraît se contenter, non sans une grande générosité et un immense don de soi, voire une certaine abnégation, d'un destin encore plus difficile après la disparition de Thomas, son voisin, mort comme tant d'autres de la grippe espagnole, et le retour de Charlemagne, qui n'est plus celui qu'elle a connu à Hébertville dans le roman précédent. Elle lui en fera la remarque lors de son voyage à Québec, une sorte de voyage de noces en retard au cours duquel elle découvre la vie luxueuse du Château Frontenac. C'est d'ailleurs là qu'elle rencontre un double de François Paradis, sinon de Louis Hémon lui-même, sans que l'on connaisse finalement les conséquences de cette aventure.

À la fin du roman, l'héroïne a certes évolué. Mais cette évolution, à l'époque où se déroule l'intrigue, aurait choqué les élites bien pensantes, et sans doute aussi bon nombre de gens du peuple, du moins ceux et celles qui acceptaient docilement de se soumettre aux enseignements d'une Église toute-puissante.

Dans *La Promise du Lac*, Porée-Kurrer a rappelé, par exemple, les ravages de la tuberculose, une maladie qui a décimé la population un peu partout dans le monde avant l'apparition du vaccin BCG (Bacille Calmette et Guérin), qui ne sera disponible qu'en 1921, et encore à une petite échelle. Dans *Maria*, il évoque la terrible épidémie de grippe espagnole, responsable à elle seule de milliers de morts. S'il s'attarde, dans le premier roman, aux débuts de Val-Jalbert, il ne peut passer sous silence les nombreux conflits qui ont opposé les riches dirigeants aux pauvres ouvriers et manœuvres francophones, à la merci de ceux qui leur apportaient le nécessaire pour survivre, mais dans des conditions souvent difficiles qui les privaient de liberté. S'il ne condamne pas explicitement l'exploitation des plus démunis, il ne l'approuve pas non plus, loin de là. Cette opposition des classes sociales, on la retrouve dans *Maria* entre anglophones et francophones. Le gouvernement central impose la conscription et oblige ainsi les Canadiens français, qui ont pourtant majoritairement voté contre, à s'enrôler pour aller défendre un pays qui les a abandonnés et à recevoir leurs ordres dans une autre langue, comme le déplore Charlemagne, victime d'un juge intransigeant et d'une justice quelque peu bancale. Ce sera finalement Maria qui devra payer les pots cassés, elle qui a déjà été victime d'un curé pour avoir voulu défendre la réputation, l'intégrité de François Paradis, toujours présent dans son cœur.

Aurélien Boivin
Professeur de littérature québécoise
Département des littératures
Université Laval (Québec)

I

Le silence! Il emplit tout et contient tout : les tumultes, les clameurs et les chuchotements. Il court sur la terre comme le vent. Il parle. Il dit ce qui a été et suggère ce qui sera. De tous les confins du continent, il se fait messager des solitudes qui pressentent le vacarme à venir. Il est là, dans la clairière enneigée, et tout semble en attente.

Ce calme absolu est assourdissant, et Maria secoue soudain la tête comme pour échapper à quelque hypnotisme.

« Les enfants! se dit-elle. Qu'est-ce qu'ils fabriquent? »

Ce silence épais au cœur de la journée est anormal. Du lever au coucher, il y a comme un accord tacite qui implique que d'un lieu ou d'un autre, quelque chose ou quelqu'un doit lui faire obstacle.

Elle se précipite à la fenêtre sous laquelle, à l'extérieur, Charlemagne a installé un petit parc de bois afin que les enfants puissent prendre l'air une heure ou deux par jour, selon la température. Blanche et Aimée sont bien là avec leur frère Abel, mais… une onde de feu inonde les entrailles de Maria.

Encapuchonnés, assis sur leur derrière dans la neige, les enfants fixent sans crainte l'ours noir efflanqué qui, de l'autre côté de la pauvre clôture de bois, les observe avec tout autant d'intensité.

Plus encore que le danger prévisible, c'est le regard de l'animal qui terrifie Maria. Un regard vide et brillant où elle ne peut que lire la faim dans sa plus terrible simplicité.

Elle serait bien incapable de dire comment elle est arrivée dehors. Elle était derrière la fenêtre, à présent elle se précipite dans la neige, les bras tendus vers le ciel, dans une attitude tout droit surgie du fond des âges propre à inspirer la crainte.

— Va-t'en! Va-t'en, sale bête! hurle-t-elle.

Comme s'ils n'avaient attendu que cette intervention pour réaliser le danger, les trois enfants se mettent à hurler en chœur. Pointé par leurs petites mitaines, l'ours ne semble pas du tout ébranlé. Il grogne et balance la tête de droite à gauche.

Sans réfléchir, Maria attrape au passage la pelle de bois qui sert à déblayer l'entrée et la projette vers l'animal. L'ours ne paraît pas sentir le choc, mais il est visible à présent que quelque chose le dérange. Quelque chose qu'il ne comprend pas.

Toujours en criant, Maria s'élance dans une direction opposée. Il faut qu'elle l'attire loin du petit parc! L'ours est indécis. Il oscille dans un sens, puis dans l'autre. Pas suffisamment pour Maria qui soudain revient vers lui en hurlant d'une voix dont le timbre à lui seul coupe le cri aux enfants.

— Sapre ton camp ou j'te tue! Tu m'as-ti compris! J'te tue!

Il y a une menace. L'animal ne peut savoir qu'elle est pratiquement nulle et réagit surtout par atavisme. Il a comme un regard de désappointement en direction des enfants, se dresse sur ses membres postérieurs, fait demi-tour, retombe sur ses quatre pattes, puis trotte lestement vers la lisière sombre du bois encore tout proche.

Il était temps! Quelques secondes de plus et Maria se serait jetée contre lui dans une tentative désespérée. Sans attendre de le voir disparaître, elle ouvre la petite barrière du parc, attrape Abel qui est encore lent sur ses jambes, ordonne aux jumelles de la suivre et elle se précipite à l'intérieur de la maison de laquelle elle referme la porte avec violence.

Ses nerfs l'abandonnent. Ses jambes ne veulent plus la porter et elle doit s'appuyer sur la table pour atteindre une chaise où elle se laisse tomber plus qu'elle ne s'assied.

— Mon doux Seigneur! Mon doux Seigneur! C'est-ti possible…

Un instant, Maria étire ses lèvres comme pour rire, mais aussitôt elles s'agitent dans un tremblement incontrôlable. Alors, elle se penche vers la table pour cacher son visage au creux de son bras. Geste inutile, elle ne parvient pas à dissimuler le tressautement de ses épaules à ses fillettes qui s'entre-regardent sans que leurs quatre ans leur permettent de bien comprendre ce qui secoue ainsi leur mère.

— Tu pleures-ti? demande Blanche qui se distingue de sa sœur par une attitude plus réfléchie.

Au bout d'un moment, se redressant sans se détourner, Maria secoue la tête pour dire non.

«Mais pourquoi j'ai pas écouté Charlemagne! se reproche-t-elle. Pour ce qu'on en a, j'aurais pu vendre les bêtes et on aurait passé l'hiver tranquille à Mistassini, au milieu du monde. C'est stupide d'avoir cru que je pouvais rester icitte toute seule sur la terre pendant qu'il était au chantier. Et puis pour quoi c'est faire qu'il faut absolument qu'il travaille à c'te maudit chantier-là? Pourquoi donc qu'on peut pas vivre comme du monde avec tout l'ouvrage qu'on donne à la terre? Un ours! Un ours à ras les enfants! Ils auraient pu se faire manger tout rond… C'est quoi l'affaire de vivre de même? Ça n'a pas de bon sens!»

En réalité, elle n'est pas vraiment seule aux alentours, et c'est parce qu'au début du printemps passé Rosaire et Ninon Caouette sont venus s'installer à moins d'un mille que Charlemagne a accepté qu'elle passe l'hiver ici avec les enfants. Rosaire est un neveu d'Alphège Caouette, et de ce fait un peu de la famille puisque Yvonne, la fille de ce dernier, est devenue la femme d'Esdras.

«Si jamais y se passe de quoi, vous pourrez toujours vous lâcher un siffle les uns aux autres», a dit Charlemagne d'un ton qui se voulait léger avant de partir bûcher pour Murdoch, à la rivière du Moulin. Cependant, le ton ne parvenait pas à dissimuler le souci au fond du regard.

Maria s'essuie furtivement les joues et regarde ses enfants. Brunes et délicates, un peu comme l'était leur grand-mère paternelle, les jumelles sont semblables, et ce n'est que l'expression physique de leur caractère bien différent qui permet de les distinguer. Abel, lui, ressemble de façon frappante à son grand-père Chapdelaine. C'en est même parfois étrange.

À s'imaginer que, par quelque tour de magie, Samuel Chapdelaine est redevenu un enfant de deux ans.

— En tout cas, dit-elle sur ce ton de monologue dont elle a développé l'habitude, il y a toujours bien une affaire qui est sûre, c'est que c't'ours-là, il a dû se réveiller parce qu'il a senti que le printemps s'en venait. Ça, les enfants, ça veut dire que votre père va s'en revenir dans pas longtemps. Pis je vous le dis, l'hiver prochain je le laisserai pas s'en retourner au chantier. Pas une minute! Pantoute! Ça, non! On mangera peut-être ben plus sec, c'est possible, mais il va rester icitte!

Le poêle dispense une bonne chaleur, et elle se penche pour ôter leurs manteaux.

— Maman a fait peur à la grosse bête, déclare Aimée.

— C'était un ours, Aimée.

— C'est-ti méchant un ours? demande Blanche.

— C'est pas méchant, mais c'est très dangereux. Très dangereux. Pour les ours, quand ils ont faim, on est rien que du manger.

— Ils sont méchants, alors!

— Non, Blanche. Pour être méchant, il faut vouloir faire du mal. Les ours, eux, ils veulent pas faire de mal, ils veulent juste manger. Comme nous on mange du bœuf ou du poulet. On les tue pour les manger, pas pour être méchant.

Elle s'interrompt. Seigneur! que va-t-elle raconter à des fillettes de quatre ans! Elle se reproche la crainte qu'elle voit passer dans leurs yeux. Peut-être à cause de la solitude, elle leur dit tout ce qu'elle pense et parfois, comme maintenant, sans doute dépasse-t-elle ce que leurs jeunes esprits peuvent comprendre. Comme cela lui arrive dans ces moments-là, elle se demande si autrefois sa mère leur racontait aussi tout ce qui lui passait par la tête lorsque son mari restait durant tout l'hiver dans les chantiers.

La douleur d'imaginer que ses enfants puissent avoir été… lui traverse l'esprit, et ses yeux se plissent.

« Et tout ça pour une maison plus grande! se dit-elle en regardant autour d'elle. Est-ce qu'on serait plus heureux? Ça m'est ben égal, moi, de vivre encore quelques années dans la cabane si Charlemagne reste icitte pis qu'il peut s'occuper des ours qui viennent rôder. Ça donne quoi de donner tout son bon temps pour des piastres et une maison qui sert juste à se faire accroire qu'on est pas pire que les autres?»

Mieux isolée, agrandie, pourvue d'un double plancher et d'une porte plus étanche, pour le reste, la cabane n'a guère vraiment changé depuis qu'ils s'y sont installés après avoir quitté Ouiatchouan. Charlemagne voulait construire une vraie maison avec des planches, mais il a fallu essoucher, semer, sarcler, essoucher encore et le temps a manqué. C'est pour ça que cet hiver il est monté au chantier. Il a calculé qu'il pouvait gagner assez pour entretenir un engagé durant l'été et ainsi avoir du temps pour bâtir une «vraie maison».

Un pincement au bas-ventre arrache une nouvelle grimace à Maria. Elle regarde sa bedaine ronde de six mois et se demande si l'enfant qu'elle porte a ressenti la même frayeur qu'elle.

— Ton père va s'en revenir bientôt, dit-elle en direction de son ventre; tout va redevenir comme avant.

Mais ses deux derniers mots résonnent dans sa tête comme un écho. «Comme avant… Si j'ai bonne mémoire, on a passé tout cet avant-là à faire des projets pour le futur. Comme si on se disait qu'on sera heureux quand on aura ce qui faut pour l'être. Mais peut-être ben que ça marche pas de même, le bonheur? Le bonheur, c'est quand on est ensemble et qu'on est bien sans penser à ce qu'on pourrait avoir demain ou un autre jour… Reviens-t'en, Charlemagne! J'ai besoin de toi, et pas juste à cause des ours; je m'ennuie!»

Puis elle se repent de se plaindre ainsi de la solitude alors que les enfants sont là autour d'elle et qu'ils la regardent de leurs grands yeux, sans vraiment réaliser à quoi ils viennent d'échapper.

***

Les hommes redescendent du chantier. Des rires et des

éclats de voix tentent de dissimuler la désorientation qu'il y a à quitter un endroit où, depuis cinq ou six mois, on a des habitudes bien précises. C'est le moment qu'ils attendaient depuis le début. Ils y ont tous pensé chaque jour. Enfin, c'est presque le moment; le vrai, celui qu'ils attendent, celui qu'ils ont imaginé chaque soir avant de sombrer dans le sommeil, celui-là est au terme du retour, lorsqu'ils auront franchi le dernier détour du chemin et que, comme prévenue par un de ces pressentiments propres aux femmes, celle qu'ils vont retrouver aura déjà ouvert la porte et, debout dans sa belle robe, les bras croisés sur la poitrine, le visage tout illuminé de ce sourire qui les fait se sentir comme des petits garçons, elle leur dira que l'hiver a été ben long.

Mais ils savent aussi qu'un homme ne doit pas montrer ses sentiments, aussi ils préparent des réponses du genre : « Y a fait frette en maudit, mais ça a pas été si pire… Pis toi, comment ça s'est passé avec les jeunes? Y ont pas été mal-commodes, au moins? »

Accompagnant une vague de redoux inhabituelle pour cette époque, il a beaucoup plu ces derniers jours, et il ne reste que quelques plaques de neige brunie au fond des coulées. De vastes nuées d'un violet presque noir courent depuis l'horizon.

— M'étonnerait point qu'un orage nous tombe sur le dos, dit Denis Boivin à Charlemagne. C'est pas normal pantoute c'te température à ce moment-ci de l'année.

— T'as raison, ça me dit rien de faire tout le chemin d'icitte à chez nous dans du linge mouillé.

— Ouais! rigole Boivin, c'est pas le moment d'arriver à la maison avec la fourche irritée comme un jeune encore aux couches…

— Non, c'est pas le temps…

Charlemagne n'a pu s'empêcher de penser que dans le cas de son compagnon de route, une fois trempé, il y aurait surtout un problème d'odeur. Denis Boivin est réfractaire à toute forme de toilette. Il prétend que ça affaiblit et que c'est juste bon pour les femmes qui, elles, toujours selon ses dires, n'auraient pas besoin de forcer.

Ils font la route ensemble parce que Boivin a monté son cheval au chantier et qu'il demeure à moins d'une heure de chez Samuel Chapdelaine. Charlemagne doit passer la nuit chez son beau-père avant de repartir en compagnie d'Alma-Rose. Il est prévu depuis l'automne qu'elle doive rester avec eux pour aider Maria dans ses dernières semaines de grossesse, puis pour la relever après l'accouchement.

Ils entrent dans les premières rues de Chicoutimi lorsque la foudre les surprend et que, glacées, les premières gouttes s'écrasent. Charlemagne n'y prend pas garde; après tous ces mois sur le chantier, il a l'impression de sortir d'un rêve agaçant sans cesse répété et d'émerger dans la «vraie vie».

Des gens se hâtent dans la rue boueuse, pressés de trouver un abri. L'un d'eux porte un costume de ville marron et son seul souci semble être celui d'éviter d'enfoncer trop profondément ses souliers reluisants dans la boue. Charlemagne le suit du regard en se demandant comment on peut faire pour gagner sa vie à ne manier que des chiffres ou des mots. On ne peut rien faire de pratique qui serve au monde avec ça! Et, en plus, ces gens-là peuvent rester avec leur famille toute l'année!

Comme s'il ne voyait d'autre consolation à ces réflexions qu'en fait il ignore, Denis Boivin désigne l'enseigne d'une taverne devant laquelle sont déjà attachées plusieurs voitures.

— Et si on allait se prendre une 'tite ponce le temps que ça passe? On a ben mérité ça…

Charlemagne hésite; il n'aime pas l'idée d'entrer dans une taverne avec toute la paie de la saison dans sa poche. Non pas qu'il ait l'intention ou la crainte de la boire, mais par simple respect de ce que ça représente, aussi bien pour lui que pour Maria. D'un autre côté, il est net qu'il va tomber des cordes d'un instant à l'autre; et puis, comment dire non à quelqu'un qui vous voyage?

— Alors juste le temps que ça passe, dit-il en désignant le ciel.

— Ben certain! Je me vois pas rentrer chez nous les poches vides. Ça serait dur à expliquer…

À l'intérieur, ils retrouvent plusieurs hommes du chantier et l'agitation doit être inhabituelle pour cette heure de l'après-midi. Des exclamations les accueillent, comme s'ils ne s'étaient pas vus depuis des lustres.

— Saint-Pierre! Boivin! Ben cré maudit! Venez-vous-en avec nous autres! Un petit verre avant de retrouver la maison pis les casse-tête, ça peut pas faire de mal. Ça te remonte le Canayen!

Graveleuse, une voix ajoute:

— Eille! Boivin, à t'entendre te polir le shaft à chaque mitan de la nuit, j'pensais ben que tu serais rentré direct à la maison…

— Parle pour toé, Goyette, on créyait tous que tu continuais à te pratiquer au sciotte sous les couvertes…

Charlemagne sourit poliment. Il devrait avoir l'habitude de ces échanges, mais il ne s'y fait pas. Et les autres doivent le deviner, car jamais personne ne lui adresse ce genre de galvaudages.

Enfin pas jusqu'à présent, car un inconnu, visiblement éméché, le fixe d'un œil compère.

— Toé aussi, t'as passé l'hiver au chantier? demande-t-il.

— Faut ben vivre…

— T'es-tu marié?

— Et père de famille.

— Comment ça se fait que t'es pas déjà rendu à maison pour pogner les fesses de ta moitié? Les créatures, faut pas les laisser trop longtemps sans leur chauffer le derrière, sinon a s'en vont voir ailleurs. Je connais ça, moé…

Charlemagne a le cœur qui bat trop vite. Il voudrait écraser son poing sur le nez de ce mauvais parleur. Il se contente de rétorquer:

— Y en a qui mettent trop facilement tous leurs manquements sur la croupe des femmes…

L'inconnu détaille un instant la corpulence de Charlemagne, mais ne semble pas s'en tracasser.

— Tu veux-tu dire que j'aurais pas été correct avec elle? C'est-tu ça que tu veux dire?

— Prends-le comme tu voudras. Ce que j'ai dit, c'est que trop souvent, quand un homme est trop porté sur la boisson ou sur la croupe des autres femmes, pis qu'à cause de ça les affaires vont mal à la maison, ben c't'homme-là, il est souvent porté à mettre toute la faute sur le prétendu feu au derrière de celle à qui il a fait des belles promesses devant le curé, le ciel et toute la parenté.

L'inconnu se tourne vers les autres comme s'il les prenait à témoin.

— Moé, c'est pas des menteries que je vous conte là, j'ai connu une délurée qu'avait l'habitude de dire que les grands et forts, au lit, c'était pas vargeux… Y paraîtrait que tout ce qu'ils ont dans les mossels, ils l'ont pas ailleurs… Pis, à ce qu'on dit, y paraîtrait pareillement qu'ils aiment pas trop qu'on cause de la croupe des femmes par rapport que ça leur rappelle qu'eux autres y sont pas capables d'y mettre le feu…

Malgré lui, Charlemagne serre les poings. Il a le sentiment que chaque parole de cet homme salit tout ce qu'il ressent pour Maria. Il craint de ne pouvoir se contrôler.

— J'en ai assez entendu! lance-t-il à Denis Boivin. Je préfère encore me faire mouiller que de rester icitte à écouter des sornettes de soûlon.

— Batince! Charlemagne. T'as-ti vu ce qui tombe! Une pluie de même, ça peut pas durer ben longtemps, on va repartir aussitôt après.

L'œil de l'inconnu s'allume d'une flamme narquoise.

— Moé, dit-il, j'aime pas mal mieux être soûlon qu'avoir des cornes tout le tour du front…

Charlemagne blêmit.

— Tu veux-tu dire que…?

— Rien! Je veux rien dire pantoute! Je faisais juste me rappeler que j'aime mieux prendre un petit verre tranquille que d'me sentir obligé de rentrer au trot à maison pour surveiller si la bonne femme se fait pas aller le bénitier du diable autour de la pissenaille à Tit-pite-fourre-vite…

Un verre rempli d'un liquide ambré est posé devant Charlemagne.

— Du rhum des îles, c'est ma tournée, annonce Boivin. Écoute pas ce qu'y raconte, y est chaud. On sait plus ce qu'on dit quand qu'on est chaud.

Charlemagne prend une grande respiration, referme sa main sur le verre, regarde l'inconnu bien en face et, sur un ton qui cherche visiblement à se contenir, lui demande :

— On se connaît pas, pourquoi tu viens me péter d'la broue comme ça en pleine face?

— Pour rire! Je veux juste rigoler, crime! On est là pour ça, non?

Charlemagne s'apprête à dire qu'il n'est rentré que pour s'abriter de la pluie et que les grossièretés ne l'amusent pas, mais il se rend compte que ce serait parler dans le vide et surtout, avec surprise, que tous les autres se rangeraient implicitement derrière l'inconnu. Ce n'est pas la première fois qu'il se demande pourquoi, entre eux, les hommes sont solidaires lorsqu'il s'agit de décrier les femmes. De se poser la question le calme vis-à-vis de l'inconnu, et c'est presque machinalement qu'il porte le verre à ses lèvres. Il est un peu surpris par la douce chaleur qui lui envahit la bouche. Il se rappelle qu'il n'a jamais grimacé devant un verre de rhum des îles.

— Fait du bien, pas vrai? dit l'inconnu.

Presque à contrecœur, Charlemagne a un mouvement de tête qui admet.

— Allez, poursuit l'homme, c'est à mon tour de te payer la traite. Je vois ben que j'ai dit des affaires qui t'ont choqué. De même on sera quittes…

— J'ai plus soif, merci.

— Cré torrieu! dis-moé pas que tu refuses le verre de l'amitié?

Charlemagne se rend compte qu'en effet ce serait goujat. Après tout, pourquoi lui en veut-il à cet homme? Il a le droit de dire ce qu'il pense. Et puis sans doute aussi y a-t-il des hommes qui tombent sur des femmes qui ne ressemblent pas du tout à Maria. Peut-être que celui-là en est un. C'est peut-être aussi pour ça qu'il s'est mis à la boisson.

— Alors, juste un verre, dit-il. J'ai pas mal de chemin à faire...

— Tu restes dans quel bout? demande l'homme qui soudain paraît s'intéresser à lui comme on le fait pour un ami.

— En haut de Mistassini.

— Ouais, t'as raison, ça fait une trotte. Tu pourras pas te rendre aujourd'hui, certain. Chus déjà passé par Mistassini, c'est quasiment le bout du monde...

— Ben je reste encore plus loin...

— T'es installé sur une terre?

— En plein ça.

L'autre secoue la tête et regarde son verre, comme s'il était tout à coup compatissant.

— Ça me fait mal au cœur de voir toute une génération se donner de la misère de même pour rien. Y en a qui vont se faire tirer comme des lièvres, là-bas dans les vieux pays, tout ça parce que l'Allemagne veut être plus grande pis que l'Angleterre et la France veulent pas; pis y en a d'autres qui s'usent les forces à travailler une terre qui donnera jamais rien de mieux que de la misère, encore de la misère et toujours de la misère. Qu'est-ce que tu peux attendre d'autre d'une place ioù c'qu'il neige sept mois par année, pis quand c'est pas la neige, c'est les mouches qui agacent les bêtes à la journée longue, au point qu'elles profitent pas aussi bien qu'ailleurs. Non, c'est pas parce qu'on se sera donné de la misère pendant cent ans que les hivers seront plus courts, et les mouches, moins chiennes.

— Moi, je sais que je peux me faire une place où il fera bon vivre.

— Qu'est-ce tu crois que tu vas faire de ta terre; tu crois-tu qu'un jour elle va se mettre à produire du lait et du miel comme la Terre promise de la Bible? Pantoute!

La conversation s'anime. Charlemagne défend son point de vue, tout comme l'inconnu le sien. C'est presque sans y penser qu'il accepte un troisième verre. Tout au plus se dit-il qu'au fond ce n'est pas si désagréable que ça d'être ici en train de jaser de choses qui ont leur importance.

Les propos sont revenus à la guerre qui se déroule, là-bas, en Europe. Il y en a un qui est d'avis qu'il n'y a pas le choix, qu'il faut aller défendre les «vraies valeurs»; tous les autres pensent qu'il n'y a qu'à laisser les «vieux pays» se débrouiller entre eux et qu'il n'y a aucune raison d'aller mourir à Ypres ou ailleurs pour faire le jeu des «grosses poches». Il y a unanimité cependant sur l'idée que le gouvernement n'a aucun droit et n'aura de ce fait jamais l'audace de décréter une conscription.

Sur quoi, l'inconnu, qui ne l'est plus puisqu'il a dit se nommer Jean Mailloux, en est revenu aux femmes qui, s'il y avait néanmoins un jour la conscription, allaient «pouvoir courailler à droite et à gauche dès que leurs hommes seraient partis à l'autre bout du monde».

— A sont de même, on peut rien y faire, conclut-il comme avec regrets.

— Pas la mienne! affirme Charlemagne dont l'imagination qui s'emballe lui fait se dire qu'il n'aurait peut-être pas dû reprendre un autre verre.

— Et pourquoi la tienne moins que les autres? demande Jean Mailloux. Qu'est-ce qu'elle a que les autres ont pas?

— Les femmes sont pas toutes comme tu le dis, Mailloux. Il y en a qui sont un peu chaudes de la pince, tout le monde sait ça, comme y a des hommes qui sont toujours à courir la guedoune, mais ça veut pas dire qu'elles sont toutes de même, au contraire!

— Ben moé, aussi vrai que je m'appelle Jean, je dis que c'est toutes des Jésabel, la tienne comme les autres. Amènes-y le mâle qu'y faut et, serment d'Église ou pas, amour ou pas, a va mouiller ses culottes comme toutes les autres. Tout comme toé!

— Comment ça, comme moi?

— Ben…, imagine que tu te retrouves flambant nu dans un lit, la nuit dans une maison déserte, loin du monde, pis que dans le lit avec toé, il y a la créature la plus jolie que tu peux imaginer… Dis-moé, essaye de me faire accroire que t'y toucherais point!

— Mautadit! Chus un homme, j'suis pas en bois!

— Ben ta femme non plus!

— Ben, à ce que je sache, elle a aucune raison de se retrouver dans un lit, toute nue la nuit, dans une maison déserte avec un gigolo.

— Sauf si t'es parti trop longtemps pis que la nature, qui est la nature, commence à la travailler.

— Non! Je crés point à ça! P't'être ben que toé, t'es tombé sur une qu'avait un problème, mais ça veut rien dire. L'aveugle peut pas prétendre que le monde est noir parce que lui, il y voit rien.

— Ben justement! L'aveugle, y peut le dire parce que c'est vrai que pour lui tout est noir, pis les autres aussi parce que c'est vrai qu'ils sont pas à l'abri d'être aveugles un jour.

— Mais ça veut toujours pas dire que le monde est noir ni que les femmes ont toutes la fourche qui les démange. Et puis…

L'alcool alimentant l'imagination, se superposant soudain à ce qu'il veut dire, lui vient, terrible, l'image de Maria vautrée et haletante sous cet industriel de Roberval, à côté duquel ils avaient déjeuné au matin de leur nuit de noces. Il ne se demande pas pourquoi cet homme-là plutôt qu'un autre, même s'il y a cinq ans de cela, tout ce qui l'occupe est la douleur provoquée par l'image.

— Non! dit-il en assenant son poing sur la table. Non! non! et non!

Il agite un doigt menaçant à l'intention de Jean Mailloux.

— Ça suffit! lance-t-il. Je veux plus rien entendre. Tes paroles sont du poison… Et puis je veux un autre verre, sacrement! Un verre! Un grand verre de rhum, sacrement! Pas un mot de plus, Mailloux!

— Ben si Mailloux il a pus le droit de parler, fait une voix, moé, j'vas le faire à sa place. Pis y a rien ni personne qui va m'en empêcher. C'que j'ai d'abord à dire, c'est que, oui, Mailloux dit vrai : les créatures sont toutes pareilles. Pis c'est des toilettes par-ci, pis des crèmes de peau par-là. Et à quoi ça sert, hein, tout ça, si c'est pas pour agacer les hommes? Pis les mariées sont aussi guidounes que les autres…

Charlemagne est ivre, il le sent et le sait sans pouvoir rien y faire. Au contraire, tout ce qui compte pour lui maintenant est de répondre à celui qui vient de parler. Lui faire comprendre qu'il y a des limites à ce qu'un homme peut entendre et que vient un moment où il faut faire taire ceux dont on dirait qu'ils ne sont là que pour tout salir.

— Toi, lance-t-il, tu te fermes la trappe, ou ben c'est moi qui vas le faire!…

— J'ai dit qu'y a pas personne qu'allait m'empêcher de parler, répond l'interpellé, un grand roux bedonnant qui tient sa bouteille contre lui. Pas toé plus qu'un autre. Tu peux ben peser cinquante livres de plus que moé, ça change rien à rien. Pis tiens! Pour que tu te démènes comme tu le fais, ça doit vouloir dire que ta femme, a l'est pas comme les autres, a l'est encore pire! A doit même utiliser le manche à balai ou ben une carotte quand tout ce qui porte pissette dans la paroisse y a laissé son jus dans la sacoche pis qu'elle les a tous laissés sur le dos. Ouais, monsieur!

Charlemagne ne sait plus ce qu'il fait ni ce qui se passe. Il y a du bruit de mobilier cassé, de verres et de bouteilles qui se fracassent sur le sol, des grimaces, des cris. Il reçoit des coups sans y prendre garde et en distribue.

Ça continue. Comme un cauchemar qui n'aurait même pas sa propre signification. Il perçoit des menaces qu'il n'analyse pas. Un choc sous son poing, un bruit d'os, un coup sur sa tête, pas de douleur vraiment, non, simplement un glissement rapide vers l'obscurité.

***

— Charlemagne Saint-Pierre, avez-vous quelque chose à dire pour votre défense?

— Ben… Monsieur le Juge, je sais pas encore trop ce qui s'est vraiment passé. J'ai dû prendre un verre de trop, ça c'est certain. C'est point dans mes habitudes, Monsieur le Juge. Pas davantage que j'ai l'habitude d'aller dans les tavernes. Il y a juste qu'il s'est dit des mots que j'ai pas pu supporter…

— Il y en a malheureusement beaucoup qui prennent un verre de trop, mais, heureusement, très peu fracassent pour autant la mâchoire d'un représentant de l'ordre. Je ne vois aucune justification à cela; pareille brutalité gratuite, alors qu'au même moment, en Europe, des nôtres se battent pour leur patrie au risque de leur vie…

— C'était pour l'honneur de ma femme, Monsieur le Juge.

— Votre épouse n'était pas présente, que je sache, et l'officier venu remettre de l'ordre dans l'établissement n'avait en rien offensé l'honneur de votre dame. Non, c'est tout à fait inadmissible!

Charlemagne ne sait que répondre. Il ne comprend toujours pas comment tout est arrivé. Il y a eu les paroles du rouquin, les coups, les ténèbres, et puis le réveil douloureux dans une cellule du poste de Chicoutimi, où il a appris qu'il avait cassé la mâchoire du policier qui passait justement par là au moment où la bagarre avait éclaté.

Cela, c'était hier, et ce matin, il se trouve devant le juge et se demande si celui-ci ne va pas lui donner une amende qui risque de gruger tout ce qu'il a gagné durant l'hiver.

Il en pleurerait.

Les coudes posés sur sa table, le juge a le menton appuyé sur ses mains jointes et fixe les souliers de Charlemagne. Ce dernier réalise qu'il n'a jamais pensé qu'un homme pouvait avoir autant de pouvoir sur un autre. Quelque part au fond de lui, il se révolte même à cette idée. Comment un homme qui ne vous connaît pas, qui ne sait rien de vous, comment cet homme-là, en quelques paroles, peut-il modifier la direction de votre vie? Il n'a ni tué ni volé! Il s'est battu, c'est vrai, mais ce sont des choses qui arrivent quand on a épuisé les mots. Après tout, c'est ce qui se passe dans les vieux pays, et le juge lui-même n'a pas l'air de trouver que ce soit mal, au contraire. Pourtant, ils ne font pas que donner des coups de poing, là-bas, ils se tirent dessus, ils s'entretuent…

Le juge repose ses mains devant lui. Charlemagne remarque ses joues roses et rasées de près. Hors de propos, il se fait la réflexion que l'homme doit aller chez le barbier avant de commencer sa journée. Pour lui, c'est le symbole même du luxe. Quel effet cela fait-il de vivre une vie où chaque matin que le bon Dieu apporte on se retrouve assis sur la chaise du barbier? On doit se sentir important!

Comme faisant suite à une de ses réflexions de la veille, il réalise que le juge aussi travaille avec des mots. Il ne produit rien de «vrai», il pense, il parle et ça suffit pour lui donner les moyens de vivre toute l'année, sans doute dans une belle maison, au milieu de sa famille, et aussi de porter tous les jours du linge que les autres ne sortent de la penderie que pour aller au baptême, à la noce ou aux funérailles. Est-ce que c'est normal qu'un homme qui ne vit qu'avec des mots puisse en juger un qui ne vit que du travail de ses mains? Comment peut-il le juger puisqu'ils n'ont pas la même vie? Et qui lui a donné le pouvoir, à travers lui, de faire souffrir Maria à cause d'un coup de poing? Car Maria va être malheureuse s'il revient à la maison et qu'il doive lui expliquer qu'elle a passé l'hiver toute seule pour rien, qu'ils n'auront pas encore leur maison à l'automne à cause d'un coup de poing.

— La loi ne peut tolérer ce que vous avez fait, reprend le juge. Je dois sanctionner et faire exemple. Bon, je prends en considération qu'il s'agit de votre première offense et aussi que, malgré tout, vous ne semblez pas un mauvais individu. Puisqu'il semble que vous ayez du tempérament à la bagarre, plutôt que de subir le déshonneur d'avoir à passer six mois dans un pénitencier – car je ne peux fermer les yeux sur le fait qu'il y a eu violence sur la personne physique d'un représentant de l'ordre –, je vous offre le choix honorable de vous porter volontaire dans le trop modeste contingent qui ce soir quittera la région pour aller s'embarquer à destination de l'Europe. Vous voyez, au lieu de subir le déshonneur d'une réclusion carcérale, vous pourrez, au contraire, faire honneur à votre nom et à votre pays…

Charlemagne a compris ce que lui propose le juge, mais cela lui semble tellement énorme qu'il ne peut y croire. Tous les mots se brouillent dans sa pensée, et c'est le cœur battant à lui faire mal qu'il demande:

— Aller en prison ou ben en Europe, Monsieur le Juge?

— C'est exactement le choix que vous avez à faire. À votre place, je n'hésiterais pas, d'autant plus que les Allemands ne pourront plus tenir bien longtemps et que durant votre absence votre famille recevra votre solde. Votre décision?

— Mais… Ma femme? Mes enfants?

— Que préférez-vous pour eux? Qu'ils voient revenir dans six mois un prisonnier libéré ou, dans certainement beaucoup moins de temps, un brave qui aura été donner la leçon à l'ennemi?

— Mais la terre, Monsieur le Juge, qui c'est qui va s'en occuper? Il faut que ma famille ait de quoi manger l'hiver prochain!

— Ça, il fallait y penser avant d'entrer dans cette taverne. Quant à votre terre, elle est là depuis la création du monde; elle attendra bien votre retour. Et puis la solde d'un militaire est calculée en fonction d'aider ceux des siens qui restent au pays. Votre décision?

— Ben… Je sais point… P'tètre ben que l'Europe, ce serait mieux…

— Excellente décision! Prévôt, veuillez accompagner monsieur Saint-Pierre au bureau de recrutement et vous veillerez ensuite à ce qu'il parte bien avec le contingent de ce soir.

— Je peux pas aller voir ma femme avant de partir, Monsieur le Juge? Déjà que je l'ai pas vue depuis avant les Fêtes…

— Vous n'en avez tout simplement pas le temps. Non, à votre place, je passerais plutôt la journée à lui écrire une belle lettre qui lui fera plaisir. Il n'y a rien qui fasse davantage plaisir à une femme qu'une belle lettre gentille. Vous savez écrire?

— Oui, mais…

— Eh bien, vous voyez, vous n'aurez même pas la peine de vous trouver un écrivain.

Le juge a un mouvement de bras signifiant qu'il est à présent pressé de passer à la cause suivante. À son regard, Charlemagne comprend qu'il n'existe déjà plus.

Il sort, escorté par l'agent. Les rues de Chicoutimi lui apparaissent comme celles d'un rêve insensé. Ce n'est pas possible! Il va se réveiller et tout cela va disparaître. Il s'est passé quelque chose qu'il ne comprend pas, mais tout va rentrer dans l'ordre. Il le faut! Maria lui a déjà dit qu'elle n'aimait pas la ville; il voudrait être auprès d'elle et lui dire combien elle avait raison. Et pourquoi est-ce qu'il y a une ville ici? S'il n'y en avait pas, il n'y aurait pas eu de taverne et il n'en serait pas là. Pourquoi est-ce qu'il y a des villes? Est-ce que ce n'est pas seulement pour ces gens qui gagnent tout l'argent du monde à fabriquer du vent?

Toutes ces réflexions ne servent qu'à alimenter la colère qui monte en lui et qu'il accueille volontiers. Seule la colère peut oblitérer cette affreuse douleur qui lui vrille l'esprit. Seule la colère peut lui donner l'illusion qu'il reprend en main une existence qui ne semble plus lui appartenir. En Europe! Avec un fusil! Pour tirer sur des gens qu'il ne connaît pas! Pour les tuer! Et ça pour le punir d'un coup de poing!

— C'est ridicule! crie-t-il alors qu'ils passent devant une épicerie qui propose, jusque sur le trottoir, des légumes frais des États-Unis. Ça n'a pas de bon sens! Y a une erreur, c'est pas possible qu'y ait pas d'erreur!

— Faut payer…, lui répond l'agent. Et puis, c'est pas si pire que ça de s'en aller dans les vieux pays. Tu vas voyager, tu vas voir des affaires qu'on voit pas icitte…

— M'intéresse pas, leurs mautadites affaires! Pis de quel droit le juge m'oblige à faire ce que je ne veux pas? Qui c'est qui lui a donné ce droit-là?

— Il fait respecter la Loi. Sans la Loi, qu'est-ce qu'on deviendrait? L'yâbe s'rait aux vaches. N'importe qui pourrait faire n'importe quoi. T'as cassé la mâchoire de mon collègue Larose; ça serait-ti normal que tu paies pas pour?

— J'étais ben prêt à y payer le docteur pis tout ce qu'y faut pour se soigner, même que ce serait normal que je le fasse. Mais ça va y donner quoi, à votre collègue, que je m'en aille au yâbe-au-vert pour tirer du fusil sur des Allemands? Rien pantoute! Pis ma famille va en pâtir, pis ça se peut même que je sois obligé de tuer des Allemands qui m'ont rien fait et pis que ça fasse encore des familles malheureuses. Tout ça pour un petit verre de trop dans une taverne où chus entré parce qu'y mouillait à boire debout. Il a une ben curieuse façon de juger, le juge… Je me demande ben ce qu'il juge, si c'est la faute, le coupable ou ben donc le besoin d'hommes pour tenir des fusils…

Dans un bureau étroit qui sent le bois ciré, l'encre et l'étoffe de laine, on lui fait apposer sa signature en bas de plusieurs papiers qu'il n'a pas le temps de lire. Un militaire avec une petite moustache fine et les cheveux plaqués sur la tête lui explique dans un français à l'accent britannique qu'il partira ce soir même pour Valcartier où il recevra son uniforme. Ensuite, lorsqu'il y aura assez d'hommes rassemblés, il prendra un bateau dans un port qui leur sera désigné ultérieurement.

— Ça veut-ti dire que si y a pas assez d'engagés on partira pas?

— Il y en aura assez; le pays ne manque pas de patriotes.

— Moi, j'en connais pas tant que ça qui veulent partir. La plupart ont des familles à s'occuper.

— Ta famille va pas tant pâtir que ça. Comme engagé, tu vas toucher une piastre et dix par jour, c'est mieux qu'un coup de pied dans le derrière.

— Une piastre et dix?

— C'était marqué sur ton papier d'engagement. Et puis rassure-toi, les engagés ne manquent pas. Le Canada est un grand pays, il en vient beaucoup de l'Ontario et des Prairies. De l'Atlantique au Pacifique, ils sont nombreux ceux qui entendent l'appel de la mère patrie, et j'en suis fier.

Charlemagne est tenté de répliquer que sa patrie à lui, c'est avant tout la petite cabane et ses occupants sur la terre qu'il défriche au nord de Mistassini, mais il ne dit rien, car, malgré tout, le désespoir vient de l'emporter sur la colère.

Tout ce qui lui reste, il s'en rend déjà compte, ce sont les mots qu'il va mettre sur du papier et qui devront, à eux seuls, réconforter Maria. « Si y en a qui sont capables de gagner leur pain avec des mots, je dois ben être à même de réconforter Maria avec. Je m'en vas lui écrire tous les jours. Elle pourra pas dire que je pense pas à elle. Ça sera toujours ça pour l'encourager. Pis le bébé qui s'en vient et que je verrai pas la bine avant... Avant combien de temps? P'têtre ben que les Allemands vont tenir plus longtemps que le juge l'a dit. P'têtre même qu'ils peuvent gagner, on sait jamais. Une guerre, c'est jamais décidé d'avance qui c'est qui va l'emporter, sinon Napoléon aurait jamais mis les pieds à Waterloo. C'est pas parce que je travaille dans le bois que je sais rien, bout de ciarge! Je sais même que si j'avais été un notaire ou ben un professeur d'école comme la mère l'était, il m'aurait juste donné une amende à payer. Mais faut crère que pour les messieurs de la ville, les gars de bois, c'est quasiment comme une autre race qu'aurait moins d'importance... Comment qu'elle va faire, Maria? »

II

Il y a eu un grand vacarme ce matin, et ils sont sortis pour découvrir la rivière qui charriait d'énormes plaques de glace, les emportant vers l'aval à une vitesse effrayante.

— C'est beau! a dit Blanche.

— Ça fait peur un peu, a ajouté Aimée.

Puis, durant un long moment, tous les quatre n'ont plus rien dit, fascinés par la force vive se dégageant de la rivière enfin libérée après tous ces mois de paralysie glacée.

— C'est quoi ça? a demandé Abel.

— C'est la débâcle, leur a expliqué Maria. On appelle ça de même quand la rivière dégèle et se remet à grouiller. Ça veut dire que le beau temps va s'installer, que la sève va monter dans les arbres et que l'herbe va recommencer à pousser. Ça veut dire aussi qu'il va falloir se remettre au vrai travail, et c'est tant mieux parce qu'on s'ankylose à rester encabané. Pis ça veut dire aussi que ça m'étonnerait point non plus que votre père arrive aujourd'hui ou demain.

— J'ai hâte qu'il arrive, a dit Blanche en écartant les bras et en fermant les yeux avant d'ajouter : Ça sent bon en titi, à matin.

Maria a approuvé. Les nuées des derniers jours disparues, la lumière vive du grand ciel bleu nettoie toute la grisaille. Gonflant la poitrine, elle a inspiré très fort, comme pour chasser une suie accumulée en elle durant tous ces mois à respirer les émanations du poêle.

— Y repartira plus, papa? a demandé Aimée.

— Je veux pas en entendre parler! En tout cas, je vais y parler entre les oreilles…

Installée dehors pour faire la lessive, Maria repense à

ces dernières paroles. Percevant le pas d'un cheval accompagné d'un léger grincement d'essieu, elle relève la tête.

« Mon Doux! ça doit être lui! Ça peut être que lui! »

Elle se redresse, s'essuie les mains sur son tablier et regarde vivement autour d'elle comme pour vérifier quelque oubli. Tout semble en ordre. Les enfants sont autour, pas trop salis, la cheminée fume, le linge est propre sur la corde et il n'y a pas de traîneries autour de la maison; ça choque toujours Charlemagne lorsqu'il passe devant une cour à l'envers. Il dit que ça ne fait pas honneur aux Canadiens. Tout paraît correct.

« Ça a toujours ben pas de bon sens, se dit-elle, j'ai le cœur qui bat aussi fort que l'autre jour avec l'ours. Il faut que je me reprenne. De quoi qu'il va penser s'il me voit tout énervée de même? »

Le boghei apparaît dans la trouée à la lisière du bois, et Maria pose sa main en visière sur son front. Immédiatement, elle reconnaît Alma-Rose, puis, avec un pressentiment noir qui l'envahit comme une coulée de plomb glacial, son père.

« Pourquoi Charlemagne n'est pas avec eux autres? Et pourquoi c'est le père qui vient? C'était point prévu de même! J'aime pas ça! J'aime pas ça pantoute! »

La voiture s'approche, et Maria peut déjà discerner le sourire un peu contrit de son père.

« Allons, ça peut pas être le pire, sinon son père aurait point c'te tête-là. Y se passe de quoi, mais c'est pas le pire. C'est pas le pire! Qu'est-ce qu'y a eu? Mon homme a pas pris un arbre sur le dos, tout de même! Fort comme il est, il peut pas être pris de la poitrine non plus! Quoi donc? Acré! que j'aime pas ça! »

Sans vouloir se précipiter, elle s'avance vers la voiture en essayant de garder le sourire. Elle fait un signe à Alma-Rose, mais s'adresse en premier à son père.

— Son père! C'est toute une surprise… Qu'est-ce que c'est qui vous amène par icitte?

— C'est pas moé que t'attendais, hein?

— Ben… Ça fait plaisir pareil.

Il lève la main comme pour signifier qu'il n'apporte rien de tragique. Ennuyeux, certes, mais pas vraiment tragique.

— Chus ben content que ça te fasse plaisir de voir ton père, mais je comprends aussi que t'aurais préféré que ce soit ton mari. C'est ben normal.

— Vous… Vous savez-ti si il s'en vient bien vite?

Elle n'a pas pu dissimuler une note d'angoisse. Samuel Chapdelaine a un autre sourire un peu triste et embarrassé.

— Ben justement, Maria, dit-il en descendant de voiture, tu vas être un peu surprise…

— Quoi donc, son père!

— Ben… Charlemagne… Charlemagne, il est en route pour les vieux pays. Y s'est engagé pour aller arrêter les Boches…

Maria a presque envie de rire à cela. Allons! Ce n'est pas possible, il lui joue un tour. Charlemagne engagé pour aller faire la guerre dans les vieux pays!

— Ça se peut pas, son père! Jamais qu'il m'aurait fait ça, jamais qu'il serait parti sans seulement me le dire en face.

Elle regarde Alma-Rose comme si celle-ci allait se mettre à rire et désigner l'orée du bois pour montrer Charlemagne qui y serait resté caché. Mais non, tout en opinant légèrement, sa sœur a le même sourire embarrassé que leur père.

— Ça ne s'est pas passé de même, Maria, reprend Samuel Chapdelaine. Ton mari, il a été obligé de s'engager. Laisse-moi te conter ce qui est arrivé comme Denis Boivin nous l'a rapporté. Ça a commencé avant-hier, quand ils sont revenus du chantier…

Les bras le long du corps, Maria a les traits défaits. Son père vient de tout lui raconter, et elle réalise que son pressentiment ne devait rien à l'imagination. Elle ne mesure pas encore tout ce qu'implique ce qu'elle vient d'apprendre; pour l'instant il n'y a que la douleur d'une séparation dont l'échéance est inconnue. Une séparation qui en plus va s'alourdir d'un océan! Lorsqu'il était au chantier, elle ne pouvait le voir ou lui parler, mais il était quand même là, au pays, dans leur univers. Mais en Europe! Et puis, c'est la guerre, là-bas, pas un simple voyage!

Elle ne se demande pas ce qu'elle va devenir, elle n'a aucune pensée pour l'avenir matériel, tout ce qui l'occupe est la douleur du vide. Des mois qu'elle attendait de se retrouver tout contre lui, dans sa chaleur, sa force, son amour, et voilà qu'on lui annonce qu'il s'en va à la guerre.

— Je veux pas! s'écrie-t-elle. Je veux pas qu'il s'en aille là-bas, je veux qu'il revienne!

Samuel Chapdelaine secoue lentement la tête.

— On peut rien y faire, Maria. Il a signé astheure…

— Ben j'vas aller le trouver, le juge, moi. Je vas lui dire que c'est pas possible, qu'il y a des jeunes à la maison et qu'on a pas le droit de risquer qu'ils soient orphelins de père. Y va ben comprendre, le juge, si c'est vraiment un juge.

— Quand même qu'il changerait d'idée, il peut pus rien faire; c'est avec l'armée du pays que Charlemagne a signé.

— Ben alors, j'vas aller voir le directeur de l'armée! Vous savez-ti ioù c'qu'il reste, son père?

— J'en sais rien pantoute, Maria. Chus même pas certain qu'il y ait un directeur comme dans une compagnie. J'crés que c'est le gouvernement qui décide. Ça sert à rien de se faire accroire que tu peux changer de quoi. On peut pas rien faire contre le gouvernement. Et pis, tu sais, tu dois point être la seule femme qu'est pas contente que son mari s'en aille là-bas. Ratoureux comme ils sont, ils doivent ben avoir pensé à une loi qui fait que ça sert à rien d'aller chialer.

— Je veux point aller chialer, son père! Je veux juste leur faire comprendre le bon sens tout simple : un homme marié, c'est fait pour s'occuper de sa famille, pas pour aller jouer au héros à l'autre bout de la terre. Ça me paraît pas ben dur à comprendre! Pis si le gouvernement est pas capable de saisir c'te vérité-là, ben alors c'est vrai qu'il va falloir en changer, pis vite à part de ça! Pis en plus, pour quoi c'est faire qu'il faudrait aller là-bas? Ça nous regarde pas une minute leurs mautadites affaires. L'Angleterre a qu'à s'arranger avec ses troubles, on y est pour rien, même qu'a nous en donne assez merci; pis la France, ben elle avait qu'à pas mettre la religion dehors. Et ça, c'est pas moi qui le dis, c'est monsieur le curé à Mistassini, alors… Pourquoi donc que des bons pères de famille catholiques devraient abandonner femmes et enfants pour aller aider des gens qui veulent pas que le bon Dieu soit dans leurs écoles! Si ils veulent vivre sans Dieu, eh ben, qu'ils s'arrangent tout seuls! Charlemagne a pas d'affaires là-dedans!

— Je sais ben tout ça, Maria, mais on peut pas rien faire pareil.

— Certain, son père, qu'on peut faire de quoi! C'est si on dit rien qu'on mérite ce qui nous arrive. Pis ça va pas être long! Y vont me voir arriver à Ottawa, avec ma bedaine. Pis y auront rien que pas le choix de m'écouter.

— Maria, tu sais ben que chaque fois que tu te choques, ça t'apporte rien de bon…

Samuel Chapdelaine regarde les lèvres de sa fille agitées d'un tremblement nerveux. Il voudrait presque y aller, lui, à Ottawa pour leur dire que, non, ce n'est pas normal.

— Chus pas choquée, son père, non, chus pas choquée… Chus… Chus malheureuse, voilà! Oui, chus malheureuse! Pis tannée de tout ça…

Elle s'est détournée sur ses dernières paroles. Son père voudrait la prendre dans ses bras et la consoler, mais il ne sait pas. Il craint que ce ne soit trop sensible. Un homme n'a pas le droit de se montrer sensible, surtout devant des jeunes enfants.

C'est Alma-Rose qui s'approche et prend sa sœur par l'épaule.

— Ce sera pas long, Maria, dit-elle. Tout le monde dit que les Allemands sont pour être battus. Sans doute que Charlemagne aura même pas le temps de se rendre ou alors tout ce qu'il aura été faire là-bas, ç'aura été de visiter Paris aux frais du gouvernement. Gages-tu, tu vas le revoir débarquer au milieu de l'été avec sous le bras une robe achetée sur les Champs-Élysées. Une vraie robe de Paris, pas une imitation couturée à Montréal.

Blanche et Aimée se sont approchées de leur mère et lui demandent si ça va. Elle leur fait signe que oui.

— Y a juste que votre père va être un peu plus long à revenir, les filles…

— Il faut penser à ce que tu vas faire, dit Samuel Chapdelaine. Tu peux pas t'occuper de la terre toute seule, surtout comme t'es là… Moi, ça me ferait rien que plaisir que tu viennes vivre à la maison avec les enfants en attendant que ton mari s'en revienne. Ça dérange pas pantoute, au contraire, ça remettra un peu d'animation. Pis Pâquerette aussi, ça va lui faire plaisir. Y a des fois, a s'ennuie un brin. Avec des jeunes, a l'aura pas le temps.

Il a un bref regard vers Alma-Rose. Maria y lit ce qu'il ne dit pas; à savoir qu'entre la fille et la belle-mère il y a toujours une tension latente, surtout depuis que tous les garçons sont partis. Il est certain que la présence d'un peu plus de monde détendrait sans doute l'atmosphère. Mais elle secoue la tête.

— C'est ici que j'habite, son père. Je vous remercie ben gros, mais la place d'une famille est dans sa maison.

— C'est ben sûr, Maria, c'est ben certain, mais y a des fois où faut faire autrement pour le bien de tout le monde.

— Qui s'occuperait de la terre, pis des animaux si on partait, son père? On a juste le vieux Rouge, une vache, deux veaux et des poules, mais faut s'en occuper pareil.

— Y a de la place en masse dans l'étable chez nous. Et pis, avancée comme t'es là, tu peux pas faire le train, redresser les clôtures, semer le grain, sarcler le jardin, faire les foins pis le reste. Ça se peut pas.

— Les foins, c'est dans plus de deux mois, son père. Charlemagne va être revenu, non?

— C'est sûr, mais en attendant…

De nouveau, Maria se détourne, comme pour fixer la minuscule étable de rondins au bord de la rivière.

— En attendant…, répète-t-elle, ça risque d'être pas mal plus long qu'on croit. Qui sait même si les Allemands vont pas gagner pis faire prisonnier mon mari. Si le gouvernement a besoin des hommes mariés là-bas, ça veut dire que ça va pas si bien qu'ils veulent nous le faire accroire. (Elle tend le doigt vers l'étable.) C'est Charlemagne qui l'a bâtie, c'est Charlemagne qu'a fait toute la prairie qu'on voit autour, non, je reste chez nous. Partir, ce serait nous séparer encore plus. Je reste icitte, son père. C'est plus proche de lui.

C'est au tour de Samuel Chapdelaine de se détourner. Que pourrait-il dire contre ça? Il avait prévu que Maria reviendrait à la maison, mais quelque part aussi, il savait qu'elle allait réagir comme elle le fait.

— Comment que tu vas t'arranger? demande-t-il surtout pour la forme.

— Je vas faire ce que je vais pouvoir, son père. Pis vous cassez point la tête; je vas faire attention au bébé pareil. Charlemagne attend un enfant, il va le trouver quand y va revenir.

— De toute façon, je reste icitte, déclare Alma-Rose. C'était prévu de même.

Samuel Chapdelaine hausse les épaules dans un geste d'impuissance.

— Ce que je t'ai dit tient toujours. Si jamais tu viens qu'à changer d'idée, la maison t'est ouverte. De mon bord, je vas voir ce que je peux faire pour aider...

Il s'adresse à son petit-fils qu'il regarde depuis un moment:

— Dis donc, toé, tu grandis pas mal. Déjà un petit homme.

— Y a eu un ours, l'aut' jour, déclare Abel comme si cela avait un rapport. Môman l'a fait se sauver.

— Un ours! Et tu l'as vu, toé, l'ours?

— Oh oui! y voulait nous manger. Môman a crié et y s'est sauvé.

Samuel Chapdelaine regarde sa fille.

— Est-ce que vous avez une arme icitte?

— On avait prévu d'acheter un fusil à l'automne, son père.

— Tu peux pas rester dans le bois sans rien pour te défendre. Je savais point ça.

— Abel vous l'a dit, son père, l'ours est parti...

— C'est de la folie tout ça...

— Quoi donc, son père?

— Ben…, de vivre de même.

— Vous avez vécu de même toute votre vie, son père, pis notre mère avec vous.

— Oui, mais c'est pas pareil…

— Je comprends pas, son père. C'est quoi qu'est différent?

— Ben on a vécu de même en espérant que ça irait mieux pour vous autres. À un moment donné, il faut que ça s'améliore, sinon ça sert à rien. On dirait que tout recommence pareil… Je voudrais… Maria, je m'en vas te faire une proposition que je voudrais pas que tu dises non. À toi pis à Charlemagne, je vous donne la ferme chez nous. La maison est ben habitable, l'étable est bonne, la terre est faite, tout ce qui vous reste à faire, c'est de continuer, améliorer et agrandir. Continuer pour laisser de quoi d'encore mieux lorsque les jeunes seront en âge de reprendre à leur tour.

— Pis les autres, son père? Les garçons, Alma-Rose, ils ont droit à leur part. Pis vous? Vous avez le droit d'être dans le vrai chez-vous que vous avez construit jusqu'à…

— Oh! j'ai bien l'intention de vivre encore quelques années, mais ça me fait rien pantoute que ce soit dans la maison de ma fille.

Il a un regard presque malicieux et poursuit:

— Au contraire, j'aurais les avantages sans les inconvénients. Quand y aura quelque chose à réparer, Charlemagne sera là et moi, je serai dans mon fauteuil à fumer ma pipe. C'est pas fou mon affaire. Pis pour tes frères, comme c'est là, ils ont l'air tous installés pour de bon. Tit'Bé fait pousser de la betterave à sucre dans le sud de l'Ontario, Esdras a une belle terre planche à Normandin, pis dans la Saskatchewan, Da'Bé a de la terre dix fois grand comme moé; tant qu'à Télesphore, lui, il veut rien savoir de la culture et il fabrique des chars à Detroit pour monsieur Ford. Il reste juste Alma-Rose qui m'a tout l'air partie pour faire une nonne…

— Son père! s'écrie Alma-Rose davantage sur le ton de l'ironie que du reproche.

— Ben quoi… Jolie comme que t'es, on comprend pas ce qui se passe.

— Y se passe simplement qu'on vit loin du monde, son père…

— C'est pas une raison, ça. Y en avait d'autres qui vivaient loin du monde, comme tu dis.

Voyant une ombre passer dans le regard de sa sœur, Maria en revient à la proposition de son père :

— C'est pas parce que les autres sont installés qu'ils ont droit à rien. Ce serait pas normal.

— Au contraire! C'est celui qui reprend la ferme chez nous qui hérite aussi des vieillards qu'on va devenir un jour. C'est pas toujours drôle de s'occuper des vieux. Les autres n'auront pas ce tracas-là.

— Ça peut pas être un tracas, son père!

— T'es ben gentille, mais attends de voir…

— Quand même, je peux pas rien vous dire, son père. Il faut que Charlemagne et moi, on décide ensemble. Je dis point que ce serait pas d'adon, mais il faut aussi que mon mari soit d'accord. Je peux pas rien dire sans lui. Quand je pense… Mais pourquoi, doux Jésus, qu'il s'est arrêté dans c'te taverne?

— C'est rien que par rapport à la pluie, nous a raconté Denis Boivin. Ils voulaient pas faire le voyage tout trempes pis arriver à la maison en sentant le chien mouillé; même si, entre nous, Denis Boivin, ça ferait pas un gros changement. Après qu'il a été parti, il a fallu ouvrir les fenêtres pis faire brûler une chandelle. Ça sentait le swing quèque chose de rare… Au fait! si on rentrait une secousse, c'est que je boirais ben une tasse de thé, moé.

— Ben certain! son père. Je manque à tous mes devoirs. Mais c'est à cause de tout ça… Moi qui croyais qu'il allait arriver aujourd'hui ou demain… Vous pensez-ti que ça peut être dangereux en Europe?

Samuel Chapdelaine hésite; à la sortie de messe, le dimanche, il n'est plus question que de la guerre. Au magasin chez Donat Néron, chacun y va de ses commentaires et ils sont plus d'un à raconter qu'un tel neveu ou un tel cousin est tombé et ne reviendra plus. Il est question des combats de Neuve-Chapelle et tout dernièrement d'Ypres, où les Allemands auraient utilisé des gaz qui brûlent les poumons des hommes. Avant, on espérait toujours ne pas être atteint par une balle ou par un éclat d'obus, mais comment échapper à des nuages de gaz?

— Ben…, c'est la guerre, Maria, dit-il sans pouvoir montrer trop d'optimisme. Mais, comme l'a dit ta sœur, tout sera sans doute fini lorsqu'il arrivera là-bas.

— Vous y croyez, vous?

— En Europe, ils sont de la même race que nous autres, c'est des chrétiens. Les Allemands tout pareil, ils ont eu du grand monde, comme Beethoven ou Mozart, dont on dit que c'est de la ben belle musique; je peux pas crère qu'y vont pas finir par comprendre que ça n'a pas de sens leur affaire. Quand on pense que la femme du Kaiser est la tante du roi… Mais ce que je te dis là…, chus pas trop au courant des nouvelles.

— Pis moi encore moins que vous, son père. Tout ce que je sais de la guerre, c'est ce que Rosaire Caouette rapporte lorsqu'il lui arrive de pousser jusqu'à Mistassini pour chercher de la fleur ou de la mélasse. Icitte, les seules nouvelles que je peux lire, c'est celles qui sont sur la gazette qui tapisse les deux murs de planche que Charlemagne a construits l'été passé pour séparer notre chambre. Pis comme c'est de la gazette ramassée quand on était à Ouiatchouan…

— Faut espérer, Maria. Espérer et prier.

Ils sont en train de marcher vers la maisonnette. Maria s'arrête net, comme frappée.

— Qu'est-ce qui se passe?

— Rien, son père. Rien…

Prier! Elle se revoit chuchotant les mille Ave destinés à la recommandation de François Paradis.

« Non, se dit-elle. Je vais prier pour mon âme, prier pour parler avec Jésus, Marie, le Saint-Esprit ou mon ange gardien, mais jamais plus je prierai pour une faveur personnelle. La vie d'icitte-en-bas, c'est à nous autres de la conduire comme on veut. La plus belle prière que je peux faire pour le retour de Charlemagne, c'est une lettre au ministre de la Guerre ou je ne sais pas le nom qu'on lui donne. Je vais tout lui expliquer et il comprendra. Oh! Charlemagne! Pourquoi tu n'es pas revenu? Fais attention à toi, mon amour! Fais bien attention à toi!»

Assis à table devant une tasse de thé, Samuel Chapdelaine semble se souvenir de quelque chose et plonge la main dans sa poche.

— Au fait! dit-il. Denis Boivin a aussi rapporté une lettre que ton mari a écrite juste après avoir signé. Il aurait plus manqué que j'oublie de te la donner, après tout, on sait jamais, p'tête ben qu'il te dit de t'en venir chez nous.

— Charlemagne me donne pas d'ordre, son père. Il me conseille, c'est normal, mais il me dit jamais fais ci ou fais ça.

— Ben, je sais point s'il a raison d'agir de même. Y me semble que des fois, une créature, faut lui dire quoi faire sans prendre de détours.

— À un homme aussi, son père. Si j'avais été avec Charlemagne, à la place de Denis Boivin, il serait jamais rentré dans une taverne. Il devait ben y avoir une église pas loin, ils auraient pu aller faire une prière en attendant que ça s'éclaircisse. Certain que le juge l'aurait pas envoyé en France pour ça.

— Ouais, c'est sûr que vous, les femmes, vous voyez pas les choses pareil comme nous autres… Tu lis pas ta lettre?

Contrairement à ce qu'il avait imaginé, Maria n'a pas ouvert la lettre immédiatement. Au contraire, elle la glisse dans la poche de son tablier en laissant comprendre qu'elle préfère attendre d'être seule pour la lire.

«C'est peut-être tout ce que je vais avoir de lui avant une grande escousse», se dit-elle.

***

La neige est revenue. Hier, Samuel Chapdelaine est reparti trois heures avant le crépuscule, avec l'intention de passer la nuit à Mistassini chez son ami Idola Villeneuve. Plus tard dans la soirée, une fois les enfants endormis, dans l'obscurité, partageant le même lit, les deux sœurs ont commencé à se raconter toutes les petites histoires accumulées depuis des années. L'aube approchait lorsqu'elles se sont tues. C'est à ce moment que la neige s'est mise à tomber. Juste avant de sombrer dans le sommeil, Maria s'est fait la réflexion que même le printemps pouvait donner l'illusion qu'il était de retour alors qu'en fait l'hiver était toujours là. Mais ça, ce n'est pas nouveau; elle a déjà vu la neige tomber en juin, puis revenir en septembre. C'est le prix à payer pour vivre en ce pays, à l'écart du fracas qui semble agiter le reste du monde.

Mais à l'écart ne signifie nullement que l'on n'en souffre pas. Et la lettre qu'elle emporte dans sa poche alors qu'elle vient d'annoncer à Alma-Rose qu'elle va « prendre une petite marche », est là comme pour le confirmer.

La neige forme une pellicule poudreuse où ses pas laissent des traces floues. Elle longe la rivière, ressassant dans sa tête les mots de Charlemagne. Surtout le passage où il dit « Il ne faut pas que tu te morfondes, Maria, je vais faire tout mon gros possible pour revenir au plus vite à la maison parce que je ne pourrais pas vivre longtemps loin de toi et des enfants ».

« Qu'est-ce qu'il pourra faire une fois qu'il sera là-bas au milieu de la guerre? se demande-t-elle. Pour qu'il revienne, il faut qu'elle finisse, et, pour que ça finisse, il faut la gagner. Pis pour la gagner, il faut se battre… »

Il n'a pas fait assez froid pour que les eaux se figent à nouveau. Elles courent toujours vers l'aval dans un clapotis sonore qui ne cessera plus avant novembre ou décembre.

« C'est si beau, icitte! se dit-elle. Pourquoi, mais pourquoi donc est-ce qu'on a voulu aller chercher plus que ce qu'on a! On a voulu plus qu'y fallait et on est punis. Ça servirait à rien d'aller chialer à Ottawa, c'est nous autres qui sommes responsables. On a fait comme Adam et Ève qui pouvaient profiter de tout ce qu'il y avait dans le jardin d'Éden, mais qui se sont imaginé que tout ce bonheur qui leur était donné, ils pouvaient en plus en être les maîtres. »

Dans la petite maison, outre *Paul et Virginie* qu'elle a relu plusieurs fois, il y a la vieille bible de Blanche-Aimée. Souvent, les soirs d'hiver lorsque les enfants sont couchés, elle s'installe près du poêle et lit un passage. Elle le lit et le relit jusqu'à ce qu'elle soit certaine d'en avoir compris le sens. Le Fruit défendu lui a causé beaucoup d'interrogations. Comment Dieu, infiniment bon, pouvait-Il punir aussi longtemps ses enfants pour avoir mangé un fruit, fût-il défendu? Même les parents les plus intransigeants finissent par pardonner. À force d'y réfléchir, elle a conclu que le péché en question, tout le monde devait toujours être en train de le commettre et que c'est pour ça que tout « s'en allait tout croche ». Mais c'est quoi ce péché? Qu'est-ce qui peut mettre Dieu dans une telle colère? Elle les a tous passés en revue, ignorant plus ou moins l'assassinat ou le vol puisque la plupart des gens ne les commettent pas. Non, décidément, elle ne voit pas ce qui peut attirer un tel châtiment. Il y a des menteurs et des gourmands, des bons-des-femmes et des baise-la-piasse, aussi des ivrognes et des coléreux, mais il est clair que tous les individus ne possèdent pas en commun un de ces péchés en particulier. À force d'y penser, elle a décidé qu'il devait y avoir un péché principal qui faisait qu'on finissait par devenir ou fainéant ou rapace, cochon ou soûlon. Un péché principal qui serait ce qu'on appelle la tache originelle. Mais c'est quoi? Et pourquoi les prêtres n'en parlent jamais? Quel rapport entre un soûlon et un menteur? Entre un flanc-mou et un avaricieux?

Un minuscule craquement attire son attention. Elle regarde devant elle un gros sapin dont les branches basses sont ballottées dans le courant de la rivière. Plissant les paupières, elle finit par apercevoir, immobile contre le tronc, un suisse qui l'observe. Rassurée, elle sourit.

— Salut, dit-elle, n'aie pas peur…

À peine a-t-elle prononcé ces mots que l'animal file vers le sommet de l'arbre. Maria hausse les épaules.

— J'ai-ti l'air si terrible? demande-t-elle tout haut. J'ai pas l'habitude de manger les suisses. Je suppose que t'en es pas sûr, ça doit être pour ça que tu te sauves. C'est ça qu'est triste, on peut pas donner sa confiance au premier venu parce qu'on est jamais certain qu'on va pas en récolter du mal. Mais du mal, je t'en aurais pas fait. Je t'aurais conté mes misères, et toi, les tiennes. On aurait rien compris ni l'un ni l'autre, mais c'est pas grave, on aurait été amis pareil.

Soudain, une vague monte en elle, balaye tout et la laisse en sanglots.

— Charlemagne! murmure-t-elle. Charlemagne… Qu'est-ce qu'on va devenir?

Elle est autant affligée de le sentir qui s'éloigne que de se représenter sa peine à lui. Et puis, de plus en plus, se dessine dans sa tête l'image de cette guerre dont elle sait bien qu'elle arrache des vies sans discernement.

De crainte d'attirer quelque mauvais œil, elle refuse d'accorder ne serait-ce qu'une pensée à cette éventualité, mais elle est impuissante contre son imagination.

— Tu sais, dit-elle à l'intention du suisse invisible, si ça devait durer trop longtemps, j'irais quand même voir le ministre à Ottawa.

Il lui fallait cette décision qui semble lui redonner quelque pouvoir sur le cours des événements pour qu'elle retrouve la force de repartir vers la petite maison, où sa sœur l'attend en se demandant, elle, si elle doit ou non confier ce qui est à la source de son propre tourment.

«Elle a ben assez de chagrin comme c'est là», se dit Alma-Rose en se rétorquant aussitôt que de tout dire et de s'appuyer mutuellement atténueraient peut-être la peine de chacune. Elle-même se sent déjà moins le droit d'être malheureuse depuis que Denis Boivin est venu chez eux raconter ce qui était arrivé à Charlemagne.

***

Rosaire Caouette est passé dans la soirée en apportant un quartier d'orignal et un morceau de foie.

— ... il était là, devant moé pis j'avais le fusil entre les mains... Une femelle, c'est sûr que je l'aurais pas tirée à ce moment-ci de l'année, mais un mâle... Ça fait de la bonne viande fraîche.

— Je te remercie ben gros, Rosaire, a répondu Maria en faisant signe que l'important était d'avoir de la viande.

Il a désigné Alma-Rose.

— Quand même, la sœurette! Ça fait curieux de te voir de même. T'avoir rencontrée dans une grand-rue, je sais point si je t'aurais replacée. La dernière fois que je t'ai vue t'étais une toute jeune fille pis voilà que t'es rendue une femme avec tout ce qu'y faut.

— Le temps passe pour tout le monde, Rosaire.

— C'est sûr, c'est sûr...

Il se tourne de nouveau vers Maria :

— Pis, quand c'est qu'il arrive, Charlemagne? Y devrait quasiment être revenu, avec toute la pluie qu'on a eue, ça doit pus être travaillable sur les chantiers.

— Y va pas revenir tout suite, Rosaire. Il est parti pour les vieux pays...

Jusque-là bon enfant et taquins, les traits de Rosaire se muent en ceux d'un homme pénétré de sérieux. Seul l'éclat un rien fallacieux qui passe dans son regard échappe aux deux sœurs.

— Les vieux pays... Qu'est-c'est que tu me racontes là, Maria?

— Rien que ce qui est, Rosaire. Charlemagne a signé pour aller se battre.

— Ben maudissage! Je comprends pus rien à rien... Charlemagne qu'a signé pour l'Europe! Ça se peut quasiment pas! Pis toé, t'as ben voulu qu'y parte? Il a ben dû te demander ton idée là-dessus.

Maria hésite. Doit-elle rapporter les faits comme ils se sont produits? Ne serait-il pas plus honorable pour Charlemagne de laisser entendre qu'il s'est engagé par simple devoir patriotique?

— Il a été obligé de signer, répond-elle.

Elle raconte tout, et Rosaire reste debout, les bras ballants, bouche ouverte comme s'il n'en croyait pas ses oreilles.

— Ben ça, par exemple! Ben ça... Pis il est parti... Ben moé, y m'auraient pas eu. J'aurais pris le bord du bois. Pis toé, qu'est-c'est que tu vas faire?

— Je vais l'attendre, y a rien d'autre à faire.

— Et qui c'est qui va s'occuper de la terre?

— La terre va attendre pis c'est tout. On peut rien y faire.

— Une terre, quand tu t'en occupes pas, a redevient sauvage, c'est pas long.

— Quand même que le foin resterait debout une année, ce sera pas la fin du monde.

— Une année, une année, répond Rosaire Caouette sans réfléchir, y a rien qui dit que ça durera pas, leurs affaires simples. Mon grand-oncle Baptiste, quand il est parti pour les États faire la guerre aux confédérés pour libérer les nègres, il avait jamais pensé que ça durerait aussi long. Y se voyait parti une couple de mois et revenir au pays en héros avec toutes les belles créatures qui se bousculeraient ses faveurs. Il est revenu avec déjà des cheveux gris pis le créateur pus créateur pantoute à cause d'un éclat qui y avait emporté le principal, je sais plus ioù dans un champ de la Géorgie... Euh... C'que je dis là, c'est certain que c'est une vieille histoire et qu'aujourd'hui ça doit pus être de même... En tout cas, si jamais t'as besoin de quoi, n'importe quoi, gêne-toé pas, on reste pas loin.

— Je te remercie ben gros, Rosaire. Pis merci itou pour la viande. Ça va faire changement de la viande boucanée. Ça va donner de la vie aux jeunes.

— Ça me fait rien que plaisir. Pis j'vais dire à Ninon qu'a passe aussi souvent qu'a pourra. Faut s'aider entre voisins... Pis t'en fais pas, Charlemagne va s'en revenir, ce sera pas long. La première chose qu'on va savoir, c'est qu'il est de retour avec un paquet d'histoires à raconter sur la France. Allez, salut, Maria, salut, Alma-Rose, ben content de t'avoir revue. Jolie comme que t'es là, les jeunesses doivent pas tenir en place dans le bout de La Pipe...

— On croirait entendre un vieux, lui réplique Alma-Rose. On doit avoir à peu près le même âge, tous les deux.

— P'tête ben, mais moé chus marié astheure. Ça t'assagi, c'est pas long...

— On croirait presque entendre un brin de regret quand tu dis ça, Rosaire.

— Pas de regrets pantoute, Alma-Rose. J'aurais pas pu mieux tomber; ce qui veut pas dire que je suis pas un homme, pis qu'un homme qui voit une jolie fille, ben..., c'est dans le normal qu'y lui fasse des compliments.

— Pis si c'était Ninon qui faisait des compliments à un joli gars?

— Oh ben, là, c'est pus pareil! Ioù c'que tu vas chercher des idées de même? Une femme qui se respecte pis qu'est mariée, a peut pas laisser voir quand un homme est de son goût.

— Et pourquoi ça?

— Parce que ce serait insulter son mari, c't'affaire!

— Ben, moi, Rosaire, si j'étais mariée pis que mon mari faisait des compliments à une autre, je crois ben que je serais insultée itou.

Il hésite un instant, puis sourit à l'intention de Maria.

— Dis donc, Maria, on dirait quasiment que ta petite sœur, elle a de ces nouvelles idées qu'arrivent de chez les Anglaises de l'Ouest. A va bientôt vouloir voter...

— Certain que j'aimerais ben pouvoir voter, Rosaire. Pis p'tête que le jour ioù c'que les femmes pourront voter tout comme les hommes, ben p'tête que ce jour-là on mettra au gouvernement du monde qui n'enverra pas nos hommes se battre à l'autre bout de la terre parce que George et Guillaume sont en chicane de famille.

— Oh ben, torrieu! Nous v'là rendus avec une suffragette dans le bout!

Rosaire Caouette n'a pas perdu de sa bonne humeur, mais une lueur un peu inquiète brille néanmoins au fond de son regard.

Pour la première fois depuis hier, Maria a l'amorce d'un sourire qui ne doit rien à la politesse.

— C'est pas si bête ce qu'elle dit, ma petite sœur, dit-elle. Si on allait toutes voter, la guerre finirait drette là.

Rosaire a l'air de celui sur qui le ciel vient de tomber.

— Ouais, ben moé, cette fois, j'y vas avant d'en entendre plus. Oh ben, bout-de-crime de tabarouette! Ioù c'qu'on s'en va!

Il referme la porte derrière lui, puis traverse l'angle de vision à la fenêtre.

— J'y ai été un peu fort, dit Alma-Rose; p't'ête qu'astheure il va hésiter à envoyer Ninon voisiner avec des « suffragettes ».

— Ben non, il va comprendre.

— Il va comprendre comme un homme comprend…

— Qu'est-ce tu veux dire?

— Rien qui soit nouveau; juste que les hommes y pensent rien qu'à eux.

— Charlemagne est pas de même.

— Je sais. Pis j'en connais un autre…

— Qui? Je le connais-ti?

— J'aimerais mieux t'en parler plus tard…

— Quand tu voudras, Alma-Rose, même si, astheure que t'as commencé, je me sens pleine de curiosité.

Étalant le morceau de foie pour le trancher sous le regard grimaçant de ses fillettes, Maria observe sa sœur avec attention et se demande pourquoi ce qui devrait la rendre heureuse, au contraire, semble la tourmenter.

***

Abel fait des « grosses dents », ses gencives le font souffrir et il a été long à s'endormir. Fatiguées, Maria et Alma-Rose restent cependant étendues sur le dos, les yeux ouverts dans la faible irisation argentée projetée par la petite fenêtre. L'une attend des confidences et l'autre ne sait par où commencer.

— Ça fait curieux que tu sois là, à côté, comme quand on était petites, dit Maria.

— Oui, des fois je repense à ce temps-là pis ça me donne le cafard. Je repense à notre mère et je me dis qu'elle a pas eu une vie facile. On voyait pas ça quand on était jeunes, tout paraissait beau, mais astheure, je me rends compte... Je te le dis, Maria, y a des fois où je voudrais saprer mon camp loin du Lac, loin de tout ça... J'ai peur...

— Peur de quoi?

— Ben d'avoir à vivre comme notre mère, justement. De pas pouvoir connaître autre chose.

— Qu'est-ce que tu voudrais connaître?

— Je le sais pas. Je voudrais voir comment on vit dans les États, je voudrais savoir ce que ça fait de vivre dans une rue où il y a plus de monde que dans tout le haut du Lac réuni.

— Tu crois-ti que c'est mieux?

— J'en sais rien. C'est justement pourquoi je voudrais pouvoir essayer. Je veux pas vivre toute seule au bord du bois avec juste les enfants à qui parler, je veux pas que mon mari parte tous les hivers pour travailler dans des chantiers pour gagner des salaires de misère...

— C'est comme ça que je vis, moi.

— Je sais, Maria. Mais toi, t'es heureuse pareil vu que t'as ton mari que t'aimes assez pour que le reste compte pas, mais moi...

— Tu connais quelqu'un?

— Oui, je connais quelqu'un, je te l'ai dit après-midi. Je connais quelqu'un, mais c'est comme si que je connaissais personne...

— Je comprends rien à ce que tu me dis. Tu vas pas me dire que t'as rencontré un homme marié?

— Ben non!

— Seigneur! Tu m'as quasiment fait peur!

— Mais ça revient au même...

— Quoi donc, Alma-Rose? T'arrêtes pas de parler avec des devinettes.

— J'ai rencontré un garçon, on s'est vus plusieurs fois pis... Ben, on se plaît assez...

— Moi, je vois rien de mal là-dedans. Notre père y trouverait-ti des défauts? C'est-ti un gars qui prend un coup pas mal?

— Non, non, notre père sait rien pantoute, et lui, il touche pas du tout à la bouteille. Non, le problème, c'est qu'il est pas catholique…

— C'est pas ben grave, ça. Tu serais pas la première à épouser un protestant. Si Charlemagne avait été protestant, je crois pas que ça m'aurait arrêtée.

— Il est pas protestant, Maria, il est juif. Il est pas canadien non plus, ni anglais, il vient de la Roumanie… Il s'appelle Élie.

— Mon Doux! Mais ioù c'que t'as été rencontrer un juif de la Roumanie?

— J'ai pas eu besoin d'aller nulle part; il passe environ tous les deux mois à la maison. C'est un vendeur. Il parcourt tous les rangs autour du Lac pour vendre des coupons d'étoffe. Je sais pas pourquoi, il est venu plusieurs fois chez nous quand ça adonnait que le père et Pâquerette étaient pas là. C'est comme ça qu'on s'est connus…

— Tu l'as reçu à la maison quand t'étais toute seule?

— La première fois, il avait vraiment des beaux tissus que je voulais voir… pis les autres fois, ben j'avais plus aucune raison pour y dire non.

— Quand tu dis que vous vous êtes connus, est-ce que…?

— Ben non! Non, Maria, on a juste parlé…

— Pis vous vous trouvez ben de votre goût.

— Oui, mais on peut pas se faire de promesses par rapport qu'il est juif et que je suis catholique.

Maria garde un peu le silence, puis a une moue dubitative.

— C'est vrai que ça ferait jaser pas mal… Les juifs, ils sont pas très bien vus. Ça me rappelle que l'autre jour je triais de la gazette pour en recoller sur le mur pis chus tombée sur un article… Attends, je vais voir si je peux pas le retrouver. Ça fait un peu peur…

Maria se relève, allume une lampe et disparaît de l'autre côté de la cloison. Elle revient en tenant la page d'un journal.

— Je l'ai retrouvé. C'est pas d'hier, c'est le *Progrès du Saguenay* en date du 14 juin 1910… Écoute ça: «… le juif a pénétré chez nous. C'est un fléau contre lequel nous n'avons pas voulu prendre les mesures préventives qui l'eussent écarté. Nous sommes déjà, par notre faute, victimes de cette peste qui ronge, qui décompose et qui tue les peuples chrétiens…» Et puis encore là, plus bas: «Dans toutes nos petites villes, à Chicoutimi autant qu'ailleurs, on en trouve des groupes de plus en plus nombreux qui grandissent vite si l'on n'y met pas de holà promptement et résolument.» Et c'est ajouté: «Pauvre province de Québec, si bonne jusqu'ici, prends garde à toi, c'est le virus de la décomposition et de la mort qui s'insinue en toi. Notre gouvernement, loin de nous protéger contre ce fléau détestable, nous livre à lui et le déchaîne sur nous. Les influences occultes, ici comme en Europe, font leur œuvre sourde[1].» Ben dis donc… Je me rappelais que c'était dur, mais comme ça… Ils doivent ben avoir fait quelque chose, non?

— Si toi aussi tu t'y mets…

— Mais non! Moi, je sais rien. Mais pourquoi qu'ils disent tout ça? Il doit y avoir une raison, je peux pas croire qu'on écrive du mal de même sur des gens pour rien. C'est un journal, ils doivent savoir des affaires qu'on sait pas.

Alma-Rose se détourne vers la cloison.

— Je savais que j'aurais mieux fait de ne rien te dire…

— Oui, mais, Rose, je veux ben croire que tu l'aimes, ce garçon, pis je veux ben croire qu'il paraît ben comme il faut. Mais si son peuple fait des affaires croches… C'est connu, les juifs, c'est eux qui ont tout l'argent du pauvre monde.

— Qu'est-ce qu'on en sait? As-tu été voir dans leur porte-monnaie? Idola Villeneuve, lui, il aime pas les Anglais parce qu'il dit que c'est eux qu'ont tout l'argent. Moi, je crois surtout que les gens, ils aiment pas les autres parce qu'ils sont pas pareils pis qu'ils se trouvent toutes sortes de bonnes raisons pour leur mettre tous les péchés du monde sur le dos.

— C'est pourtant les juifs qui ont crucifié Jésus; ça, tu peux pas dire le contraire.

— Les Romains participaient aussi. C'est un Romain qui

---

1. Article authentique.

Lui a donné le coup de lance. Pis le journaliste, là, sur la gazette, qui dit que les juifs c'est comme une peste ou un virus, est-ce qu'il a pensé que saint Joseph était juif, pis la bonne Vierge Marie, pis Pierre, et Jean, et tous les autres? Jésus Lui-même était juif. Je pense pas que ça Lui fasse ben ben plaisir de voir ce que des gens qui se prétendent bons catholiques écrivent sur le peuple dont Il faisait partie.

— C'est un peu épeurant tout ce que tu dis là, Alma-Rose. Je sais pas si un prêtre serait d'accord avec ce que tu dis.

— Ben, si y a un prêtre qu'est prêt à donner raison au journaliste, moi, je dis qu'y mérite même plus d'être prêtre. Comment qu'on pourrait haïr les juifs pis se mettre à genoux pour prier la Sainte Vierge?

— Tu dis ça parce que t'as rencontré un garçon qui te plaît et qui par malchance se trouve être un juif.

— Si c'est une malchance, Maria, c'est juste parce qu'on peut pas se faire des promesses qu'on pourra pas respecter.

— C'est ce bout-là que je comprends pas. Qu'est-ce qui vous en empêche? Ce que vont dire les gens?

— Pantoute! Les gens ils diront ce qu'ils voudront, ça, je m'en fiche; ce qui empêche, c'est qu'Élie veut rester juif et que moi, je veux rester catholique. Et comme on peut pas se marier dans deux églises différentes…

— Oui, mais, tu sais, c'est un peu triste à dire, mais s'il refuse de se faire catholique pour te marier, c'est peut-être qu'il te mérite pas.

— Je trouve que tu penses ben drôlement, Maria. T'étais pas de même avant. Tu trouves pas que c'est peut-être moi qui le mérite pas parce que je veux pas devenir juive?

— C'est pas pareil!

— Qu'est-ce qui n'est pas pareil? Il se sent juif comme nous, on se sent catholiques. Il pense que c'est la vraie religion comme nous, on pense que c'est la nôtre. Il se trompe peut-être, mais il est honnête dans sa foi. À mon avis, c'est ce qui compte. En tout cas, ça me paraît plus valable que d'aller à l'office du dimanche juste parce que ça fait bien d'y aller et qu'on a peur de griller en enfer si on y va pas quand c'est possible.

— Moi, c'est tout ce que tu dis qui me fait un peu peur. J'aime pas trop mettre les choses de la religion en doute. On y connaît rien, là-dedans, et si on se trompe, c'est pas long qu'on se retrouve damné. Pour moi, la Sainte Vierge, je sais pas si elle est juive ou catholique; tout ce qui compte, c'est qu'elle est la Vierge. Pis dans ce que tu dis, il y a une erreur, puisque c'est juste après Jésus qu'on pouvait devenir catholique. C'est sûr qu'avant on pouvait pas l'être, il fallait d'abord que saint Pierre soit pape et qu'il y ait une Église.

— Moi, j'ai tout relu les évangiles, et ce que j'ai vu, c'est que Jésus, Il allait prier au Temple. Je crois pas qu'Il aurait pu aller prier dans une place qu'aurait pas fait plaisir à Dieu. Ce que j'ai lu aussi, et c'est bien marqué, c'est qu'Il a dit qu'Il n'était pas venu pour changer une seule virgule à la Loi. Donc, pourquoi est-ce qu'on mange du cochon puisque c'est écrit qu'on ne doit pas? Pourquoi, puisque c'est écrit dans la Bible qu'on doit se reposer le septième jour, on se repose le premier? Pourquoi est-ce qu'on dit « mon père » au prêtre alors que Jésus lui-même a dit de ne pas le faire?

— Ce que je crés, là, Rose, c'est que t'es en train d'essayer de te faire accroire que c'est ben d'être juif. Tu fais ça pour te donner des bonnes raisons de l'épouser. C'est surtout ça que j'crés.

— Et alors? On s'aime. Pourquoi est-ce que le bon Dieu nous aurait fait connaître et aimer? Juste pour nous faire souffrir, je suppose?

— Moi, j'ai jamais dit que t'avais pas le droit de le marier. C'est toi qu'as dit que tu pouvais pas. Tiens! Peut-être justement qu'Il vous a fait vous rencontrer pour que tu le convertisses et que vous puissiez ensuite vous marier. Peut-être que Dieu trouvait que ce garçon-là était trop gentil pour pas recevoir la Bonne Nouvelle et qu'Il s'est arrangé pour que vous puissiez vous parler quand le père était pas à maison. Ça, vu de même, ça me paraît plein de bon sens.

Alma-Rose ne dit plus un mot. Elle reste la tête posée sur l'oreiller, la bouche entrouverte. Maria l'observe dans la presque obscurité, certaine d'avoir trouvé sans le vouloir une vérité cachée. Soudain, elle se demande s'il y en a une autre qui donnerait une justification au départ de Charlemagne pour l'Europe.

— T'as peut-être raison, dit enfin Alma-Rose. J'avais pas vu ça comme tu viens de le dire. On a un problème, on le tourne dans sa tête dans tous les sens, mais on est tellement occupé à se dire que c'est sans espoir qu'on en trouve pas la solution… Chus tout énervée astheure…

Maria pose les mains sur son ventre où elle vient de sentir son bébé remuer.

— Je ne vais pas accoucher tout de suite, dit-elle. Tu vas trouver ça un peu long si tu ne peux pas le revoir avant plusieurs mois…

Alma-Rose se tourne vers sa sœur avec un petit sourire de connivence.

— J'espère que tu seras pas choquée : je lui ai expliqué où tu restais et je lui ai dit que tu devais sûrement avoir besoin de coupons pour te faire du linge… Il va peut-être passer…

— Ça me soulage. Je commençais à avoir peur que tu t'ennuies à cause de moi. Et puis je voudrais bien voir quelle tête ça a, moi, un juif. À quoi il ressemble?

— Il est beau, très beau, avec des cheveux noirs un peu bouclés.

— Ouais… Ça m'en dit pas beaucoup plus. Il ressemble à personne qu'on connaît?

Alma-Rose lui a bien trouvé une certaine ressemblance avec le François Paradis dont sa mémoire garde l'image, mais comment pourrait-elle dire cela à Maria?

— À personne, répond-elle. Il est unique!

— Il faut croire qu'on a un don pour trouver des hommes uniques… Quand je pense que Charlemagne a réussi à se faire embarquer pour l'Europe, pour la guerre, lui qui fait la grimace quand il doit faire boucherie. Il est pas fait du tout pour la guerre. À le voir, on dirait un rocher, mais il est sensible comme un petit enfant. Qu'est-ce qu'il va ben pouvoir faire là-bas?

— Faut pas que tu penses trop à ça, Maria. C'est pas bon pour un bébé quand la mère se fait du casse-tête.

Soudain Maria a de nouveau envie de pleurer. Elle voudrait pouvoir refermer les bras sur l'enfant qu'elle porte, le serrer tout contre elle, comme s'il était le dernier cadeau de Charlemagne.

Autant que son ventre le lui permet, elle se tourne légèrement sur le côté, comme pour trouver le sommeil.

— C'est le temps de dormir, dit-elle. On a de l'ouvrage demain…

— Ça, c'est encore une autre affaire, Maria…

— Quoi donc?

— On a toujours de l'ouvrage, c'est jamais fini; à crère que ça ne peut finir que le dernier jour de notre vie.

— Qu'est-ce que tu voudrais qu'il y ait d'autre?

— Un peu de temps pour penser, Maria. On a jamais de temps pour penser à rien. T'as-tu déjà remarqué que ceux qu'ont de l'argent pis des facilités, c'est ceusses qu'ont du temps pour jongler à des affaires?

— Moi, je crés surtout qu'ils jonglent à des affaires parce qu'ils ont déjà l'argent pour se payer le temps de le faire. T'as donc ben des drôles d'idées de ce temps-citte… Allez, faut dormir…

— T'as raison, excuse-moi…

Cette fois, Maria se retourne, étonnée.

— Pourquoi tu t'excuses, Alma-Rose? Tu t'en viens icitte pour m'aider pis tu t'excuses, t'as pas de raison. C'est moi qui devrais le faire. Je sais ben que ça doit pas être drôle de venir comme ça passer deux ou trois mois au bord du bois, encore plus loin du monde qu'à la maison.

— Je m'excusais juste de te faire partager des idées qui sont décourageantes. C'est quasiment comme si je venais te dire en pleine face que la vie que tu mènes m'intéresse pas pantoute, pis aussi que je trouvais que c'te vie-là avait pas de bon sens…

— Eh ben, rassure-toi, petite sœur, y a plus d'une fois où ça m'arrive de penser comme toi; surtout quand on vient m'annoncer que mon mari a dû signer un papier pour s'en aller tirer sur des inconnus à l'autre bout du monde. Quand Charlemagne est là, qu'on est heureux tous ensemble, j'y pense pas; au contraire, y me semble que tout cet ouvrage, c'est vraiment pas payer cher pour tout le bonheur qu'on a à vivre ensemble. C'est même pas de l'ouvrage, c'est du plaisir… Pis chus certaine que si t'étais à ma place avec Élie, toi non plus tu trouverais pas que c'est de l'ouvrage. Qu'y fasse chaud ou qu'y fasse frette, tu te réveillerais le matin et tu te dirais que ça se peut pas d'être heureux de même.

— Alors, c'est quoi qui fait que c'est pas toujours de même?

— Ça… J'en sais trop rien. C'est comme si qu'on avait de quoi en nous autres qui nous forçait à demander toujours plus que ce qu'on veut vraiment. Des fois, je me pose la question aussi. C'est comme d'essayer de comprendre pourquoi Adam et Ève ont voulu croquer le fruit de la connaissance alors qu'ils avaient déjà tout ce qu'il fallait… Allez, si on se met à jongler à ça, on va y passer le restant de la nuit. Il vaut mieux essayer de dormir, Abel risque de nous réveiller avant que le jour se montre la face. Pauvre lui, il doit-ti souffrir, un peu, avec les gencives rouges comme il les a.

La nuit s'étire. Elles sont fatiguées et pourtant aucune ne parvient à trouver le vrai sommeil. La petite maison est cernée par une chanson triste et éternelle : l'écoulement de la rivière. À l'extrémité de la minuscule prairie arrachée au chaos, le mystère marque la lisière du bois immense. Elles ne le voient pas, mais elles le sentent. Elles le perçoivent depuis toujours, à la fois comme une crainte, mais aussi comme la promesse envoûtante d'un recommencement toujours possible par-delà soi-même.

III

Coque effilée noire, toutes voiles claquant dans la lumière de juin, le dernier grand schooner à quatre mâts trace une double frange immaculée dans l'azur pailleté or du Saint-Laurent; en route vers les ports du vieux monde, par-delà l'Atlantique.

Il vient des Grands Lacs, là où, sous la courbe colossale des cieux, de plus en plus vite, bat le cœur du continent. Est-ce à Chicago, à Thunder Bay ou à Cleveland, pour un repas de plus ou une bouteille ou même un sourire factice, des hommes sans passé ont chargé ses cales du tabac odorant de l'Ontario ou du maïs dodu de l'Arkansas ou encore du bois pluricentenaire de la Colombie-Britannique.

Sur la rive orientale, dissimulée du chemin par un boisé de pins, avec le fleuve immense pour paysage, la grande maison de bois est de celles qui suscitent le rêve ou la jalousie. Debout devant la porte-fenêtre du salon, une paupière à demi fermée, Aude observe le schooner dans la longue-vue en cuivre de son père et, en parallèle des contrées qu'évoque le navire, se demande pourquoi ce n'est qu'aujourd'hui, le jour de ses dix-sept ans, qu'elle prend conscience de la beauté qui habille son quotidien. Et quel est ce souffle étrange et parfumé qui la caresse, pénètre sa peau comme le soleil et lui emplit l'esprit d'une joie aussi infinie qu'elle n'a de cause? Il semble provenir du fleuve, de la forêt insondable qui s'étend au-delà, et des lacs, des montagnes et des rivières; mais il ne fait que sembler, car s'il est tout cela, il est aussi une promesse imprécise et autre chose de bien plus vaste. Quoi? La question elle-même provoque la joie. Une joie si intense qu'elle veut la partager avec sa mère qui, assise bien droite sur le bord d'un fauteuil, paraît totalement absorbée par un travail de crochet.

— Vous voyez, môman, comme le temps s'est mis au beau en pas longtemps. On en oublie déjà qu'il a mouillé toute la journée.

Mathilde Gosselin redresse son visage grave, tourne vers l'extérieur un regard presque trop bleu où émerge parfois l'écueil d'une douleur inavouée, puis elle approuve gravement.

— C'est pourtant vrai! Tu vois, Aude, ça prouve qu'on a raison de prétendre que la bonne Sainte Vierge ne laissera jamais se passer un samedi sans au moins une éclaircie. C'est là son signe.

La jeune fille voudrait pouvoir signifier tout haut qu'à son avis il s'agit là d'une légende et non de la vraie religion, mais elle sait à quel point sa mère est stricte sur le sujet. Néanmoins, à son habitude en pareille circonstance, elle cherche à signifier sa pensée par une question d'apparence candide:

— Et pour les Inuits, plusieurs mois dans la nuit polaire, est-ce qu'il y a un signe?

Cette fois, Mathilde Gosselin pose son ouvrage sur l'accoudoir, croise les mains sur son giron et, impénétrable, regarde fixement sa fille.

— Tu as maintenant dix-sept ans, dit-elle au terme d'un long examen. Il est grand temps, Aude, que tu apprennes à te comporter en adulte.

— Moi! Mais qu'est-ce que j'ai dit qui ne va pas, môman?

— Ce n'est pas tant les mots que l'attitude. Il faut que tu abandonnes cet air bravache. À quinze ans on veut se rendre intéressant, bon c'est dans l'ordre des choses, mais maintenant, ce qu'on attend de toi, ce n'est pas tant de te rendre intéressante que d'être une femme qui fait ce qu'elle a à faire.

— Mais…, môman, pourquoi vous me dites ça? J'ai toujours fait ce que vous m'avez demandé!

— Je le sais très bien, mais quand je parle des devoirs d'une femme, je parle de tout autre chose, je parle de donner.

— Donner!

— Oui, se donner pour le bonheur des autres; personne sur cette terre ne vaut plus que cela, et note que c'est déjà beaucoup.

Venant de la part d'elle-même qui s'insurge à cette affirmation qui semble vouloir limiter ses horizons, les objections se bousculent jusque dans le regard de la jeune fille. Avec trop d'anarchie cependant pour pouvoir être formulées, car au fond elle approuve les paroles de sa mère. Aussi, faute d'argument valable, elle cherche à retrouver cette promesse pressentie dans le souffle il y a seulement quelques instants, et, du regard, elle revient au fleuve où le schooner n'est déjà guère plus qu'un souvenir.

Le souffle n'est plus là, mais il a laissé en elle l'intuition d'un continent à l'image du Saint-Laurent, immense et indifférent. Ce pressentiment l'émerveille, mais aussi provoque l'angoisse de la chair éphémère confrontée à la marche solitaire du temps. Comment réagir à cette angoisse autrement qu'en y substituant le banal quotidien? De nouveau, Aude se tourne vers sa mère qui, elle, n'a cessé d'observer sa fille avec, au fond des prunelles, un étrange mélange d'amour et de mélancolie.

— C'est dimanche demain, môman. Qu'est-ce qui est prévu pour le repas après la grand-messe?

— Oh! c'est vrai! je t'en ai pas encore parlé, mais, s'il fait beau, les Pomerleau ont proposé à ton père de nous emmener demain toute la famille sur leur petit schooner pour aller voir les baleines de l'autre côté du fleuve, et comme ton père a dit que ce serait un beau cadeau pour tes dix-sept ans…

Mathilde Gosselin n'ajoute rien. Seuls ses traits empreints d'une indulgence forcée expriment parfaitement ce qu'elle pense d'une telle expédition.

— Les baleines! Oh! môman! j'ai toujours rêvé d'aller les voir. Il paraît que leur chant est tellement émouvant que c'est presque comme entendre les anges.

À ces paroles, le visage de la mère reprend l'expression quelque peu rigoureuse qui lui est propre. Et cela d'autant plus que, sans s'en rendre compte immédiatement, Aude a touché un point particulier.

— Tu sais très bien qu'il n'y a que dans la vraie musique sacrée qu'on peut parfois espérer entendre le langage des anges; tout comme dans celle qui fait se trémousser on reconnaît celui des démons.

— C'était rien qu'une façon de parler, môman.

— C'est pourquoi il ne faut pas parler pour rien.

Aude est triste à présent. Elle aime sa mère et voudrait pouvoir le lui manifester. Elle voudrait pouvoir fermer ses bras autour d'elle, lui confier ses tracas, partager les siens, rire avec elle, mais, peut-être pour se protéger d'un tourment jamais révélé, Mathilde Gosselin a dressé autour d'elle un rempart où la dignité le dispute à la gravité. Un rempart que même ses enfants ne parviennent pas à franchir et qui fait dire à certaines «grand' langues» des alentours que c'est cette «suffisance» qui lui a fait choisir pour époux l'homme le plus «indépendant» qui soit à Cacouna. Des bavardages qui prouvent combien la mémoire peut emprunter à l'imagination, car ce sont les mêmes «placoteux» qui se sont empressés d'oublier que Wilfrid Gosselin n'a acquis sa fortune que bien après son mariage. Cette fortune, qui l'empêche d'établir des relations ordinaires avec la plupart de ses contemporains; qui malgré eux témoignent de leur respect craintif de l'argent à travers celui qui le possède.

— Parlant de musique, reprend Mathilde Gosselin, il serait bon que tu travailles un peu ta voix avec ta sœur pour ton repas de fête, demain. Qu'as-tu prévu de chanter finalement?

— L'*Ave Maria* de Schubert. Mais je ne sais pas si ça va leur plaire. Il y a des fois, j'ai l'impression que les gens aimeraient mieux qu'on leur joue des rigodons.

— Eh bien, s'ils préfèrent des rigodons, ils iront à la taverne. Pas dans ma maison, ça non!

De façon salutaire pour son moral, Aude ne peut s'empêcher de pouffer en imaginant le rigide curé de la paroisse soulevant sa soutane à mi-mollet pour danser un set carré en compagnie des «robineux» et autres noceurs du comté.

— Je vais voir où je peux trouver Colombe, dit-elle.

— Tu peux être certaine qu'elle doit être en train de paresser avec un de ces romans qui font dangereusement rêver les jeunes filles. Ça devrait être interdit.

— Vous ne rêvez pas, vous, môman?

Aude est surprise par le fugace éclair douloureux qui fait ciller sa mère.

— Bien sûr! J'ai des rêves pour vous, pour votre avenir.

— Pas pour vous?

— Pourquoi pour moi, j'ai tout ce qu'il me faut.

Réalisant que sa mère essaie surtout de se convaincre elle-même, Aude prend conscience qu'il serait insensible de pousser ses questions plus loin; aussi se borne-t-elle à déclarer d'un ton neutre :

— On peut pas jamais avoir tout ce qu'on a besoin, môman; ce serait le paradis d'Adam et Ève.

Et, quittant la pièce à la recherche de sa sœur, pensive, elle a un autre regard pour le fleuve où s'allongent les premières ombres bleues du crépuscule.

***

Nommée *Belle de May*, le doris n'est qu'une barque solide gréée d'un mât, mais Thomas Jolycœur en tire une fierté presque juvénile qui en réalité n'est rien d'autre que l'expression de l'enthousiasme qu'il a pour son travail. La barque est profonde, effilée à la proue comme à la poupe, son bordage à clins est fait des meilleurs madriers de pin blanc que son père et lui ont ramenés d'un chantier au nord du lac Saint-Jean. Voilà l'embarcation avec laquelle il gagne sa vie dès que se termine la saison du piégeage.

C'est aujourd'hui dimanche; il n'ira donc pas tendre ses lignes; ce qui ne l'empêche pas d'avoir prévu une sortie sur le fleuve immédiatement après la messe. Après tout, ce n'est pas parce qu'on est en repos qu'il faut s'ennuyer. Ce matin, davantage tiré du sommeil par l'habitude que par le cri impromptu d'une mouette qu'il a incriminée, il s'est levé avec le soleil et, pour éviter de réveiller le reste de la maisonnée en farfouillant dans la cuisine, il s'est contenté d'aller gober un œuf au poulailler. Puis, ne sachant comment s'en empêcher et en se demandant ce qu'il pourrait bien faire qui ne soit pas vraiment considéré comme du travail, ses pas l'ont conduit sur la grève, près du doris.

Assis sur un rocher, il regarde vers le golfe. Le ciel, d'un rose laiteux très pâle, s'harmonise avec le céruléen des eaux. Il fait doux. Outre l'iode, l'air porte encore des exhalaisons de fougère, d'écorce et d'humus arrachées aux sous-bois par la pluie de la veille. Sur le rivage, l'eau clapote légèrement et, dans le ciel, des oiseaux de mer s'interpellent. Baignée de douceur, c'est l'heure magique où la création se remémore l'Éden. Tout est parfait.

Puisqu'il en est ainsi, la joie se cherche une place dans le cœur de Thomas. Sur le point d'y parvenir, elle est brutalement stoppée par cette vieille intruse de toujours : la solitude. Tout haut, parce que souvent seul, Thomas paraît s'adresser au fleuve :

— C'est beau en péché tout ça, mais comment je pourrais être parfaitement heureux vu que j'ai personne pour le partager ? C'est trop pour moi tout seul !

Il a les coudes appuyés sur les genoux et le menton dans ses paumes. Il ferme les yeux à la recherche d'un visage ; mais ne le voit pas. Ou plutôt, s'il n'en voit la représentation, il en pressent l'âme et souffre d'en être séparé. Ce qui appelle de nouvelles pensées solitaires :

« Comment je vais la trouver ? Je passe tous les longs mois de l'hiver dans le bois à courir après les animaux à fourrure, pis l'été je suis sur le fleuve d'une noirceur à l'autre. Je m'en plains pas, même que j'aime ça pas ordinaire, mais ça me laisse pas grand temps pour la rencontrer. Pis c'est pas une fille de l'Île certain ; je connais tout un chacun icitte. Que c'est que je vais ben pouvoir faire pour la connaître ? J'ai pas peur de rester vieux garçon, mais elle me manque en mautadit celle que j'ai pas encore rencontrée. Quienbon ! voilà que je sais même plus ce que je dis. Comment qu'elle peut me manquer vu que je la connais point ? »

Soudain, Thomas redresse la tête et, surpris, fixe loin vers l'horizon. Contredisant ses dernières paroles, il lui semble entendre un chant qui allume en lui une joie inexplicable. Alors, il se prend à imaginer celle qu'il ne connaît pas et c'est comme une lumière blanche illuminant l'obscurité de son crâne. Mais, bien sûr, ça ne peut pas vraiment être une lumière. Quoi alors? Ça ressemble à l'espoir, mais ce n'est pas vraiment ça non plus. Non, il ignore les mots qui pourraient traduire cette conviction enivrante que bientôt, peut-être même aujourd'hui, quelque chose va survenir. Quelque chose de fantastique.

C'est ridicule, ces larmes qui fondent ensemble le bleu du fleuve et l'incarnat des cieux; absurde cette joie qui monte de sa poitrine. Mais la joie brûle d'un feu beaucoup plus vif que celui du désespoir. À peine a-t-il la prescience que cette joie est vaine puisque pour l'instant il ne peut la partager, aussitôt en retombent les cendres. Cependant, tout n'est pas perdu; consumant les scories de l'incertitude et du renoncement, l'embrasement de sa joie laisse en lui le diamant bleu de ce qui cette fois se nomme bien l'espoir.

— C'est-ti que t'aurais dans l'idée de mettre la *Belle de May* à la mer[2] avant la messe, mon garçon?

Avec la vague sensation d'être pris en flagrant délit, Thomas se retourne vers son père qui, émergeant de la lisière de pins rabougris, s'approche tranquillement en tirant à grandes bouffées sur sa pipe. Il est grand et maigre au point d'en paraître austère. Seules les prunelles et la voix de Rosaire Jolycœur révèlent son véritable caractère pétri de bonhomie.

— Oh! c'est vous, le père! Non, pantoute, je pouvais plus dormir et je suis venu icitte, comme ça, pour regarder la mer.

---

2. À partir et en aval des environs de l'embouchure du Saguenay, les riverains du fleuve Saint-Laurent ont l'habitude de dire «la mer» en le désignant.

— Tout seul de même, tu dois rêver à tes vieux péchés…

— Sans vouloir vous manquer de respect, le père, je suis encore à l'âge ioù ce qu'on rêve surtout à ceux qu'on va pouvoir faire.

— Y a pas d'âge pour ça, le jeune. Que c'est que tu imagines. J'ai plus vingt ans, c'est entendu, mais je ne suis pas encore magané au point. Des péchés, j'en rêve encore…

— Vous, le père?

— Ben certain! C'est sûr que j'ai pas besoin de regarder les créatures, rapport que j'ai encore le souvenir de ta mère partout dans la tête, mais pour le reste… Je suis pas rendu à dire non à une petite ponce de gros gin, ni à une bonne veillée ioù ce qu'on peut tourner des belles paroles à la femme des voisins en se faisant accroire qu'y aurait juste à lever le petit doigt pour qu'elles disent amen. Parce que, tu sais, se faire accroire qu'on peut séduire les créatures, y a pas de meilleur remède pour raplomber le moral d'un homme.

— Moi, je pense pas comme ça, le père.

— Parce que t'es encore trop jeune. Je gage que t'en es encore à te faire accroire qu'y doit y avoir à quelque part une belle créature qui est toé au féminin, une fille qui pense comme toé et qui voit les choses pareil comme tu les vois. Tout ça au point de faire plus qu'un, comme y disent dans les Écritures.

— Vous créyez pas à ça, vous, le père?

— Moi, je crés surtout que c'est avec le temps, en masse du temps, qu'on finit par plus faire qu'un. C'est tous les petits bonheurs et toutes les grandes misères qu'ils ont ensemble qui font qu'un homme et une femme en viennent qu'à voir les choses pareillement pis à deviner ce que ça fait à l'autre. C'est juste rendu là, et si on s'aime sans trop se faire de cachotteries, qu'on peut dire que les deux sont quasiment la même créature du bon Dieu, et que quand vient le temps pour l'un de partir au cimetière, l'autre qui reste est plus rien que la moitié de lui-même.

Sans vouloir le contredire, d'autant plus qu'il vient de lui avouer le mal qui le ronge, Thomas souhaite que son père se trompe. Sans qu'il se l'explique clairement, il lui apparaît anormal de devoir traverser tant d'années avant d'être à même de partager ce qu'il imagine comme étant une compréhension capable d'annihiler l'isolement qui vient de pair avec la vie.

Rosaire Jolycœur s'est assis à côté de son fils aîné et, à travers les volutes bleues qui s'échappent de ses lèvres, lui aussi contemple le golfe.

— On a beau vivre avec ça depuis les langes, dit-il en désignant l'étendue immense des eaux. Ça fait toujours de quoi, quand on y regarde sérieusement.

— Oui, ça donne l'impression qu'on est à la fois très important et aussi rien du tout. Important parce qu'on sait que, si on était pas là, tout ça servirait à rien pantoute, et rien du tout parce que, quoi qu'on fasse, ça change rien pour le fleuve. Il est là depuis plus loin que les hommes peuvent se rappeler et il sera encore là quand on sera même plus des souvenirs. À se demander à quoi qu'on sert.

— Eille! garçon, y va être temps que tu te cherches une petite femme gentille pour occuper tes pensées; je trouve que tu commences pas mal à jongler à toutes sortes d'affaires qu'apportent rien de bon.

— Comment que des pensées peuvent nuire, le père?

— J'ai pour mon dire que des pensées qui questionnent ce qui nous dépasse, ça conduit à d'autres pensées encore plus mêlantes, pis que ça a plus de fin et qu'on finit par s'y perdre pour de bon. Tout comme cet innocent de Frette-aux-Pieds, que la paroisse est obligée de prendre en charge parce qu'il s'est brûlé le cerveau à jongler à des affaires qu'avaient pas rapport avec ses besoins.

— C'est sûr que, rendu à ce point-là, c'est pas d'adon pour les autres, mais faut bien tâcher de comprendre ce qui arrive, non?

— J'en sais trop rien, mon gars, j'en sais trop rien. C'est peut-être plus sage de s'en remettre au bon Dieu qui veille à tout pas mal mieux que nous autres on pourrait le faire.

Thomas a un hochement de tête incertain, puis, comme

souvent entre les deux, chacun s'abîme dans le silence, vaguement inquiet d'avoir révélé une part de lui par des mots trop vite prononcés.

Ils sont encore ainsi lorsque, réveillant en chacun des souvenirs nostalgiques de la petite enfance, les cloches de Rivière-du-Loup carillonnent dans la luminosité du matin, appelant une fois de plus au rassemblement qui réconforte les quelques créatures éparpillées sur ces terres encore indifférentes à leurs gestes.

***

Le ciel est de ce bleu qu'en hiver on prête à l'été lorsque le blizzard pousse la neige dans les interstices mal calfeutrés. Étincelant, le fleuve veut rivaliser avec les cieux. L'air aussi est de la partie; ni trop chaud ni trop frais, il vivifie le corps et l'esprit.

À la proue du petit schooner, penchées côte à côte, inconscientes du regard à la fois fier et surpris de leur père qui les observe tout en discutant avec Gervais Pomerleau à la barre, Aude et Colombe se laissent hypnotiser par l'écume que provoque l'étrave. À la poupe, leurs jeunes frères Magella et Valère gesticulent et lancent des cris à l'intention d'invisibles canoës chargés d'Indiens belliqueux.

Plus de deux heures que le petit bateau a quitté Cacouna pour mettre le cap sur Tadoussac où, paraît-il, se trouvent des baleines. Il y a eu le repas pris sur le pont, la nappe blanche qui bat dans la brise, les rires qui étincellent, les prunelles où se reflètent l'azur, les larges tranches de pain chargées de dinde, la saveur de la confiture aux bleuets. Tout cela dans la griserie de la lumière chaude sur la peau, du vent libre dans les cheveux et de l'iode qui imprègne chaque inspiration. Une exclamation de Valère a indiqué la direction où sont apparus les bélugas, et aussitôt tous les regards se sont tournés vers les trois cétacés d'un blanc si blanc qu'un instant Aude en a conçu un sentiment confus de virginité et d'impudicité. Impression aussitôt oubliée au profit d'une exaltation tout enfantine face aux jeux spontanés d'animaux évoquant brusquement l'existence insoupçonnée d'un autre monde, là, dans les marines profondeurs abyssales où ils ont disparu comme s'ils n'étaient jamais vraiment venus.

Comme avertie par une présence invisible, toujours inconsciente du regard de son père qui à présent surveille avec reproche celui de Gervais Pomerleau, Aude s'arrache à l'envoûtement du bouillonnement d'écume et, frappée, découvre l'embouchure de la rivière Saguenay, qui, sans posséder la vastitude du Saint-Laurent, n'en dégage pas moins l'impression d'une force plus primitive. Émeraude et sombre à l'abri de murailles minérales pareilles à des orgues à l'usage de quelque divinité, elle viole l'intimité indomptée de l'immense forêt boréale et propose aux hommes le passage vers un royaume dont seules les légendes renvoient les échos. Mais Aude a appris que la grande rivière mène au lac Saint-Jean, au-delà duquel ne se trouvent qu'épinettes chétives et mornes solitudes.

Suivant le vol d'une mouette, le regard de la jeune fille accroche la voile en grosse toile orangée d'une petite embarcation qui croise à une ou deux encablures. Elle s'en demande la provenance lorsqu'un nouveau cri de Valère détourne son attention :

— Là! Là! C'en est une! Une baleine! Une énorme baleine, là, c'est une bleue!

D'un seul mouvement, tous se précipitent vers la proue et aperçoivent, telles les ailes déployées d'un oiseau fabuleux, la nageoire caudale du léviathan glissant vers les profondeurs. Puis, à n'en plus croire ses sens, plus rien sinon la stupeur.

— Elle va réapparaître par là, prédit Gervais Pomerleau en tendant le bras vers l'autre bord du navire.

Ces mots à peine prononcés, les deux frères se précipitent vers le bastingage bâbord et, sans doute pour être mieux à même de revoir le géant marin, grimpent dans les cordes du hamac qui tend la grosse toile.

Mais le temps s'écoule et rien ne vient fendre l'onde.

Cherchant à prolonger la magie de l'instant passé, Aude imagine qu'elle accompagne la baleine dans les entrailles mouvantes du fleuve et des océans.

Plus personne ne s'y attendait, surtout si près. Lancée à l'assaut du ciel, colossale, la baleine jaillit à proximité immédiate du schooner, ce qui donne à ses occupants l'illusion absurde de naviguer sur un jouet dans un monde beaucoup trop grand pour eux. Sous l'effet de surprise, Valère, dont les genoux dépassent du filin de bastingage, bat stupidement les airs de ses bras et, le regard agrandi d'effroi, bascule irrémédiablement par-dessus bord où il est happé dans le bouillonnement multicolore provoqué par le jaillissement de la baleine qui elle aussi s'abat dans une gerbe qui semble engloutir le monde.

Mis à part le « Valère! » trop aigu de Mathilde Gosselin, paralysée de surprise, aucun ne trouve le moyen de réagir, ne serait-ce que par un cri avant que le jeune garçon ne disparaisse dans le tourbillon d'une vaine tentative pour rester dans l'air des hommes.

Lorsque, avec les autres, Aude crie le nom de son frère sur le ton du refus, elle ne réalise pas qu'elle s'adresse en partie à la baleine comme si l'animal pouvait faire quoi que ce soit.

— Je saute! déclare Wilfrid Gosselin, hagard, en ôtant sa veste.

— Papa, vous savez pas nager! s'écrie Colombe qui visiblement refuse de voir son père s'engloutir à la suite de son frère.

Et l'appuyant, Gervais Pomerleau ajoute :

— Vous couleriez, Wilfrid…

— Quoi alors? Quoi!

— Faites quelque chose! Mon Dieu, faites de quoi! hurle Mathilde Gosselin.

Aude réalise clairement que personne à bord n'est en mesure de plonger pour récupérer son frère englouti depuis déjà de trop nombreuses secondes. Elle ne sait plus ce qui se passe dans sa tête. Tout d'abord, un éclat d'instant, elle tente sans y parvenir de concevoir l'existence sans la présence souvent turbulente du cadet de la famille, ensuite elle se convainc que la baleine ne peut rester insensible à ce qui arrive, qu'elle est trop énorme pour cela, qu'il va obligatoirement se passer quelque chose, et, pour finir, avant que quiconque puisse l'en empêcher, sans du tout mesurer la portée de son geste, elle enjambe le bastingage et se jette à la suite de la bouée que vient de lancer Gervais Pomerleau.

Des cris au-dessus d'elle, puis le contact froid de l'eau qui la paralyse. La nappe liquide se referme sur son front, elle se débat, émerge, ne sait plus ce qu'elle fait là et de nouveau l'eau se referme sur elle, la privant d'une foule de sensations.

Puis, sans qu'elle n'y soit pour rien, portée par une force aussi douce qu'invincible, elle rejaillit dans l'air bleu pour entendre son nom clamé par sa famille, là-bas sur le schooner qui vire sur son aire.

Soudain, Aude comprend que, répondant à la folle conviction qu'elle a eue avant de sauter, la baleine est venue se glisser sous elle et que, à l'instant même, la plus grande créature terrestre la porte sur son dos.

Confiant son propre sort aux soins de la baleine, la jeune fille se préoccupe de nouveau de Valère et réalise avec horreur qu'il peut être n'importe où sous la nappe liquide. Alors, elle tape la baleine du plat de la main.

— Trouve-le! s'écrie-t-elle. Trouve mon frère, s'il te plaît! S'il te plaît!

Elle et l'animal offrent un spectacle inconcevable aux occupants du schooner, qui reprennent un peu espoir avec l'intervention inopinée d'un jeune homme qui a plongé de la petite embarcation à voile orangée comme Aude sautait du schooner.

Le garçon s'enfonce là où, désorienté, aucun d'entre eux n'aurait eu l'idée de le faire plus qu'à un autre endroit. Puis, miraculeusement, il refait surface avec Valère qui se met à cracher, puis à hurler.

Recommandant sans cesse à Valère de ne pas paniquer, Thomas se dirige vers le schooner qui revient vers eux. Lui aussi a aperçu la jeune fille supportée par la baleine. Il l'a vue sans parvenir à y croire tout à fait; cela ressemble trop à une légende comme il y en a dans ces gros livres reliés rouge et or que certaines dames instruites lisent parfois à leurs jeunes enfants. Pourtant, et malgré tout le reste – dont sa *Belle de May* qui s'en va à la dérive –, ce qu'il voit l'émeut. L'acte qu'il vient de poser n'est pas étranger à ce sentiment; à croire qu'à cet endroit précis où la rivière de la terre mêle ses eaux à celles du fleuve de l'océan, tout se soit ligué afin de prouver à quelle joie pure peut conduire l'abnégation de soi au bénéfice des autres.

De son côté, sur le point de hurler son refus face à l'implacable évidence, Aude les aperçoit. Elle est incapable d'imaginer comment un inconnu peut se trouver là avec Valère et cela la fige au point d'en oublier sa propre situation. Ce n'est qu'après un bon moment, se demandant pourquoi Colombe paraît si ahurie sur le pont du schooner, qu'elle réalise où elle-même se trouve. Son étonnement rejoint celui de sa sœur et n'a de limites que le souci de la suite. La baleine peut décider n'importe quand de retourner vers les profondeurs et alors... Ne pas y penser! Faire confiance!

Ça y est, enfin! Elle aperçoit Valère et l'inconnu qui abordent le voilier. Son père se penche et hisse son frère à bord, puis, du doigt, il la désigne à l'inconnu toujours dans l'eau et celui-ci qui fait oui de la tête.

Elle ne se souvient pas d'avoir rencontré le jeune homme, pourtant son visage lui semble familier. Ça doit être la distance ou ses cheveux plaqués par l'eau qui l'empêche de le reconnaître.

Le grand cétacé se laisse tranquillement flotter à distance du schooner. Parfois, se propageant jusque dans ses membres, Aude ressent de brefs tressaillements parcourir l'animal. Est-ce naturel ou est-il sur le qui-vive? Qu'est-ce qui pourrait inquiéter cette formidable créature? Est-ce sa présence à elle?

«Je suis sur une baleine, se dit-elle comme pour s'en convaincre. Je suis sur une baleine bleue à l'embouchure du Saguenay, et elle vient de me sauver!»

Une vague de gratitude submerge soudain Aude. Elle voudrait prouver sa reconnaissance et sa soudaine affection, mais ne peut que promener sa main sur la peau aile-de-pigeon dont elle mesure à présent toute la douceur.

— Merci, Baleine. Merci…

Elle ne peut dire ou faire davantage. Elle s'en rend compte et s'en attriste. Est-ce à cause de ce sentiment, quelque part dans son esprit des brumes se résorbent et soudain lui laissent appréhender un sentiment jamais encore soupçonné, un sentiment où le bleu est encore plus bleu que celui de l'azur, où l'air est encore plus vivifiant, l'eau, plus pure, et le monde, tellement plus vaste; un sentiment vide de mots où pourtant elle et la baleine soudain se saluent et se reconnaissent dans une inconcevable communion au-delà des sens.

Puis, c'est fini. Les choses redeviennent ce qu'elles étaient, avec toutefois cette différence qu'Aude sait désormais qu'elles ne sont que ce que chacun peut en appréhender.

— Prenez pas peur, lui recommande Thomas dont la tête émerge à chaque brasse.

Elle l'observe qui s'approche. Elle n'a pas peur comme il paraît le croire; au contraire, elle présume que plus jamais elle ne connaîtra cette entrave.

— Je n'ai pas peur…

Elle est certaine à présent de n'avoir jamais rencontré celui qui vient à son secours; pourtant, malgré cette certitude, elle ne parvient pas à se défaire de cet étrange sentiment qu'elle le connaît très bien.

Parvenu à proximité immédiate de la baleine, Thomas cesse de nager et se contente de suivre.

— Vous pouvez vous laisser glisser vers moi, dit-il, je suis là.

— Vous, vous ne voulez pas venir jusqu'ici?

Ce n'est pas la crainte de se laisser aller à sa rencontre qui fait poser la question à Aude, en fait, la posant, elle se rend compte qu'elle voudrait surtout qu'à son tour il connaisse ce qu'elle vient de ressentir.

— Je sais pas si… dit-il.

— Il n'y a aucun danger, assure-t-elle, comme si elle s'en était au préalable entretenue avec l'animal.

Thomas la contemple, là, telle une apparition chevauchant les flots, telle une sirène comme il en est parfois question durant les longues veillées du temps des Fêtes. Mais, plus que le spectacle presque mythique qu'elle offre avec la baleine, c'est elle seule, son regard qu'il vient de croiser, qui provoque en lui ce mélange de crainte et de joie, creuse un grand vide dans sa poitrine et lui noue la gorge.

— Elle ne vous fera pas de mal, assure Aude qui le voit à présent aborder la baleine avec des gestes dénotant une certaine retenue.

Thomas se laisse flotter le plus horizontalement possible à la surface, il n'a plus qu'à rétracter légèrement ses membres et il sera en contact avec l'animal. Il lui faut toutefois un nouveau regard d'encouragement de la jeune fille pour balayer définitivement les appréhensions qu'il a des réactions du léviathan.

Voilà! Il sent à présent la baleine sous ses paumes et sous ses genoux. Un morceau de vie presque trop grand pour que le simple regard s'en assure.

Ces instants resteront à jamais gravés dans la mémoire des passagers du schooner. Aude, Thomas et la baleine offrent un spectacle capable de refouler la monotonie de tout le quotidien à venir. Magella voudrait applaudir et crier, mais il est implicite qu'un rien pourrait rompre le charme de l'instant. Colombe se mord les lèvres pour retarder les larmes qui vont venir brouiller tout ça. Mathilde Gosselin et son fils tout juste rescapé se tiennent dans les bras l'un de l'autre et regardent jusqu'à en oublier le péril auquel il vient d'échapper. Les Pomerleau, bouche grande ouverte, se tiennent par la main comme ils ne l'ont pas fait depuis trop longtemps. Seul Wilfrid Gosselin lutte contre l'émotion qui cherche à le gagner.

— Qu'est-ce qu'y font! marmonne-t-il surtout pour garder une contenance.

Aude s'est tournée vers Thomas et lui sourit. Un sourire

qui veut tout communiquer. Lui, comme insensibilisé au froid de l'eau, se met à rire, étourdi d'une onde d'enchantement.

La baleine sait-elle qu'elle n'a plus rien à faire dans cette rencontre? Elle a un mouvement qui laisse comprendre qu'elle va plonger. D'abord, comme pour leur laisser le temps de se dégager, elle s'agite doucement. Thomas s'approche de la jeune fille pour la soutenir.

— Accrochez-vous à moi, dit-il.

Aude se laisse aller dans le courant, et Thomas place son bras sous sa nuque pour lui maintenir le visage hors de l'eau. De son côté, comme si elle avait attendu qu'ils aient pris une marge sécuritaire, la baleine s'ébroue pour de bon. Elle se cabre un peu, leur dévoile un instant le mystère de son œil, puis, infiniment gracieuse, plonge sans fin vers des profondeurs claires-obscures.

Ils l'entendent à présent. En guise d'adieu, elle les enveloppe d'un long chant monocorde. Ainsi bercés, ils prennent tout à coup conscience du contact affolant de l'autre et du courant qui passe entre eux. Et déjà, en contrepoint, l'angoisse d'en imaginer l'interruption.

Entraînant la jeune fille avec lui, Thomas nage vers le schooner. Il a oublié la *Belle de May* qui dérive. Sans aucune crainte, Aude se laisse emporter et ne prend autrement conscience des abîmes liquides qu'en faisant de leur grandeur le théâtre de ses sentiments. Paupières mi-closes, elle ne reçoit que l'or de la lumière; et si chaque mouvement de Thomas est ressenti comme un geste de plus vers une seconde naissance, il l'est aussi comme un sceau qui laisserait chaque fois une empreinte plus profonde dans la chair de ses sentiments.

Pourquoi le temps ne s'arrête-t-il pas ici? Qu'y aura-t-il à attendre de plus? Elle est parfaitement bien et ne désire rien d'autre. Quel sera le prix à payer pour un autre instant comme celui-ci? Qui est ce garçon qu'elle ne connaît pas et en compagnie duquel elle se sent mieux qu'avec elle-même? Pourquoi lui a-t-on dit qu'il fallait nécessairement connaître avant d'aimer puisqu'elle sait déjà qu'il ne peut y avoir personne d'autre avec qui elle se sentirait aussi…

Une ombre. Déjà la coque du schooner! Les visages se penchent sur eux. Elle sourit pour rassurer, pour rassurer les autres. Quant à elle, il va falloir reprendre où elle a laissé lorsqu'elle a plongé.

***

Au point magique où les bleus et les roses deviennent un, le temps s'incline sur le passage du cortège de la nuit et de l'été vers l'autel de leur union. Et sous le firmament limpide, immense, le fleuve attend la célébration. C'est une de ces soirées qui modèlent les pentes douces de la mémoire.

Sur la grande terrasse de bois, soucieux d'en rompre le charme, les témoins échangent leurs impressions à voix basse. Il y a là toute la maisonnée de Wilfrid Gosselin : le couple Pomerleau, le curé Tremblay, les Cyr, qui sont les voisins les plus immédiats durant la période estivale, et enfin le héros du jour, ce jeune homme de Rivière-du-Loup qui a sauvé Valère et Aude d'une noyade certaine.

Lorsqu'à la suite d'Aude il est monté à bord du schooner, un peu solennel, Wilfrid Gosselin s'est avancé, lui a pris la main et l'épaule, l'a regardé en face, puis, sur le ton qu'il prend pour parler à ses employés quand vient le temps d'adresser un compliment, lui a déclaré :

— Merci! Merci, mon gars, sans toi… Je te le dis devant témoins, si jamais dans l'avenir t'as besoin de n'importe quoi, c'est déjà à toi.

— C'est rien. J'ai rien fait que ce qui était normal. Tout un chacun qui sait nager aurait fait pareil comme moi, et puis j'ai déjà ma récompense dans le contentement de moi.

— Ce qui est dit est dit. Tu veux quelque chose, c'est à toi.

— Tout ce que je demande, c'est si vous pouviez me ramener à ma barque avant qu'elle aille s'échouer au yâbe-au-vert.

— On y va déjà. Es-tu de ce bord-citte du fleuve?

— Pantoute, je reste sur la Pointe, à Rivière-du-Loup.

— Sur la Pointe! C'est comme qui dirait à ras chez nous. Tu pêches?

— Tout l'été, mais pas aujourd'hui; c'est dimanche.

Du doigt, Wilfrid Gosselin désigne le doris au loin.

— Dans c'te p'tite affaire-là?

— C'est en masse grand pour moi tout seul.

Bras tendus, Mathilde Gosselin s'est alors approchée et lui a demandé l'autorisation de le serrer dans ses bras en ajoutant:

— On ne pourra jamais vous rembourser tout ce qu'on vous doit!

C'est ainsi qu'avant d'avoir rejoint son embarcation, Thomas s'est vu inviter chez les Gosselin pour le «repas de fête» d'Aude dont il ne peut s'empêcher de suivre chaque mouvement, pour lui expression même de toute grâce et de toute beauté.

Pour l'instant, dans le violet du soir, Aude et sa sœur s'installent en vue de leur «récital», et Thomas, qui n'a jamais entendu que des violoneux, se sent tout ému de savoir que son premier contact avec «la grande musique» se fera par l'intermédiaire de cette jeune fille qui a soudain illuminé chaque atome de son univers, au point de ne pas comprendre comment il a pu vivre jusqu'à ce jour dans la pénombre d'avant elle.

De son côté, jamais Aude ne s'est sentie un tel besoin de chanter. Toute cette journée, cette soirée si douce, et cette rencontre! Tout cela lui emplit la poitrine d'une note qu'elle veut faire tinter dans le cristal pur du soir.

Outre ce besoin, il y a toutefois la crainte du jugement. Comment va-t-il la percevoir? Tout ce qu'elle ressent lui affirme que rien ne pourrait s'installer entre elle et ce jeune homme, et même, son cœur lui intime de chanter pour exalter ce qu'il lui inspire; mais l'autre voix, celle qui préconise les chemins les plus faciles, cette voix a des arguments qui suggèrent qu'elle pourrait décevoir.

Une nouvelle fois, ses yeux vont vers lui. Leurs regards se croisent et ils se sourient. Voilà, elle n'a plus aucune inquiétude et sait qu'elle va chanter pour lui et pour toute la formidable beauté du monde qui, depuis cet après-midi, passe à travers lui.

Assise devant le piano apporté sur la terrasse pour l'occasion, Colombe a un signe convenu à l'adresse de sa sœur. Thomas voit Aude baisser les paupières, renverser légèrement la tête en arrière, comme pour un baiser, inspirer l'air du soir dans une longue dilatation des pentes troublantes de sa gorge. Quelques notes au piano comme des ronds dans l'eau et, dans une infime vibration qui le chavire, la montée irréductible de la première syllabe dans l'éther du crépuscule.

Lui aussi ferme les yeux. D'abord pour cacher une émotion inattendue, ensuite pour ne rien perdre des chutes étranges qui font jaillir l'or dans sa tête. Puis vient la révélation d'une douleur inconnue : le besoin de s'abandonner à cette jeune fille. S'abandonner totalement, faire partie d'elle comme elle ferait partie de lui. La conviction que sa poussière appelle celle de l'autre depuis la nuit des temps.

Les notes qui jaillissent de la gorge d'Aude sont l'expression de la même attente et du même appel à l'adresse du fleuve, de la nuit et des étoiles, qui ne sont que d'autres poussières d'amour en attente de la même réunification.

À cet instant, un observateur perspicace placé dans cette assemblée devinerait les causes de la douleur latente qui parfois jaillit des prunelles de Mathilde, et aussi celles de la fierté mêlée de trouble qui oblige Wilfrid à regarder vers le fleuve dans une attitude proche du recueillement.

Presque brutalement, le chant se termine et durant quelques secondes laisse la place à un silence stupéfait, à ce temps incertain qui autrement suit le réveil. Il n'y a plus que l'immense silence bruissant du fleuve qui s'étale dans le vertige de la nuit. Puis les Pomerleau sont les premiers à applaudir.

— Merveilleux! Magnifique! s'écrie la dame.

Émues, Aude et Colombe s'inclinent légèrement. Parce qu'il ne sait quoi faire d'autre, Thomas suit sa première impulsion et vient tendre la main aux jeunes filles.

— C'était beau! s'exclame-t-il. C'était très beau! Plus beau encore que quand Donatien Gagné du Grand-Portage chante le *Minuit, chrétiens*. Beaucoup plus beau!

Aude ne remarque pas le bref sourire teinté d'indulgence

que son père adresse à Gervais Pomerleau. Pour sa part, elle trouve que les mots de Thomas sont le compliment le plus sincère et le plus touchant adressé à cette capacité qu'elle a de chanter et qui jusqu'à ce jour a gouverné sa vie.

— C'était très bien, les filles, assure à son tour leur mère avant de s'adresser aux invités. À présent, je crois que cette journée a été assez riche en émotions. Si vous le voulez bien, on va passer à table. Installez-vous où vous le désirez, c'est tout à fait entre nous ce soir; pas de cérémonies, pas de place désignée.

Cette dernière précision intrigue Thomas qui n'a jamais imaginé les rituels d'un repas hors de sa famille ou des chantiers en forêt. Mais cela ne l'empêche pas de décider qu'il vaut mieux rester à proximité d'Aude s'il veut avoir une chance d'être assis à ses côtés.

Valère et Magella, qui jusque-là tâchaient de garder une attitude posée, ne se font pas prier et, riant, se précipitent vers la grande table à l'autre extrémité de la terrasse, devançant de peu le prêtre qui troque une mine pénétrée pour un sourire de satisfaction, se frotte les mains et leur emboîte le pas.

Aude s'est fait exactement la même réflexion que Thomas et, tâchant d'avoir un air naturel qu'elle ne ressent pas, sur un ton marquant le plus grand intérêt, elle demande au jeune homme ce qu'il pêche principalement.

— La morue.

— C'est bon, la morue.

— Oui, c'est bon…

— Et l'hiver, qu'est-ce que vous faites quand le fleuve est pris, est-ce que vous allez aux études?

— Aux études! Sûr que non! Ça va être la quatrième saison que je retourne trapper dans le bois.

Habituée à entendre sa mère vanter les mérites des études, surtout auprès de ses frères, Aude se demande ce qu'il va faire de son avenir. Puis elle réalise qu'il est déjà dedans. Elle tente d'imaginer ce que peut être une vie conditionnée par la pêche et le piégeage. Elle ne voit que la grandeur du fleuve et les mystères de la forêt et se dit que ce doit finalement être une vie très libre et donc très belle.

— Quels animaux vous attrapez le plus? demande-t-elle surtout pour le bénéfice de l'entendre, mais aussi pour se faire une idée de son quotidien.

— À peu près tout ce qui porte du poil, mais on peut dire que c'est surtout le castor et le rat musqué qui assurent le gros des rentrées d'argent, même si des fois j'attrape des loutres ou des loups-cerviers. Ça, c'est payant en masse.

— Les loups-cerviers… Mon père m'a dit un jour qu'il en avait vu un sur une branche juste au-dessus de lui et qu'il gardera tout le temps son image dans la tête.

— C'est à cause des yeux. Quand ça vous fixe en face, un loup-cervier, on croit voir un autre monde dans le jaune-vert de son regard. Un monde où y a pas de sentiments et où tout ce qui compte, c'est de tuer pour manger et rien d'autre. Un monde pas mal épeurant pour tout dire, même si des fois ça attire…

Elle l'observe et tente d'entrevoir des bribes de sa vie à travers ses mots. Une vie qui se déroule ici, dans ce pays, et qui pourtant, même si elle a toujours entendu parler du bois et du fleuve, paraît tellement différente de ce qu'elle connaît. Une vie dont la rusticité jusqu'à ce jour rédhibitoire à son sens lui apparaît tout à coup chaleureuse et presque souhaitable.

— Eh ben, les jeunes, vous venez pas manger?

À mi-chemin entre eux et la table, Wilfrid Gosselin leur fait prendre conscience qu'ils sont restés isolés.

— On y va, pôpa; Thomas était en train de me parler de trappage.

— Ah oui, la trappe…, semble vaguement approuver le père. Quand j'étais p'tit gars, mon père m'emmenait parfois tendre au castor. C'est loin tout ça…

Thomas ressent un pincement au niveau du plexus. Pourquoi le ton du père laisse-t-il entendre que le piégeage ne serait pas une activité bien sérieuse?

De son côté, sans comprendre où son père veut en venir,

Aude éprouve le même sentiment et, occultant des années de tendresse et de cajoleries réciproques, elle nourrit à son égard l'amorce d'un reproche.

Autour de la grande table, il reste deux places côte à côte et une autre solitaire. Aude remarque la brève hésitation de son père, puis son mouvement rapide vers l'une des deux places vacantes. Brusquement, elle n'a plus envie de participer à ce repas. Partir vers sa chambre et les laisser là, en plan; qu'ils comprennent! Sans la présence de Thomas, elle le ferait peut-être, mais elle se contente d'adresser au jeune homme un regard où, très nettement pour que sans doute ça se sache de tous, il peut lire le regret qu'elle a de ne pouvoir rester près de lui. Puis elle lui désigne la place libre à côté de son père, signifiant du même coup qu'elle n'y tient pas.

Seule Mathilde Gosselin a conscience de la lueur jaune qui traverse le regard de son mari tandis que l'ébauche d'un sourire glacé tend ses lèvres et qu'il pose bien à plat sur la nappe ses doigts qui paraissent un peu courts au bout de ses grosses mains.

Assise entre le prêtre et Valère, Aude ne parvient pas à retrouver le calme. Tout pour elle est sujet à s'offusquer. Sa mauvaise humeur atteint un sommet lorsque l'ecclésiastique se tourne vers elle et, dans le relent d'une mauvaise haleine, réclame plus qu'il ne propose:

— Il faudra songer à une prière spéciale, Aude; il faut remercier la Providence que toi et ton frère soyez avec nous ce soir.

Sans aucune aménité, elle lui répond froidement:

— S'il y a quelqu'un à remercier, je crois que c'est Thomas. Sans lui et sans la baleine…

Les lèvres du prêtre ne sont plus qu'un trait blanchissant. Son ton se fait cassant.

— Ils étaient là parce qu'une volonté supérieure voulait qu'ils y soient. Autrement…

— Sans doute la même volonté qui a voulu que Valère passe par-dessus bord?

Comme elle prononce ces paroles acerbes, Aude se rend

compte que sans cette «volonté» qu'elle tend à incriminer, jamais elle n'aurait rencontré Thomas ni vécu ces instants fabuleux sur la baleine, et avant même qu'une réponse franchisse la bouche du prêtre, tout à fait martial à présent, d'un ton contrit elle ajoute :

— Excusez-moi, j'ai parlé sans réfléchir.

Mathilde Gosselin hoche la tête.

— Il est heureux que tu t'en confesses.

Curieuse avant tout de la réaction de Thomas à ses propos qui la révèlent, Aude regarde dans sa direction. Elle s'attendait un peu à une pose de circonstance, l'attitude de celui qui n'a rien vu rien attendu; au lieu de cela elle le découvre qui se mord presque les lèvres pour ne pas sourire et qui, répondant à son regard, l'approuve d'un imperceptible battement des paupières.

Cette constatation balaie d'un coup toute sa contrariété et, soudain, c'est à son tour de devoir prendre sur soi pour ne pas sourire, inconsciente que son voisin conserve une attitude qui laisse facilement comprendre que l'excuse n'a pas été prise en considération. Très loin aussi de se douter que tout à l'heure, en se penchant vers elle pour lui parler, son voisin s'est tout à coup rendu compte que la fillette un peu turbulente qu'il tenait pour acquis de rencontrer chez Wilfrid Gosselin n'en était plus une, que son corps exhalait un parfum évoquant le lait et les roses et que son épiderme irradiait une énergie qui l'avait autant troublé que l'angle d'ombre mystérieuse dans l'échancrure de la robe, là où la poitrine prend naissance. Comme si tout cela était un artifice destiné à le perdre, il n'a trouvé que cette attitude sévère pour dissimuler une rancune dont il n'a pas même conscience.

Non, Aude ne devine rien de tout cela. Se sachant et se trouvant bien sous l'attention de Thomas, elle a lâché la bride de ses pensées, et celles-ci vagabondent et ricochent de-ci de-là, depuis la soupière d'argent où se reflètent les flammes blanches des candélabres jusqu'à l'ondulation de la ligne de ténèbres denses des collines solitaires, là-bas, par-delà les mouvances marines du fleuve où doivent chanter les baleines.

Comme les conversations tournant autour du temps, des affaires du siècle et de la cuisine ne parviennent pas à l'intéresser, il n'y a rien d'autre à faire en attendant la fin du repas où, de toutes ses forces, elle espère avoir de nouveau l'occasion de parler à Thomas en tête-à-tête, même si ce n'est que pour discuter morue ou castor.

Enfin, la table est débarrassée! Un tapis molletonné vert a été étendu pour les amateurs de cartes. Se moquant de ce qu'on pourrait en penser, Aude désigne sa chaise à Thomas et lui fait comprendre d'amener la sienne près de la balustrade.

— Comme ça, on va pouvoir parler tranquille, lui dit-elle alors qu'ils se rejoignent, et sans se rendre compte que ses mots impliquent que, s'ils peuvent être en paix, c'est qu'il n'y a plus personne entre eux.

Un peu mal à l'aise parce qu'il perçoit ou croit percevoir le non-dit des autres, Thomas acquiesce en apportant toutefois une contrainte surtout destinée à rassurer Wilfrid Gosselin dont il imagine l'oreille tendue:

— Je pourrai malheureusement pas rester ben, ben longtemps; il faut que je sois debout à quatre heures pour aller poser mes lignes.

Il est implicite qu'en ces étendues parfois trop vastes, la belle saison est courte et la nature ne pardonne pas aux oisifs. Aude a toujours su qu'en ce pays où presque tout reste à bâtir, la majorité des individus, y compris son père, se lèvent avec l'aube; mais d'apprendre que Thomas soit aussi soumis à cet impératif lui fait prendre conscience des rigueurs qui feraient de ce pays celui de Caïn s'il n'y avait des journées comme celle-ci.

— C'est dommage, ne peut-elle s'empêcher de dire, on aurait pu jaser de votre travail.

Est-ce une perche? Thomas s'empresse de la saisir:

— Pourquoi que vous viendriez pas passer une journée sur le fleuve? Vous verriez comment ça se passe, avec Valère ou Magella.

Même si les frères sont ajoutés pour régulariser la proposition, Aude, pour la première fois depuis l'époque difficile de sa première adolescence, ne comprend pas cette emprise de ses parents qui peut aller à l'encontre de ses souhaits.

— Je ne pense pas que ma mère serait tranquille de me savoir toute la journée sur l'eau, répond-elle à voix basse.

— Y a pas de danger, assure-t-il. Vous savez que je sais nager et je vous emmènerai pas sur le fleuve s'il y a des risques de gros temps.

Elle secoue brièvement la tête et, presque dans un murmure cette fois, précise :

— C'est un peu délicat de vous dire les véritables raisons, vous comprenez…

Thomas l'a depuis longtemps appris par ouï-dire, mais c'est concrètement la première fois qu'il se trouve confronté au fait que toutes les familles ne vivent pas selon les mêmes normes. Dans un déchirement, il se rend compte qu'il sera peut-être difficile de revoir cette jeune fille dont il se refuse déjà à envisager l'absence. À cette perspective, il n'a plus d'autres idées que celle de prolonger sa présence.

— Ben, on va jaser puisque c'est de même ! C'est pas quelques heures de sommeil en moins qui vont me faire mourir. On va jaser tant que vous voudrez.

Elle lui sourit, plus encore des yeux que des lèvres. Pendant un instant, parcouru d'un trait brûlant, il doit lutter contre la tentation de poser les mains sur une épaule dans un geste auquel il voudrait donner toute la mesure du grand vide qu'il ne finit pas de découvrir en lui depuis cet après-midi.

— D'accord ! fait-elle en se disant : « Pourquoi est-ce qu'on ne s'est pas rencontrés enfants ? On pourrait jaser et aller où ça nous plaît sans que personne ne trouve à chialer. J'ai l'impression d'être un cheval dressé… Même pas un cheval, un poney ! » Puis elle demande :

— Vous au moins, vous devez être votre maître ?

Il s'apprête à répondre par l'affirmative, puis se ravise :

— Pas tant que ça, vu que ça a l'air que je peux pas vous emmener à la pêche comme je veux…

— Ça finira bien par arriver ! décide-t-elle en se redressant vivement comme pour marquer sa volonté.

Quelque part, sans pourtant se le verbaliser, il réalise qu'il est le butoir contre lequel vient de se heurter l'enfance d'Aude, et aussi, plus précisément, que les mots qu'elle vient de prononcer jettent les liens d'une complicité qui fatalement les laissera seuls face à une adversité dont il ne fait que deviner les contours.

— Certain! approuve-t-il en sachant ainsi sceller un pacte. Certain que ça va arriver un jour!

Les lèvres closes, les yeux un peu grands, Aude fixe loin vers le nord-ouest. Pas encore tout à fait certaine d'être deux, elle vient de refermer une porte et, tendant les doigts dans la nuit, s'avance avec pour seul bagage un espoir trop nouveau pour être une certitude, mais aussi trop fort pour qu'elle y renonce. Et comme pour prouver à Thomas qu'elle a raison, là, durant une fraction d'éternité, leurs regards se perdent ensemble dans la grande et profonde nuit continentale, bien au-delà du fleuve impassible révélé par l'argent lunaire.

IV

Maria n'en fait qu'à sa tête.

— Je ne sais pas si tu peux venir cueillir, lui a dit Alma-Rose ce matin; asteure, le bébé peut arriver n'importe quand…

— Bah, de toute manière, on ira pas loin et puis, si je reste seule à la maison, comment tu saurais qu'il faut aller dire à Rosaire d'aller chercher Claire Tessier à Saint-Eugène? Et puis aussi, c'est jamais arrivé que je manque les framboises, je vois pas pourquoi ça commencerait cette année…

C'est ainsi que, portant des seaux en bois, toute la famille est partie le long des berges pour une journée consacrée à la cueillette des framboises. On espère en trouver assez pour avoir de la confiture tout au long de l'année. Alma-Rose a déjà prévu d'y passer une partie de la nuit.

Il fait chaud, et seule la proximité de la rivière procure une sensation de fraîcheur. Même si tout le monde s'est enduit d'onguent de lard et de térébenthine, les mouches noires sont voraces. Les cols sont tachés de sang, et les oreilles, boursouflées. De temps en temps, lorsque se présente une anfractuosité chargée de mousse humide, tout le monde s'y précipite pour y plonger le visage et se fabriquer des compresses qui calment l'inflammation causée par les piqûres.

L'après-midi s'avance et, profitant d'un bras de sable qui forme une pointe dans la rivière, tout le monde prend une pause un peu à l'abri des insectes tenus à l'écart par le courant d'air qui circule à la surface de l'eau. Abel jette des cailloux en essayant de faire des ricochets, Blanche et Aimée, comme leur tante, laissent baigner leurs pieds dans le courant. Un peu essoufflée, Maria s'est assise sur l'unique rocher et se dit qu'elle a hâte d'être de retour.

— Fatiguée? lui demande Alma-Rose.

— Un peu…

— Tu veux rentrer tout de suite?

— Oh, ça va… On va finir de remplir les chaudières.

— T'es sûre?

— Certaine.

Et c'est presque pour signifier que le sujet ne la préoccupe même pas qu'elle ressort encore une fois la première lettre que Charlemagne a écrite en Europe et que Rosaire Caouette a ramenée hier de Mistassini.

Ses doigts épousent la texture du papier, et ses yeux se brouillent un peu. Ça fait drôle de penser que ce papier vient d'aussi loin que de la France, et que la dernière personne qui y a touché est son mari. Caressant le papier, c'est lui qu'elle cherche à rejoindre par-delà la distance. Se fixant sur les mots, elle en dégage des images et en cherche d'autres dissimulées dans ce qui n'est pas dit.

Alma-Rose observe sa sœur un instant, puis s'adresse aux fillettes comme pour éviter qu'elles ne la dérangent dans sa lecture. Tout en leur désignant des ronds dans l'eau sans doute provoqués par un poisson gobant un insecte, elle se demande quand est-ce que la carriole d'Élie va venir s'arrêter devant chez les Saint-Pierre.

Un nouveau regard vers sa sœur lui suggère que Maria est de nouveau là-bas, en Europe, dans la boue et le bruit, souffrant pour son mari.

Maria,

Comment tout te dire? Je ne sais pas par où commencer. Sans doute par te dire que je t'aime. Je voudrais pas que tu penses que je te dis ça parce que ça se dit à sa femme quand on est loin ou encore parce que c'est supposé lui faire plaisir. Non, c'est certain que je veux te faire plaisir, mais je te dis je t'aime parce que ce sont les mots qui me viennent dans la tête quand j'essaie de comprendre ce qui ne va pas.

C'est sûr que si je te connaissais pas ça n'irait pas

beaucoup mieux tout autour de moi, mais puisque je t'aime, tout ce qui se passe ici est complètement incompréhensible. Pas supportable. Peut-être que quand on aime pas, on sait pas ce qu'on perd ou ce qu'on gâche, mais quand on aime, ça paraît inacceptable que la personne qu'on aime puisse souffrir à cause de je ne sais pas quoi. Parce que depuis que je suis arrivé, je comprends encore moins qu'avant de partir.

On a tous été rassemblés à Valcartier près de Québec. De là, on est montés dans un train pour Halifax, dans la Nouvelle-Écosse, où on a embarqué sur l'Olympic. Déjà, il faut que je te dise que nous ne sommes pas beaucoup de Canadiens français. En plus, tous les officiers sont des Anglos et les quelques autres Canadiens, comme moi, il faut qu'on s'arrange pour comprendre plus avec les gestes qu'avec les mots. Il y en a un de Montréal, Osias Bergeron, qui comprend pas mal l'anglais. C'est lui qui nous a traduit le discours de Hugues, le ministre de l'Armée, qui était justement en Angleterre quand on est arrivés. Je ne sais pas pourquoi, au lieu de nous encourager, nous les parlants français, il nous a dit qu'il fallait apprendre à parler comme du vrai monde, et aussi il nous a traités de papistes. Je ne sais pas non plus ce que ça venait faire dans les batailles qui nous attendent de savoir que ses ancêtres à lui étaient des huguenots. Si tous ceux qui dirigent sont comme lui, je me demande bien comment ça va tourner.

Durant le voyage, ce qui m'a un peu remonté le moral, c'est la mer. Avant, je croyais que c'était un peu comme le Lac en plus grand, mais non. C'est pas ça pantoute. C'est tout un monde et ça doit prendre toute une vie à découvrir. J'imagine que pour un marin, ça doit faire le même effet quand il arrive dans le bois. En tout cas, la mer c'est beau. Et puis faut pas croire que c'est toujours que de l'eau. Oui, c'est toujours de l'eau, mais c'est jamais pareil. D'une *minute à l'autre, c'est différent. Je ne me fatiguais pas de regarder devant moi pendant des heures. Je me disais qu'un jour je voudrais qu'on soit sur la mer, tous les deux. Ce qui nous arrive quand on est seul, le bon comme le mauvais, ça n'a pas d'intérêt.*

En Angleterre, on est restés juste la nuit. J'ai pas vu grand-chose. On est repartis sur un bateau plus petit et on a débarqué dans une ville qui s'appelle Saint-Nazaire. Là non plus, j'ai presque rien vu sauf que ça ne ressemble pas du tout à chez nous. Tout est gris ici. Les toits, les murs, les rues. Des fois il y a un peu de brique, mais elle est noircie par le temps. C'est dépaysant. Je croyais qu'on était pas mal pareils, les Canadiens et les Français, mais on vit pas pantoute dans le même monde. Ça, c'est certain.

De là, on est montés dans un train. Pas dans des wagons pour du monde comme chez nous, mais ceux pour de la marchandise. On a roulé toute la nuit et un peu dans le jour, et c'est comme ça qu'on est arrivés sur ce qu'on appelle le front.

La guerre, c'est pas comme autre chose. Il n'y a pas de préparation, pas de chance de recommencer si on se trompe, pas question de se dire on va faire une pause à telle heure ou manger à telle heure. Il y a tout le reste et puis il y a la guerre. On est arrivés sans voir la guerre et puis tout d'un coup elle était là.

Sur le front, on habite nulle part. On creuse la terre, des tranchées qu'on appelle ça, et on reste là. On pourrait croire qu'avec le printemps il y a de l'herbe et des feuilles dans les arbres, mais pas du tout. On pilasse tellement la terre que plus rien ne pousse, et les seuls arbres qui restent debout n'ont plus de feuilles. Rien que des chicots noirs. La nuit, on croirait que c'est des espèces de fantômes malins. Comme il n'y a plus d'herbe, la moindre averse transforme tout en bouette. Il y a de l'eau dans le fond des tranchées et on est jamais au sec. Tout ça, ça se tofferait encore si au moins il n'y avait pas le bruit et le sol qui tremble. Durant le jour, ça se calme un peu, mais dès que la nuit revient, les Allemands nous tirent dessus toutes les trente secondes, et notre artillerie réplique pareil. Ils ne sont pas loin, les Allemands. Si on voulait, on pourrait leur parler à voix haute. Ça arrive même qu'on leur dise des bêtises et qu'ils nous répondent. Mais comme on ne se comprend pas, on n'est pas vraiment insultés.

Le jour, c'est pas trop pire. On nettoie les armes, on recreuse les tranchées que les obus ou l'eau ont fait s'effondrer. Des officiers passent pour nous encourager ou pour ordonner de creuser d'autres tranchées. On fait le compte de ceux qui ont été touchés. Il y en a qui sont juste là pour écrire des lettres de condoléances aux familles. On refait les provisions de munitions et on fume. Comme tout le monde, j'ai pris l'habitude de fumer tout le temps. Il y en a beaucoup qui allument une cigarette le matin et qui n'ont plus besoin d'allumettes pour le reste de la journée. Une cigarette est allumée après l'autre. Ça calme les nerfs.

Il le faut, parce que la nuit, ça recommence. Les tirs d'obus, les cris, les morts, les blessés, le ciel tout déchiré par le feu. Si quelqu'un savait ce que c'est que la guerre avant d'y aller, jamais qu'il signerait. Je te le dis, je crois ben que j'aurais dû faire de la prison, même si ça donne pas une belle image de soi. Dans le fond, on devrait jamais s'occuper de l'image qu'on donne. Ce qui devrait compter, c'est ce qu'on est vraiment.

Tout ce que je te raconte là, c'est pas la bataille, c'est l'attente. Les batailles, j'ai appris ce que c'était dès le lendemain de l'arrivée. Ce soir-là, il y en a qui sont passés dans les tranchées en distribuant à boire un mélange qui sent le rhum et l'hôpital. Y en a qui disent que c'est de l'éther. Après ça, c'est pas long que tout le monde est excité et c'est là que des officiers nous commandent de sortir et d'aller faire leur affaire aux

Teutons, en face. Les premiers sont montés à minuit. Là, ça tirait partout, ça criait, on se comprenait plus. Pis ça fait bizarre, au bout d'une secousse on a quasiment envie d'y aller à son tour. Le bruit, tout ça, t'as bientôt envie de grimper et d'aller en criant comme les autres. C'est comme s'il y avait quelqu'un d'autre qui t'habitait et qui te commandait. À ce moment-là, on ne reste pas sur sa faim, on monte à l'assaut et on fonce en criant. On tire sans savoir où, on voit pas grand-chose et puis au bout d'un moment on se rend compte qu'on a couru quelques verges, qu'il y en a autour qui sont étendus sur le dos ou sur le ventre et qui ne se relèveront jamais, d'autres qui sont touchés et qui s'effrayent de tout le sang qui leur sort du corps. Et puis on finit par prendre une position, on occupe une tranchée laissée là par les Boches. C'est à ce moment-là qu'on a peur au point que les genoux ont du mal à nous porter. Des officiers nous disent qu'on a bien travaillé, ils nous disent de souffler un peu avant de remettre ça et de faire voir aux Prussiens qu'on est les meilleurs et que la prochaine fois on va les repousser jusqu'en Germanie.

Cette bataille-là a duré dix jours, Maria. Dix jours et dix nuits, et, à regarder autour, on a pas bougé beaucoup. On est toujours autour d'une paroisse qui s'appelle Festubert. Il y en a qui disent qu'on est pas là pour prendre du terrain, mais pour descendre de l'Allemand jusqu'à ce qu'il n'en reste plus un seul. Mais ce qu'ils oublient de dire, c'est qu'à coup sûr les Allemands doivent penser la même affaire.

En tout cas, sans qu'on sache pourquoi, ça s'est calmé, et depuis quelques jours on est là à rien faire d'autre que d'attendre en fumant des cigarettes (à croire que toute cette guerre-là a été voulue par J. B. Duke) en espérant que pour une fois ceux de l'artillerie d'en face et ceux de la nôtre se disent que ce serait une bonne idée de dormir au moins une nuit.

Je t'aurais bien écrit auparavant, mais y avait rien pour ça.

J'ai réussi à demander deux fois du papier et c'est pour ça que je peux t'écrire une longue lettre.

Je devrais pas te raconter tout ça, mais c'est plus fort que moi. En te racontant comme ça se passe, j'ai un peu l'impression d'être avec toi. Il ne faut pas que ça te fasse peur, dis-toi bien que j'ai envie de te revoir plus que tout le reste.

Astheure il faut parler de chez nous. J'ai bien pensé à tout et je crois que ce serait pas une bonne idée que tu restes chez nous tout le temps que je serai ici. Le juge avait parlé de quelques mois, mais je vois bien les choses comme elles sont, je me suis fait enfirouaper. La guerre est pas près d'être finie.

Je sais bien que c'est ravaler son orgueil, mais il faut d'abord penser aux enfants. Je crois que ce serait pour le mieux si tu demandais à ton père d'aller vivre chez eux. Je connais ton père, je crois que ça y causerait plus de plaisir que de dérangement. En tout cas, moi, je serais plus tranquille de vous savoir en sécurité. Si jamais ton père voulait pas, ça m'étonnerait, mais si jamais il voulait pas, une autre idée ce serait que tu partes dans une ville comme Roberval ou Chicoutimi où, en attendant que je revienne, ce serait pas mal plus facile pour toi pis les jeunes. En parlant des jeunes, j'ai bien l'impression que cette lettre-là risque d'arriver dans le même temps que le dernier ou la dernière. On a même pas eu le temps de parler du nom. En as-tu déjà un? Si c'était pas déjà fait et que ce soit un garçon, qu'est-ce que tu penserais de l'appeler Charles? C'est pas parce que je m'appelle Charlemagne pis que je voudrais que le petit s'appelle un peu comme moi, c'est juste que durant la dernière nuit de la bataille que je t'ai parlé, j'étais avec un Canadien de Trois-Pistoles qui s'appelait Charles. J'étais à ras lui quand il s'est fait toucher. Je veux entendre le parler de chez nous pendant que je meurs, qu'il m'a dit. Ça rappelle le pays. Bien sûr, je lui ai dit qu'il allait pas mourir, mais il a secoué la tête. Tu vas prendre ma montre, qu'il m'a dit, elle est à toi. En échange, quand la guerre sera finie, t'iras voir ma mère à Trois-Pistoles. Tu lui diras que je suis mort d'un coup et que j'ai pas souffert pantoute. Tu vas pas mourir, je lui ai répété. C'est là, à ce moment-là, que j'ai vu toute la peur du monde dans ses yeux. Je veux encore vivre! qu'il a crié. Je veux revoir chez nous. Je veux revoir Manon, pis le fleuve. Je veux vivre, Charlot (c'est comme ça qu'il m'appelait), je veux pas laisser Manon. Moi, je lui ai encore promis qu'il allait vivre. Tu me le jures, tu me le jures? qu'il m'a demandé. Et je lui ai juré, Maria. Je lui ai juré que d'une manière ou d'une autre il allait revoir le pays. Tu vois ce que je veux dire?

Pis si c'est une fille qui vient, il faut te dire que je déteste pas non plus le nom de Charlotte.

Et les autres, comment qu'ils vont? Abel ne doit même plus se rappeler à quoi son père ressemble. Et les filles doivent commencer à être sérieuses. J'arrive au bout du papier, Maria. J'ai presque plus assez de place pour te dire que je t'aime comme je croyais pas que c'était possible. Je t'aime assez que tu peux avoir confiance, c'est pas la guerre qui va m'empêcher de te revoir. Pis quand on sera réunis, je te jure bien que je partirai plus jamais. Tu vas même me trouver collant.

Charlemagne

Est-ce que c'est la douleur de sentir toute la puissance de l'amour dans les mots qui lui tord ainsi les entrailles?

Il faut quelques secondes à Maria pour se rendre compte que son travail est commencé.

— Je me suis fait avoir…, dit-elle à sa sœur d'un regard entendu. Je crois ben qu'il faut rentrer sans tarder.

***

Les lèvres scellées, Maria avance d'un pas rapide, déchirée entre deux préoccupations : arriver à temps et taire les douleurs qui se succèdent de plus en plus rapidement, comme si la volonté de retarder l'échéance provoquait l'effet contraire.

Les feuilles, les branches, la rivière, tout se mêle confusément dans sa tête. Il lui faut rester calme et raisonner.

— Coupe tout drette envers chez Rosaire, dit-elle à Alma-Rose avant de s'adresser aux enfants. Vous allez être gentils avec Ninon et vous allez écouter tout ce qu'elle va vous dire. Et pas question de vous en revenir vers chez nous avant qu'on aille vous chercher; c'est promis?

Les enfants acquiescent. On leur a dit qu'ils allaient devoir rester un après-midi et peut-être une nuit chez Rosaire Caouette. Quand ils en ont demandé la raison, Maria leur a répondu que c'était une surprise. Ils se regardent plein d'interrogations muettes et se répondent par des mimiques d'ignorance.

— Ça va-tu? demande une nouvelle fois Alma-Rose d'un ton qui se voudrait désinvolte, mais où transparaît l'anxiété.

— Ça va ben… Reviens aussi vite que tu pourras, attends pas que Rosaire revienne avec la sage-femme…

— Ben voyons! Ça m'est jamais passé par la tête.

Puis, à l'intention des enfants :

— Allez, on fait la course, le premier rendu chez Ninon…

À peine ont-ils disparu derrière les basses frondaisons, Maria laisse échapper un cri qui doit tout autant à l'angoisse qu'à la douleur.

— Pourvu que ça se passe comme il faut! murmure-t-elle. Il manquerait plus que j'arrive pas jusqu'à la maison… Mais non, j'arrive… Bon! voilà que je perds mes eaux… Et encore une douleur qui s'en vient… Ça fait mal! Ouche que ça fait mal! Attends un peu, bébé, on est presque rendus…

Enfin la maison! Tenant son ventre à deux mains, Maria traverse la petite prairie et, entre deux douleurs, se surprend à penser au grand ciel bleu au-dessus de sa tête où voyagent quelques nuages étincelants, à l'herbe qui lui monte aux mollets, au soleil qui scintille en millions de paillettes sur l'eau de la rivière, à l'odeur de la terre chaude où se mêle l'exhalaison végétale. «Voyager dans le ciel comme un nuage… Tout ça pour ça…» se dit-elle avant de poursuivre sur un plan plus rationnel : «Jamais que Claire Tessier aura le temps d'arriver. C'est Alma-Rose qui va être pris pour m'accoucher.»

Elle referme la porte de la maison derrière elle, trouve la force de se changer pour une chemise de flanelle, de mettre un piqué sur son matelas et, enfin, de s'y étendre.

— Ioù c'que t'en es? demande Alma-Rose en entrant.

— Mes eaux ont crevé juste avant d'arriver; j'ai ben l'impression que ça va pas tarder…

— Claire Tessier va ressoudre, Rosaire est parti comme si qu'il avait le diâbe au train…

— Quand même, je crés pas que le bébé va attendre jusque-là…

— Mais je sais pas quoi faire, moi, Maria!

— C'est pas compliqué. En attendant, il faudrait que tu ranimes le poêle pour faire chauffer de l'eau. Oh là là! Il pousse, Rose!

— Qu'est-ce que je fais?

— Je sais pas… Il faut que tu y tiennes la tête quand il va sortir… Je…

Maria se mord les lèvres pour ne pas crier.

Tout se passe très vite.

Un peu embarrassée, Alma-Rose s'est installée au pied du lit et a demandé à sa sœur de descendre un peu vers elle.

Encore une fois, Maria prend une grande inspiration, ferme les yeux et serre les poings.

— Là il s'en vient, souffle-t-elle. Je le sens!

— Qu'est-ce que…? J'y vois la tête, Maria! J'y vois la tête! Oh! mon doux!

Elles ne parlent plus. Il n'y a plus dans la pièce que leur respiration.

Ces instants sont inscrits dans la mémoire depuis l'aube

des temps. Sans une parole, la mère donne le jour, et l'assistante, les gestes indispensables. La douleur est là, mais le merveilleux a investi l'atmosphère. Chaque seconde est magie pure.

Alma-Rose ligote deux extrémités du cordon avec du fil de boucher avant de le sectionner.

Toujours sans un mot, le sourire lumineux et les yeux emplis d'une très grande douceur, elle tend l'enfant à sa mère. Celle-ci la couche sur son ventre, l'effleure du bout des doigts et, en silence, laisse aller sans vergogne, confondus, le rire et les larmes.

Le bonheur.

— Eh ben, c'est une fille, dit enfin Alma-Rose.

— C'est Charlotte, acquiesce doucement Maria.

— Mon Doux! qu'elle est belle!

— Oui, mais je crés ben qu'y faut la laver...

— T'as raison! À quoi je pense! Du feu, de l'eau à chauffer... Je savais pas que c'était si... Oups! la délivre...

Maria sourit en ramenant un drap sur les épaules de sa fille.

— La délivre, c'est pour les animaux. Pour du monde, on appelle ça le placenta. Charlemagne avait dit comme toi la dernière fois.

— En tout cas, c'est pas une petite affaire... Charlotte... Pourquoi Charlotte? Parce que Charlemagne?

Maria fait oui de la tête. Pour les autres, ce sera tout aussi bien que la véritable raison.

Elle continue d'observer sa fille et s'étonne de ressentir cette immense fatigue engourdissante. Pour un peu et elle se sentirait comme le nuage qu'elle rêvait d'être plus tôt. À côté, Alma-Rose s'active, et Maria se sent un brusque élan de tendresse pour cette sœur que, surprise, elle a l'impression de découvrir aujourd'hui pour la première fois. Elle ne comprend pas d'où vient ce souvenir flou qui plane dans sa mémoire. Il y a une chambre un peu comme celle-ci, un grand lit, aussi une grande commode foncée, une odeur de citron et du linge blanc. Qu'est-ce que ça signifie? Un souvenir d'autrefois?

Elle glisse doucement dans le sommeil et ne se raccroche à la réalité que par à-coups. Il faut qu'elle veille sur sa fille! Tout à l'heure Alma-Rose va la prendre pour la laver et alors elle pourra se laisser aller.

Et Charlemagne qui n'est pas là! Quand elle va se relever, elle va tout de suite lui écrire. Elle va lui dire qu'ils ont une fille du nom de Charlotte. Une fille magnifique!

Elle imagine son mari dans un trou de terre. Il y a des explosions, beaucoup de bruit et de cris, il déplie la lettre et son visage s'éclaire. Il a ce beau sourire, celui de Blanche-Aimée. Il dit aux autres qu'il a une fille et tous le félicitent. Il y a soudain du bonheur dans la tranchée. Il crie même ce qui lui est arrivé aux Allemands en face et eux aussi le félicitent. La nouvelle court partout et on décide en fin de compte que toute cette guerre est ridicule. Les hommes sortent des tranchées, posent les armes et se tendent les bras.

— Tu vas provoquer tout ça, toi? chuchote Maria à sa fille.

Elle observe le petit front encore plissé sur lequel semble planer un songe. Le front de Blanche-Aimée, celui de Charlemagne, comme si…

Elle frissonne. Non! il ne faut pas penser à ça! Ne jamais y penser!

Mais il est trop tard; elle a vu une image sombre. Une explosion, des tranchées qui s'effondrent, encore des cris, des hommes qui courent dans la nuit déchirée et qui s'écroulent et saignent sur une terre qu'elle ne connaît pas.

Il faut conjurer cela! faire quelque chose… Quoi? Une promesse? «J'irai voir le ministre de la Guerre! s'affirme-t-elle. Je vais lui parler et il comprendra. Et s'il ne veut pas comprendre, eh ben, j'irai voir le premier ministre Borden. Je te le promets, mon petit trésor, on va le ramener, ton père!»

— Repose-toi, Maria, fait Alma-Rose. Je m'occupe du bébé, pis après ce sera à ton tour. Essaie de dormir un peu.

Maria a presque un mouvement pour retenir son enfant, mais le sourire de sa sœur la rassure. Oui, il faut qu'elle se repose; tout reste à faire.

Glissant cette fois sans retenue dans le sommeil, elle a une pensée pour François. Pour lui ou pour un instant où tout était simple et heureux. Un souvenir qu'elle avait oublié. C'était le matin de ce dimanche où ils étaient allés aux bleuets ensemble. Ils déjeunaient l'un en face de l'autre. Lui était bien habillé et frais rasé, elle avait mis sa jolie robe du dimanche. Le soleil entrait par la fenêtre, et un large rayon tombait sur la table. Ils se regardaient et souriaient. Ça sentait le bon pain et le beurre, le foin vert et la fraîcheur pure du grand lac. À un moment elle a vu la lumière dorée glisser sur la main de François et l'illuminer presque violemment. Elle se souvient qu'à ce moment exactement, sans se le dire avec des mots, elle avait réalisé à quel point la vie peut être à la fois belle et à la fois terrible.

« On dirait que rien n'existe sans son contraire… Pourquoi donc ? » se dit-elle avant de sombrer dans le sommeil pour de bon.

V

Les canicules sont tellement rares sur les rives du Saint-Laurent à l'est de Québec que personne n'a osé se plaindre de celle-ci qui, pendant deux jours, a réveillé dans la mémoire des habitants quelque atavisme ancien de contrées plus faciles et a laissé imaginer des « Carolina » soudain devenues francophones aux nombreux estivants de Cacouna.

Mais ce matin, vers les onze heures, une brise somme toute bienfaisante s'est levée. Apercevant les tulles de sa fenêtre onduler légèrement, Aude s'est redressée de la chaise où, moite et encline à la rêverie, elle s'était laissé absorber dans ce livre de Loti prêté en grand secret par sa cousine de Montréal. Elle a fermé les yeux pour mieux humer la brise, puis, posant sur son bureau le volume qui l'avait arrachée aux rives claires du Saint-Laurent pour celles odorantes et troubles du Bosphore, elle s'est dirigée à la fenêtre où, bras écartés, respirant de bien-être, elle a laissé la brise montante sécher son corps.

Résurgence de certains passages équivoques du roman? Abandonnée au souffle rafraîchissant, elle a pris conscience de ses seins, puis, prêtant au vent le pouvoir d'une caresse préméditée, de son ventre. Pourquoi, voulant se soustraire à cette sollicitation des sens, a-t-il fallu qu'elle imagine Thomas? Le vent comme le souffle de Thomas.

Trop de temps s'est écoulé depuis ce qu'elle nomme désormais «le Jour de la baleine», des jours à ne pouvoir que l'imaginer et donc à lutter pour que sa mémoire ne dénature pas la réalité du jeune homme.

Elle a refermé les bras comme pour se protéger, est retournée s'asseoir devant son bureau et a repris le livre, déterminée à se fondre dans les ruelles de Constantinople. Impossible cependant de pénétrer le sens des mots; son corps lui faisait mal d'un besoin qu'elle nommait absence. Elle a reposé une nouvelle fois le livre. Son cœur battait bizarrement et son crâne résonnait du tonnerre et des éclairs d'une volonté d'être «comme il faut» s'opposant à une contre-volonté qui réclame la dissipation d'une souffrance. Lorsqu'est venu se greffer le souvenir de Thomas, presque malgré elle, ses propres doigts sont venus effleurer sa poitrine, puis glisser sur son ventre avant de se crisper sur son entrejambe, faisant tout à coup resurgir des images enfouies de gestes à propos desquels, il y a six ou sept ans, sa mère lui avait énuméré tous les tourments de l'enfer.

Poussant un gémissement de refus, elle s'est vivement relevée, puis a quitté sa chambre pour des lieux moins solitaires.

Elle est sur la terrasse à présent. L'après-midi s'avance et la brise est devenue un vent suffisant pour décoiffer. Avec la trace d'une angoisse imprécise, elle observe, immense, la barrière de nuages gris-violet-noir qui, telle une armée crépusculaire, monte à l'assaut de l'horizon vers l'amont du fleuve et menace d'envahir le territoire.

— Eh bien, dis donc, ça promet! s'exclame dans son dos Colombe qu'elle n'a pas entendue arriver.

— Oui, tu as raison, c'est même inquiétant, j'ai jamais vu autant de nuages aussi noirs.

— Avec la chaleur qu'on vient d'avoir, fallait bien s'attendre à quelque chose.

La volubilité de Colombe semble destinée à éviter d'aborder un point particulier. Même si depuis toujours chacune vit un peu en fille unique et ne participe que très sporadiquement aux activités de l'autre, Aude connaît sa sœur autant qu'elle l'aime. Elle se tourne vers elle comme cela se fait pour aborder une conversation plus profonde.

— Quelque chose ne va pas?

— Moi, ça va, c'est plutôt Valère: il est tout drôle depuis quelques jours.

— Depuis qu'il est tombé à l'eau?

— Non, je crois que ça a commencé un peu après.

— Il t'a dit quelque chose?

— Non, rien du tout. Je ne lui ai rien demandé non plus.

— Et Magella?

— Oh! lui, il est toujours aussi malcommode.

— Tu dois t'en faire pour rien, c'est peut-être une réaction à retardement; il a dû se rendre compte qu'il n'était pas immortel et il lui faut un peu de temps pour accepter ça.

— Tu as peut-être raison… (Elle regarde vers le plancher à claire-voie.) Tu sais, toi aussi on dirait qu'il y a quelque chose qui te turlupine…

Cette fois, comme si la conversation redevenait futile, Aude se détourne.

— Moi! Qu'est-ce que tu voudrais qu'il y ait?

— Je te le demande.

— Y a rien du tout.

— Bon… Et est-ce que…? Est-ce que tu penses des fois à ce gars qui t'a sauvée?

Aude s'apprête à nier vivement, mais elle se fait brutalement la réflexion que ce serait le renier.

— J'y pense, dit-elle pour la plus grande surprise de Colombe qui au fond s'attendait à une négation.

— Tu aimerais le revoir, hein?

— Évidemment.

Aucune ne sait plus que dire. Elles reportent leur attention sur l'avance impressionnante des nuages transportés par un vent de plus en plus frais et violent.

— Regarde-moi ça! lance Colombe en désignant le fleuve.

Aude approuve. À partir de Rivière-du-Loup et aussi loin que le regard peut porter en amont, l'eau est d'un vert foncé parfois presque noir que renforce le moutonnement ivoirin des multitudes de vagues et de remous provoqués par le vent. Et cela se rapproche rapidement. Comme pour donner un aperçu de ce qui se passe sur le fleuve, juste dans l'axe le plus court de la maison, un petit voilier d'agrément semble le jouet des éléments dans sa lutte apparemment dérisoire pour rejoindre le rivage. Il n'en faut pas davantage à Aude; elle imagine Thomas dans la même situation, quelque part au milieu du fleuve. Elle voudrait se convaincre qu'il a dû prévoir le temps et rentrer, mais, comme un génie malfaisant qui n'aurait attendu que cet instant pour jaillir de sa cachette, le rappel trouble de ce qu'elle a ressenti en fin de matinée la submerge et lui fait se persuader que par sa faute Thomas est en train de se perdre dans la tempête naissante. Plus elle se répète que c'est ridicule, absurde, qu'il ne peut y avoir de rapport, plus l'image du doris fracassé sur quelque écueil du fleuve s'impose à son imagination, et cela en surimpression du souvenir de sa main voulant colmater un désir qui, si elle s'en autorisait la représentation, ne pourrait être acceptable pour sa conscience qu'avec un Thomas devenu son mari.

Cherchant une parade à cette angoisse, elle regarde Colombe qui sourit presque avec extase devant un spectacle de couleurs qui pour elle ne représente rien de préoccupant. Ses longs cheveux, comme les siens, volent dans le vent tel un étendard. Par association d'idées, Aude se demande comment Thomas a trouvé les siens. Puis elle s'en veut pour cette pensée coquette, et cela ajoute à ses craintes. Elle voudrait taire cette inquiétude issue du remords et de la tempête, mais ne peut s'empêcher de demander à sa sœur avec un ton faussement détaché:

— Crois-tu qu'il y a encore des pêcheurs sur le fleuve?

Colombe ne répond pas tout de suite. Elle fixe sa sœur, puis secoue lentement la tête.

— Ils doivent êtres rentrés; ils savent prévoir le temps.

— Comment on peut prévoir ce qui nous arrive sur la tête, c'est impossible.

— Tu t'inquiètes pour lui, hein?

Plutôt que de répondre, Aude pousse un profond soupir. Colombe a un sourire de compréhension complice.

— Tu sais, quand je vous ai vus tous les deux avec cette baleine, j'ai tout de suite su qu'il y avait quelque chose.

— Comment ça quelque chose?

— Je ne sais pas. À un moment, tu t'es tournée vers lui, et vous vous êtes regardés comme… Je ne sais pas, comme deux amis qui se retrouvent après s'être perdus depuis très longtemps.

— Je ne l'avais jamais vu.

— Je sais.

Tous ces derniers mots de Colombe ne font qu'amplifier ce qu'elle risque de perdre dans la tempête qui menace, et du fait même en accentue la probabilité. Le vent est presque froid à présent. Colombe frissonne et croise les bras sur son buste.

— Moi, je rentre, annonce-t-elle. Pas toi?

Avant qu'Aude ne réponde, d'un trait de diamant fantastique, un éclair partage les cieux à l'ouest du fleuve. Regard braqué vers le ciel, Colombe reste sur le seuil de la grande porte vitrée.

— Ça va tomber quelque chose de rare, dit-elle, c'est quasiment épeurant.

Aude n'écoute pas. Les deux mains appuyées sur la balustrade, elle fixe chaque angle du fleuve comme si la vision pouvait atteindre un petit doris sur l'ensemble de cette immensité démontée. La lumière tombe rapidement. En arrière-pensée, elle se dit que ce devait être ainsi le Vendredi saint, et cette idée ajoute à son anxiété.

Bleus, gigantesques, de nouveaux éclairs jaillissent de la tourmente noire des nuées; le fracas qui suit laisse songer à la colère d'un dieu courroucé. Au loin, telle une colossale cataracte, une averse dissimule tout un pan de fleuve. Apportées par le vent rugissant, d'énormes gouttes glacées viennent s'écraser sur la terrasse.

L'autre rive est à présent invisible et le fleuve présente toutes les apparences d'un océan de ténèbres qui aurait des participes cap-horniens. Entrant s'abriter, Colombe conseille à sa sœur d'en faire autant, mais Aude n'écoute pas; il lui a semblé apercevoir un éclat orangé par là-bas, du côté de l'île aux Lièvres. Elle se souvient que la voile de Thomas était de cette couleur. Son cœur cogne douloureusement, elle voudrait crier son refus, trouver une bonne explication. Ce devait être une illusion! Ce qu'elle a ressenti dans sa chambre l'empêche de répondre par l'affirmative; quelque part, il y a cette conviction qu'elle doit payer.

— Il faut que je sache! lance-t-elle tout haut dans le vent qui emporte ses mots.

Sans comprendre, Colombe l'aperçoit, déjà trempée, qui traverse la terrasse dans sa longueur et en descend l'escalier qui mène à la pelouse ou au chemin. «Elle va attraper la mort», se dit-elle sans cependant être très surprise; il y a longtemps qu'Aude a habitué tout le monde à ses impulsions apparemment irrationnelles et qu'après coup elle ne peut expliquer que par des «Il le fallait» ou des «Je ne pouvais pas faire autrement». Outre son plongeon dans le fleuve, il y a eu notamment cette fois où, encore petite fille, elle avait entendu une plainte par une fenêtre et était entrée dans une maison où elle avait trouvé une vieille femme étendue par terre et incapable de se relever par elle-même. Ne pouvant supporter l'idée de cette vieille toute seule, elle avait dérobé de l'argent dans le bureau de son père en pensant que ce serait suffisant pour faire revenir un fils qui, comme tant d'autres, était parti s'établir dans le Maine.

«Qu'est-ce qui lui arrive cette fois?»

Aude est absolument seule sur la route qui, suivant le fleuve, relie Cacouna à Rivière-du-Loup. Elle sait qu'il y a au moins une heure de marche pour atteindre la Pointe, mais elle n'en a cure, pas plus de la pluie diluvienne qui opacifie le paysage, des arbres dont les ramures ploient avec des craquements sinistres, du vent hurlant qui l'oblige à marcher courbée, du chemin transformé en rivière de boue ou de ses vêtements imbibés et lourds; tout ce qui importe est de savoir si Thomas est rentré avant la tempête.

Comme si elles pouvaient modifier les faits, toutes ses pensées sont occupées à écarter l'hypothèse terrible et à imaginer Thomas chez lui. Oui, elle veut l'y trouver! Et peut-être ensuite elle lui dira qu'elle l'aime bien, qu'elle veut le revoir, qu'elle veut… Elle ne se rend pas compte des larmes qui se mêlent à la pluie ruisselant sur son visage. Même en pensées, elle ne peut mettre les mots à cette image où elle est près de lui.

— Je sais qu'il est pauvre! s'exclame-t-elle tout haut en répondant aux objections qu'elle prête à son père en imaginant devoir le convaincre de la laisser revoir Thomas. Je le sais très bien, mais il est courageux, il est bon et je crois qu'on est fait pareillement tous les deux. Je le sais que ses vêtements ne sont pas de la meilleure étoffe ni même coupés chez un tailleur quelconque, mais sa bonté rayonne suffisamment pour qu'il soit beau. Oh oui, je sais que son vocabulaire est plutôt rudimentaire, mais ce qu'il dit vient du cœur et parle pour lui. Oui, je sais que je l'ai rencontré trop peu de temps pour prétendre que je le connais, cela n'empêche pas que je l'ai reconnu. D'où, je l'ignore, ni comment, mais je sais, je le sens; nous sommes les deux faces d'une même pièce, le jour et la nuit d'une même journée, le ténor et la soprano d'un même chant. Quoi que vous en disiez, pôpa, vous ne pourrez rien trouver contre ça!

C'est la première fois qu'elle s'avoue clairement ce qu'elle a deviné depuis le « Jour de la baleine » : son père ne la laissera pas lui échapper sans lutter. Et, ayant fait valoir tous ses arguments, elle se rend compte que ce n'est rien de tout cela qui opposera son père à ce qu'elle revoie Thomas. Quoi? Elle en a la fulgurance, mais n'ose le verbaliser.

L'orage est passé. Grelottante, dégoulinante, elle arrive à l'embranchement du petit chemin de la Pointe, qui est en fait une étroite langue de terre forestière s'avançant dans le fleuve parallèlement à la berge. Les nuages aux teintes dramatiques ont été avalés à l'orient et semblent avoir emporté un été méditerranéen égaré quelques jours en ces contrées qui retrouvent à présent leurs couleurs trop denses pour être lumineuses. Le ciel est du gris dont on se sert pour colorier la mélancolie, le fleuve garde l'empreinte glacée des folles solitudes quaternaires, et si la pluie a ravivé le vert de l'herbe et des feuilles, les ocres automnales perdurent trop longtemps ici pour que le cœur les oublie.

C'est la première fois qu'Aude vient en ces lieux. Elle n'a aucune idée où peut demeurer Thomas, aussi, lorsqu'elle aperçoit une première maison au milieu d'un fouillis de bûches, de vieux filets et même d'un fauteuil éventré sur lequel saute un enfant aussi couvert de boue qu'elle peut l'être, elle décide d'aller s'y renseigner.

— Tes parents sont à la maison? demande-t-elle à l'enfant.

Il la regarde sans répondre, et ses traits n'expriment au plus qu'une certaine interrogation. Aude hausse les épaules et se dirige vers l'entrée dont la porte s'ouvre avant qu'elle ne l'atteigne. Un peu boulotte, une femme l'observe en tenant la porte.

— Seigneur Dieu du paradis! s'exclame-t-elle. Tout l'orage vous est tombé sur la tête.

Aude essaie de sourire sans trop montrer qu'elle grelotte.

— Je cherche Thomas, demande-t-elle. Savez-vous où il habite?

— Thomas? Lequel Thomas?

— Je sais pas son nom de famille; ce que je sais, c'est qu'il pêche sur une barque qui s'appelle la *Belle de May* et qu'il doit être à peu près de mon âge.

— Ah ben, c'est le garçon à Rosaire, ça. Rosaire Jolycœur. (Elle avance d'un pas et tend son bras.) On peut pas se tromper, c'est la… un, deux, trois, la quatrième maison de ce bord-citte du chemin. (Elle l'observe plus attentivement.) Vous seriez-ti sa belle, par hasard?

Aude a l'impression qu'une main sordide lui arrache quelque chose dans les entrailles.

— Il est fiancé?

— Ben, c'est ce que je me dis quand que je vois une jeune mignonne qu'a traversé tout un orage pour un garçon de son âge…

Aude est tellement bouleversée qu'il lui faut quelques instants avant de comprendre les paroles de la femme. Puis elle tente de sourire pour la remercier, mais, frigorifiée, elle ne peut se retenir de claquer nerveusement des dents.

— Je vous remercie, réussit-elle à articuler.

— Bienvenue. Vous êtes ben sûre que vous voulez pas entrer prendre quelque chose de chaud? Gelée pareillement, vous allez attraper la consomption.

— Non, merci beaucoup, il faut que j'y aille…

— C'est vous qui savez, hein, je vais pas vous tordre un bras. Mais restez pas de même trop longtemps, sinon ce sera pas des épousailles qu'on va entendre sonner…

Reprenant le chemin, transie, Aude est parcourue de deux nouveaux soucis. La possibilité, à laquelle elle n'a jamais pensé, que Thomas puisse être fiancé et, si comme elle le souhaite il est chez lui, l'apparence qu'elle a. « Je ne peux tout de même pas me présenter comme ça! » se dit-elle avant de se répondre: « Niaiseuse! Ce sera pas la première fois qu'il te verra trempée. »

C'est une assez grande maison rectangulaire avec un étage mansardé, un toit de bardeaux à quatre eaux, de nombreuses fenêtres et une galerie couverte qui en fait le tour. Peinte en jaune et visiblement bien entretenue, la façade est faite de planches planées. Ici aussi il y a des filets, mais ils sont suspendus sur des perches horizontales, les bûches sont cordées et, de l'autre côté d'un potager prospère, les petites dépendances comme le poulailler sont peintes en harmonie avec la maison.

Aude remarque tout cela d'un regard, mais ne s'y attarde pas, tant elle est pressée d'être rassurée.

Malgré les nombreuses fenêtres, on ne semble pas l'avoir vue venir, car, comme cela arrive fréquemment dans les maisons de rang, personne ne vient ouvrir avant qu'elle ne cogne à la porte qui bientôt s'entrouvre sur une fillette d'environ douze ans. Aude lui reconnaît immédiatement une parenté évidente avec Thomas. D'un coup d'œil intelligent et rapide, la fillette la détaille et déduit:

— Vous devez vous être écartée sous l'orage?

Aude a un vague mouvement de tête et, sans répondre vraiment, demande:

— C'est bien ici qu'habite Thomas?

Un instant, la fillette fronce légèrement les sourcils, puis se tourne vers le seuil d'une pièce d'où parvient le son d'un harmonica.

— Thomas! Arrête donc de souffler dans ta musique à bouche, y a quelqu'un pour toi icitte…

Revenant à Aude, elle lui sourit et l'invite à entrer dans la grande cuisine blanche en s'excusant pour le fouillis, pourtant inexistant, même à bien y regarder.

Il est ici! Vivant! Toute l'anxiété d'Aude tombe d'un coup. Elle a l'impression que la lumière d'un soleil vient de jaillir des franges d'un nuage qui n'en finissait plus de s'étirer.

Pieds nus, vêtu d'un pantalon roulé aux mollets et d'une ample chemise de lin, Thomas apparaît dans l'encadrement de porte. Apercevant qui est là, ses traits marquent une surprise qui évolue vers l'étonnement avant de se fondre dans une inquiétude fortement teintée du plaisir de la revoir.

— Aude! C'est quoi qui vous est arrivé?

Ce n'est qu'à présent qu'elle se rend compte à quel point sa présence ici et dans l'état où elle est a de quoi surprendre. D'autre part, puisqu'il est là, bien en sécurité, comment avouer le véritable motif de sa présence? De quoi aurait-elle l'air? Vite trouver quelque chose.

— Thomas! Je suis contente de vous voir; je passais par là, j'ai été surprise par l'orage et je me suis souvenue que vous restiez par ici…

— Vous avez bien fait de venir. Mais vous pouvez pas rester trempée comme vous êtes là.

Il s'adresse à la fillette:

— Jeanne, tu vas tout de suite conduire Aude à ta chambre et trouver quelque chose dans les affaires de Virginie.

De nouveau à Aude:

— Il faut d'abord vous changer. Pendant ce temps-là, moi, je vais faire du thé bien chaud (et comme pour s'excuser d'avoir à le faire lui-même), y a de la mortalité dans la famille du bord du père, et la plus vieille est partie avec lui à Québec.

— Oh!… non, vous êtes gentil, mais je veux pas déranger.

— Ce qui me dérangerait, c'est que vous tombiez malade.

Sans avoir le temps de très bien analyser ce qui lui arrive, Aude est entraînée à l'étage par la fillette et se retrouve dans une petite chambre claire, entre deux lits étroits dont chacun est couvert d'une courtepointe à carreaux multicolores. Jeanne étale sur un lit des jupons, des chemisiers et des robes, tandis qu'Aude regarde discrètement autour d'elle. Sur un mur en étroites planches verticales, sous une gravure du Sacré-Cœur, elle s'arrête sur le portrait d'une jeune femme qui, au féminin, ressemble étrangement à Thomas.

— Vous devez être la jeune fille sauvée par la baleine? demande Jeanne.

— Votre frère vous a raconté ça…

La fillette a un sourire un tantinet ironique.

— J'ai surtout l'impression qu'il a gardé le plus important pour lui…

Aude est un peu embarrassée par ce que suggèrent ces mots.

— Ôtez donc cette blouse trempée, fait Jeanne, vous allez attraper de quoi. Thomas nous a raconté que vous chantiez pareil comme les anges. Y faudrait pas gâcher votre voix avec un vilain rhume. Ça peut même être pire, vous savez, c'est après un coup de froid que maman est partie…

D'abord heureuse, presque confuse des éloges que Thomas a faits sur sa voix, Aude comprend soudain qui représente le portrait sur le mur.

— Il y a longtemps? demande-t-elle avec l'impression, comme toujours lorsqu'elle aborde un sujet qui peut faire mal, de se montrer un peu brutale.

— Un peu plus de deux ans.

Aude se dépêche d'ôter son chemisier et s'apprête à prendre l'autre sur le lit, mais Jeanne lui tend une grosse serviette écrue.

— Frottez-vous d'abord, ça va vous réchauffer.

— Merci… Qui est-ce qui s'occupe de vous, je veux dire de la maison?

— Virginie, et moi aussi. C'est pas le bout du monde…

— Moi, je trouve ça courageux.

— Y a pas le choix. J'imagine que tout un chacun doit avoir ses petites misères à lui. Donnez-moi donc la serviette, je vais vous frotter le dos.

— Oh, c'est pas la peine!

— Ça me dérange pas pantoute.

N'écoutant que sa volonté de bien faire, Jeanne prend la serviette des mains d'Aude et commence à la frotter.

— Vous avez un beau teint de peau, dit-elle sur le ton de la simple constatation. C'est pas comme moi; Virginie dit qu'on doit avoir trop de sauvage dans le sang.

— Vous êtes métis?

— J'en sais rien, je dis ça comme ça. Mais ça doit ben venir de quelque part, de la peau brune de même.

Par la fenêtre face à elle, comme une promesse d'oubli, Aude aperçoit le fleuve entre les arbres. Pourquoi pour certains n'y a-t-il aucun mal là où d'autres le rencontrent? Il est évident que Jeanne n'a aucune arrière-pensée en lui frottant le dos, au contraire, elle ne veut que bien faire. Pourquoi faut-il qu'elle-même se sente mal à l'aise? Est-ce que son embarras n'est pas au fond qu'un simulacre inventé par ceux de sa sorte pour ne pas avoir à perpétuellement affronter la tentation. Un bref instant, derrière le rideau de ses paupières, l'image folle de Thomas ici dans cette chambre, seul avec elle. Réagir! Vite!

— Moi, je trouve au contraire que vous avez plutôt une belle teinte de peau, c'est presque couleur miel.

— Bah, j'aurais préféré lilial, comme ils disent dans les livres.

— On veut toujours ce qu'on a pas, même si ce qu'on a est mieux.

— Ça, pour ça, c'est ben vrai. (Elle repose la serviette.) Ça réchauffe, pas vrai?

— Oui, merci. C'est votre sœur qui a fait les courtepointes?

— Non, c'est maman, juste avant de…

— Elles sont vraiment belles.

— C'est normal!

Sans que ce soit par simple politesse, Aude approuve.

Descendant l'escalier, elle voit trois grosses tasses de grès fumantes sur la grande table de bois. Elle en ignore la raison, mais l'idée de Thomas préparant du thé l'émeut.

Le cherchant des yeux, elle l'aperçoit par une fenêtre qui revient vers la maison. Entrant, il la détaille et pour elle la tendresse qui émane de son regard est presque tangible. Elle en oublie les vêtements qui ne sont pas les siens.

— Vous devez être plus confortable, dit-il. Je viens d'aller donner un peu d'avoine au cheval; je vais vous reconduire chez vous avec la carriole. On va pas vous laisser marcher tout ce chemin.

— Oh! c'est pas la peine. Je ne suis pas faite en sucre.

— Ça me fait plaisir, dit-il en écartant d'un geste aérien toute discussion à ce sujet. Mais dites voir: pour quoi c'est faire que vous étiez rendue si loin de chez vous? Vous n'avez pas vu l'orage qui s'en venait?

— Non…

— Ben moi, ce matin, au premier petit coup de vent qui a plissé la surface, je peux vous dire que j'ai remonté toutes mes lignes en vitesse et que je suis revenu tout droit. Sur la mer, on joue pas avec le temps.

— J'ai pensé à vous quand j'ai vu le fleuve. J'espérais bien que vous étiez rentré.

Elle a parlé vite et se rend compte que, normalement, après deux semaines il n'y a pas vraiment de raison pour que l'on se fasse du souci pour une personne rencontrée une seule fois. En tout cas, elle imagine que c'est ce qu'il doit être en train de penser.

— Je vous l'ai dit l'autre jour: sur le fleuve je prends pas de risque.

— Vous en avez pourtant pris de sérieux l'autre jour…

— Pas tant que vous; si j'avais pas su nager… Au fait, vous croyez toujours pas que vos parents vous laisseraient venir une journée sur le fleuve?

Elle le regarde. Ils se regardent. En douceur, le sourire de l'un passe par les prunelles de l'autre et s'y répand. Pourquoi faut-il absolument échanger des mots de tous les jours pour justifier d'être ensemble? Et à la question, pourquoi ne pas répondre oui et venir sans rien demander? Elle pourrait toujours alléguer par la suite qu'elle n'en voyait pas le motif. Mais non, elle ne peut pas. C'est lui qui en subirait les conséquences. Peut-être même qu'ils ne pourraient plus se revoir. Cette perspective l'effraie.

— Malheureusement…, se contente-t-elle de répondre avant d'affirmer: mais ça me plairait beaucoup!

— Un jour…, dit Thomas en regardant ses mains.

— Oui, un jour, sûrement!

Cette fois, ils se regardent et oublient carrément les mots qui justifient, au point que Jeanne signale:

— Le thé va être froid.

Ils rient, heureux d'être ensemble, et vont prendre place côte à côte sur le banc.

— Faudra que vous reveniez, dit Thomas. Mais attendez quand même d'être sûre de pas vous faire mouiller sur le dos.

— Vous aussi, vous pourriez passer à la maison.

«Quelle raison je pourrais donner au père?» croit-elle pouvoir lire dans le regard assombri alors qu'il opine sans conviction.

«Il va falloir faire quelque chose, se dit-elle. C'est ridicule, cette situation. Je ne vais pas laisser ma vie m'échapper parce que, quelque part dans sa tête, papa voudrait me garder pour lui.»

Sous le choc de cette révélation à laquelle elle n'avait jamais songé, elle a l'impression qu'un courant lui glace le crâne. Elle n'y avait jamais réfléchi, à croire que les mots de la pensée ont formé la pensée elle-même.

«C'est donc cela! raisonne-t-elle. Sans même qu'il s'en rende compte, pôpa n'acceptera pour moi ou Colombe qu'un personnage qui sera un peu lui, mais avec moins d'éclat.»

Wilfrid Gosselin n'a jamais rien dit de particulier à ce sujet; pourtant, Aude est à présent persuadée qu'il réagira dans le sens qu'elle vient d'imaginer. Et elle devait également réfléchir à une autre donnée du problème, car il lui vient soudain une idée toute construite:

— Thomas, avez-vous déjà été à Montréal?

— Non, je suis jamais allé plus au sud que Québec.

— Qu'est-ce que vous faites au début de septembre?

— Comme d'habitude, je pêche. Pourquoi?

— Bien… Je rentre au pensionnat chez les ursulines à l'automne et je dois m'y rendre par la ligne des chars. Ce serait bien si vous pouviez venir, ça vous permettrait de visiter la ville.

— Vous montez là-bas toute seule?

— Oui, mais à l'arrivée une tante doit m'attendre à la station. Mes parents ont déjà commencé à me couvrir de recommandations pour le voyage.

— Vous croyez qu'ils trouveraient ça de leur goût que j'y aille avec vous?

— Ce qui compte, Thomas, c'est ce que j'en pense, moi…

— C'est que… Je voudrais pas que vous vous mettiez mal avec vos parents à cause de moi.

Elle voudrait prétendre qu'ils n'en sauraient rien, mais s'abstient à temps en devinant que cela déplairait à Thomas.

— Que voulez-vous qu'ils aient contre? temporise-t-elle.

— Qu'une jeune fille comme vous, avec votre éducation, a pas d'affaire à voyager au loin avec un petit pêcheur comme moi.

— C'est ce que vous pensez?

— La question se pose pas comme ça, Aude.

— Si elle se posait?

— Ben, y aurait le problème que vous avez des habitudes sans lesquelles vous seriez pas heureuse, mais autrement, non, je crois pas que ce serait mal faire. Le père sait pas lire et maman aurait pu être professeur d'école, et ils s'aimaient pas pour faire semblant.

— Ben moi, je vous trouve drôles, tous les deux! s'exclame Jeanne. De quoi que vous parlez au juste? (Et sans attendre de réponse, avec l'attitude de quelqu'un détenant une vérité essentielle, elle se tourne vers son frère.) Moi, s'il y avait un garçon que je trouverais de mon goût pis qu'il pense pas que ce serait possible de me rencontrer parce qu'il serait pas assez riche pour connaître des affaires et pour que je sois heureuse, tu sais-ti ce que j'aimerais qu'il fasse?

— Jeanne! Qu'est-ce tu racontes!

— Ce que je raconte! Je vous vois ben tous les deux depuis tantôt – même que je peux pas placer un mot –, je raconte rien que ce qui est gros comme le nez au milieu de la face: vous allez ensemble comme deux et deux font quatre, voilà ce que je raconte!

Pour la première fois de sa vie, Aude se sent vraiment rougir. Mais elle n'en veut pas à Jeanne, loin de là. Même si c'est un peu brutal et rapide, elle lui est reconnaissante de révéler tout haut ce qu'ils éprouvent sans seulement vraiment se l'avouer à eux-mêmes.

De savoir qu'il sait qu'elle sait qu'il sait ce qu'elle éprouve et inversement, cela crée une mystérieuse alchimie qui les fait se sentir encore plus solidaires l'un de l'autre.

— Qu'est-ce que vous aimeriez qu'il fasse? demande-t-elle à Jeanne tout en adressant à Thomas, même si elle sait que ce n'est pas nécessaire, un sourire qui réclame de l'indulgence pour sa sœur.

— Ce que j'aimerais! (Elle se lève, se dirige vers un petit vaisselier rudimentaire et y prend un journal posé sur la console.) J'ai lu quelque chose sur la gazette, dimanche après la messe, ça parle de l'or et de l'argent qu'il y aurait là-bas dans le Montana, et ça a de l'air qu'il y en a qui reviennent avec un joli motton. Ben moi, voilà, je sais ben ce que je ferais…

Elle étend le journal sur la table entre Thomas et Aude. Celle-ci y aperçoit, fiers comme on peut l'être lorsqu'on se croit invincible, posant dans des complets de gala, deux frères Painchaud de Montmagny qui, selon l'article, sont cousus d'or et n'ont plus de souci à se faire pour leurs vieux jours.

Thomas regarde le journal, puis Aude, puis sa sœur, et revient à l'article. Aude comprend dans quel dilemme il se trouve: dire qu'il partirait au Montana reviendrait à lui faire une déclaration, et ce n'est pas possible maintenant; dire qu'il n'irait pas signifierait un peu le contraire, et elle suppose qu'il ne doit pas pouvoir l'envisager. Elle réalise qu'il n'y a qu'elle qui puisse démêler la situation; elle s'adresse à Jeanne :

— Moi, si un jeune homme m'annonçait qu'il part au Montana pour moi, je lui dirais que ce n'est pas la peine de revenir.

— Pourquoi? s'étonne Jeanne. Il ferait ça pour vous et vous lui diriez des mots pareils?

— Oui, parce que j'ai aussi appris qu'il y en a beaucoup qui ne sont jamais revenus du Klondike ou de toutes ces places où l'argent est facile. Je ne voudrais pas supporter d'attendre des mois ou des années sans seulement savoir s'il va revenir.

— Mais s'il n'y a pas d'autres solutions? Il faut ben faire de quoi!

Une nouvelle fois, Aude et Thomas se regardent. Que redire à ces dernières paroles? Ils ne peuvent répondre.

Terminant sa tasse, Jeanne doit deviner qu'ils souhaitent être un peu plus seuls, elle se lève et annonce qu'elle va profiter de ce que la terre soit «trempe» pour aller arracher du chiendent dans le potager.

— Elle dit tout ce qu'elle pense, fait Thomas comme pour l'excuser alors qu'elle referme la porte.

— Elle est gentille.

Il approuve.

— Thomas…

— Oui?

— Je me demandais vraiment si vous étiez sur le fleuve quand j'ai vu la tempête.

— Moi, tous les jours je me demande ce que vous faites.

— Disons que souvent j'essaie d'apercevoir une petite voile orange sur le fleuve…

Il se mordille la lèvre. Elle baisse les paupières. Il ne faut pas qu'il remarque combien elle voudrait se jeter contre lui. Tout contre lui pour attendre que passe le temps. Être dans sa chaleur, le sentir autour d'elle.

Soudain, elle se redresse sur le banc. Tous ces mots qu'elle se dit, elle les a lus cent fois dans ces romans que sa mère trouve dangereux pour l'esprit. Elle a peut-être raison au fond; dans tous ces romans, que ça finisse bien ou mal, il y a toujours le même point commun, heureux ou malheureux, chacun reste soi. Parfois, ils se marient et vivent longtemps, mais ils ne sont jamais un. Jamais! Faut-il alors à son tour qu'elle redise les mêmes mots?

Un! Voici déjà longtemps, il y a eu ce songe qui lui revient à présent. Ils étaient deux, ou plutôt deux corps obéissant à la même harmonie, il y avait la nuit infinie, les étoiles prodigieusement lointaines, des montagnes et la forêt, et une musique très belle qui sourdait de partout. Ils n'attendaient rien, ils se donnaient et cela suffisait à leur bonheur.

Elle voit les mains de Thomas posées l'une sur l'autre sur le bord de la table. Elle a l'impression qu'il y a un éclair dans sa tête et, à s'imaginer qu'ils agissent de leur propre volonté, ses doigts vont doucement se poser sur ceux de Thomas, comme pour révéler d'elle tout ce que ses lèvres n'osent formuler.

Thomas à son tour retire sa main du dessous et, de ses doigts, enserre ceux d'Aude.

— Qu'est-ce qu'on va faire? demande-t-elle, se sentant le souffle trop court.

— Je sais pas.

Elle ne lui en veut pas de cette réponse. Comment pourrait-il savoir puisqu'ils sont pareils?

— On pourrait partir…, suggère-t-elle.

— Non, ce serait vous brouiller avec votre famille, ce ne serait pas bon pour personne. On peut pas aller contre les siens. Même si ce serait bien…, on découvrirait le monde, tous les deux. Il doit être immense! Ça ne va pas, Aude?

— Je ne sais pas, Thomas; je me sens bien ici avec vous, et pourtant, je crois que j'ai envie de pleurer.

Ces paroles le bouleversent. Elle le voit à son regard et le sent à la pression qu'il met dans ses doigts.

— Ça se dit pas pour un homme, ajoute-t-il, mais je crois ben que c'est tout pareil pour moi…

— Est-ce que ça veut dire qu'on ne peut pas aller plus loin?

— Non! Non, ça veut dire qu'on a pas encore trouvé. Il

faut que je vous le dise, le matin du jour où je vous ai rencontrée, j'ai eu comme un pressentiment qu'il allait arriver de quoi de pas ordinaire dans ma vie; alors, maintenant, je ne peux pas croire que c'était pour rien. Il y a des signes qui peuvent pas tromper.

— Moi aussi! dit-elle. Moi aussi j'ai ressenti quelque chose la veille, c'était comme un souffle immatériel. Ça, c'est curieux!

— Ça veut dire de quoi.

— Quoi, Thomas?

— Vous le sentez pas?

— Oui…

— Non, dites rien qui explique; les mots des fois… Un jour, on sera vieux, tous les deux, on sera assis dans une berçante et on regardera le soleil qui se couche sur un horizon qu'on connaît pas encore et là on saura qu'on aura été heureux parce qu'on aura été tous les deux.

Elle l'observe, presque bouche bée.

— C'est beau ce que vous dites.

— C'est juste vrai. C'est quand vous chantez que c'est beau.

— Chanter… Il n'y a pas si longtemps, je rêvais que je chantais dans les grandes salles, à Montréal, New York et jusque dans les vieux pays. Je rêvais que des publics de connaisseurs m'applaudissaient, je croyais que c'était ce qu'il pouvait y avoir de mieux, mais l'autre jour, quand j'ai compris à quel point le chant vous avait rendu heureux, j'ai compris que les grandes salles et les grands publics, ça ne pourrait jamais être aussi bien…

— C'est pareil pour moi, dans le bois l'hiver ou sur le fleuve l'été, je m'occupais souvent la tête à imaginer qu'un jour j'allais vendre un vrai beau lot de fourrures pis aussi que je revendrais la *Belle de May* un bon prix et qu'avec l'argent je pourrais acheter un plus gros bateau et aller jusque dans le golfe et même sur l'océan. Moi aussi je croyais que c'était ce qu'il pouvait y avoir de mieux, pis tout dernièrement, je me suis dit que ce serait loin, très loin derrière avoir quelqu'un qui compte vraiment. Quelqu'un pour partager les choses qui, au fond, doivent être aussi jolies ici qu'ailleurs. Je me suis dit que le bonheur, il est pas forcément dans les vagues de l'Atlantique ou dans les grosses prises de poisson.

— On dirait qu'on a compris la même chose, Thomas.

— C'est normal…

— Oui, c'est normal.

Elle n'a pas retiré sa main d'entre celles de Thomas. Elle voudrait pouvoir y rester. Cela lui procure le sentiment de prendre un peu de lui et de laisser un peu de soi en retour. Lui laisser comprendre qu'au-delà de sa chaleur et de son étreinte, elle ne désire que la complicité. Elle repense à ce que lui a dit sa mère à propos de donner et de se donner. Est-ce que finalement la blessure de Mathilde Gosselin n'est pas là; de ne pouvoir donner et se donner comme peut-être elle l'avait imaginé?

Se demandant si elle-même le pourra, Aude pressent que c'est possible. Et était-ce Thomas qu'elle attendait? Elle ne se pose la question que pour la forme, elle ne doute pas de la réponse, tout son être ne peut lui mentir.

— J'aimerais rester, dit-elle en rompant le silence, mais je crois qu'il va falloir que j'y aille; chez nous, ils s'inquiéteraient…

— Je vais vous reconduire, dit-il en faisant déjà le mouvement de se lever.

Elle le retient de la main, et ce contact plus marqué la chamboule.

— Ce n'est pas la peine, Thomas.

— Je peux pas vous laisser vous en retourner à pied avec les chemins comme ils sont là!

— J'ai peur que chez moi ils se demandent pourquoi vous me reconduisez. Mon père voudra savoir ce que je faisais chez vous…

— De toute manière, ils vont voir que vous portez pas votre linge.

— Ce n'est pas sûr. Mon père ne s'occupe jamais de ce que je porte, à moins de trouver que ça n'est pas de notre rang, comme il dit.

Il tente un sourire naturel, mais est impuissant contre la tristesse qui soudain marque ses traits.

— Thomas! Qu'y a-t-il?

— Rien, Aude. Rien du tout.

Elle souffre de la tristesse qu'il ne peut cacher. Pour lui, elle veut contrebalancer les propos qui le font souffrir:

— Et puis non! Tout compte fait, je crois que je vais accepter votre proposition.

— Oui, c'est mieux quand les choses sont claires, approuve-t-il.

— Je sais, Thomas, mais je crois que j'ai reçu une éducation où l'on enseigne que la diplomatie est une vertu, même si à bien y réfléchir ce n'est qu'une autre façon de dire ratoureux.

— Oh! vous êtes pas ratoureuse, Aude!

— En tout cas, je vais essayer de ne plus l'être.

Lorsque Jeanne ouvre la porte, instinctivement ils ont le geste de séparer leurs mains, mais à ce moment leurs regards se croisent, ils se ravisent et Jeanne les trouve mains enlacées. Elle rit.

— Un beau matin, ce sera à mon tour! lance-t-elle comme un défi au destin, avant de rouspéter sur la vie dure du chiendent. Je me demande bien pourquoi la mauvaise herbe, ça pousse et ça pousse et qu'on arrive pas à s'en débarrasser pis que ça prend tout son petit change pour récolter la bonne. Y a quelque chose de bizarre dans l'affaire...

***

Pourquoi rien n'est jamais comme l'imagination l'a anticipé et toujours comme les entrailles ont tenté de l'exprimer? À croire qu'au seuil de l'existence chacun a pu lire le grand livre de sa vie et que seule la chair inconsciente en a gardé la mémoire.

Lorsque la carriole de Thomas s'avance sur le gravillon de l'allée, Wilfrid Gosselin est sur le perron avant, les pouces suspendus dans les goussets de son gilet.

Impénétrable, il reste parfaitement immobile jusqu'à ce que le cheval s'arrête au bas des marches. À ce moment seulement ses lèvres s'étirent dans un grand sourire jovial que paraît démentir l'interrogation froide de son regard.

— Eh ben! Si c'est pas Thomas. Dis-moi pas qu'il a encore fallu que tu sauves la mise de ma fille.

— Non, non! vous inquiétez pas, monsieur Gosselin, je fais juste la raccompagner; avec les chemins bouetteux comme ils sont…

— C'est gentil de ta part. Tu ne pêches pas aujourd'hui?

— Je suis rentré avant que ça brasse trop fort.

— Ouais, c'est juste. La pêche est-tu bonne de ce temps-citte?

— Un peu trop chaud ces derniers jours. Le poisson se cache dans les courants froids.

— Y a des hauts et des bas partout. Est-ce que ça gagne pas mal, la pêche comme tu la fais?

— Ben…, ça nourrit son homme.

— Ouais, je vois, c'est pas vargeux…

— C'est certain qu'on peut pas se mettre riche avec ça.

Descendue de la carriole, Aude remarque que son père est en train de soupeser le pour et le contre de ce qu'il va dire. Elle lui connaît bien cette attitude qui généralement précède une proposition.

— Est-ce que t'as déjà bûché? demande-t-il à Thomas.

— Une saison, avec mon père, sur la Péribonca.

— Et t'aimerais pas ça, avoir une place steady sur un chantier? Tu te ferais de bonnes gages.

Thomas secoue négativement la tête.

— Je crois pas, non. Je préfère être mon propre maître. Je bourrasse tout de suite quand j'ai quelqu'un sur le dos.

— C'est de l'orgueil, ça. Vaut mieux avoir un foreman sur le dos que la misère qui nous colle après. Moi, je suis pas de ceux qui croient qu'y en a qui sont nés pour un pain noir.

— Je suis pas dans la misère, monsieur Gosselin.

— Ouais, mais t'es encore garçon, t'as rien que toi à faire vivre. Quand ça va venir le temps de te greyer d'une créature, il va ben falloir que tu voies à faire vivre les flos qui vont s'en venir par après.

— J'ai des idées pour ça…

— J'espère pour toi, mon gars. En tout cas, rappelle-toi ce que je t'ai dit l'autre jour : si jamais tu veux une bonne place sur un chantier, une place avec des bonnes gages, fais-moi signe. (Il se tourne vers Aude.) Tu peux encore lui dire merci, tu lui dois beaucoup.

— Je sais, pôpa. Avec Valère, je lui dois la vie.

Elle a dit cela sur un ton sans aménité qui laisse bien à entendre qu'elle semble être la seule à s'en souvenir vraiment. Wilfrid Gosselin n'est pas dupe, mais, à son habitude, ne laisse rien transparaître.

— Tu peux le dire! affirme-t-il.

Puis, dans un autre ordre d'idées :

— Bon, c'est pas tout, ça, mais on ne fait pas ce qu'on veut. Si je veux pouvoir continuer à mettre du beurre sur la table de cette famille gourmande, il faut encore que j'aille écrire une lettre de louanges et de lamentations à un ministre. Tu vois, Tom, on est jamais vraiment son boss. Allez, les jeunes, je vous laisse.

Sur ces mots, il se tourne et rentre, laissant Aude et Thomas dans la confirmation amère de ce qu'ils soupçonnaient.

— On trouvera, Aude. Je vous promets qu'on trouvera…, assure le jeune homme.

Elle hoche la tête avant de demander :

— Quand va-t-on se revoir?

Les yeux au sol, il réfléchit un instant, puis, comme l'on se jette à l'eau, semble prendre une décision :

— Faites-moi savoir quand vous prendrez votre train, j'y serai.

— Oui! Vous êtes sérieux?

— Oui, d'une façon ou d'une autre, j'y serai.

Cela paraît loin dans le temps à Aude, mais cette promesse l'aide à pouvoir dire au revoir sans céder à l'impulsion qui voudrait lui faire tout envoyer valser pour se jeter dans ses bras.

— À bientôt, Thomas, et faites attention sur le fleuve.

— Vous aussi, Aude, faites attention à vous.

Il lève les guides, a un petit signe de tête, le cheval avance et, avec le sentiment d'une déchirure, alors que dans le vide leurs lèvres se ferment doucement sur le rêve d'un baiser, ils se suivent des yeux jusqu'à ce qu'il la dépasse. Debout, droite, elle attend que la carriole disparaisse avant de se tourner vers la porte d'entrée.

À l'intérieur, assaillie par l'odeur d'encaustique et l'ombre brune du vestibule, elle analyse la dernière image qu'elle a de lui. C'est presque rien, juste une infime courbe voûtée du dos, mais c'est assez pour comprendre qu'il n'a pas tout dit. La lumière flanche, la rampe d'escalier d'acajou sanguin lui paraît infiniment tortueuse, presque mauvaise, les motifs compliqués du tapis persan évoquent quelque cruauté cynique, tout infuse ses veines du sang lourd de l'angoisse et l'enveloppe de l'éther gris de sa solitude.

VI

Les quelques animaux n'ont pu pâturer toute la prairie et, çà et là, de grandes taches de foin jaune ploient au gré du vent. Observant sa sœur en train de traire Marguerite, Maria songe qu'il va lui falloir prendre une décision rapidement. Charlemagne lui dit d'aller vivre dans le monde en attendant qu'il revienne, mais elle n'est pas certaine qu'il lui faille aller chez elle. Elle ne voit pas d'autre possibilité, pourtant, sans en connaître du tout la raison, elle a le sentiment qu'il lui faut trouver une autre solution.

Elle s'apprête à rentrer pour s'assurer que Charlotte s'est bien rendormie, lorsqu'elle entend le bruit d'un boghei. Est-ce que Rosaire apporte une autre lettre de Charlemagne?

Un instant, elle demeure surprise en apercevant une carriole rouge qu'elle n'a jamais vue, pas davantage d'ailleurs qu'elle ne connaît le jeune homme qui tient les guides. «Du nouveau monde qui s'en vient s'installer par icitte?» se demande-t-elle avant de réaliser, en voyant Alma-Rose se redresser vivement et lisser son tablier, qu'il doit s'agir de celui dont elle a parlé.

Maria l'observe attentivement, sans pouvoir se défendre de l'idée qu'il s'agit d'un «juif» et que, par conséquent, il doit être différent. Il est de taille moyenne, un peu maigre, a les cheveux bruns, le visage buriné par le soleil. Ce qui est étrange avec lui, ici dans le bois, c'est qu'il porte un costume de ville impeccable. Comme s'il se rendait à la messe de Pâques. Il lui rappelle un peu quelqu'un. Qui?

Il a arrêté sa carriole avant d'arriver à la maison et en est descendu pour se diriger directement vers Alma-Rose. Se sentant un peu bouleversée sans trop savoir pourquoi,

Maria les regarde qui se sourient alors que lui avance en triturant son chapeau et que sa sœur reste debout à le contempler, comme s'il était un ange descendu du ciel. Elle les voit se tendre mutuellement la main et comprend soudain dans ce geste ce qu'elle n'avait pas encore réellement inclus dans l'histoire : ils s'aiment !

Ils se parlent et rien ne paraît exister autour d'eux. Maria se souvient de… Mais oui ! c'est ça ! Il y a quelque chose en lui qui rappelle François. Ce n'est pourtant pas le costume, ce n'est pas le genre d'habits que portait le garçon de Mistassini. Ce n'est pas la corpulence non plus, François était plus costaud, et, même à cette distance, les traits du visage aussi sont différents. Ce doit être quelque chose dans l'attitude.

Alma-Rose désigne sa sœur au jeune homme, et celui-ci s'incline juste ce qu'il faut. Maria lui répond par un mouvement de tête, et cela semble être ce qu'ils attendaient pour se décider à venir vers elle.

— Je te présente Élie… Élie Halevi, fait Alma-Rose.

— Enchantée, répond Maria à l'adresse de l'inconnu. Ma sœur m'a dit que vous aviez des beaux tissus…

— Oh ! j'essaie d'offrir ce qu'il y a de mieux en qualité et en solidité…

— C'est ben courageux à vous de monter jusqu'icitte pour nous montrer ce que vous avez.

— Pour tout vous dire, je n'ai aucun mérite puisque c'est surtout le sourire de votre sœur qui m'a attiré…

Maria sourit largement.

— Je vous aurais pas cru si vous m'aviez raconté le contraire. Pour vous dire toute la vérité, je crois même qu'elle commençait à se demander sérieusement si vous alliez jamais venir…

— Maria ! s'exclame Alma-Rose, j'ai jamais rien dit, moi…

— Non, c'est vrai, t'as jamais rien dit… Bon, ben… entrez, vous devez avoir soif avec la chaleur qu'il fait.

— Ce n'est pas de refus.

Après avoir déposé le seau de lait sur la table, c'est Alma-Rose qui présente les enfants au visiteur. Élie s'incline devant chacun d'eux et, chaque fois, sort un sucre d'orge de sa poche. Maria hésite un peu et se demande s'il s'agit d'un geste de courtoisie calculée ou la marque d'une personne attentionnée.

— Et voici Charlotte, dit Alma-Rose en se penchant au-dessus du berceau. À elle, je ne crois pas que ce serait indiqué de lui donner un suçon…

Le jeune homme se penche sur le berceau, sourit, reste un instant comme à méditer, puis se redresse en déclarant à Maria avec un sérieux affecté :

— Je l'achète! Combien en demandez-vous?

C'est demandé avec un tel sérieux que pendant un bref instant Maria n'est pas vraiment certaine qu'il plaisante. Ce n'est qu'en croisant l'éclat amusé du regard de son interlocuteur qu'elle s'en assure. «Moi aussi, je suis capable de faire des farces», se dit-elle.

— Je la laisserai point aller à moins d'un beau cinq cents piastres, rétorque-t-elle sur le même ton.

Cette fois, c'est au visiteur, durant un instant, d'ouvrir tout grand les yeux, et c'est Maria qui soudain s'effraie de passer pour ce qu'elle a voulu interpréter.

— Non! non! s'exclame-t-elle, je la laisserai pas pour tout l'or du monde.

— Je m'en doute, répond Élie Halevi. Elle est vraiment très belle. Félicitations. Toute la famille est très jolie à ce que je vois…

Les jumelles se regardent en rosissant légèrement. Un peu surprise de cette réaction qu'elle remarque chez elles pour la première fois, Maria se dit qu'il a fait leur conquête.

Alma-Rose est allée puiser un verre d'eau dans une des chaudières et le tend à son visiteur.

— Comme ça, reprend Maria, Alma-Rose m'a dit que vous veniez de la Roumanie?

— Mes parents viennent de là-bas. Moi, j'y suis né, mais quand je suis arrivé au Canada, je n'avais pas encore un an. Mon père, lui, il vient de la Russie.

— Ça fait que vous avez pas de souvenirs de là-bas.

— Non, pas directement, mais j'ai tellement entendu mes parents parler de leurs pays que des fois j'ai l'impression d'y avoir vécu moi-même.

— La Russie…, monologue Maria comme pour elle-même, ça paraît à tout l'autre bout du monde, comme un autre monde…

— À peu près comme ici, répond-il. Des hivers très longs et des étés très chauds. La différence, c'est le tsar.

— C'est ça qu'on a du mal à comprendre, dit Alma-Rose. Comment que des gens peuvent accepter qu'un seul homme ait tous les pouvoirs sur eux, et qu'il puisse même avoir le droit de vie et de mort sur le monde, ça paraît pas croyable.

— Il suffit de faire croire à ces gens-là que le tsar est le représentant de Dieu sur la terre, fait Élie en haussant légèrement les épaules.

Maria demande aux enfants d'aller jouer autour de la maison en leur ordonnant de ne pas s'éloigner. Leurs cris retentissent déjà à l'extérieur lorsqu'elle s'adresse de nouveau au visiteur :

— Parlant de Dieu, dit-elle, Alma-Rose m'a aussi dit que vous étiez… pas catholique?

— En effet, je pratique le judaïsme…

Maria ouvre un peu les yeux en guise d'interrogation. Elle voudrait qu'il développe, mais il doit trouver l'explication suffisante. Alma-Rose aussi, qui change de sujet :

— Avez-vous trouvé des nouveaux clients en montant jusqu'ici?

Il a une moue légèrement désabusée.

— Je crois que, dans les nouveaux rangs de colonisation, les gens ont autre chose à s'occuper. Je fais surtout mes affaires dans les vieilles paroisses. Je passe par chez vous parce que c'est sur le chemin de La Pipe, autrement, c'est ben rare que je monte dans les nouvelles friches.

— Où habitez-vous? demande Maria.

— Dans presque toutes les localités, il y a une maison où j'ai l'habitude de pensionner. Parfois, à Chicoutimi, je descends à l'auberge.

— Mais votre maison à vous?

— J'en ai pas. La seule place où je peux rester c'est chez mes parents, mais ils habitent à Montréal. Là-bas, mon père fait un peu le contraire de ce que moi je fais ici. Alors que je vends du tissu à la verge, lui il ramasse les chiffons et les guenilles qu'il revend dans les filatures de la Nouvelle-Angleterre.

— Mais qu'est-ce qui vous a donné l'idée de venir vendre votre marchandise au Lac?

— Personne ne le faisait encore… Je fais comme vous autres, ajoute-t-il en souriant, j'ouvre des nouveaux territoires.

Maria en ignore elle-même les motifs, mais elle avait pour ainsi dire anticipé que ce jeune homme serait antipathique; c'est presque avec remords qu'elle se fait la réflexion qu'il a « belle allure » et qu'il est « bien avenant ».

— Vous allez rester souper avec nous autres? demande-t-elle.

Il regarde Alma-Rose qui d'un sourire appuie cette invitation.

— Eh bien, je ne sais pas… C'est gentil… Mais je voudrais pas… Et puis il faut que je puisse arriver à Mistassini avant la nuit.

— Il ne fait pas nuit avant au moins neuf heures. Vous aurez le temps de vous en retourner. Pis sinon, eh ben, vous pourrez toujours coucher sur le fenil. C'est pas comme une vraie chambre, mais en été, ça se toffe.

— Bien…, je vous remercie!

La conversation se poursuit sur des banalités. Sans cesse les regards d'Alma-Rose et de son visiteur glissent l'un vers l'autre. Maria se souvient de la première visite de François Paradis chez ses parents et elle se demande s'ils se comportaient ainsi.

— J'ai pas encore vu votre mari? demande-t-il au bout d'un moment à Maria, comme s'il s'avisait qu'il serait convenable de s'entretenir aussi un peu avec la maîtresse de maison.

— Il est en Europe…

— En Europe!

Le jeune homme semble vraiment surpris. Il regarde autour de lui comme si quelque chose ici pouvait expliquer un déplacement en Europe.

— Il s'est engagé, précise Maria.

Il est net que le visiteur voudrait faire valoir qu'à son avis un homme avec une femme et des jeunes enfants ne devrait pas partir à la guerre et laisser sa famille à l'orée du bois. Plusieurs fois sa bouche s'ouvre et se referme sans qu'un son en sorte.

— Et qui…? Qui s'occupe de la ferme? demande-t-il enfin.

— Pour l'instant, on attend, explique Maria. Je sais que je dois prendre une décision, mais je ne sais pas encore laquelle. C'est certain que rester icitte tout l'hiver, seule avec les jeunes, c'est pas ce qu'il y a de mieux… Je vais peut-être aller en ville…

Alma-Rose est surprise:

— Tu m'as rien dit? Pourquoi en ville?

— Parce que je peux pas rester icitte tout l'hiver…

— Et la proposition de notre père?

— C'est une proposition ben tentante, Alma-Rose, mais si je m'en vas chez nous maintenant, ce serait pas d'adon pour son père si au retour de Charlemagne on se décidait à revenir icitte.

— Mais où ça, en ville?

— Je le sais pas. P't-être qu'à Chicoutimi je pourrais trouver un travail à l'Hôtel-Dieu…

— Un travail! Mais… et les enfants, qui va s'en occuper?

— Ben… C'est de ça que je voulais te parler. Je me rappelle que l'autre jour tu m'as dit que t'aimerais ben savoir comment ça fait de vivre en ville…

— Mais… Et toi, Maria, je comprends rien à ce que tu dis, tu as toujours dit que, la ville, tu détestais ça pour mourir!

— Qu'est-ce tu veux que je fasse? C'est certain que tant qu'à mon goût personnel, moi, je resterais icitte, mais j'ai pas quatre bras, Rose, je peux pas tout faire. Regarde, on a juste fait le jardin cette année, pas de foin pour les bêtes, pas de grain non plus, pas de lin pour se faire du linge, il va falloir espérer que celui qu'on a nous tienne sur le dos jusqu'à l'année prochaine, pas de cochon à l'engraissement; on pourra même pas faire boucherie à l'automne. J'ai même pas assez de bois vert pour chauffer tout l'hiver. Je suis pas un homme, chus pas bâtie pour bûcher.

Élie Halevi fronce les sourcils. Il comprend de moins en moins.

— Je sais bien que c'est pas de mes affaires, dit-il, mais je ne comprends pas pourquoi votre mari est parti en Europe…

Maria hausse légèrement les épaules et le lui explique. Il écoute, et elle s'étonne de ce qu'il semble prendre vraiment à cœur les répercussions du choix imposé par le juge.

— Je ne comprends pas, dit-il enfin. Je ne comprends pas du tout à quoi pouvait penser ce juge! C'est une honte! Il faudrait parler au député, faire quelque chose…

— Vous croyez? demande Maria qui ne peut dissimuler un bref élan d'espoir.

— Il doit bien y avoir quelque part quelqu'un dans les dirigeants qui doit comprendre le bon sens. Je ne peux pas croire qu'on laisse comme ça une famille toute seule pour une histoire de rien du tout. Qu'est-ce qu'il y a de plus important que la famille?

— Et si je lui écris, au député, demande Maria, vous croyez-ti qu'il va lire ma lettre?

— Écoutez, écrivez cette lettre tout de suite, et je vous promets de la porter moi-même au député quand je passerai devant chez lui. De toute manière, ça changera rien pour moi, j'ai toujours des coupons commandés par son épouse.

— Vous êtes bien gentil!

— C'est pas que je sois gentil, c'est que ça me met en colère quand je vois des injustices. Je devrais pourtant avoir l'habitude…

— Pourquoi vous dites ça? demande Alma-Rose.

— Bien… vous savez, nous, les juifs, on est censés avoir une longue expérience des injustices, on est censés être accoutumés. Mais là n'est pas le problème aujourd'hui; il faut faire quelque chose pour hâter le retour de votre mari. Et ça me fait plaisir de pouvoir participer.

— Je vous remercie ben gros, dit Maria. Ça te fait rien, Rose, si j'écris la lettre pendant que tu prépares le souper?

— Au contraire, Maria. De toute façon, tu as déjà pelé les patates… Élie, ça vous dirait-ti de voir le jardin? Je vais couper quelques feuilles de salade, et puis il reste encore quelques pieds de rhubarbe pour tremper dans la cassonade…

Dehors, on entend le flot de la rivière, à l'intérieur le raclement des cuillères au fond des assiettes et l'agitation nerveuse des enfants. Au milieu des conversations, il y a comme ça des silences qui parlent.

Le regard d'Élie Halevi fait le tour de la pièce comme s'il cherchait quelque chose. Le regard d'Alma-Rose suit la même direction. Ensemble, ils vont se perdre à travers la fenêtre.

— Oh! On dirait que le ciel se gâte…, constate le jeune homme.

— M'étonnerait point qu'on ait un orage, opine Maria, à voir comment les enfants grouillent sur leur banc… Vous voulez-ti rentrer votre cheval dans l'étable?

— Je serais peut-être mieux de me sauver avant…

— Vous aurez pas le temps, lui assure Alma-Rose. Regardez les feuilles des aulnes sont déjà virées à l'envers. Ça doit être tout noir au-dessus de la rivière…

Ils se lèvent tous comme pour aller vérifier. Comme l'a prévu Alma-Rose, immense, violet et agressif, un massif de nuages forme un front qui s'avance sur la ligne des arbres au-delà de la rivière. Le vent qui s'est levé, frais, soulève leurs cheveux.

— C'est agréable! dit Maria en prenant de grandes inspirations, et en plus le vent chasse les mouches noires. Ce serait le paradis icitte sans les mouches…

— Je vais tendre la toile sur ma carriole, annonce Élie Halevi en s'éloignant déjà; il ne faudrait pas que mon matériel se fasse tremper.

— Avez-vous besoin d'aide? lui propose Alma-Rose en s'élançant derrière lui sans attendre de réponse.

Maria sourit de le voir qui ne sait refuser.

— Je crois bien qu'on a un invité pour la nuit…, dit-elle à ses enfants. Pis arrêtez de vous énerver de même, je sais bien qu'il y a de l'orage dans l'air, mais c'est pas une raison.

— Il est gentil, le monsieur, dit Blanche. C'est bien quand un monsieur vient manger avec nous…

Maria sent sa gorge se nouer. Elle a presque envie de crier à sa fille qu'on n'a pas le droit d'apprécier un « monsieur » qui n'est pas le leur.

Un craquement brutal paraît déchirer la voûte céleste. Les enfants poussent une exclamation où l'effroi se mêle au plaisir. Mais ce fracas terrorise littéralement le cheval d'Élie Halevi. Depuis le seuil de la maison, Maria aperçoit l'éclat blanc de ses yeux et, avant même qu'il ne bouge, elle sait qu'il va s'emballer. Elle veut le crier, mais déjà la bête se dresse sur ses membres postérieurs, puis fait presque un demi-tour sur elle-même et s'enfuit au galop dans la direction d'où elle est venue, emportant la carriole qui brinquebale dangereusement dans tous les sens. Élie Halevi hurle un mot inconnu et s'élance derrière son cheval en lui criant de stopper. Pour Maria, cette scène en évoque une autre de son enfance, et elle ne peut s'empêcher de rire tout en sachant qu'elle ne le devrait pas.

Alma-Rose hésite un instant, puis se précipite à son tour à la suite du jeune homme.

« Elle ne pourra rien faire de mieux que lui », se dit Maria.

Lourdes et froides, des premières gouttes s'affalent. De l'autre côté de la rivière, comme l'invasion d'une armée d'insectes aux pattes d'acier, le crépitement de l'averse sur le feuillage.

— Allez, dit-elle aux enfants, on rentre ; inutile de se faire tremper.

— On peut pas se laver la tête ? demande Aimée qui se souvient que l'an passé son père a installé une gouttière de bois pour justement se laver les cheveux lorsqu'il pleut.

— Bon d'accord, concède Maria. Je vais juste voir si le tonnerre n'a pas réveillé Charlotte et je reviens avec le savon. Et ne vous énervez pas.

— Crois-tu qu'il va rattraper son cheval, le monsieur? demande Blanche.

— Sans doute, mais je ne sais pas dans quel état va être sa marchandise. Il va falloir être poli et ne pas rire. C'est promis?

Peu sûrs d'eux-mêmes, le rire déjà dans les yeux, les enfants opinent.

— Ce n'est vraiment pas drôle, leur assure Maria. C'est tout ce qu'il a pour vivre. On ne rit pas du malheur des autres.

— Mais toi, tu as ri, tout à l'heure, lui fait remarquer Blanche.

— Sur le coup, c'était un peu drôle, mais en y pensant, ça ne l'est plus. C'est compris?

Ils approuvent, mais déjà leur attention est captée par l'averse qui vient d'envahir tout l'univers. Le ciel est d'étain. Ils ne distinguent même plus la lisière du bois.

À l'intérieur, Maria se penche sur le berceau, étonnée que Charlotte ne soit pas réveillée. Elle regarde sa fille dont les lèvres s'abandonnent dans un presque sourire. Soudain, la mère souhaiterait se trouver là, au fond du berceau, ballottée par le fracas du monde, voyageant au pays des aurores, inconsciente des parfums de l'orage qui font frémir la narine.

— T'es ben, toi…, chuchote-t-elle. T'es ben, mon petit trésor.

Dehors, criant et riant, les enfants se bousculent sous le torrent qui se déverse de la gouttière. Maria se souvient de sa propre enfance, sous une autre gouttière.

— Laissez-moi un peu de place, leur demande-t-elle. J'ai pas mal plus de cheveux à laver que vous autres…

Elle a dénoué son chignon et, se penchant, offre sa nuque à l'épanchement du ciel.

— Ouah! lance-t-elle d'un ton clair, comme si dans sa chute toute cette eau emportait soucis et chagrins.

Les nuées violentes sont passées et les dernières gouttes ne tombent qu'en compagnie des premiers traits d'or du crépuscule qui percent les nuages retardataires. Humant l'exhalaison balsamique qui monte de la végétation, ils sont trempés et heureux en voyant revenir la carriole. Élie est en compagnie d'Alma-Rose.

— Vous avez-ti ben des dommages? demande Maria au jeune homme alors que l'attelage arrive à portée de voix.

Élie Halevi a un sourire qui hésite entre l'ironie et le dépit.

— Ce sont les choses de la vie…, dit-il en glissant un regard attendri vers Alma-Rose.

Maria se rend compte que sa sœur a tout l'air d'être tombée dans la rivière, et elle a beau croiser les bras devant elle, son chemisier laisse deviner plus qu'il ne faudrait. Tout cela doit contribuer à l'acceptation philosophique affichée par Élie Halevi.

— Mais c'est quand même récupérable? demande Maria.

— Sans doute, une grande partie, si je peux faire sécher le tout…

— Vous pouvez vous servir de la corde à linge, lui propose Maria.

— Je crains que ce ne soit pas suffisant… C'est du tissu à la verge…

— Eh bien, on devrait pouvoir tendre une autre corde au milieu du champ et vous pourriez étendre vos tissus d'une corde à l'autre.

— Oh oui! s'exclame Blanche. Ça serait beau! On commence tout de suite?

Les adultes la regardent, puis se mettent à rire en prenant cependant le soin d'afficher l'air de tolérance qui convient.

— Allons-y, dit Alma-Rose, il faut pas que le cani s'installe sur tout ce beau matériel.

Appuyé par cette observation plus raisonnable, tout le monde s'affaire aussitôt avec le dessein secret d'un spectacle de couleurs.

Cerise, abricot, chocolat, déroulées au-dessus du foin jauni, les écharpes géantes offrent un tableau baroque alors que le jour brûle ses derniers feux. C'est l'heure préférée des mouches noires, mais tout le monde reste dehors sans y prendre davantage garde qu'aux vêtements humides.

— Je crois que la question ne se pose plus. Vous allez devoir coucher icitte sur le fenil, dit Alma-Rose à son visiteur que l'observation semble presque surprendre dans une rêverie.

— Euh… Oui, en effet… Si vous voulez bien de moi…

— Ça me fait plaisir, lui affirme Maria. Même si chus un peu gênée d'avoir que ça à vous offrir…

— Ça ne me dérange pas du tout, au contraire! Ça va me changer d'un lit normal. J'ai beau être un marchand, ça ne veut pas dire que je n'aie jamais le goût de la nature… Coucher dans la paille, je vais me sentir comme le petit Jésus dans sa crèche…

C'est plus fort que Maria, il lui faut poser la question que cette répartie semble appeler et qui l'obsède depuis qu'il est arrivé :

— Je croyais que les juifs croyaient pas en Jésus?

— Ils ne croient pas qu'il soit le Messie…

— Pourquoi?

D'un bref regard, Élie Halevi désigne les enfants, signifiant par là que Maria n'aimerait peut-être pas qu'ils entendent son explication.

— C'est un peu compliqué, répond-il, évasif. Je ne suis pas certain de bien comprendre moi-même…

Maria apprécie la délicatesse, et ses yeux croisent ceux d'Alma-Rose qui semblent vouloir lui dire: « Tu vois, je te l'avais dit que c'était un garçon bien. » Elle approuve imperceptiblement.

***

— Ça devrait être comme ça tout le temps! déclare Aimée en désignant toute cette bigarrure inattendue qui ondule légèrement sur le champ.

— Ben oui, l'approuve Blanche. Pourquoi qu'on habille pas la terre puisqu'on habille bien les gens?

— C'est un peu ce qu'on fait quand on construit des villes, des routes ou des ponts, lui dit Élie Halevi.

Blanche fronce légèrement les sourcils, puis secoue la tête.

— Non, je crois pas, monsieur. J'y ai jamais été, mais les villes, c'est des maisons qui sont là pour servir à quelque chose; mais ça, là, ça sert à rien, c'est pour ça que c'est beau à voir...

— Tu as raison, concède le jeune homme, mais quand je parlais des villes, je pensais justement aux monuments et à toutes les enjolivures qu'on ajoute et qui servent à rien d'autre qu'à faire beau.

— Peut-être, monsieur, mais de vouloir que ça serve à faire beau, c'est vouloir que ça serve à quelque chose et donc, ça doit déjà être moins beau...

Élie Halevi lève des yeux rieurs vers Maria.

— Je crois que voilà une artiste, dit-il.

— Oh! je sais pas si c'est une artiste, mais on dirait que ça lui fait plaisir de toujours dire des affaires différentes des autres...

— En tout cas, il faut reconnaître qu'elle n'a pas tort dans ce qu'elle vient de dire.

— Je sais pas, mais des fois, c'est un peu choquant, ses histoires...

Maria ne semble pas du tout fâchée ou excédée. Il est évident qu'elle ne dit cela que pour essayer de tempérer l'orgueil que lui procure parfois les propos de Blanche.

C'est Alma-Rose la première qui paraît réagir à l'envoûtement du spectacle improvisé.

— Bon, dit-elle, on va pas rester de même dans du linge mouillé à se faire manger par les maringouins. On pourrait se changer, après on se ferait une mousse aux framboises, pis une fois les jeunes au lit, on pourrait sortir les cartes pour jouer à la Veuve ou au Cochon; qu'est-ce que vous en dites? Ça te dit-tu, toi, Maria, de jouer aux cartes? Ça changerait les idées...

— Ben certain! Tant qu'à avoir de la visite, autant veiller un peu.

— Et vous? demande Alma-Rose au jeune homme.

— Bien sûr! C'est pas tous les jours que je suis invité à une partie de cartes… Je vais juste vous demander de m'excuser un peu, je vais aller me changer sur le fenil; mon linge de rechange n'a pas dû se faire mouiller dans la malle.

Le voyant se diriger vers la petite étable, remarquant également l'éclair de bonheur dans les prunelles de sa sœur, Maria se souvient de cette nuit lointaine où François Paradis était resté coucher chez eux. Ce soir où elle avait compris qu'elle avait le consentement implicite de ses parents pour penser à lui.

— Ça doit être possible d'en faire un bon catholique, murmure-t-elle à sa sœur.

Les yeux d'Alma-Rose se voilent une seconde. Imaginant ses sentiments, Maria sent soudain se rouvrir à vif la blessure de la séparation.

— J'ai l'impression que j'ai juste ce soir pour ça, dit Alma-Rose; pis je sais pas quoi lui dire pantoute.

— À mon avis, à te regarder comme il te regarde, t'as pas besoin de dire ben, ben des affaires…

— Maria!

— Qu'est-ce que j'ai dit de mal?

— Ben… (Elle change de ton.) Tu sais, Maria, je crés que lui non plus il aurait pas besoin de dire ben des affaires…

— Voyons donc, Rose! Dis pas des choses de même… On rit pas avec ça.

— Je ne ris pas, non plus.

Maria baisse la voix de façon à ne pas être entendue des enfants, pour l'instant en train d'imaginer tout haut ce que seraient des bataillons d'étoffes courant sur les rivières et les forêts.

— Tu veux dire que tu serais prête à renier ta religion pour un garçon? C'est pas créyable! tu serais excommuniée, Rose! Comment que tu as pu penser à une chose pareille!

— Quand c'est lui, tu trouves que c'est plein d'allure et quand c'est moi, c'est quasiment comme si c'était un meurtre…

— C'est pas pareil pantoute! Lui, ce serait pour rentrer dans la vraie religion, toi, pour la renier…

— Mais qui c'est qui a dit que c'était vraiment la nôtre, la vraie? Tu vas me dire que tous les prêtres le disent, mais tant qu'à ça, les prêtres juifs aussi ils doivent prétendre la même chose. Moi, je sais plus, je sais plus rien...

— Je regrette quasiment de lui avoir dit de rester à coucher...

— Ne dis pas ça, s'il te plaît!

— Excuse-moi, mais c'est de ta faute aussi... On ne renie pas comme ça la religion des parents. Et puis y as-tu pensé, tes enfants aussi, ils seraient juifs. Ça te fait rien, l'idée que tes enfants soient juifs?

— Mais oui, Maria, ça me fait de quoi, mais je veux pas le perdre... Tu comprends pas ça?

— Je comprends bien, Rose, mais je crois aussi qu'il faut encore mieux perdre quelqu'un qui nous paraît pas mal que de perdre son âme.

— Il ne fait pas juste me paraître pas mal, comme tu dis...

— Je sais, je sais. Mais essaye de le convaincre. Il doit ben y avoir un moyen. Tiens, ce soir je commencerai à parler de tous les miracles qu'on connaît. Si ça se trouve, il en aura aucun à dire, lui. Ce sera une preuve.

— Moi, j'en ai vu aucun de miracle. Je connais juste ceux qu'on a entendu dire par des ceusses qui eux aussi avaient entendu dire...

— Tu serais mieux de trouver des arguments. Si tu as l'air de douter toi-même de ce que tu dis, tu le convaincras jamais. Et, en parlant de miracle, je commence à me demander si cet orage n'en est pas un qui l'oblige à rester icitte pour la nuit et comme ça avoir la chance d'entendre ce que tu as à dire.

Maria a nourri Charlotte, puis, avec Alma-Rose et son ami, ils se sont assis devant la maison, face à la rivière, en attendant que les enfants s'endorment. Ayant changé son costume pour un pantalon un peu élimé et une chemise reprisée, Élie Halevi semble davantage à sa place. Il a eu un regard appréciateur pour Alma-Rose qui, comme si cela allait de soi, porte un chemisier neuf et sa plus belle jupe.

— C'est vraiment beau, ici, dit-il, hochant la tête. C'est calme. Ça fait changement des paroisses où, même s'il ne se passe pas grand-chose, on sent bien que les gens se regardent vivre les uns les autres. Ici on a une impression de vraie paix…

— On le sait pas quand on a tout ce qu'il nous faut, dit Maria comme pour elle-même. Ou alors, quand on s'en rend compte, il est trop tard…

— Je crois que la guerre là-bas va bientôt finir, répond-il en devinant à quoi elle pense. Votre mari va revenir et vous saurez alors exactement ce qui compte.

— Il reste que c'est une guerre et que dans une guerre… Enfin, pas la peine de parler de ça tout le temps, parlons plutôt de vous. Est-ce que c'est une bonne vie de toujours courir les chemins comme vous le faites?

— Ça va quand on est jeune, mais je ne ferai pas ça toute ma vie. Je compte bien m'établir un jour…

— Dans le commerce du tissu? demande Alma-Rose.

— Pour tout vous dire, j'aimerais mieux un magasin général, et plus encore quelque chose un peu spécialisé dans la quincaillerie. Mais enfin, tout le temps que je n'ai pas d'obligations, la route est pas une mauvaise vie. Au contraire, il y a des jours, comme aujourd'hui, où je peux m'échapper pour dire bonjour à des amis. Et puis ça fait connaître le pays.

— Votre magasin, demande Maria, j'imagine que vous aimeriez qu'il soit à Montréal où vous avez vécu?

— Pas du tout! En fait, j'aimerais bien ouvrir quelque chose de nouveau dans le secteur de Mistassini. J'ai l'impression que c'est un secteur qui va se développer. À Roberval, ce serait pas mal non plus, mais c'est déjà moins l'aventure. Je ne sais pas pourquoi, j'aime bien l'idée d'être le premier.

— Vous aimez pas Montréal? demande Alma-Rose un peu étonnée.

— Disons surtout que je me suis habitué à la région. J'ai appris à aimer cette espèce de liberté qu'on a au Lac et qu'on ne trouve pas ailleurs, pas plus à Québec qu'à Montréal ou Trois-Rivières. Quand on arrive et qu'on découvre tous les champs travaillés autour du lac, on a un peu l'impression d'arriver dans un autre pays, une région à part. Ici, en plus, on dirait qu'il y a plus de lumière qu'ailleurs et que l'air est plus léger. Je ne sais pas si je m'explique bien, en fait je ne sais pas exactement ce qu'il y a de plus ici, tout ce que je peux dire, c'est que j'ai l'impression de mieux respirer.

— Moi, dit Alma-Rose, je pourrais mal vous dire ce qu'il y a de plus ou de moins icitte, j'ai jamais été ailleurs. Tout ce que je sais du reste du monde, je ne l'ai lu que dans les livres.

— Vous lisez beaucoup?

— Non, nous n'avons pas beaucoup de livres. Et puis il paraît qu'à trop lire de romans on vient qu'à plus avoir les pieds sur terre.

— Moi, je lis beaucoup. Trop peut-être…

— Vous?

Alma-Rose semble vraiment surprise.

— Bien oui, pourquoi?

— Ben…, je sais pas, vous êtes un homme, vous avez l'air plein d'énergie. Je vous imagine mal en train de lire un livre…

— Pourtant, je dois bien consacrer deux ou trois heures de ma journée à lire.

Maria aussi est surprise. Elle en garde les lèvres entrouvertes.

— Je croyais qu'il n'y avait que les prêtres ou encore les notaires qui lisaient autant que vous le dites. Deux ou trois heures par jour… Mon Doux! Vous devez être ben savant.

— Justement, non. Plus je lis, plus je m'aperçois que je ne sais rien. (Il se tourne plus directement vers Alma-Rose.) Tenez, cela fait combien de fois que nous nous rencontrons, Alma-Rose, peut-être une quinzaine, peut-être même plus, eh bien, je ne sais toujours pas vous dire ce que je voudrais vous dire. Et là, je profite de ce que votre sœur est avec nous pour vous l'avouer, pour ne pas que vous vous mépreniez…

Un sourire un peu mystérieux fleurit sur les lèvres d'Alma-Rose. Un sourire amoureux à ne pas s'y tromper, mais pourtant porteur d'une tristesse.

— Moi, je sais un peu ce que vous voulez me dire, Élie…

Ils se regardent dans les yeux, et Maria, se sentant presque de trop, cherche sans résultat convaincant un prétexte qui lui permettrait de les laisser seuls quelques minutes.

— Il faut que j'aille voir à l'étable si tout est en ordre pour la nuit, dit-elle en se levant un peu brusquement et en prenant la lampe accrochée sous l'avancée du toit. Les bêtes sont pas habituées à la présence d'un autre cheval. Après, on pourra rentrer dans la maison commencer cette partie de cartes. On a laissé assez de nous autres aux mouches…

***

Maria se demande un peu ce qu'elle est venue faire ici. Elle n'aime pas se retrouver seule depuis le départ de Charlemagne. En fait, comme presque tous les siens, comme tous ceux qui l'ont vraiment éprouvée, elle fuit la solitude. Pas tant celle qui laisse seul au milieu des autres, comme dans un train ou une rue, mais celle qui fait se retrouver face à soi, à l'écart des vivants. Cette solitude-là fait peur, elle parle de la mort.

Par la porte entrouverte, la nuit coule sur la rivière. Comme tous les soirs depuis le début du monde. C'est toujours la même histoire, le même éternel recommencement. Le temps passe, indifférent et souverain, ne gardant même pas l'écho des tumultes anciens.

À quoi ça sert d'être malheureux?

Elle se ressaisit. Non! Non! Il ne faut pas se laisser aller à des mélancolies; il y a les autres, les enfants, Charlemagne qui va finir par revenir un jour. Et alors, le bonheur aussi reviendra.

Elle ne prend plus garde au silence qui sourd du bois, pas plus aux ténèbres qui n'attendent qu'une défaillance ou un abandon pour apporter l'angoisse, elle salue le cheval d'Élie Halevi, Rouge, Marguerite et tous les autres animaux. Elle prévient même les poules que trop de laisser-aller dans la ponte peut entraîner pour le menu la prise en considération d'un ragoût.

Puis, s'adressant tout haut à la solitude qui menace tout autour, elle tend un doigt de mise en garde :

— Tu ne gagneras pas!

***

Alma-Rose est la première levée. C'est un frottement métallique près de l'appentis à bois qui l'attire à l'extérieur. Elle ouvre tout grand les yeux en apercevant Élie, dans son vieux linge, en train d'affûter la lame d'une sciotte.

— Mon doux Seigneur! Qu'est-ce que vous faites là, à matin?

Il redresse la tête et l'observe un instant, le visage éclairé d'un sourire un peu énigmatique.

— Bonjour, Alma-Rose. J'espère que je ne vous ai pas réveillée…

— Non… De toute façon la journée est déjà avancée, il faut que je m'occupe du train; on a peut-être veillé un peu tard hier soir… Vous avez pas répondu à ma question…

— Oh! ça… Bien, je me prépare à aller faire du bois…

— Comment ça, du bois?

— Bien voilà, même si on a veillé un peu tard, comme vous dites, je n'arrivais pas à m'endormir, ce qui fait que j'ai eu du temps pour penser…

— Pis vous avez pensé que ce serait d'adon de faire du bois aujourd'hui…

— Pas exactement, Alma-Rose. Non, j'ai pensé que ce serait bien si je pouvais donner un peu d'aide à votre sœur, faire le bois qui lui manque, faire un peu de foin aussi, même s'il est déjà un peu jaune. Je me suis dit que, si je faisais ça, elle n'aurait pas besoin de s'en aller en ville l'hiver prochain, qu'elle serait peut-être plus heureuse de rester ici à attendre son mari. Et puis aussi, je ne peux pas vous le cacher, il y a que ça ferait bien mon affaire de rester auprès de vous pour mieux vous connaître, si bien sûr ça ne vous dérange pas?

Cette fois, c'est elle qui l'observe sans répondre immédiatement. Mais elle ne sourit pas. Elle a peur de ce qu'elle doit dire.

— Élie, se décide-t-elle enfin, vous m'avez déjà dit que vous…, je sais pas comment dire…, que vous vouliez rester juif, et moi je sais ben que je pourrais jamais changer de religion, encore moins pour mes enfants… Enfin, vous voyez ce que je veux dire?

— Je sais ce que j'ai dit, Alma-Rose, je le sais trop bien. J'y ai beaucoup réfléchi tous ces derniers mois. Je peux même vous dire que je ne serais pas venu jusqu'ici autrement; ça n'aurait servi qu'à se faire du mal…

Alma-Rose n'ose croire ce qu'elle comprend. Elle se mordille la lèvre inférieure.

— Ça veut-ti dire que vous voulez ben faire de vous un catholique?

— Pour moi-même, Alma-Rose, il me reste à être convaincu, mais, oui je crois que j'accepterais que mes enfants soient de la religion de leur mère puisque, après tout, nous adorons le même Dieu et que c'est elle qui les portera…

— Alors ça veut dire que vous pourriez vous marier dans une église catholique?

— Je viens de vous le dire, Alma-Rose, nous honorons le même Dieu. Ou plutôt je devrais dire nous aimons, car il me semble que c'est ce qui est important.

— Vous êtes sûr que c'est le même Dieu?

— Oui, le même. L'unique différence est que nous attendons toujours le Messie, alors que vous, vous attendez son retour.

— Mais pourquoi que vous l'attendez puisqu'il est déjà venu?

— Je ne sais pas, Alma-Rose. Vraiment, je ne sais pas. Je ne suis pas un rabbin, seulement un marchand ambulant. Comme tout le monde, je me contente de me conformer à la religion qui guide mon peuple depuis très, très longtemps.

— Pourquoi est-ce qu'il y a tant de gens qui en disent du mal, de votre peuple?

— Oh! ça… Je crois que c'est parce que nous observons une autre religion. Les gens ont peur de ce qu'ils ne connaissent pas. Et puis ils confondent tout. Ils parlent de la race juive alors qu'il n'y a pas de race juive, pas plus en tout cas qu'il n'y a de race chrétienne. Être juif, c'est pratiquer le judaïsme. Il se trouve simplement que la plupart des juifs appartiennent au peuple hébreu. Voilà notre race. Mais c'est drôle, personne ne dit du mal des Hébreux. Sans doute parce que Moïse, Joseph, Marie, tous les apôtres, Jésus lui-même, étaient hébreux.

— Ça veut dire que si un Hébreu marie une Canadienne, leurs enfants seront toujours un peu hébreux?

— Exactement, même s'ils ne sont pas juifs. Et je crois qu'il doit y en avoir des millions comme ça sur la terre. Tout comme il y a peut-être du Gentil en moi. Quelle importance?

Cette fois le visage d'Alma-Rose s'illumine d'un sourire à la fois un peu espiègle et heureux.

— Vous aimez-ti charrier des chaudières d'eau? demande-t-elle.

— Pourquoi cette question?

— Parce que moi, j'aime pas ça. Je ne sais pas ce qui se passe dans cette maison, je ne fournis pas de charrier des chaudières. Va à la rivière, reviens, va et reviens, encore et encore, alors qu'il y a des places dans le monde ioù ce qu'il y a juste à ouvrir une champlure…

Élie dodeline de la tête.

— Moi, vous savez, Alma-Rose, je ne recule pas devant un travail, mais soyez pas étonnée si, tôt ou tard, j'essaie un nouveau système qui faciliterait la tâche.

— Ça ne me ferait pas de peine, Élie…

Ils ignorent que Maria les observe depuis la fenêtre. Elle les voit qui rient, heureux, comme si plus rien d'autre n'existait que leur entente.

Elle se souvient.

VII

Peu après sa dernière rencontre avec Thomas, terrassée par une bronchite, sans doute attribuable à son périple sous l'orage, Aude n'avait pu se lever. C'est par un domestique que Thomas avait appris qu'elle était alitée et souffrante. Affolé, craignant immédiatement le pire et n'écoutant qu'un sentiment impérieux, il s'était précipité chez elle où, comme prévenu de sa venue, Wilfrid Gosselin se trouvait dans le vestibule.

— Eh ben! Qu'est-ce qui nous vaut ta visite, mon garçon?

— Je viens d'apprendre qu'Aude était malade…

— Oh! un gros rhume, rien pour se retourner les sangs. Je lui dirai que tu es passé prendre de ses nouvelles, ça lui fera plaisir.

Thomas sentait bien qu'il était écarté. Jusque-là, il n'avait voulu voir dans les distances de Wilfrid Gosselin que la protection normale d'un père pour sa fille; à présent, il se rendait parfaitement compte que cette attitude s'adressait spécialement à lui et, plus spécifiquement encore, à sa condition. Soudain, il ne se sentait plus la force de supporter qu'on lui refuse le droit d'aimer Aude simplement parce qu'il n'était qu'un simple pêcheur. Il n'était pas un criminel, après tout!

— Vous ne voulez pas que je la voie, je me trompe? avait-il simplement demandé à Wilfrid Gosselin en le regardant droit dans les yeux.

— Non, tu as raison, je n'y tiens pas.

— Je ne suis pas assez riche pour ça?

— Exactement, mon gars. L'argent, c'est pas juste de l'argent, c'est aussi le pouvoir. Et là je parle pas seulement du pouvoir de commander et de diriger, mais aussi celui qu'on peut avoir sur sa propre vie. Avec de l'argent, si ça me chante, je peux aller voir les châteaux des vieux pays, je peux aller visiter le palais du grand Pacha Pacha, je peux aller voir les belles créatures des îles Moukmouk; sans argent, je suis même pas certain de mettre du sirop noir sur mes crêpes. Tu vois la différence? D'un côté, une vie riche et pleine, de l'autre, une existence misérable quasiment au niveau de la bête. Et comme de la vie on est juste certain de celle qu'on a astheure, ben moé, je préfère gager sur celle-là, tu me comprends-tu?

— Vous n'avez pas toujours été riche, monsieur Gosselin…

— Non, mais tout me dit que toi, tu ne le seras jamais.

— Pourquoi ça? Chus travailleur.

— Travailleur! Tous mes employés sont travailleurs, sinon ils seraient clairés, pis pour les conserver, je tiens pas à ce qu'ils s'enrichissent… Non, toé tu seras jamais riche parce que t'es quelqu'un qu'est capable de se jeter à l'eau pour des inconnus. Tu me suis-tu?

— C'étaient vos enfants…

— Ouais, et pour ça tu peux avoir de moé tout ce que tu veux, tout sauf ma fille. À quoi ça aurait servi de lui sauver la vie pour aussitôt la garrocher dans la misère noire? Non! je veux pas que ma fille vive dans une cabane, je veux pas la voir en guenilles, je veux pas la voir poursuivie par une tribu de flos morvasseux. C'est pas ça que je veux pour elle. Pis aussi, tu l'as entendue chanter. Ioù ce que t'as vu que la femme d'un petit pêcheur allait chanter dans les grandes capitales? Ça existe pas. Oh! je sais, tu vas me dire que tu l'aimes et que t'es prêt à faire n'importe quoi pour elle, mais tout ça, pour moi, c'est du roman; et le roman, c'est juste bon pour faire chialer un peu les bonnes femmes quand elles lisent l'après-midi au coin de la cheminée. Ça leur donne le sentiment d'avoir de la vertu de pleurnicher de même sur des malheurs qui, si elles les rencontraient dans la rue, ne leur feraient même pas lever le nez. C'est que même quand on a les moyens, c'est important de se dire qu'on est pas mauvais.

Toutes ces paroles étaient loin de parvenir à faire accepter à Thomas qu'il ne pourrait désormais plus revoir Aude. Au contraire, elles allumaient en lui l'urgence d'un acte fou. Il le dit à son vis-à-vis :

— J'ai du mal à prendre ce que vous me dites, monsieur Gosselin. Pis je crois que malgré tout ce que vous venez de me dire rapport à une vie où on peut visiter les châteaux et aller dans les îles, oui, je crois que ça fait pas du monde heureux pour ça. Si vous venez dans notre maison, on a eu notre part de malheur, mais vous verrez qu'on est pas malheureux comme vous dites. Pis je crois pas non plus qu'on rampe au niveau de la bête. Vous vous trompez, monsieur Gosselin, vous vous cherchez des excuses pour vous donner des bonnes raisons à ce que vous faites…

— Ah ouais! Et qu'est-ce que je fais qui a l'air si croche?

— Vous vous rendez malheureux. Vous êtes riche, monsieur Gosselin, mais vous n'êtes pas heureux. Votre épouse non plus n'a pas l'air heureuse. Je l'ai vue l'autre jour et j'ai tout de suite compris ça. Vous aurez beau me dire l'argent ceci et l'argent cela, ça retirera pas que je vous vois comme un homme qu'est pas heureux.

— Et toé! T'es heureux peut-être!

— Ben oui! En tout cas, j'étais heureux jusqu'à ce que j'apprenne qu'Aude était malade… Là, c'est vrai que je me suis senti malheureux. Pis astheure, je le suis encore un peu plus… Mais c'est pas du malheur comme le vôtre, c'est pas moi qui me le fabrique tout seul…

— T'as raté ta vocation, mon jeune, tu pourrais quasiment faire un bon curé. Y a une minute, là, je te voyais quasiment dans la chaire en train de dire « Heureux les pauvres ».

— C'est pas « Heureux les pauvres », monsieur Gosselin, c'est : « Heureux les pauvres en esprit ». C'est pas tout à fait pareil.

— C'est ben ce que je disais : tu ferais un bon curé. Bon, maintenant tu vas m'excuser, mais j'ai pas que ça à faire…

— L'avenir de votre fille doit être réglé en trois minutes comme n'importe quelle autre affaire d'argent…

— Là, je commence à te trouver baveux, le jeune. Il vaudrait mieux que tu quittes ma maison. Je te l'ai dit : si jamais t'as besoin d'une job, tu vas trouver un de mes intendants et t'auras ta place, mais à part ça je crois plus qu'on ait rien à se dire, correct ?

— Non, monsieur Gosselin, vous me saprez dehors comme un malpropre parce que je vous dis ce que je pense, aussi, je vous le dis drette de même : un jour, Aude sera majeure et ce sera à elle de choisir...

Wilfrid Gosselin avait éclaté d'un rire jaune.

— Et ça t'est pas passé par la tête que je pouvais la marier avant qu'elle soit majeure ? Tu me prends-tu pour un cave !

C'est les yeux embués que Thomas cherchait une réponse à cela. Mais il n'avait pas eu le temps. Du palier supérieur, froide comme une averse d'automne, la voix d'Aude leur était tombée dessus.

— Non, pôpa, je me marierai jamais avec personne que vous me direz. Jamais ! Si je me marie un jour, mon époux s'appellera Thomas Jolycœur. C'est lui que j'aime et je ne vois pas pourquoi j'irais en épouser un autre, ce serait se moquer de Dieu à travers son sacrement. Vous citiez Jésus tout à l'heure, eh bien, au tout début de la Bible, il est aussi écrit : « L'homme quittera son père et sa mère et s'attachera à sa femme et ils deviendront une seule chair. » Quoi que vous disiez ou fassiez, pôpa, Thomas et moi, même si vous nous tenez à des millions de milles l'un de l'autre, on ne sera désormais qu'une seule chair, et ça, c'est pas vous qui pouvez le commander, ni même nous du reste...

Wilfrid Gosselin avait blêmi. Ses lèvres n'étaient plus qu'un trait pâle et il avait tendu le doigt vers sa fille.

— Toé, tu vas bien écouter ce que je te dis, tu as le choix, maintenant ; après ce sera fini, sans appel comme on dit, terminé. Tu as le choix, ou ben de retourner te coucher, d'oublier toutes ces niaiseries sentimentales et de continuer à vivre ta vie de princesse, ou ben donc de faire ta valise sur-le-champ et de nous quitter définitivement sans t'attendre à un au revoir, car ce sera un adieu définitif. Tu as le choix, drette là.

— Vous parlez avec la colère, pôpa. Vous dites toujours qu'on ne doit pas prendre de décision qui ne soit froidement raisonnée…

— Tu as deux choix, Aude, pas un de plus. Je reviens jamais sur ce que j'ai dit.

— Eh bien, pôpa, c'est vous-même qui venez de choisir; je vais faire ma valise. Ça me fait de la peine, surtout pour môman, mais je peux pas faire autrement si je veux rester moi.

C'est ainsi que, tremblants, un peu égarés, le cœur battant à tout rompre, heureux-malheureux, ils se sont retrouvés tous les deux dans la voiture de Thomas.

— Qu'est-ce qu'on va faire, Thomas? a-t-elle demandé après qu'ils se furent regardés jusqu'au vertige.

— Il faut réfléchir… Il y a une chambre libre chez nous; vous allez pouvoir vous y installer le temps que… Vous voulez-ti être ma femme, Aude?

— Je ne crois même pas que ce soit une décision qu'on prenne, Thomas; on se rencontre et on l'est avant de l'avoir décidé. Je crois que c'est comme ça. Je m'excuse, je m'impose presque à vous…

— Vous excusez pas! Je suis le plus heureux du monde. J'ai presque l'impression que je pourrais voler. Oui, vous prendre dans mes bras et nous envoler dans le grand ciel bleu. Comme je vous aime, Aude! Je vous aime tellement… Je regrette simplement que ce se soit passé de même. Peut-être qu'un jour…

— Oui, peut-être un jour… Mais ça ne sert à rien de se faire mal à y penser; nous avons suivi notre cœur, il n'y a jamais d'autre solution.

Au pas, la voiture suivait le fleuve opale. Au loin, dans une presque brume, dansait le littoral de l'île aux Lièvres. Plus loin encore, la rive occidentale se prolongeait dans le mystère de sa forêt.

Il a posé une main sur celle d'Aude, une nouvelle fois; tombant sans se retenir, ils ont plongé dans le regard de l'autre.

Un creux douloureusement doux à l'endroit du cœur, le sel des larmes sur le palais, les yeux fraîchement mouillés, la gorge emplie d'un cri, les doigts qui se frôlent, se touchent sans toucher, se comprennent et s'épousent, se trouver l'âme fraîche et pure de l'enfant, y accueillir l'autre, l'y bercer au bleu du ciel, le refermer sur soi, l'aimer à s'en faire mal, mal jusqu'à la joie de donner et ne plus s'appartenir. Les paupières rouge sang, les lèvres ouvertes pour boire. Boire l'autre, le soi, les bras comme des amarres, flotter, voler, monter et descendre, au gré des courants, ceux des chagrins passés, ceux des joies d'avant, le tout en offrande. Se promettre devant l'autel de son pays. Se découvrir la terre vivante de ce pays, l'eau vivante du fleuve. S'allumer et jaillir, exploser, rire et pleurer, se fondre. S'aimer et se dire «tu» sous le grand ciel du monde. Un.

C'est ainsi qu'ils se sont embrassés.

Puis elle a trouvé un asile d'amour sous le toit de Rosaire Jolycœur. Des mots gentils, des paroles rassurantes, des amies-sœurs et le calme. Et depuis, elle a su qu'un jour Thomas allait revenir avec une date de mariage et la proposition d'une nouvelle vie.

Ce soir, le voyant étendre ses filets sur les perches horizontales, sans s'expliquer pourquoi, elle sait que le moment est venu.

Sortant de la maison, elle va le rejoindre. Un peu mystérieux, son sourire annonce déjà qu'elle est en accord avec les décisions qu'il aura prises.

— Ça paraissait beau sur le fleuve, aujourd'hui…, dit-elle.

— Oui, une vraie belle journée pour lui dire au revoir…

— Au revoir?

— Oui, j'abandonne la pêche, Aude.

Elle s'attendait à tout sauf à cela.

— Mais… Pourquoi? Je croyais que c'est ce que tu aimais par-dessus tout.

— Non, c'est toi que j'aime par-dessus tout. Non, j'abandonne la pêche parce que je sais que cela nous donnerait jamais beaucoup plus que ce que ça me donne astheure. J'ai décidé qu'on allait avoir une ferme. Tu sais, une ferme, avec un peu de cœur à l'ouvrage, on peut la grossir selon ce qu'on a besoin. Je veux pas que mes enfants manquent de quoi. Et puis, c'est une aussi belle vie que la pêche, on est son propre maître, on peut faire de quoi à notre goût avec une belle maison qu'a de l'allure.

— Mais, Thomas, tu m'avais raconté que tu rêvais d'avoir un plus gros bateau!

— Oui, mais à ce moment-là je te connaissais pas, ça me faisait rien de partir des jours et des jours dans le golfe. C'est pus pareil… Et pis toi, tu m'as raconté que tu voulais chanter, je m'en souviens de ça…

— Ça n'a plus d'importance, Thomas.

— Mais moi, je voudrais que tu chantes, Aude. Je veux que tu sois heureuse.

— Je pourrais chanter pareil chez nous. L'important, c'est de chanter, pas la place où on le fait. Puis après tout, qu'est-ce que ça pourrait bien m'apporter que des inconnus viennent m'entendre dans des places que je ne connais pas? Tout ça, ce sont des rêves de grandeur. Je vois bien ce qu'ils ont fait à mon père, ces rêves-là. Je sais que tu m'aimes, Thomas, j'ai plus besoin de l'admiration des autres.

— J'arrive pas à comprendre ce que j'ai ben pu faire pour te mériter, Aude. J'arrête pas de me dire qu'il y a peut-être une erreur là-haut, que c'est pas possible que tu me trouves de l'intérêt. Je comprends pas pantoute… En tout cas, pendant que je tiens ma chance, et puisque tu viens de parler d'un chez-nous, il faut quand même que je te pose la question : Tu veux-ti toujours me marier, Aude? Parce que si tu le veux toujours, il va falloir aller trouver monsieur le curé pour prendre une date. C'est que je t'ai pas tout dit encore, mais si tu veux bien me marier, j'ai pris un bail de colonisation dans le nord du Lac-Saint-Jean. On pourra partir là-bas tout de suite après la cérémonie…

— Pourquoi crois-tu que je t'ai suivi jusque sous le toit de ton père, Thomas Jolycœur? Qu'est-ce que je ferais ici si c'était pas pour rester avec toi?

Sans répondre, il l'attire par le poignet, jette un regard autour d'eux, puis la presse contre lui. Elle rit et se blottit, écoutant le cœur qui cogne lourdement dans la poitrine.

— Pourquoi au Lac-Saint-Jean? demande-t-elle un peu plus tard.

— C'est une région encore toute neuve, Aude. On va pouvoir s'y bâtir sur du neuf. Et puis, c'est pas cher. Au lieu de payer la terre avec des piastres, on la paie avec de la graisse de poignet; pis comme j'ai pas de piastres… Et y a pas rien que ça, il y a là-bas quelque chose dans l'air qui est différent d'icitte, quelque chose de plus léger, de plus grand, de plus fort aussi. C'est un peu dur à expliquer.

— Je crois savoir ce que tu veux dire, Thomas, je crois que j'ai senti ça à l'entrée du Saguenay. Tu sais, le jour où une baleine… Quand est-ce qu'on part?

— Lorsque tu t'appelleras madame Aude Jolycœur.

Elle a un clin d'œil espiègle.

— J'ai hâte, dit-elle.

Il se détourne un peu, sans doute pour cacher son émotion.

— Et moi donc! murmure-t-il, la voix un peu rauque.

Tout à leur joie, ils ne sentent pas sur eux, depuis l'autre côté de la fenêtre, enveloppé de la fumée de sa pipe, le regard embué de Rosaire Jolycœur.

«Ça va son chemin, Manon, dit-il à celle qui n'est plus. Ça se dessine qu'y a un peu de nous qui va encore continuer sur cette terre pendant une bonne secousse, je sens ça. Ça fait que je vas pouvoir aller te retrouver tranquille. Tu me manques en bonyienne, la femme.»

VIII

Avec les premières froidures matinales, avec les premières tristesses préfigurant un autre hiver, Samuel Chapdelaine apporte en main propre une nouvelle lettre de Charlemagne. Il n'attend pas. Descendant de voiture, il tend l'enveloppe à Maria.

— Des nouvelles de ton mari. Il a l'air d'en dire pas mal long... Qu'est-c'est qu'il peut ben te raconter pour en mettre aussi épais?

— Il doit raconter tout ce qui se passe là-bas... Pis, vous, son père, comment vous allez? Je pensais que vous repasseriez faire un tour durant l'été.

— J'aurais ben voulu, c'est pas à cause, mais on fait pas toujours ce qu'on veut, Maria. Tu le sais tout pareil comme moi...

Samuel Chapdelaine veut paraître enjoué, mais Maria voit bien l'ombre dans le regard de son père.

— Est-ce que tout est correct chez nous? demande-t-elle.

— Des petites tracasseries qui vont avec l'âge, mais à part de ça, ça va ben...

— Vous me dites pas tout, son père. Je vois ben que vous me cachez des affaires...

— Oh! Tu sais... C'est juste que Pâquerette, elle s'est cassé une patte au début de la saison pis qu'à nos âges, ça se replace plus comme quand on a vingt ans. Mais ça va! Pis, icitte? Ta sœur? Ioù c'qu'elle est, elle est pas dans la maison?

— Elle va revenir ce sera pas long. Elle est allée ramasser des bleuets derrière le cran, là-bas, avec Élie pis les jeunes. Moi, j'étais à noircir du fil à collet, c'est rapport à ça que j'ai les mains noires.

— Pourquoi donc que t'as appelé ton enfant Élie? J'en connais point dans la parenté. C'est-ti du bord de Charlemagne?

Maria s'esclaffe.

— Non! Non, son père. C'est une fille que j'ai eue. Elle s'appelle Charlotte. Comme c'est là, elle dort dans la maison. C'est l'heure de sa sieste. Élie, c'est… Ben, c'est le jeune homme qu'Alma-Rose aime bien…

— Holà! Ça fait beaucoup de nouveau à la fois. Une petite Charlotte, ça me fait plaisir d'avoir une nouvelle petite-fille, pis rien qu'avec le nom qu'elle porte, ça figure qu'elle doit être jolie comme l'était sa grand-mère… Ensuite, voilà que tu me racontes que la jeune a enfin rencontré un garçon… Dis-moi pas qu'elle s'intéresse enfin à quelqu'un… Élie qui? Il est-ti de par icitte?

— Ben, vous devez un peu le connaître, son père, c'est lui qui passe par les rangs pour vendre des coupons.

— Celui que je connais, moi, c'est un juif. Même que ça fait un mosusse de bout qu'on l'a pas vu. C'est un nouveau?

— Ben non, son père, c'est le même. Pis c'est pour ça que vous l'avez pas revu : il a passé l'été icitte à faire tout l'ouvrage comme si qu'il était un engagé. C'est quelqu'un de bien, son père. Sans lui, on serait pas prêts pour hiverner.

Elle a ajouté ces dernières phrases pour tenter de contrer ce qu'elle voit s'étaler sur le visage de son père. Un mélange très net de stupéfaction et de colère.

— Mais… il est juif, Maria! C'est pas du monde comme nous autres. C'est eux qui ont crucifié Notre-Seigneur Jésus! Un juif, batince!

— Je pensais un peu comme vous au début, son père, mais je me suis rendu compte que j'étais pas dans le vrai. Je sais pas comment ils sont, les autres juifs, mais lui, je vous dis qu'il est ben correct. Il travaille comme un bon du lever du jour jusqu'à la noirceur, il boit pas, jamais un sacre, toujours gentil et d'adon, plein d'attention pour tout un chacun. Allez pas le juger d'avance, son père.

— Je me sapre ben de comment qu'il est, lui, tout ce que je sais, c'est que c'est un juif. Torrieu! Y as-tu pensé une minute,

Maria, une bonne famille canadienne-française, catholique, qu'irait mêler son sang avec… Et ça ferait des petits juifs! Mes petits-enfants seraient des petits juifs! Ça se peut pas!

— Non, non, son père, il a ben dit à Alma-Rose que d'après lui c'était normal que les enfants prennent la religion de leur mère puisque c'est elle qui les porte.

— Il dit ça maintenant, pis quand ce sera le temps, il se montrera sous son vrai jour de juif. Ils sont tous ratoureux, ils pensent rien qu'à la piastre, Maria. Tout le monde sait ça.

Elle s'approche de son père et lui pose les mains sur la poitrine d'un air résolu.

— Vous emportez pas, son père. Je vous dis qu'il est correct. Et puis Alma-Rose est heureuse. Elle est heureuse d'un vrai bonheur. Allez pas démolir ça parce que vous avez entendu dire que les juifs étaient ceci ou cela. Regardez donc tout ce qu'il a fait icitte: le bois de poêle, les foins, de la nouvelle terre, pis l'éole que vous voyez, là-bas au bord de la rivière, il a été en chercher des morceaux à Mistassini et même jusqu'à Roberval. Astheure, dès qu'il y a un peu de vent, plus besoin de charroyer les chaudières d'eau depuis la rivière.

— Ça veut dire qu'il est resté icitte tout l'été à ras Alma-Rose, vivant comme qui dirait avec, sans seulement être passé devant monsieur le curé? Pour qui qu'elle va passer, ta sœur?

— Pour rien du tout, son père. Et je vous dis que si y en avait qui voudraient dire de quoi, ben je serais là pour leur répondre. Il a logé tout l'été sur le fenil et jamais il s'est permis un geste déplacé envers Alma-Rose. Pis si c'était arrivé, vous la connaissez tout comme moi, il serait plus icitte.

Si tous ces arguments en faveur d'Élie Halevi ont réussi à endiguer le courroux initial de Samuel Chapdelaine, ils ne parviennent cependant pas à lui faire perdre l'attitude butée qu'il oppose à sa fille.

— T'es encore jeune, lui dit-il. Pis quand même qu'il soit aussi bien que tu le dises, ça empêche pas qu'un bon catholique n'a pas le droit de…, de faire sa vie avec un juif. N'importe qui avec du bon sens te le dira. La foi que nous ont donnée les ancêtres, on ne fait pas juste la recevoir, il faut la défendre. Qu'est-ce qui se serait passé si toutes les Canadiennes françaises s'étaient mises à marier des protestants anglos? Nous, les Canadiens, on existerait plus aujourd'hui. J'avais peur qu'une de mes filles aille s'amouracher d'un Anglais, ben c'est pire! En voilà une qu'a trouvé un juif! C'est pas possible! Partout où qu'elle irait, les gens la regarderaient par en dessous. Non! Je vais pas la laisser gâcher sa vie…

— Vous pouvez rien faire, son père. Si vous dites de quoi contre lui, Alma-Rose est capable de n'importe quoi, vous la perdriez et elle aurait peut-être pas tort…

— Ah! Tu vois! Tu vois! Il y a un juif qui rôde icitte et déjà il est question de manquer de respect à ses propres parents. Il vous monte la tête et vous vous apercevez de rien. Comme notre ancêtre Ève qui trouvait que le serpent avait ben du bon sens.

— Pensez-y encore, son père. Allez pas parler trop vite. Vous nous disiez ça quand on était petits. Venez plutôt faire connaissance avec votre nouvelle petite-fille. On attend toujours le prêtre pour la cérémonie du baptême.

— Tu vas pas attendre que ton mari soit revenu?

— On sait pas pantoute quand est-ce qu'il va revenir, son père. Ça se peut que ce soit pour l'hiver, mais, parti comme c'est là, il peut tout aussi bien ne revenir que l'an prochain. Y a rien qui dit que cette guerre-là va s'arrêter.

Samuel Chapdelaine secoue la tête.

— Encore une autre affaire qu'a pas d'allure… Retirer un père à ses enfants pour l'envoyer se battre à l'autre bout de la Terre, on sait pas au juste pourquoi. Y a des fois où je me dis qu'on se fait passer des sapins…

Maria fait signe à son père de s'approcher du berceau de Charlotte.

— Voilà Charlotte, la présente-t-elle à voix basse. Votre petite-fille, son père.

Samuel Chapdelaine approuve d'un long hochement de tête.

— Eh ben! vous l'avez pas manquée non plus, celle-là!

— Les enfants de l'amour, son père. C'est pour ça aussi que je voudrais point que vous disiez des affaires *rough* à Élie. Parce que lui et Aude, je peux vous dire qu'ils s'aiment pour vrai. Pis l'amour, quand il est vrai, vous aurez beau dire et beau faire, vous pourrez pas aller contre. Moi, je me suis dit que si le bon Dieu, Il a voulu que monsieur Halevi et ma sœur se rencontrent, c'est sans doute qu'Il avait son idée derrière la tête. Et peut-être aussi qu'en nous voyant aller, si on est correct, Élie sera tenté de se convertir.

— Peut-être ben aussi que le bon Dieu, Il a hâte que je vienne mettre de l'ordre dans c'tes affaires-là…

Maria pousse un soupir imperceptible. Ça devait arriver. Elle avait espéré le contraire, mais au fond elle savait quelque part que son père ne pourrait pas l'accepter. Par anticipation, elle s'est même demandé pourquoi. Elle a bien imaginé un instant que les hommes ne voulaient concevoir pour leurs filles que ce qui leur était un peu semblable, mais cette réponse emmenait trop loin.

— Qui vont être les parrains de cet enfant-là? demande Samuel Chapdelaine.

— Ben, j'ai pensé à Alma-Rose pis à Élie…

Le père regarde sa fille, bouche entrouverte, visiblement un juron bloqué entre les dents.

— Vous vous êtes entendus et vous avez décidé de me choquer, c'est ça!

— Non, son père! J'ai pensé à Élie en me disant que ce serait peut-être le déclic qui le ferait se convertir à la vraie religion.

— Elle est folle! Ma fille est folle! Il lui arrive un petit ange tout droit du ciel et elle veut lui donner un juif pour parrain! Il vous a envoûtées, c'est pas possible autrement! Je m'en vas lui dire de saprer son camp d'icitte avant que ce soit à mon tour de tomber dans ses maléfices. Un Israélite qui serait le parrain de ma petite-fille!

— Vous comprenez pas, son père; en lui demandant d'être le parrain, ça donnerait une occasion de lui enseigner notre croyance et peut-être que ce ne serait pas un, mais deux baptêmes qu'on aurait ce jour-là…

— Ouais… Il est grand temps que ton mari s'en revienne… Toutes seules, les femmes, je vous dis que vous avez des idées bizarres… À propos, tu comptes toujours ben pas rester icitte tout l'hiver?

Maria n'a pas le temps de répondre, Blanche et Aimée font leur apparition, chacune en portant un grand plat de bleuets.

— Bonjour, grand-papa! Regarde, on a ramassé tout ça et on va avoir des tourtes au bleuet pour le souper. Tu restes souper avec nous autres, grand-papa?

Samuel Chapdelaine embrasse ses petits-enfants, sourit à Alma-Rose avec un regard déjà chargé de reproche, puis il salue Élie Halevi avec distance. Celui-ci ne semble pas s'en apercevoir et s'avance, main tendue.

— Monsieur Chapdelaine! Je suis enchanté de faire votre connaissance.

— Ben moé un peu moins, mon gars…

Un instant interdit, Élie Halevi finit par hocher la tête.

— Je comprends votre réaction, dit-il.

— De même, ça m'évite d'avoir à donner des explications.

— Là, je ne suis plus très sûr de vous comprendre.

— C'est pourtant simple, vous auriez dû comprendre que dans la famille on est catholiques. Remarquez que j'ai rien pantoute contre vous autres; tout ce que je veux dire, c'est que nous, les Canadiens, on est pas beaucoup. Les Anglais attendent qu'on soit plus assez pour finir de tout prendre, alors, si en plus il faut se mélanger, il n'y aura plus rien de nous.

Blême, Alma-Rose vient se placer entre son père et son ami. Ses lèvres ne forment plus qu'un trait pâle. Maria remarque ses jointures blanchies.

— Son père, dit-elle d'une voix qui a du mal à se contenir, quand vous êtes allé chercher Pâquerette pour la mettre à la place de notre mère, j'ai rien dit, j'ai pas fait d'histoires, mais là, si vous dites à Élie qu'il n'a pas sa place avec nous, on pourra pas être d'accord, vous et moi.

— Tout ce que je te demande, ma fille, c'est de faire ton bagage parce qu'on a besoin de toi chez nous. Icitte, chus pas chez nous, ça serait donc malaisé de dire à quelqu'un d'en partir…

— Si y a besoin de moi, chus toujours là, son père. Tout ce que je veux savoir, c'est si monsieur Halevi peut me rendre visite et s'attendre à être bien reçu. C'est tout ce que je veux savoir, son père.

— Tout ce que j'ai à dire, moi, c'est que j'ai vraiment pas d'argent à mettre dans des guenilles pis qu'il perdrait son temps en s'arrêtant chez nous…

Élie Halevi a un sourire douloureux. Il regarde Alma-Rose, puis détourne subitement la tête en annonçant qu'il va atteler sa carriole.

— Ne partez pas, Élie! lui lance Alma-Rose.

— Je regrette…, répond-il simplement en poursuivant son chemin.

C'est un cri qui sort de la gorge d'Alma-Rose. Même son père en est ébranlé et semble tout à coup se demander s'il a bien fait.

— Élie! lance Alma-Rose. Si vous partez à cause de ce que mon père vous a dit, je le jure ici devant tout le monde, je me convertirai à votre religion…

Élie revient sur ses pas et, sans s'occuper de personne, prend la main d'Alma-Rose entre les siennes.

— Non, dit-il, ne faites pas ça et ne jurez rien puisque ce n'est pas votre foi. Ça ne changerait rien, absolument rien.

— Alors, ça veut dire que vous acceptez qu'on ne se revoie plus?

Il secoue la tête:

— Non, il y a une coutume chez nous qui, depuis dix-neuf siècles, à chaque nouvelle année, nous fait répéter: «L'an prochain à Jérusalem.» Vous voyez, nous ne perdons jamais espoir… Et puis n'en voulez à personne, mon père aurait dit la même chose… Nous non plus nous ne sommes pas nombreux. (Il se tourne vers Maria.) Merci pour tout; je viens de passer le plus bel été de ma vie.

Comme il repart, Alma-Rose le suit pour lui demander où il va.

— À Montréal, Alma-Rose. Sans son âme, ce pays me paraîtrait trop froid…

— Ne partez pas, Élie!

— Je vous l'ai dit, Alma-Rose, nous ne partons jamais; nous allons attendre… Faites attention à vous.

— Élie!…

— Oui, Alma-Rose, moi aussi. Moi aussi…

***

Un peu au-delà de chez Rosaire Caouette, Élie, au lieu de poursuivre vers Mistassini, a bifurqué dans un étroit sentier qui conduit à la rivière. Il ne se sent pas la force de revoir les paroisses autour du grand lac, pas davantage les gens qui y habitent. Tout à l'heure, il n'a pas voulu montrer sa souffrance. Ça ne se fait pas pour un homme, mais à présent il cherche un havre, loin du monde, où soigner sa blessure.

Pour s'y être promené, il sait qu'il y a par là l'abri rudimentaire d'un trappeur. Avec un peu de chance, s'il lui en reste, il sera libre pour la nuit. Une nuit pour cautériser la plaie et apprendre à refermer les bras sur le vide de soi. Car il ne reste que la viande à chagrin, et toutes ses pensées se brisent au même écueil.

La modeste cabane de bois rond est inoccupée. Une paillasse de petites branches de cèdre, un réchaud et une grosse bûche en guise de tabouret, c'est tout. De toute façon, il n'a besoin de rien d'autre, tout ce qu'il désire, c'est assez de force pour recréer une image. Tenter de la faire si vivante qu'il pourra lui parler. Et alors, peut-être, où qu'elle soit, Alma-Rose pourra lui répondre.

Il l'a pourtant trahie l'autre jour. Tout l'amour qu'il lui porte, et il est certain de pouvoir donner sa vie pour elle, plus que sa vie: toutes les secondes de toute une vie, oui, ce sentiment qu'il croyait invincible n'a rien pu faire contre un regard prolongé ni contre une réaction… Il avait aperçu Maria se dirigeant vers l'anse de la rivière et, tout en travaillant, il s'était fait la réflexion qu'elle devait aller prendre un bain. Pourquoi n'a-t-il pas su lutter contre ce besoin d'aller voir? Et lorsqu'il l'a vue, il n'a pu se résoudre à se détourner. D'une part à cause de ce besoin malsain de voir plus, toujours plus, d'autre part – et celle-ci semble pire encore – parce qu'il était persuadé qu'elle savait qu'il était là, derrière l'abri des aulnes. C'était un peu comme si l'un et l'autre avaient ainsi sciemment offert une sorte de soulagement aux appels de leurs sens. Mais c'était une trahison. Il le sait et en souffre.

Il y a eu le crépuscule rose et orangé entre les cimes des épinettes qui bordent la berge. Puis tout est devenu violet, la lumière s'en est allée et à présent il fait nuit. Une nuit très différente de toutes celles qu'il a connues à trois milles au nord. Là-bas, il n'était pas seul, il était vivant. Ce soir le monde se referme autour de lui comme un tombeau immense. Il écoute le bruissement de la rivière, comme une voix qui à l'infini répète: va, va, va. Pour rien. Pour glisser sous la nuit sans fond où s'allument des lumières froides. Des millions de lumières qui ne servent à rien, sauf quand on est deux et qu'alors elles évoquent des mondes à partager, ou tout simplement deviennent complices.

Oui, il fait nuit! Et, plus noires encore, les grandes épinettes se découpent sur le ciel. Elles lui font un peu peur. En elles, il se voit sans Alma-Rose, les pieds pris dans la terre froide, debout dans la nuit ou sous le soleil, mais surtout debout lorsque le blizzard souffle le froid sidéral jusqu'au cœur et qu'il faut toujours rester debout en attendant. Attendre, attendre, avec l'espoir pour seul motif. Et pourtant... Ici même, combien de ces épinettes, mortes, affalées sur les vivantes, toujours dans le froid, qui ont attendu là, pour rien, sinon pour voir passer une parcelle du temps.

Il a peur à présent. Il n'y a pas de plus grand effroi que la solitude. Pour fuir, il pense à toutes les petites choses de ces derniers mois, il s'y accroche comme à des bouées, mais elles s'évanouissent dans l'obscurité. Avant, jusqu'à cet après-midi, il y avait la vie. Parce qu'Alma-Rose était là il y avait tous les autres; elle n'est plus là et il n'y a plus personne. Personne. C'est exactement là que surgit l'effroi.

Il a mal, s'imagine que son corps l'abandonne. Une simple présence suffirait, un simple sourire – ou même pas de sourire du tout.

Pourquoi ce pays est-il si dur? Sont-ils tous ainsi lorsqu'on est seul? Il n'en est pas certain. Ce qu'il vit appartient à cette terre, à cette forêt. Là-bas, à Jérusalem qu'il ne connaît pas, il y aurait la peine, l'affliction, la peur et la douleur, mais cette angoisse froide qui veut faire hurler, ce sentiment de mort, non, cela appartient à cette terre qui, plus que toutes les autres, répète qu'elle ne prête que pour reprendre.

Dans le fond, peut-être est-ce de cela que voulait parler Samuel Chapdelaine. Peut-être que quelque part il sait que ce pays appartient à ceux de sa race. Peut-être refuse-t-il par prescience que ses petits-enfants reçoivent cette terre comme un fardeau qu'ils ne pourraient porter.

Mais alors, que faut-il faire pour appartenir à ce pays? Faut-il que de nombreux autres, après lui, éprouvent ce qu'il éprouve et se coltinent avec l'angoisse?

La cabane obscure est une barque immobile dans le grand silence des épinettes. La réponse surgit au creux de l'angoisse: il lui faut donner à cette terre, puis d'autres, des siens après lui, et d'autres encore. Alors, peut-être, pour ceux qui suivront, même s'ils viennent qu'à être déchirés, arrachés, peut-être que la grande solitude ne pourra plus les atteindre, car, comme Samuel Chapdelaine, comme Alma-Rose et Maria, ils seront partie intégrante de cette terre; qui ne pourra donc plus se faire peur à elle-même.

***

— Qu'est-ce qu'il dit, papa, dans sa lettre?

— Tout à l'heure, Aimée, tout à l'heure; laisse-moi lire…

— Et ma tante Alma-Rose, demande Abel, est-ce qu'elle va revenir bientôt?

— Non, Abel, elle est repartie; laisse-moi lire, s'il te plaît...

— Et monsieur Élie non plus, y va pas revenir?

— Non, monsieur Élie non plus...

— Taisez-vous! intime Blanche. Vous voyez pas que maman est en train de lire la lettre de papa. Vous comprenez rien!

Maria,

Ta lettre m'est bien arrivée. Ça a pris du temps, mais elle est arrivée. Une petite Charlotte, je suis le plus heureux des hommes, même si je serai encore plus heureux lorsque je la verrai de mes yeux et que je pourrai tous vous prendre dans mes bras. Ici, les bras ne servent à rien, où plutôt ils servent à détruire. Là où il y avait des champs, nous creusons des trous, là où il y a des villes, nous laissons des ruines, et quand il y a un homme en face, si on est plus chanceux que lui, nous laissons un mort. Ça fait un bout de temps que je pense aux bras et je crois que les bras ne devraient servir qu'à aimer. Je dis pas qu'ils doivent pas travailler, mais travailler, c'est aussi aimer lorsqu'on le fait pour le mieux des autres.

Mais ici les bras servent à haïr et à détruire. As-tu remarqué, ça va toujours ensemble, haïr et détruire, aimer et construire. Tu dois trouver que je te raconte des drôles d'affaires, mais qu'est-ce que tu veux, à part détruire, justement, il n'y a que ça à faire ici: penser.

J'aimerais mieux te raconter toutes ces mochetés quand je reviendrai à la maison, mais je crois qu'à ce moment-là, je ne voudrai plus parler, je vais vouloir oublier. Puis de toute façon, tu dois bien entendre parler de ce qui se passe ici.

L'autre jour, nous avons eu un répit, et toute la section est partie vers l'arrière. Ça nous a donné l'occasion de voir un petit bout de la vraie France, pas celle des champs ravagés, et ça a permis de rencontrer des Français autrement que ceux qui sont morts étendus dans leur costume bleu. Je te rassure tout de suite au cas où tu te poserais la question : je n'ai pas été voir les Françaises.

Les villes sont un peu comme je t'ai raconté dans ma première lettre, mais il faut reconnaître qu'on y découvre des beaux endroits. Là où se trouvent souvent l'église et la mairie, il y a des belles places avec des gros arbres sous lesquels on peut s'asseoir sur des bancs et regarder passer le temps sans être achalé par les mouches. C'est la première fois que rien faire m'est apparu comme une belle occupation.

Les Français, eux, sont un peu bizarres. Ils s'imaginent qu'on est là pour les aider. Il ne leur vient pas à l'idée que pour les uns on est là parce qu'on avait pas le choix, que pour d'autres, c'est uniquement pour le salaire, et que pour d'autres encore, même si c'est dur à croire, juste parce qu'ils aiment ça. Oui, Maria, il y en a qui aiment la guerre et se demandent déjà où sera la prochaine. La plupart de ceux-là sont des Anglais, on dirait que les Canadiens aiment moins ça. En tout cas, tous ceux à qui j'ai parlé ou que j'ai écoutés aimeraient nettement mieux se trouver à la maison. Bon, j'étais en train de te parler des Français et voilà que je te parle des Canadiens que tu connais tout autant que moi. Je disais que les Français sont des gens avec de l'orgueil gros comme ça. Ils croient que nous sommes là pour sauver la France, et, pire encore, ils ont l'air de trouver ça normal. Comme si toute la terre tournait autour d'eux autres. Comme je rentrais dans une charcuterie, ici c'est vrai qu'ils savent faire des bonnes choses avec le cochon, voilà la charcutière qui remarque ce qu'elle appelle mon accent et qui me dit : « Un cousin du Canada qui est venu défendre la mère patrie ! » J'ai rien dit pour pas la contrarier et ne pas me lancer dans une grande discussion, mais voilà qu'elle ajoute : « Ça doit vous faire chaud au cœur de voir le pays de vos ancêtres. » Là, ça a été plus fort que moi, je lui ai dit qu'aussi loin que je pouvais me souvenir, mes ancêtres étaient tous des Canadiens et que ce qui me ferait terriblement chaud au cœur, ce serait de retrouver ma famille et mon vrai pays. Elle m'a regardé quasiment comme si j'étais un fou. Ils ne se rendent pas compte.

Ce qu'il y a de vraiment beau, ici, c'est les églises. Il y en a beaucoup qui sont construites depuis bien avant que Jacques Cartier arrive dans le Saint-Laurent. C'est impressionnant de se le dire. Tu rentres à l'intérieur et tout de suite tu ressens le vrai silence et la vraie paix. C'est comme si qu'à l'intérieur des murs de pierre tu te retrouvais en dehors du temps, et aussi de la folie qui court partout. J'aimerais ça qu'un jour, toi et moi, on vienne voir une église comme ça, ensemble tous les deux. Mais ce serait mieux si c'était en Espagne ou en Italie, parce qu'en France, je crois que j'aurai trop de souvenirs qu'il va falloir oublier.

Je t'imagine à la maison, tu dois te dire que je parle beaucoup et que je te raconte toutes sortes d'affaires simples. Il faut que je te fasse un aveu : si je parle tant, ça doit être que je suis un peu chaudette. Il faut te dire qu'ici ils nous donnent du rhum. Comme ça colore ce qui nous entoure et que ça aide à accepter notre sort, on boit sans dire un mot. Mais sois tranquille, dès que je serai de retour, finie la boisson. Normalement, il est dit que chaque soldat doit en recevoir une once par jour, mais il faut croire qu'à l'intendance ils ne savent pas qu'il y a vingt-quatre heures dans une journée, si tu vois ce que je veux dire. Pour le tabac non plus il n'y a pas à se plaindre. Si ça pouvait être comme ça pour le reste.

Dans ta lettre, tu me dis que tu ne sais pas encore ce que tu vas faire. Est-ce que c'est parce que tu n'as pas encore demandé à ton père ou parce que tu n'as *pas encore pris de décision? Il faut faire pour le mieux des enfants et de toi, c'est tout ce qui compte. Le reste, des fois, on se fait accroire que ça a de l'importance, mais d'ici je me rends compte que c'est juste des illusions. On est trop insignifiant pour gaspiller son temps à autre chose qu'à aimer.*

Tu vas dire que je tiens tout un langage pour quelqu'un qui est supposé être ici à faire tout ce qu'il faut pour tuer du Boche, mais, et ça je te le dis en espérant que cette lettre échappera à la censure, je crois bien que les Allemands, en face, ils se rendent compte tout comme nous qu'il doit y avoir quelques grosses poches haut placées qui jouent avec nous exactement comme des flos jouent avec des soldats de plomb.

Est-ce que tu vois un peu de monde? J'espère au moins qu'il n'y a pas un beau marle pour aller te faire accroire qu'une femme toute seule ça a besoin d'être aidée. On sait bien ce qu'ils ont derrière la tête. Je ne veux pas avoir l'air jaloux, je veux juste te mettre en garde, même si je sais que ce n'est pas nécessaire avec toi. Et puis à bien y penser, oui, je suis un peu jaloux. J'y peux rien, aussi loin de toi, et même en sachant très bien que je me conte des peurs, je peux pas empêcher mon imagination de tourner. C'est pas toujours une amie, l'imagination. Elle aime bien nous jouer des sales tours.

Pardonne-moi. Ça doit être parce qu'on est trop loin l'un de l'autre, ou parce qu'un homme se laisse des fois imaginer que les femmes pensent de la même manière que lui.

Mais tout ça use du papier pour rien. Je t'aime, Maria. Embrasse très fort les enfants pour moi. Je sais bien que ça ne doit pas être commode, mais si tu pouvais faire tirer un portrait de Charlotte et de vous autres, ça m'aiderait.

Ton mari qui t'embrasse de tout son cœur.

Maria se sent le cœur gros. Ils avaient dit quelques semaines au plus, l'automne est là et apparemment Charlemagne n'est pas près de rentrer. Ça va mal! Élie Halevi éconduit comme un malvenu, Alma-Rose qui juste avant de partir lui glisse à l'oreille de ne pas s'étonner si elle apprend qu'elle est partie, elle-même qui doit prendre une décision. Une chose est certaine: après ce qui vient de se passer entre son père et Élie Halevi, il n'est pas question qu'elle retourne chez elle. Elle ne comprend toujours pas comment son père a pu agir comme il l'a fait. C'est la première fois qu'elle remet sérieusement une de ses décisions en question et cela lui laisse un goût amer. Elle aurait voulu continuer à croire que Samuel Chapdelaine était parfait, ou tout au moins presque parfait.

Que faire?

Grâce à celui qui a été si malproprement chassé, elle peut choisir de rester ici, mais est-ce que ce ne serait pas plus sage pour les enfants d'aller en ville? Elle aime le bois, elle aime la rivière, elle aime l'idée que ce coin de terre est le leur, mais aussi elle déteste cette solitude qui laisse seul face à ses pensées, comme loin du monde, loin de la vraie vie, loin des autres qui vous prouvent que tout ce qui vous entoure n'est pas simplement une vaste tombe. Elle l'a appris depuis toute petite: il n'y a pas de liberté à vivre loin des autres; au contraire, il n'y a là que séquestration derrière les murs d'un temps qui devient interminable. Et pourquoi donc Charlemagne parle d'un éventuel «beau marle»? Pourquoi dit-il qu'un homme pense différemment d'une femme? Est-ce que ça veut dire que lui pense à d'autres femmes? Il dit qu'il n'est pas allé voir les Françaises, mais peut-être y a-t-il pensé. Maria souffre à cette seule supposition et, comme pour se faire encore plus mal, imagine de belles femmes à qui il pourrait sourire. Des belles Françaises qui lui ouvrent la porte de leur château où la vie est facile. Car pour Maria, beaucoup de Françaises doivent vivre dans ces châteaux représentés dans les livres d'histoire.

Et pourquoi Charlemagne n'aurait pas ces idées puisqu'elle-même… Elle s'en veut de cette pensée, de ce souvenir, mais il est là, incontournable. Elle savait bien, ce jour-là, qu'Élie Halevi devait travailler à proximité de l'anse où l'on va prendre son bain durant l'été. Pourquoi y est-elle allée à ce moment-là? Pourquoi a-t-elle pris tout son temps, nue sous le soleil, alors qu'elle devinait son regard derrière les feuilles? Elle peut encore sentir ce regard invisible sur elle. Comment s'en défendre? Elle se sent souvent si..., si vide. Et Charlemagne qui est si loin. Peut-être trop loin depuis trop longtemps pour que les souvenirs suffisent à nourrir l'espoir.

Il ne faut plus penser à tout ça, c'est trop moche. À croire que l'on n'est pas ce que l'on croit être.

En silence, elle assure Charlemagne qu'elle aussi l'aime de tout son cœur, assez en tout cas pour vaincre les tentations qui veulent tout détruire.

Son regard se perd de l'autre côté de la fenêtre. Tiens! ce sont les couleurs de l'automne. Elle se demande elle-même pourquoi cette surprise. Ne l'a-t-elle pas déjà sentie à plusieurs reprises? Dans le vent il y a quelques jours, c'était presque perceptible. Pas encore vraiment le froid, mais plutôt son souvenir. Et puis aussi il y a moins de luminosité dans l'air; la lumière blanche est devenue mordorée. Le tout avec comme un parfum de tristesse. Oui, l'hiver s'en vient. Les choses retournent à leur état naturel.

Sans doute qu'en ville l'hiver doit sembler beaucoup moins long...

— Maman! Maman! Y a un boghei qui s'en vient pis c'est pas celui de grand-papa...

Aimée agite son doigt devant la fenêtre, désignant un angle que Maria ne peut apercevoir.

— Qu'est-ce que tu racontes, Aimée? On attend personne aujourd'hui.

— Mais c'est vrai, maman, dit Blanche. Aimée a raison, voilà un boghei...

— Qu'est-ce que c'est encore..., soliloque Maria qui au fond est plutôt contente de cette interruption.

Effectivement, une voiture approche. Elle ne la reconnaît pas et a le réflexe d'ôter son tablier avant de sortir.

«Qui peut bien être ce jeune couple? Qu'est-ce qu'ils font ici? ils doivent s'être égarés.»

Ils la saluent comme elle les accueille d'un mouvement de tête.

— Bonjour! lancent-ils ensemble.

— Bonjour…

— Vous devez être madame Saint-Pierre?

Maria répond oui de la tête à la question du jeune homme. Un instant, elle craint que ce ne soit une mauvaise nouvelle, mais pourquoi ce jeune couple viendrait-il lui en faire l'annonce?

— Voici ma femme, Aude, et moi, c'est Thomas. Thomas Jolycœur. (Il sort un papier de la poche de sa veste.) D'après ce qui est écrit là-dessus, on va se trouver voisins; on a eu la concession juste à côté de la vôtre.

Comme il descend de voiture, Maria s'approche pour les saluer. Tous trois se sentent un peu embarrassés.

— Eh ben…, venez donc un peu chez nous, entrez un peu qu'on fasse connaissance, propose Maria. J'aimerais que mon mari soit icitte, mais malheureusement il est un peu loin… Aude et Thomas… Moi, c'est Maria, et mon mari, Charlemagne. Des voisins… Ça fait tellement plaisir! J'étais justement après me dire qu'on était un peu seuls par icitte, puis, comme si le ciel m'avait entendue, vous voilà… Eh ben!

— Pour tout vous dire, dit Thomas, on est soulagés de voir que vous avez à peu près notre âge. On se demandait qui pouvait être les Saint-Pierre dont on allait être voisins.

— Mon nom de fille est Chapdelaine, une fille à Samuel. Vous venez-ti d'une paroisse autour du Lac?

— Un peu plus loin, on arrive de la rive sud du fleuve, répond Aude. Thomas de Rivière-du-Loup et moi de Cacouna.

— Sirop! C'est pas tout proche. Qu'est-ce qui vous amène jusqu'icitte, sur une terre en bois debout?

— Eh bien…, on est pas riches, répond Thomas, et comme on veut une terre à nous…

— Ce sont vos enfants? demande Aude en désignant les trois plus vieux debout devant la porte. Ils ont l'air gentils.

— Ils sont un peu sauvages, dit Maria. Ils sont pas habitués de voir du monde. La quatrième est encore au berceau.

— Quatre! s'exclame Aude, mais vous avez l'air toute jeune…

— Il faut dire que les deux premières sont arrivées en même temps… Comme ça, vous venez de l'autre bord du fleuve; ça doit vous faire changement.

— Pas mal, répond Thomas, même si je suis déjà venu bûcher et trapper en haut du Lac.

Maria regarde Aude et la trouve «fragile». Celle-ci regarde autour d'elle avec une certaine appréhension dans le regard. Maria lui sourit en essayant d'y mettre de l'encouragement.

— Je sais, dit-elle. Quand on arrive d'une vieille paroisse, ça doit être un peu épeurant de se retrouver de même au milieu du bois…

Aude n'essaie pas de prétendre le contraire. Elle répond par un sourire voulant signifier qu'elle finira sans doute par s'habituer.

À l'intérieur, Maria met de l'eau à chauffer pour faire du thé et les invite à s'asseoir.

— Y a rien qui presse aujourd'hui, leur dit-elle. De toute façon, vous n'aurez pas le temps de vous installer un toit sur la tête d'ici ce soir.

— Nous avons une tente, répond Thomas.

— Une tente, c'est bon à rien. Un coup de vent et pfoutt, vous voilà nu-fesses sous les étoiles. Non, vous aurez qu'à dormir sur le fenil en attendant d'être installés comme il faut. Pis pour manger y a pas de trouble : deux de plus, ça fait pas de différence…

— Vous êtes trop gentille! dit Thomas. Mais on veut pas vous déranger.

— Ça me dérange pas pantoute! Au contraire, voir du monde, moi, je demande que ça…

— Votre mari travaille au loin? demande Aude.

— Non, il est en Europe, à la guerre.

— Oh!

— Oui, je sais, ça fait curieux à entendre qu'un père de famille soit là-bas, mais Charlemagne a joué de malheur…

Elle leur explique très simplement ce qui s'est passé, comme d'autres le feraient à de vieux amis.

L'ouverture est un sentiment contagieux et, à leur tour, Thomas et Aude racontent leur histoire, chacun reprenant là où l'autre s'arrête.

Maria est sidérée. Elle regarde Aude.

— Ça doit prendre ben du courage pour faire ce que vous avez fait là, dit-elle. Je sais pas si moi j'aurais été capable d'aller contre mon père. Je dis pas que c'est bien ou mal d'aller contre, je dis que ça prend en masse du courage.

— Sans doute parce que votre père est plus compréhensif, fait Aude.

— Sans doute… C'est vrai qu'on voit pas pourquoi un père empêcherait de se voir deux qui s'aiment juste parce que l'autre n'est pas riche. C'est pas comme si vous étiez d'une autre religion ou quelque chose du genre…

— Oh même ça! remarque Aude. Thomas aurait pu être musulman ou bouddhiste, s'il avait eu de la fortune, mon père l'aurait trouvé de son goût pour en faire son gendre.

— C'est à croire que les pères veulent pour leurs filles des maris qui soient un peu comme eux, avec un peu moins de brillant…

— Ça doit être comme ça que se font les nations, ajoute Aude sans que Maria la suive très bien.

— Vous avez l'air ben instruite?

— J'aime apprendre. Je suis curieuse. Vous allez voir, dans la carriole on a quasiment rien sauf des livres. Je n'ai pas pu partir sans emporter ceux que je préfère. C'est à peu près tout ce que j'ai pu prendre chez nous.

— Moi aussi j'aime bien lire, dit Maria, sauf que les livres, par icitte…

— Je vous prêterai les miens, ça va me faire plaisir.

— Merci, mais alors un seul à la fois; faudrait pas que j'oublie mon ouvrage pour me mettre à lire des histoires.

Aude et Thomas se regardent. Ils se sourient avec les yeux, s'encouragent, se soutiennent. Maria se demande encore une fois pourquoi Charlemagne est parti, puis elle réalise soudain qu'elle n'a plus de décision à prendre : le monde est venu à elle, elle n'a plus à se demander si elle doit aller vers lui. Elle voudrait les remercier, mais se dit qu'ils ne comprendraient pas ou, s'ils le faisaient, cela ajouterait sans doute à leurs inquiétudes.

De son côté, Aude se sent un peu moins oppressée. Elle en oublie un peu l'ombre austère des grandes épinettes.

IX

Roberval, Chambord, Rivière-à-Pierre, Québec... Alma-Rose a l'impression de traverser plus que de l'espace; elle pénètre un autre monde. Un monde qui jusqu'à présent n'existait que dans les journaux et les paroles des autres. Un monde aussi peu probable que celui des romans. Elle a l'impression de se trouver dans un songe.

Jugeant que Pâquerette n'avait plus vraiment besoin d'elle, profitant d'un voyage de Samuel Chapdelaine à Alma, elle a laissé un mot sur la table et elle est partie. Aucune explication verbale, ça n'aurait servi à rien. « Je prends ma vie en main et c'est tout, s'est-elle dit. Je ne dois à mon père que mon affection, pas ma vie. »

« Toutes ces semaines sans nouvelles, se dit-elle, est-ce que je vais le retrouver! » Déchirée de son absence, anxieuse de ce qui a pu arriver à Élie Halevi, elle réalise également un peu plus à chaque tour de roue que ce qu'elle a d'abord pris pour un anéantissement se révèle être un véritable commencement.

Elle ignore comment elle va faire; tout ce qu'elle a établi est qu'en arrivant à Montréal elle se mettra à sa recherche. Il ne doit pas y avoir tant de Halevi que ça en ville!

Passant dans le couloir, le conducteur lui adresse un large sourire.

— Première fois sur les chars? demande-t-il.

— Oui, j'ai jamais quitté le Lac.

— En route pour rejoindre un chanceux?

— Comment vous savez?

— Pas besoin d'avoir un diplôme pour savoir ce qui fait briller l'œil des jeunes dames... Il habite Montréal?

— J'espère. Je crois…

— Dites-moi pas que vous ne savez pas où il reste?

— Non, juste que, lorsqu'il est parti, il a dit retourner à Montréal.

— Et s'il y est pas. Si vous le retrouvez pas?

— Je chercherai partout. Je le retrouverai! Je ferai le tour des États s'il le faut.

— Batêche! je voudrais pas voir ça…

— Pourquoi?

— Ben! Une jeune fille comme vous sur les chemins, toute seule à travers le continent… C'est que c'est pas partout du bon monde, vous voyez ce que je veux dire…

— Qu'est-ce qui pourrait m'arriver dans ce wagon?

— Ici, rien!

— Pourquoi ce serait différent à Chicago ou à Vancouver?

— Parce que c'est l'Ouest! Par là-bas, c'est plein de monde qui arrive de toutes sortes de pays pas imaginables. La vie y vaut pas cher et, si vous me permettez, la vertu d'une jeune demoiselle, encore moins.

— Pour ce genre de choses, il n'y a pas besoin d'aller très loin…

— Moi, ce que j'en dis… C'est juste mon opinion. J'aimerais pas que ma fille s'en aille comme ça à l'autre bout du monde.

— Vous en avez une?

— Deux, un peu plus jeunes que vous.

— Alors à mon tour, si vous me permettez de donner un petit conseil; ne soyez jamais jaloux de l'affection qu'elles pourront porter à d'autres que vous et n'essayez pas d'imaginer le bonheur à leur place.

Le regard du contrôleur se ferme un peu.

— C'est malaisé parfois pour les enfants de comprendre les motifs d'un père qui veut bien faire.

— Et encore plus pour un père de comprendre que ses enfants ne lui appartiennent pas.

Il regarde autour de lui comme pour chercher l'appui du bon sens général, puis il a un rire un peu forcé.

— Si vous voyez ça de même… Moi, je m'obstine pas, j'ai bien assez d'la maison…

Il fait trois pas, paraît penser à quelque chose, revient vers elle, se penche et, plus confidentiel, il propose:

— Comme je rentre pas tous les jours à la maison, j'ai un petit meublé à Montréal, si jamais vous êtes mal pris, que vous sachiez pas où aller ce soir… Ce sera toujours ça de sauvé pour vous…

Alma-Rose le regarde comme pour obtenir confirmation de ce dont elle se doute, puis elle lui sourit.

— C'est gentil, dit-elle, mais j'ai de la famille à Montréal. Je vous remercie ben gros.

— Ça me rassure! fait-il sur un ton qui se veut convaincant.

Alma-Rose a l'intuition qu'il va lui falloir apprendre à vivre avec des offres qu'il sera parfois difficile de refuser.

***

La nuit est tombée voici plusieurs heures et, depuis un bon moment, le front contre la vitre, Alma-Rose tente de sonder la nature oppressante des rues que révèlent les cônes de lumière glauque des réverbères.

Elle a peur.

Tout à l'heure il va lui falloir quitter l'atmosphère rassurante du wagon et plonger dans cette ville chargée d'inconnu. Pourquoi n'est-elle pas chez elle?

— C'est l'avant-dernier arrêt à la prochaine, lui apprend l'homme qui s'est installé sur la banquette en face à Trois-Rivières.

— Merci, dit-elle en se levant pour attraper son sac de voyage dans le filet.

— Pas de quoi, vous êtes ben gentille.

Il doit avoir dans la soixantaine, porte une grosse moustache jaune et une épaisse chevelure blanche. Durant tout le voyage, il a gardé ses mains posées sur le pommeau de sa canne maintenue droite entre ses genoux.

— Je vais souvent à Montréal, a-t-il expliqué, ma femme est repartie vers Notre-Seigneur et, comme j'ai une fille qui y habite… Elle y a marié un Anglais…

— Il ne parle pas français?

— Quelques mots qu'il a sans doute appris pour embobiner ma fille.

— Vous n'avez pas l'air de l'apprécier?

— Maintenant ça va, mais au début j'avoue que j'étais pas mal inquiet. C'est à cause de tout ce qui se raconte sur les têtes carrées. Alors, de savoir que mon gendre en était… Mais astheure, je dois reconnaître que j'ai pas mal trop prêté l'oreille à des médisances. J'en ai une autre fille et celle-là, elle a épousé un pur Canayen. Ils restent à Saint-Rémy; ben pour dire vrai, des deux gendres, c'est le Canayen qui vaut pas tripette. Quand le premier est bon travailleur – pas voleur –, qu'y gâte sa femme, joue avec les jeunes quand il arrive le soir et me reçoit dans sa maison toujours avec le grand sourire, l'autre, le Canayen, y pense rien qu'à courir la galipote, y boit comme une éponge au milieu du désert, sacre à faire pleuvoir le feu sacré. Quand je vais chez eux, il arrête pas de se lamenter que la vie est dispendieuse sans bon sens, pis pour finir je crois ben qu'y varge sur la femme et les petits quand ça fait pas son affaire à la maison. Faites attention à vous quand vous choisirez.

— Je ne sais pas si on choisit vraiment ou si l'autre qui nous est destiné arrive quand c'est le temps.

— Ben, pour dire vrai, j'en sais trop rien non plus. Si c'est le cas, y en a qui sont pas gâtés…

— Je connais pas votre fille, mais ma mère me disait toujours qu'on mérite ce que l'on a choisi.

— D'une certaine manière, elle a pas tort, votre maman, elle a pas tort…

— Pour en revenir aux races, j'ai jamais pensé qu'il pouvait y en avoir de meilleures que d'autres.

— Ben moi, je croyais qu'on était les meilleurs. Je saurais pas dire pourquoi, peut-être tout simplement parce que je l'ai entendu dire. Pis c'est vrai aussi que les Anglais, ils ont tout l'argent.

Les roues patinent en grinçant sur les rails, le train ralentit. Alma-Rose salue son voisin, puis se dirige vers la sortie avec l'impression que son cœur va jaillir de sa poitrine. Dans un instant, elle sera sur le quai avec la destinée qu'elle aura choisie, et rien ne sera plus jamais pareil. «Il le faut!» se répète-t-elle sans autre forme d'explication.

Il a plu en début de soirée. Dehors, la nuit est noire et chargée d'une humidité presque froide qui ne fait rien pour ôter à son angoisse. Une seconde, elle s'apprête à remonter dans le train; tant pis, il y aura les excuses, l'absence et puis tout redeviendra normal… Mais non! il y a Élie, Élie qui sera le plus heureux du monde quand il la verra arriver.

Peu de monde dans la gare à peine éclairée. Par terre, le carrelage est maculé. Sur un banc, un vieil homme dans un costume marron fripé et beaucoup trop grand regarde fixement devant lui, à croire que la grille fermée d'une buvette est du plus grand intérêt. Il paraît revenir au monde sur le passage d'Alma-Rose.

— Attention aux chiens! prévient-il d'une voix rauque où sourd la hargne.

Alma-Rose n'est pas sûre qu'il s'adresse à elle, mais elle s'arrête et se tourne vers lui.

— Pardon?

— Les chiens! fais attention aux chiens, y veulent nous bouffer.

— Nous?

— Nous! Ceux qu'ont rien à donner, c't'affaire! Les chiens! Quand qu'on a de quoi, ils vous font les yeux doux et des belles façons, mais dès qu'on a pus rien, les voilà comme y sont pour de vrai; y veulent vous bouffer. Pis c'est pas juste les chiens…

Ne sachant que répondre, elle opine évasivement, puis reprend son chemin vers la sortie où, de l'autre côté de la porte, tout semble noir et mouillé.

Ce n'est pas tout à fait noir, dans la lueur des réverbères, elle distingue les angles enténébrés et la brique triste d'immeubles massifs. C'est laid! Ça sent la cupidité et l'arrogance. Elle aurait préféré la vraie nuit, la nuit comme elle la connaît au-dessus de la Péribonca. Mais ça!

Plus sournoise que la crainte, poisseuse, l'angoisse roule dans ses veines. Ses pas résonnent sur le trottoir. Il n'y a rien, que des rangées de murs qui s'enfoncent dans la nuit étouffée. Elle est seule. Étrangère. Dans son crâne, les pensées résonnent comme les cris d'une chatte en chaleur crevant le sommeil. C'est trop! Elle fait demi-tour pour réintégrer la lueur crasseuse de la gare, mais un homme trop raide habillé de bleu marine fait sortir le vieillard aux chiens.

— C'est fermé astheure, papi. Va-t'en chez vous.

Alma-Rose est outrée. Comment un homme apparemment pourvu de tout ce qu'il lui faut peut-il ainsi traiter celui qui n'a plus rien?

— Et si c'était vous qui étiez dans la rue? lui reproche-t-elle, un peu étourdie de s'entendre parler ainsi à un inconnu.

— C'est pas moi justement! Je suis pas vache, moi, je fais ce que j'ai à faire, j'écume pas les fonds de barils et je dispose pas du bien public comme si c'était à moi.

Alma-Rose croit que le malheur est davantage une question de hasard que de choix.

— Qu'est-ce qui vous rend si sûr de ne pas tout perdre un jour? Vous pourriez tomber malade, personne n'est à l'abri.

— Ben moi, si jamais j'attrapais de quoi au point de devenir un embarras pour les autres, je m'en irais au fond du bois et pis bonjour, tout le monde.

— Quand ça va bien, c'est assez facile à dire.

— Qu'est-ce que vous savez de la vie, vous, à votre âge?

— Ce que je sais depuis maintenant, c'est que ce que l'on sait n'est pas vraiment une question d'âge…

— C'est-ti pour moi toute c'te chicane? demande le vieux au complet marron.

— Ouais, papi, c'est pour toi, répond l'autre, railleur. On dirait que la petite demoiselle t'a pris en pitié. Je gage que tu vas en profiter pour lui quêter de quoi t'acheter une bouteille.

— Non, monsieur! Non, j'y demanderai rien pantoute, et tu sais-ti pourquoi?

— Parce qu'en plus d'être vache, t'es fier et que tu voudrais pas qu'elle croie tout ce que je viens de dire.

— Eille! Je t'ai-ti déjà demandé de quoi?

— Non, mais…

— Tu m'as-ti déjà vu demander de quoi?

— Non, mais…

— Non, mais quoi? Tu juges sans savoir. Tu crois ce que tu vois et tu sais pas regarder. Tu sais même pas raisonner. Non, monsieur, je demande rien parce que j'ai besoin de rien.

— Ben alors, pourquoi tu restes comme ça sur les bancs à la journée longue?

— Pour te donner une raison d'me haïr, là; ça te va-ti comme raison si j'ajoute que ton monde me fait pitié?

— Et pourquoi que tu l'aides pas, le monde, si t'as tout ce qu'il te faut?

— Peut-être ben que je l'aide à ma façon…

— Merci ben gros pour ton aide. En attendant, je vais me coucher, je travaille demain, moi.

— Bravo!

Il se tourne vers Alma-Rose:

— Toi, ma fille, je suis prêt à gager que t'es perdue loin de la maison. Viens-t'en, je m'en vas te montrer la belle grand' ville de Montréal…

Pourquoi le suit-elle? Alma-Rose ne se pose pas vraiment la question. De toute façon, il ne paraît pas dangereux, et elle préfère mille fois sa compagnie à l'horrible solitude entrevue tout à l'heure. C'est presque pour la forme qu'elle demande:

— Où allons-nous?

— Quand même que je te le dirais, ça t'en apprendrait pas plus. Dis-moi plutôt d'ioù c'est que t'arrives, t'as pas l'air de quelqu'un à traîner dans les rues.

— Je viens du Lac-Saint-Jean. Je suis venue retrouver mon ami.

— Pourquoi t'es pas allée à l'hôtel?

— J'y suis jamais allée…

— Ça, ça veut dire que t'es partie de chez vous sans la

bénédiction paternelle, autrement le papa aurait vu à ce que sa fifille chérie couche pas dehors pendant le voyage…

— Disons qu'on est pas tout à fait d'accord…

— J'aime ça! Ça en prendrait plein des comme toi!

— Comment ça?

— Je veux pas dire qu'il faut aller contre ses parents, c'est pas ça pantoute, non, ce que je veux dire, c'est qu'y en a trop qui passent leur vie à faire comme on leur a dit de faire sans s'occuper si ça a du bon sens ou pas. Allez à la guerre, qu'y disent, et hop! v'là tout le monde qui prend son fusil comme un seul homme pour aller tuer des gens qu'ils ne connaissent ni d'Ève ni d'Adam.

— Si c'est un pays ennemi?

— Qui c'est qui dit que c'est un pays ennemi?

— Les autorités, non?

— Ouais, tous ceux qu'ont peur de perdre un brin de pouvoir ou qui en veulent davantage. Mais c'est ben rare que ceux qui te disent d'y aller, y s'y trouvent avec toi. On sait ben, eux autres faut qu'y voient à la bonne marche des affaires supérieures… Travaillez, qu'y disent aussi, et tout un chacun est persuadé que c'est la façon de gagner son ciel.

— C'est les paresseux qui ne travaillent pas, je vois pas ce que vous voulez dire…

— Dans chacun de nous, y a le goût de jouer. Chaque enfant vient au monde avec le besoin de jouer. C'est ce besoin qui lui permet d'apprendre et de le faire avec plaisir. Jusque-là, ça va, mais qu'est-ce qui se passe quand on arrive à cinq ou six ans, y a les desséchés qui viennent mettre les pieds dans ton plat et qui te disent qu'y faut être sérieux, et donc qu'y faut travailler. Ça commence par l'école; alors que t'apprendrais tout ce que tu veux en t'amusant, comme ils sont desséchés et qu'ils ont pas d'imagination pour t'apprendre en jouant, les voilà qui te rentrent des affaires dans le crâne à grands coups de tirage d'oreilles pis de coups de bâton sur les doigts. Pis ça continue. Quand un gars a du plaisir à fabriquer une belle table ou une belle armoire et que si on le laissait faire y voudrait faire les meilleures du monde, dès qu'y commence à être un peu habile dans son domaine, voilà qu'on y dit : fabrique une table comme ci, pis des chaises comme ça, pis faut que ce soit terminé au plus sacrant. Quienbon! v'là le plaisir qu'est devenu un travail. Et c'est pareil pour tout.

— Mais dans n'importe quoi, il faut bien une discipline.

— Si t'aimes ce que tu fais, c'est toi-même qui te la fais, ta discipline, tu vas même en faire plus.

— Il faut quand même qu'il y en ait qui balaient les trottoirs, fassent la vaisselle ou qui travaillent dans les mines. Je vois pas comment on pourrait aimer faire ces choses-là à la journée longue.

— Facile! Tu mets des esclaves.

Bouche bée, Alma-Rose regarde l'homme avec lequel elle s'enfonce dans des rues inconnues.

— Des esclaves!

— Ben oui, tous les lascars qui sont en prison au frais du pauvre monde, moi je les mettrais dans les mines.

— C'est affreux!

— Comment ça affreux! Alors d'un côté y a l'épais qui tue son voisin pour lui voler son argent ou sa femme, lui y faudrait mettre de notre poche pour le nourrir entre quatre murs; de l'autre, y a le brave type qui sait pas comment faire pour mettre le pain quotidien sur la table, lui ça va, y mérite de descendre dans la mine, c'est normal, ça?

— J'avais pas vu ça de même…

— Et voilà! T'avais vu ça comme on t'avait dit de le voir. Ah! scie ronde! Je sais pas qui c'est l'étrette qu'a organisé les affaires de même, mais je sais en verrat que c'est tout nous autres qui continuons les mêmes maudites affaires simples.

— C'est pour ça que vous vivez comme vous le faites?

— Ben certain! Je peux pas rien faire pour changer le monde, moi tout seul, mais je veux pas non plus participer au grand sabotage de la vie.

Alma-Rose veut le croire sincère, mais quelque chose la dérange.

— Pourquoi vous m'avez parlé des chiens comme vous l'avez fait quand je suis descendue du train?

— Tu m'as pris pour un fou, pas vrai?

— Un peu…

— C'est exprès, comme ça les gens repensent à ce qu'on leur dit. On se demande toujours si y a pas une grande vérité cachée dans les paroles d'un fou, tandis que si je t'avais parlé normalement, tu m'aurais catalogué dans les niais ou les simples d'esprit et t'aurais même pas écouté mes paroles.

Alma-Rose croit avoir la confirmation de ce qu'elle soupçonnait. Toutes les théories généreuses de l'homme ne sont mises en avant que pour masquer le mal qui l'habite, lui. Elle ne lui en veut pas, au contraire, il lui est plutôt sympathique, et de toute façon il ne doit pas s'être rendu compte lui-même de sa supercherie.

Soudain, la ville lui paraît moins hostile. Il reste toujours la sensation oppressante que si elle avait continué seule, elle aurait sans doute été engloutie par une solitude qu'elle a devinée toute-puissante et redoutable, le grand vide solitaire et inéluctable qui sait pouvoir attendre l'heure de son ultime emprise. Mais pour le présent, cette ville n'est plus qu'une étape vers Élie. Et l'homme avec qui elle marche humanise ces rues qui autrement ne seraient qu'un labyrinthe cauchemardesque renvoyant l'écho de ses pas entre ses façades luisantes d'humidité noire.

On lui a appris qu'ici, il n'y a pas si longtemps, des hommes sont venus de la lointaine Europe et ont entrepris d'imposer le rêve d'Occident à ces terres presque vierges de fantômes. En voici le résultat le plus dense; peut-elle juger sans connaître les âmes qui en habitent les murs? Mais les murs faits de leurs mains ne sont-ils pas aussi l'expression de leur âme? Et ce qui en ruisselle n'est-il pas l'aveu d'un échec aussi banal que tragique? Elle ne se pose pas la question dans ces termes, mais c'est ce qu'elle ressent.

Ils ont arpenté plusieurs rues, les bâtiments de brique alternent avec des maisons de bois collées de guingois les unes contre les autres. C'est le cœur de la nuit, Alma-Rose commence à avoir froid, et son sac de voyage se fait de plus en plus lourd.

— On arrive chez des amis, annonce le vieux. Tu vas voir, y a pas besoin de se mettre en frais…

Ils débouchent dans une ruelle étroite au bout de laquelle brûle une maigre flamme dans ce qui semble être un vieux chaudron.

— Où sommes-nous? demande-t-elle, un peu anxieuse en distinguant des ombres sur le sol.

— On peut appeler ça la cour des Miracles…

Cela n'en dit pas davantage à Alma-Rose, mais ce qu'elle découvre lui ôte tous les mots de la bouche.

Les unes contre les autres, couvertes de guenilles disparates, des formes sont étendues à même le trottoir. Près du pauvre feu, une autre enveloppée d'un reste de couverture s'adresse au vieux :

— Qui c'est que tu nous amènes là, Alcide?

— Une amie de passage, Maurice. Elle cherche son amoureux.

— Fermez vos boîtes! ronchonne une voix rauque parmi les formes allongées. On dort icitte.

— Ta gueule, Marthe, répond le dénommé Maurice. On a de la politesse quand on reçoit d'la visite.

— Va chier, nabot. J'me la sacre au péteux, la visite.

Alma-Rose est abasourdie; jamais elle n'a entendu de tels propos. Qui sont ces gens? Que font-ils ici à dormir dans la rue? Pourquoi?

Les questions se bousculent sans qu'elle ose en poser une seule. Elle ne peut que chuchoter au vieux :

— J'ai l'impression de me trouver dans un terrible roman…

— Ben ici, ma fille, c'est pas un roman, c'est la vraie vie.

Près d'eux, une autre forme se redresse à demi, tousse à plusieurs reprises et, accompagnant un crachat, proteste :

— Pantoute, Alcide, la vraie vie, c'est quand qu'on a de quoi. Nous autres, on remue, on pète, on rote et on chie, mais on vit pas.

Près du chaudron, Maurice approuve :

— T'as ben raison : nous autres on est juste bons à la regarder aller, la vie; même que c'est comme qui dirait la créature la mieux greyée de la Création, mais pas question pour nous autres d'y monter sur la croupe; je sais pas ce qui nous manque, mais on peut pas. Non, on peut pas…

L'attention d'abord attirée par l'odeur, Alma-Rose découvre qu'il fait tourner de l'autre côté de la flamme une tige de métal sur laquelle est embroché ce qui doit être un pigeon. Maurice a sûrement remarqué son regard, car il lui dit :

— Désolé, ma p'tite dame, c'est pas une grosse volaille, y en juste pour ma pomme si je veux au moins retrouver l'énergie qu'elle m'a coûtée pour l'attraper.

Est-ce à cause de ces mots où elle perçoit un reproche qui, à travers elle, s'adresse au monde entier, elle se demande pourquoi tous ces gens ne réagissent pas.

— Pourquoi est-ce que vous restez là? lui demande-t-elle avec une franchise qui touche à l'ingénuité.

— Ioù est-ce qu'on irait?

— Je ne sais pas, dans le bois, y a du travail pour tous ceux qui en veulent. Dans l'Ouest, il y a en masse de terres à prendre.

— Si on pouvait, on irait certain…

— Qu'est-ce qui vous en empêche?

— Oh ça, j'y ai jonglé pas mal et je crois que je peux en jaser. Ça commence qu'on croit tout ce qui nous passe par la tête, à cause de ça les autres ont peur de nous, pis avant qu'on ait compris de quoi, on se retrouve à la rue avec la faim dans le ventre et la soif dans la tête; pis là, c'est déjà trop tard, on a pas assez de toute notre énergie pour se trouver de quoi manger et on tombe malade et on a plus la force de vouloir.

— Vous êtes malade?

— Tout le monde est malade. Y a personne que vous voyez icitte qui va faire des vieux jours, sauf s'il était déjà vieux quand il s'est ramassé dans la rue.

Le vieux approuve :

— C'est ce que je te disais tantôt, ma fille : tout ça, c'est des gens qu'ont pas voulu écouter les desséchés pis voilà où est-ce qu'y sont rendus parce qu'ils ont cru que le monde était meilleur.

— Sacrement! z'allez-ti la fermer vot' maudite grand' gueule, vocifère la dénommée Marthe.

— Ouais, c'est vrai! renchérit une autre voix parmi la masse des formes allongées. J'étais après faire un maudit beau rêve cochon pis vous m'avez réveillé avant qu'y finisse.

— T'as qu'à te faire durcir le pipi, rigole une autre voix, ou ben demande à Marthe qu'elle te suce ou encore… peut-être ben qu'elle suce itou la petite jeune.

Alma-Rose est consternée. Elle voudrait faire remarquer au vieux qu'il lui est difficile de concevoir que des gens aussi vulgaires aient pu entretenir le souhait d'un monde meilleur.

— Il va falloir que j'y aille, lui dit-elle à la place. Savez-vous où je dois m'adresser pour retrouver quelqu'un qui passe par les maisons pour ramasser la guenille?

— T'inquiète donc pas comme ça, je vais t'accompagner, c'est prévu. Je sais bien que ça doit tout te chambouler ce que tu vois ici, mais fallait ben que tu apprennes ioù ce que ça mène d'être soi-même et d'en faire rien qu'à sa tête.

— J'en fais pas rien qu'à ma tête, je fais ce que j'ai à faire, s'insurge Alma-Rose. C'est pas pareil!

— Ben, viens-t'en d'abord, je t'ai pas encore fait voir ce que je veux te montrer.

Il s'adresse à Maurice:

— Salut ben, Maurice, et bon appétit.

— Salut, Alcide. Fais attention à la p'tite dame, elle m'a l'air toute retournée par ce qu'elle vient de voir.

Ils ont de nouveau longé des rues semblables aux précédentes, puis, à l'extrémité d'un terrain vague, le vieux a monté les marches menant au perron d'une grande maison de brique à l'aspect abandonné.

— Qu'est-ce qu'il y a là-dedans? demande Alma-Rose, un peu inquiète.

— C'est chez moi…

— C'est à vous cette maison!

— Ça t'étonne?

— Ben, je m'imaginais pas que…

— Qu'on pouvait traîner sur des bancs de gare et avoir sa maison?

— Disons surtout que…

— Ah oui! Comment qu'y peut laisser ses amis coucher sur le trottoir alors qu'y pourrait les mettre à l'abri, c'est ça, hein?

— En gros, oui.

— Entre…

Elle n'est pas très rassurée en passant la porte.

À l'intérieur, cependant, tout est différent. Il y a bien de grandes pièces délabrées dont les portes ont été arrachées, il y a bien de grands pans d'ombre inquiétants, mais, couchés dans tous les coins, il y a des jeunes, des enfants d'après ce qu'elle peut apercevoir, qui dorment d'un sommeil tranquille. Elle regarde le vieux sans comprendre.

— Des orphelins? demande-t-elle.

— Beaucoup, sûrement, répond-il à voix basse, mais avant tout des immigrants. Pas un seul ici qui parle le français ou l'anglais. Ils arrivent d'Italie, de Grèce, d'Irlande et de je ne sais trop où, les parents sont morts ou égarés ou tout simplement ils ont abandonné leur progéniture, et les jeunes se retrouvent comme des oisillons en bas du nid.

— Et vous les récupérez! s'exclame-t-elle en réalisant ce qu'il fait dans les gares et du même coup qu'elle s'est encore trompée sur le personnage.

— Personne n'en veut, et comme ils ne parlent pas comme nous…

— C'est pour ça que personne n'en veut?

— Ça et aussi parce qu'ils sont déjà un peu trop vieux. Les bonnes âmes charitables veulent bien adopter des petits orphelins, mais encore faut-il qu'ils soient assez jeunes pour avoir une chance de les modeler comme on veut.

— Qu'est-ce qu'ils vont faire?

— Leur seule chance est de passer aux États où c'est pas un crime de pas parler français ou anglais ni de venir de nulle part. Peut-être que là-bas ils pourront trouver quelque chose à faire.

Se demandant soudain la raison exacte de sa présence, Alma-Rose demande :

— Vous croyez que je peux faire quelque chose ?

— À moins d'avoir des fonds pour payer leur passage de l'autre bord des lignes, non, pas grand-chose. Je voulais juste que tu te rendes compte. De toute façon, pour eux autres on s'arrange de temps en temps pour en placer sur des convois de marchandises en espérant qu'ils arriveront à bon port.

À la lueur d'une petite lampe, elle le suit dans un large escalier grinçant, qui autrefois a dû connaître les soins d'une fille de maison, et pénètre dans une petite pièce où des montagnes de livres s'empilent presque à hauteur de mur.

— Je lis un peu, dit-il en passant sur un matelas défoncé d'où s'échappe un nuage de laine.

— Vous avez lu tout ça !

— Quasiment.

— Et est-ce qu'il y en a un qui est mieux que tous les autres ?

— Celui-là, répond-il en attrapant à la tête du matelas un petit livre dont le cuir est rongé. *Pantagruel*, de monsieur Rabelais. J'y comprends rien, mais ça me plaît au point que je le relis et le relis encore en savourant les mots comme on savoure un bon plat.

— J'essaierai un jour.

— Prends-le, dit-il.

— Je peux pas, c'est votre livre préféré.

— J'en trouverai ben un autre. Maintenant, viens-t'en, on va aller en ville voir si on peut trouver ton ramasseux de guenilles. Il est juif, ton amoureux ?

— Comment vous le savez ?

— Il y a pas mal rien que les juifs qui font les chiffonniers. On va voir si on peut en trouver un. Si on en trouve un, on est pas mal certain de trouver tous les autres. Ils se connaissent tous ; ils doivent se rencontrer à la synagogue.

Tout en parlant, il a l'air heureux de lui faire découvrir sa ville ; ils ont déambulé dans les rues. C'est l'aube violette et ils sont parvenus à la gare Bonaventure, en activité toute la nuit. Elle entend annoncer des destinations qui la font un peu rêver.

— Quand tu l'auras retrouvé, qu'est-ce que tu vas faire? lui a demandé le vieux.

— J'ai confiance. Il doit bien se trouver un restaurant qui a besoin d'une servante, ou une boutique quelconque.

— Tu parles-ti l'anglais?

— Non, à cause?

— Y en a beaucoup en ville. Tu vas avoir de la misère à te placer dans un restaurant si tu le parles pas.

— On est pourtant au Canada.

— Ouais…, si les Français avaient pas écouté Voltaire et abandonné la colonie aux têtes carrées en échange de la Guadeloupe, et aussi si Napoléon avait pas vendu la Louisiane pour aller se geler les fesses en Russie, ça serait peut-être pas de même.

Ils sont sur l'un des quais. Malgré l'heure matinale, il règne une animation enfiévrée. Plusieurs locomotives sont en chauffe, un peu partout retentissent des cris et des appels. Mécaniciens, conducteurs, serre-freins et sapeurs se saluent; un peu partout jaillissent des noms de lieux: Philadelphie, New York, Toledo, Winnipeg, Kingston; des passagers de toutes conditions vont et viennent et, synonyme de vie facile, l'élégance des gens de première classe côtoie le dénuement misérable de ceux qui embarquent dans les wagons d'immigrants. Pour Alma-Rose, l'angoisse qui l'a saisie à son arrivée solitaire dans cette ville fait place à l'impression excitante de se trouver exactement dans l'axe de convergence des forces vives du monde, et si ce n'était de l'inquiétude qu'elle imagine être celle de son père, elle se laisserait aller à la joie enivrante de l'aventure en devenir. Tout ce qu'elle a découvert durant cette nuit étrange n'en est-il pas la preuve?

— Ah! voilà celui que je cherchais! s'exclame Alcide en désignant un vieux bonhomme dont la barbe blanche tranche sur ses vêtements noirs et qui se tient assis derrière une petite table de bois. C'est quoi le nom de famille de celui que tu cherches?

— Halevi…

Alcide salue l'inconnu de la main.

— *Shalom*, Salomon. Toujours au poste…

— Alcide! Par exemple! On ne te voit plus souvent à Bonaventure. Qu'est-ce que tu deviens?

— Je reste plutôt du côté de Windsor, ces temps-citte, c'est plus près de chez nous… Tu fais toujours l'écrivain?

— Comme tu vois…

— Qui c'est qui peut bien avoir envie d'écrire une lettre aux petites heures du matin?

— C'est l'heure des amoureux, Alcide. Les amants rentrent de leurs fredaines et il leur vient souvent le goût d'un dernier billet doux qui marquera la nuit… Et il y a tous ceux qui partent et qui voient dans les voyages un présage de la mort, ils imaginent que des mots leur assureront une certaine survivance… Tu es bien accompagné à ce que je vois…

— Justement, je te présente Alma-Rose. Elle est à la recherche de son amoureux, et il a fallu qu'elle tombe sur un juif, tu te rends compte?… On se demandait si tu connaîtrais pas un certain Halevi qui ramasse des guenilles en ville.

— Halevi, de Roumanie? demande l'inconnu.

— C'est lui! s'exclame Alma-Rose qui sent son cœur s'emballer.

— Je le connais. Mais je sais pas si…

— Si quoi? demande Alcide. C'est pas après lui qu'elle en a, c'est après son fils. Et d'après ce qu'elle m'a dit, ce dernier devrait plutôt être content de la revoir. Non, non, Salomon, je crois pas qu'elle serait là si le garçon cherchait à se défiler. Elle est amoureuse, mais elle a une tête sur les épaules.

L'homme écrit deux lignes sur un petit papier qu'il tend à Alma-Rose.

— Vous trouverez les Halevi à cette adresse.

— Je ne sais pas comment vous remercier.

— À un sou du mot, ça fait cinq sous. Il faut bien garder notre réputation…

— T'avais pas besoin de marquer Montréal, on le savait, fait Alcide en riant.

— Plains-toi pas, pour un autre j'aurais marqué : province de Québec, puissance du Canada…

Ils ont repris les rues dans le jour naissant. Des quartiers plus désolants les uns que les autres semblent s'éveiller à une nouvelle journée aussi pauvre en espoir que la précédente. Elle ne comprend pas comment des gens peuvent choisir ou même accepter de vivre ici. À peu de choses près, elle ne les envie pas plus que les sans-logis de la nuit. Cela lui fait repenser à la vulgarité de certains. Est-elle la cause ou le résultat de leur situation ? Elle est portée à penser que c'est la première hypothèse ; un esprit veule ne peut engendrer que des aspirations du même type. L'explication est sur le point de la satisfaire lorsqu'elle se demande ce qui fait qu'un esprit soit vulgaire. La vulgarité découle-t-elle de l'attitude qui consiste à toujours rechercher la facilité, les plaisirs les plus immédiats ? Et n'est-ce pas ce qu'elle a choisi en claquant la porte de la maison pour partir à la recherche d'Élie ? Elle ne peut sincèrement se répondre. Se pourrait-il que dans ce cas particulier il n'y ait pas d'option facile ? « Ne pas partir aurait été lâche », veut-elle décider avant de se répondre : « Mais est-ce que dans ce cas la vertu n'aurait pas été d'accepter d'être lâche ? Est-ce que je n'aurais pas dû endurer ma peine et ainsi éviter d'en faire au père ? Il doit être en train de se faire un sang d'encre.

« Peut-être, mais ce n'est pas de ma faute si son père veut garder toute mon affection pour lui. Je ne dois pas lui en vouloir, mais je ne peux pas non plus l'accepter. La peine que je peux causer maintenant sera moins grande que de le laisser se rendre compte un jour qu'il a gâché ma vie et celle d'Élie.

« Gâcher sa vie ! Encore une drôle d'expression. Comme si que le bonheur était la marque d'une vie réussie. Est-ce que réussir sa vie doit signifier être heureux plutôt que de gagner son Ciel ? Si l'on se dit croyant, est-ce que le salut ne doit pas passer avant le bonheur ? »

C'est pourtant un mélange d'excitation et de bonheur qu'elle ressent lorsque finalement Alcide s'arrête devant une maison mitoyenne à deux étages qui ne paie pas tellement de mine. Une odeur de chou et d'oignon pas trop désagréable stagne dans l'air.

— Nous y voilà, je crois que c'est ici… Je vais te laisser à tes retrouvailles.

— Vous restez pas un peu?

— Pour quoi faire? Et puis il est temps que j'aille un peu me reposer, chus plus tout jeune…

— Ben… Je sais pas quoi dire… Je vous remercie ben gros, dit-elle. Sans vous…

— Dis plutôt que sans toi ç'aurait été une nuit ordinaire, alors, pas de remerciements. Allez, jeune fille, bonne chance avec ton amoureux, et puis aussi, quand le temps sera un peu passé, écris une lettre à ton père, il finira bien par comprendre, surtout quand tu lui parleras d'un petit-fils.

— Bonne chance à vous aussi, Alcide.

— Merci, Alma-Rose… Au fait, c'est quoi ton nom de famille?

— Chapdelaine.

— Je trouve que ça va plutôt bien ensemble, moi, Chapdelaine et Halevi…

Il sourit tout grand, lui adresse la main, puis se retourne et s'en va alors qu'elle se demande déjà sur lequel des trois étages logent les Halevi.

Une femme lui ouvre au rez-de-chaussée. Assez vieille, voûtée, elle porte un tablier bleu foncé et un foulard sur la tête.

— Madame Halevi? demande Alma-Rose.

La femme l'observe sans avoir l'air de comprendre.

— Halevi, répète Alma-Rose, la famille Halevi…

— Halevi! comprend enfin la femme qui désigne le logement du dessus. *Yes!* Halevi, *upstairs…*

Cette fois, c'est Alma-Rose qui ne comprend plus. Pourquoi cette femme lui répond-elle en anglais? Elle ne ressemble pas à une Anglaise comme elle se les imagine.

Le cœur battant encore un peu plus fort, Alma-Rose grimpe l'escalier extérieur et frappe à la porte du premier.

Encore une fois, c'est une femme avec un tablier foncé et un fichu sur la tête, mais celle-ci n'est pas voûtée, au contraire, et Alma-Rose n'a pas besoin de la détailler longtemps pour savoir qu'elle est en face de la mère d'Élie.

— Madame Halevi?

La femme hoche la tête et fronce légèrement les sourcils, comme quelqu'un redoutant une mauvaise nouvelle.

— Euh… Vous parlez français? demande Alma-Rose.

— Je comprendre petit peu…

— Bonjour, madame, je suis Alma-Rose Chapdelaine, une amie d'Élie. Vous êtes la maman d'Élie?

La femme n'a pas tout compris, et ses traits oscillent entre la crainte et l'assentiment. Alma-Rose répète plus lentement en détachant ses mots, et la femme n'hésite plus.

— *Da*, si, oui, moi Élie la maman… Élie travailler…

— Savez-vous où il travaille?

— Oui, oui, Élie travailler.

— Où, adresse? Où Élie travailler?

— Oh! Petit magasin pour tissus…

La femme sort sur le palier extérieur, tend la main vers la prochaine intersection et fait comprendre qu'il faut tourner à droite. Alma-Rose la remercie et lui dit à bientôt. La femme lui sourit.

Alma-Rose n'est pas très sûre d'elle-même en descendant la rue. À croire que la proximité de celui qu'elle est venue retrouver modifie sa perception des choses; elle n'est plus certaine qu'Élie va être content de la revoir. Une douleur la traverse à cette idée. Pourquoi faut-il trop souvent que l'anticipation d'un chagrin vienne gâcher des instants qui par ailleurs touchent presque à l'ivresse?

C'est une toute petite boutique dont la devanture a été fraîchement repeinte en vert foncé. Dans l'unique vitrine, des damas et des brocarts paraissent un peu incongrus dans cette rue sans prétention. Cherchant à se raccrocher à une pensée cohérente et solide, Alma-Rose se dit qu'Élie a dû vouloir faire de sa vitrine un petit coin qui stimulerait les passantes à la rêverie.

Leurs regards se croisent en même temps avant même qu'elle ne franchisse la porte vitrée. Elle s'immobilise et, après quelques secondes, c'est lui qui s'avance et ouvre.

— Alma-Rose!

— Élie!

— Vous… Vous êtes venue?

Elle fait oui de la tête, incapable de prononcer un mot. Elle voit monter et descendre sa pomme d'Adam.

— Votre père? demande-t-il.

— Je lui ai laissé un mot sur la table…

— Alors, vous êtes là pour…

— Oui, Élie, pour toujours, si vous le voulez bien?

X

— Cette fois, c'est certain que c'est la journée la plus froide de l'hiver, murmure Maria en essayant de gratter le givre accumulé sur les vitres de la fenêtre.

Ce n'est pas la glace qui lui fait dire cela, il y en a tous les jours, non, c'est le froid lui-même qui s'insinue partout malgré le poêle qu'elle a chargé toutes les heures de la nuit. Il fait craquer le cœur du bois, et les clous détonnent comme des coups de fusil dans les chevrons de la toiture.

Ce matin, à l'extérieur, un brouillard dense, presque solide, monte du sol. Par expérience, Maria sait que la respiration elle-même est laborieuse par ce temps, comme si l'air était trop dur. Il faut pourtant sortir pour aller faire «le train». En pensées, elle énumère les tâches : rentrer de la neige pour abreuver les animaux, descendre du foin du fenil – et elle sait déjà l'effort que vont lui coûter les grandes respirations de l'air trop froid qui brûle les bronches au passage –, étriller les animaux, pelleter le fumier et le sortir dans la brouette – encore d'autres grandes respirations! Lorsque ce sera terminé, il sera temps de lever les enfants et de leur préparer une bonne assiettée de gruau bien chaud. Ils ne pourront pas sortir, aujourd'hui; ils vont s'énerver dans la maison, et il y aura des chicanes. Mon Doux! Pourquoi donc que l'ancêtre n'a pas émigré dans les pays chauds! L'île Bourbon, par exemple, là où sont nés Paul et Virginie. Où même dans le sud des États, comme dans ce livre que lui a prêté Aude : *La Case de l'oncle Tom*. Bien sûr, ils ont leurs problèmes, mais d'ici on se demande pourquoi, la vie y semble si facile.

Par habitude, elle jette un coup d'œil en direction de chez Thomas et Aude. Un panache de fumée extrêmement dense s'attache à la cheminée de leur cabane, comme si l'air trop froid l'empêchait de se disperser et la figeait sur place. Tout semble être normal de ce côté. Comme d'habitude, Aude viendra donner des leçons de dessin et de chant aux filles dans l'après-midi, et ce soir, c'est Thomas qui fera « le train ». Ils se sont entendus ainsi. De même que c'est Thomas qui trappe le gibier, et le soir les deux familles soupent chez Maria.

Plus elle les connaît, plus elle les aime. Il est évident qu'Aude est tombée dans un monde dont elle ignorait tout, mais elle supporte vaillamment, prenant les choses en riant. Oui, ce sont plus que de simples voisins, ce sont des gens avec lesquels il fait bon vivre.

Maria rêve ici d'une paroisse où tout le monde s'entendrait et s'entraiderait comme elle et les Jolycœur le font. Ce serait un petit paradis!

Scrutant toujours l'extérieur, elle sursaute presque en apercevant trois formes humaines qui émergent soudain de la brume glacée.

— Seigneur! Qu'est-ce qu'ils font là, ceux-là?

Elle s'est déjà formulé toutes sortes de suppositions sans réponse lorsqu'ils cognent à la porte.

— Holà! Y a-tu du monde icitte d'dans?

Encore en chemise de nuit, elle vérifie que celle-ci est bien boutonnée avant d'ouvrir.

Ils sont trois. Un Indien au regard absent et deux Blancs, trop gras, dont les traits anticipent la vulgarité. Ces deux-là sont du genre interchangeable que le souvenir ne pourra sans doute distinguer l'un de l'autre lorsqu'ils seront repartis.

— Bonjour, la p'tite dame, fait l'un d'eux. Imaginez-vous donc que notre camp est passé au feu cette nuit pis, comme c'est là, on se cherche une place ioù se réchauffer une escousse…

— Entrez donc, les invite Maria. Y fait frette pour attraper la mort.

— Vous êtes ben aimable… Câlisse qu'y fait chaud icitte d'dans! On est *lucky*, mon Jérôme, on aurait pu courir encore des milles avant de trouver un abri.

— Installez-vous près du poêle, leur propose Maria,

je vais faire chauffer de l'eau pour du thé. Vous aviez trop chargé le poêle, c'est pour ça que votre camp est passé au feu?

Le dénommé Jérôme désigne son compère :

— C'est Ti'bœuf, là, y s'était dit qu'en chargeant le poêle jusqu'à la gueule y pourrait dormir une bonne shot tranquille… Tout a flambé d'un coup. Heureux qu'on avait not' linge sur le dos, par c'te temps-citte, la biroute à l'air, ça aurait cassé sec comme du bois mort.

L'autre rit, et Maria se dit qu'elle va trouver le temps long avant qu'ils soient assez réchauffés pour repartir. L'Indien, lui, s'est assis les mains entre les cuisses et semble plongé dans un état d'hébétude. Les enfants se sont redressés et observent les nouveaux venus en se demandant comment les aborder. Le Jérôme les désigne d'un regard :

— Y a de la jeunesse icitte… Vous vous ennuyez pas tous les soirs, la p'tite dame…

Que répondre à ce genre de niaiserie? Elle fait comme si elle n'avait rien entendu. Le même désigne une nouvelle fois les enfants :

— Y sont trop jeunes pour que ça dérange, pis vous, vous devez ben savoir ce que c'est, ça dérange pas si on garde juste les caleçons pour nous réchauffer plus vite; je dois avoir les jarrets bleus, ostie!

Maria n'a pas le temps de trouver une opposition polie. Comme si elle avait donné son aval, les deux gros sont déjà en train de se déboutonner. Ti'bœuf s'adresse à l'Indien :

— Pis, Joe, tu te dégreyes pas, toi?

L'Indien secoue la tête sans prononcer une syllabe. Jérôme rit.

— Y parle pas en masse, dit-il à Maria, mais dans le bois y en a pas deux des comme lui.

— C'est quoi que vous faites dans le bois? demande-t-elle.

— Not' campe était à environ une dizaine de milles en haut de la rivière. (Il baisse un peu le ton comme pour mettre dans la confidence.) On chasse un peu l'orignal, à c't'époque de l'année; du bon steak d'orignal ça vaut son pesant d'or à Montréal et à Québec…

— Vous chassez l'orignal pour en revendre la viande?

— C'est à peu près ça (il lance un clin d'œil), mais faut pas le répéter. Vous avez rien contre ça, vous?

— J'y ai jamais pensé, mais je sais pas ce que ça ferait si tout le monde se mettait à chasser pour revendre en ville; il me semble que ce serait pas long qu'y aurait plus rien dans le bois.

— Bof… D'icitte à c'temps-là, on aura fait not' piastre.

D'un regard, Maria intime aux filles de se recoucher. Comme si c'était la chose la plus naturelle du monde de se déshabiller chez des inconnus, les deux hommes sont à présent en caleçons, assis, les jambes écartées comme pour accueillir toute la chaleur du poêle.

— Ioù c'qu'il est vot' mari? demande Ti'bœuf. Y travaille-tu sur un chantier?

Maria opine sans ajouter de commentaires.

— Devrait pas exister des jobs de même, semble s'apitoyer Jérôme. Laisser la bonne femme toute seule tout le sacrement d'hiver… (Il découvre des dents brunes.) Sans compter que ça doit faire comme un manque, je me trompe-tu?

— C'est certain qu'on s'ennuie, répond Maria qui tente de garder une conduite aux propos et sans montrer qu'elle y trouve quelque sous-entendu que ce soit.

Les deux hommes rient sans que l'on sache très bien pourquoi. L'Indien se penche un peu plus vers l'avant.

— Câlisse! que ça fait du bien! lance Jérôme. Je sens l'oiseau qui se réveille. C'est pas des farces, y va bientôt faire cui-cui…

— Crisse-nous patience avec ton oiseau, lui envoie Ti'bœuf. La p'tite dame veut pas en entendre parler. Pas vrai, la p'tite dame?

— Excusez-moi, j'écoutais pas.

— Vous avez ben raison : mon camarade, là, y raconte des chouennes. Y l'a pas d'éducation.

Comme si ces propos lui avaient acquis la confiance de tout le monde, il se tourne vers Blanche et Aimée :

— Pis, les fillettes, vous vous levez pas à matin? Vous venez pas vous asseoir sur les genoux de mon-oncle?

— Elles se lèvent plus tard! déclare Maria d'un ton sec.

— S'cusez, fâchez-vous pas, la p'tite dame, je voulais juste me montrer d'adon.

— Je me fâche pas.

— C'est quoi votre petit nom? demande Jérôme.

— Je sais pas si c'est ben important…

— Certain que c'est important! On aime ça, nous autres, connaître le nom des gens qui rendent service. Pas vrai, Ti'bœuf?

— Ben certain!

— Cré maudit! Tu pouvais ben pas vouloir que je parle d'oiseau, regarde-toi la fourche, c'est pus un oiseau, viarge! C't'un aigle, tabarnak!

— Qu'est-ce que j'y peux, moé, c'est à cause de la chaleur… De toute manière, la p'tite dame qu'on sait pas le nom, elle a dû en voir ben d'autres. Tous ces jeunes, là, ça se fabrique pas en suçant son pouce.

Maria a l'impression que les paroles viennent la paralyser. Est-ce possible! Ici, dans sa maison, avec ses enfants autour! Non! ça ne se peut pas!

C'était pour trouver une contradiction aux paroles qu'elle a regardé, mais les paroles n'étaient que l'expression d'une réalité immonde. Un instant, elle se remémore son oncle tout contre elle à Saint-Bruno. Jusqu'à l'odeur de la semence qui lui revient en mémoire.

« Mon Dieu! faites qu'ils partent! Faites que ça finisse là! Mes enfants! ils ne doivent pas savoir! Ils sont trop jeunes pour connaître! »

— Pas vrai, la p'tite dame? demande Ti'bœuf.

— Hein! Qu'est-ce que vous dites?

— Je disais que les jeunes ça se fabrique pas en suçant son pouce.

— Non… Il y a les roses et les choux…

Maria désigne les enfants pour bien faire saisir que l'on doit en rester là, mais Ti'bœuf ignore totalement.

— Ça serait quasiment rendre service à mon chum si vous lui expliquiez comment ça se fait…

— Avec de l'amour! lance Maria d'un ton qui se veut définitif, mais qui ne réussit qu'à trahir son désarroi.

— Tu vois bien que t'embêtes la p'tite dame, reproche Jérôme à l'autre. Elle nous ouvre sa porte, elle nous accueille dans sa maison pour qu'on se réchauffe, elle a même pas le temps de s'habiller, elle est encore en jaquette, même qu'on voit ben que ça tient tout seul, pis toé faut que tu nous contes des histoires simples. S'cusez-le, m'dame. Faut dire que ça fait une escousse qu'on est dans le bois…

«Tient tout seul…» Maria a l'impression d'être nue dans la pièce, exposée à leurs regards. Salie. Elle n'ose plus bouger, plus dire un mot. De toute façon, il vaut mieux ne rien dire. Leur faire des reproches les entraînerait encore plus loin. C'est même sans doute ce qui les motive: mal faire, tout salir. Pourquoi y a-t-il des gens comme eux? Il faudrait que Thomas arrive, ils verraient qu'elle n'est pas seule. Ce sont des lâches, ils repartiraient comme ils sont venus. Mais pourquoi Thomas viendrait ce matin? Il doit être parti depuis un moment pour relever ses collets.

— Câlisse! que ça fait du bien un peu de chaleur, recommence Jérôme. On piquerait une tite ronflette… (Il observe Maria.) Vous, vous venez pas de la ville certain…

— Non.

— Vous demandez pas pourquoi je dis ça?

— Je sais pas…

— Votre façon de vous tenir… Une femme de la ville, ça l'embarrasserait pas plus que ça de nous voir en caleçons et même sans caleçon pantoute, mais vous autres, de la campagne, c'est à crère que vous avez peur de ces affaires-là. Je me trompe-ti?

— Je me demande surtout pourquoi vous restez de même puisque vous savez que ça m'embarrasse.

Elle a lancé cette remarque dans un réflexe et elle la regrette déjà.

— Je le savais pas, ma p'tite dame, que ça allait vous embarrasser. Vous pensez ben que si j'avais su… Mais astheure que c'est fait, pourquoi pas en profiter pour apprendre à faire comme les femmes de la ville…

— Si j'avais voulu vivre en ville, je serais allée en ville. J'aime mieux la campagne.

— Saint-Cibole! c'est même pas la campagne, icitte, c'est le bois, le trou d'cul du monde… Vous savez ce qu'elle ferait, une femme de la ville, une vraie, elle rirait. Oui, oui, elle rirait pis elle dirait des chouennes comme: «Ben dis donc, mon Ti'bœuf, c'est vrai que t'as faim à matin.» Comprenez, elle rirait et elle trouverait ça ben drôle. Pis sacrement! c'est de même qu'il faut prendre les affaires. Vous trouvez pas, vous?

— J'aime pas qu'on sacre dans ma maison.

— S'cusez… C'est encore une affaire de gars qui sont restés trop longtemps dans le bois… Moé, si je serais vous, j'irais me mettre de quoi sur le dos, de vous voir, là, ben plantée de même, ça donne des idées en viarge…

— Ha! Ha! Toé aussi tu t'y mets, rigole Ti'bœuf. Regardez-y la bosse! On crérait quasiment un cheval.

— Y a des enfants icitte! s'écrie Maria d'une voix qui s'éteint abruptement sur la dernière syllabe.

Ti'bœuf hausse les épaules.

— À leur âge, ça comprend pas… Peut pas leur faire de mal.

Il s'adresse à Aimée:

— Pas vrai, la jeune?

— Quoi, monsieur?

— Que tu sais pas de quoi qu'on parle.

— Arrêtez! s'écrie Maria qui sait pourtant qu'elle se comporte à l'envers du bon sens avec ces personnages.

L'individu ne semble même pas l'entendre. Le regard jaune, il continue de fixer Aimée en attendant sa réponse. Celle-ci finit par secouer la tête.

— Vous voyez! dit-il à Maria. Vous montez sur vos grands chevaux pour rien. Pis, à moins justement que vous attiriez son attention là-dessus, comment vous voulez qu'a sache ce qui se passe dans les culottes d'un homme.

— Moé, par exemple, ricane l'autre, je me doute de ce qui doit se passer dans celle d'une p'tite dame qu'a pas revu son mari depuis un bon bout, surtout quand, tout à fait inno-cemment, juste pour se réchauffer d'avoir passé la nuit dans le frette, des bonshommes s'en viennent lui rappeler que le mari est pas tout seul à porter une pitoune…

L'Indien redresse la tête comme si tout cela le fatiguait.

— Pourquoi qu'on irait pas jaser de tout ça dans la chambre? fait Ti'bœuf. Ça laisserait les jeunes tranquilles…

Maria réalise soudain où ils veulent en venir depuis tout à l'heure. Et comme pour lui prouver qu'il s'agit d'un marché à prendre, Ti'bœuf lorgne les fillettes avec un sourire qui se veut angélique.

« C'est juste du chantage, se dit-elle. Jamais ils n'ose-raient… Je vais faire comme si j'avais rien compris. Jouer les innocentes… »

— Je prépare du gruau pour les enfants, propose-t-elle, vous allez-ti en prendre?

Les deux hommes sont un peu surpris. Ils acquiescent. L'Indien a comme un petit sourire. Maria se demande où le classer.

— Quand vous serez servis, reprend-elle, il faudra m'ex-cuser, il faut que j'aille soigner les bêtes.

— On peut vous aider, propose aussitôt Jérôme. Ça nous ferait rien que plaisir…

— Non, non, c'est pas la peine; je partage l'étable avec le voisin, il doit déjà y être.

— Une autre p'tite dame que son mari laisse toute seule l'hiver? demande Ti'bœuf.

— Non, lui ne va pas dans les chantiers. C'est le contraire, il va partir l'été pour aller à la pêche.

Tout en parlant, elle a sorti le chaudron de fonte et les flocons d'avoine. Il ne faut surtout pas leur laisser l'occasion de reprendre la conversation dans le sens qu'ils désirent. Elle sait qu'elle vient de marquer un point en parlant de Thomas.

— Ça fait-ti longtemps que vous chassez par icitte? demande-t-elle.

— On vient tous les ans à la même époque. À ce temps-citte, la viande est au meilleur de son prix et en plus l'orignal peut pas se sauver très vite dans la neige. C'est le meilleur temps de l'année…

Le Jérôme sourit de cette dernière remarque de son compagnon.

Ils vont recommencer!

Tout à coup, c'en est trop pour Maria. Non! il ne sera pas dit qu'elle aura laissé le mal entrer chez elle et s'y installer.

— Je crois que vous devez être pas mal réchauffés, dit-elle subitement. Lorsque vous aurez déjeuné, vous partirez.

De nouveau, l'Indien a un léger sourire. Les deux hommes s'entre-regardent comme si l'on venait de les accuser d'une ignominie.

— On a fait quelque chose qu'y fallait pas? demande Ti'bœuf.

— Vous avez rien fait qu'y fallait! lance-t-elle. J'ai jamais vu quelqu'un se conduire de même, c'est…, c'est écœurant!

— Écœurant! reprend Jérôme sur le même ton. Qu'est-ce qui est écœurant, maudit viarge de crisse de tabarnak? On arrive icitte gelés comme des cretons, on est dans le bois depuis une grande escousse et on trouve la p'tite dame en jaquette de nuit. On veut se mettre à notre aise pareil comme elle, pis v'là qu'a se choque. Ce qu'on sait pas, c'est de quoi! Sacrifice! depuis qu'on a retiré nos culottes, elle a les têtes qui veulent lui traverser la jaquette, c'est pas vrai peut-être?

Maria a les larmes aux yeux, ses lèvres tremblent.

— Non! Non, c'est pas vrai… Vous êtes des porcs! Des animaux! Voilà ce que vous êtes! Pis même pas! des animaux, ça songe point à mal.

Jérôme secoue la tête comme s'il demandait que soit reconnue son innocence.

— Je voudrais bien, moé, qu'on m'explique la différence: qu'est-ce qui fait qu'on peut avoir les tétines pointées vers le ciel et que ce soye correct aux yeux du p'tit Jésus, pis qu'une pissoune c'est pas pareil? La pissoune, elle, y faut qu'a reste à genoux. C'est quoi la maudite affaire! Crisse! on arrive icitte, on fait pas de mal pis on se fait insulter comme des moins que rien. Pis c'est rien tout ça, j'ai juste parlé des tétines, mais chus ben certain qu'a l'a la plotte mouillée comme une éponge dans un bénitier. Y a juste à voir comment qu'a nous a regardé la fourche. J'm'en sacre des jeunes! De toute manière c'est cave, les jeunes. Y faudrait les déniaiser. Astheure a nous regarde comme si qu'on était le diâbe, mais a l'oublie qu'à nous a regardé l'entrejambe comme si qu'elle voyait par hasard le Saint-Sacrement pendant l'Élévation. Ben moé, je vous le dis, elle en veut la p'tite dame de câlisse. Un par-devant, un par-derrière, et pis, tant qu'à y être, celle à Joe dans le gosier. Après ça, je vous gage qu'a voudrait pus qu'on parte.

— Immondes! Vous êtes immondes! Vous avez rien d'humain. Je veux que vous sortiez de ma maison au plus sacrant. L'hiver passé on a eu affaire à un ours, mais je me rends compte que c'était pas mal moins pire que vous autres. Vous devez avoir le Malin dans le corps! Sortez! Sortez!

— Le temps de s'habiller et on s'en va. On est pas des sauvages, nous. Et pis on m'empêchera pas de penser que si a veut qu'on parte aussi vite, c'est ben parce qu'a sait qu'un peu plus pis c'est elle qui va nous demander de passer dans la chambre. Elle a peur de succomber, la p'tite dame.

— C'est faux! Entièrement faux! Allez-vous-en!

La voix de Maria est au bord des sanglots, ce qui semble faire plaisir au moins à Jérôme, qui en rajoute:

— Vous pouvez-ti le prouver que c'est faux? Hein? Vous pouvez pas, j'en étais sûr… Pourquoi se conter des histoires… Nous, on chasse l'orignal. Quand on repère une femelle, on fait le cri du mâle: HOWWW IA IA, et la femelle, arrive… A se sacre ben de savoir qui est le mâle, tout ce qu'a veut c'est qu'y lui grimpe sur le dos. Pas de bondieuseries, pas de faux sentiments de calvaires, a se fait mettre pis a l'a la paix. Tantôt, si on était passé dans la chambre comme l'a proposé Joe, ça nous aurait tous soulagés pis c'est tout.

— C'est bien ce que je dis, vous voyez pas la différence entre des humains et des animaux. C'est triste pour vous.

— Pantoute! C'est triste pour vous, parce que, tout ce

que vous venez de dire, là, c'est simplement que vous avez la chatte humide, mais que vous voulez pas le savoir parce qu'on vous a dit que ça se faisait pas. Vous faites juste vous mentir. Vous entendez-ti, les flos, votre mère est une menteuse.

— C'est vous qui êtes un menteur! déclare Blanche.

— Ah ben! tu parles, toé. Et pourquoi chus un menteur, moé?

— Parce que quand maman vous a ouvert, vous avez dit que vous vouliez juste vous réchauffer, mais pour vrai, vous vouliez juste faire du mal. Ça, c'est un mensonge.

— La jeune a raison, dit Joe, allons-nous-en.

— Hein! Mais pour quoi tu crois que t'es payé, toé?

— Guide de chasse. C'est ben ça qu'était entendu, non?

— O.K., O.K. Bon, ben…, salut la compagnie.

En sortant, il se tourne vers Maria et tend le doigt vers son bas-ventre.

— Pensez-y, la p'tite dame. Demandez-vous pourquoi c'est faire que c'est tout trempe et chaud par là…

La porte s'est refermée, l'angoisse s'en va, il ne reste que la révolte.

— Qui c'était, maman? demande Abel.

— Des gens…

— Ils étaient méchants, non?

Elle regarde son fils et tente de lui sourire.

— Tu sais, Abel, nous vivons dans un pays encore un peu sauvage. Tous ceux qui y viennent en croyant pouvoir se passer de Dieu, tous ces gens-là deviennent aussi sauvages que le pays. Notre corps a besoin de la terre pour survivre, mais on a aussi besoin de l'amour pour que ça serve à quelque chose.

— En tout cas, constate Aimée, ces gens-là, ils n'en avaient pas beaucoup, de l'amour. Ils étaient mauvais!

— C'est quoi qui te fait dire ça?

— Je sais pas, c'est des choses qui se sentent, non?

— Oui, tu as raison. Le mieux, c'est de prier pour qu'ils changent.

— Et pourquoi l'autre, il te disait tout le temps que tu étais mouillée? veut savoir Abel.

Maria vient s'asseoir au pied du petit lit.

— Ces messieurs-là, Abel, ils sont seuls. Quand ils ont su que ton père n'était pas là, ils auraient voulu prendre sa place…

— Et toi, tu voulais pas!

— Bien sûr que non!

— Alors, ça te donnait chaud et tu étais toute mouillée?

Ce serait si facile de répondre «Oui, c'est ça», mais est-ce une solution? Tout ce qui n'est pas dit aujourd'hui devra l'être un jour ou l'autre, avec des arrérages.

— Non, c'est pas ça, Abel.

— Alors, je comprends pas?

— Comment t'expliquer?… Une femme, tu sais, elle vient au monde et son rôle, un de ses rôles, c'est d'avoir des enfants. La femme est construite pour ça. Bien sûr, la femme, elle n'y pense pas tout le temps qu'elle doit avoir des enfants, ça finirait par être achalant, alors son corps le lui rappelle…

— Elle devient toute mouillée!

— C'est un peu plus compliqué, mais en gros, oui, c'est ça.

— Et les messieurs, ils voulaient que tu sois toute mouillée pour avoir des enfants et comme ça être des papas à la place de papa!

— C'est ça, Abel, sauf que, dans une famille, il n'y a qu'un seul papa et une seule maman qui s'aiment.

— J'ai tout compris! Ton corps te rappelait que t'es là pour avoir des enfants, et les messieurs voulaient te faire accroire qu'ils pouvaient être des papas à la place de papa, mais toi tu ne les as pas crus parce que tu aimes papa. C'est ça, hein!

— C'est ça… Bon, au gruau, maintenant.

Blanche paraît un peu songeuse et ennuyée.

— À partir de quand une femme commence à être mouillée?

— Ça dépend, Blanche. Mais «mouillée», ça se dit pas. Les messieurs le disaient parce qu'ils étaient vulgaires.

— Qu'est-ce qu'il faut dire?

— Rien. Ce sont des choses trop vulgaires justement pour qu'on s'en occupe.

— Ça veut dire quoi, vulgaire? demande Abel.

— Vulgaire, ça veut dire loin de l'esprit. Allez! maintenant on se lève, nous avons assez perdu de temps aujourd'hui.

— Est-ce que je peux poser une autre question? demande Blanche.

— Alors, juste une.

— Qu'est-ce qui serait arrivé si les messieurs avaient été encore un peu plus méchants?

— J'aurais été très malheureuse… Tout le monde aurait été très malheureux. C'est ça qu'ils veulent, les méchants: rendre malheureux comme eux autres ils le sont… Non! plus de question, tout le monde debout. Vous savez que la paresse est la mère de tous les vices. Et vous vous habillez comme il faut, il fait très froid aujourd'hui.

— Il fait froid tout le temps, maugrée Aimée en haussant les épaules.

Sa sœur ne l'écoute pas, elle semble soucieuse. Dans la chambre, Charlotte appelle, et Maria ne sait plus si elle doit aller d'abord à l'étable ou s'occuper d'elle. D'autres clous détonnent au plafond, et tout autour de la maison le vent imite le loup. « Il doit faire quarante sous zéro, se dit-elle. Ils auraient pu mourir gelés. Ils doivent même pas le savoir… Il faut que tu reviennes, Charlemagne! C'est trop long! »

✳✳✳

Mars. Une autre lettre est arrivée de France. Il y est question de l'hiver là-bas qui a été épouvantable. Les hommes passent des semaines et des mois dans les tranchées où l'eau ruisselle et s'accumule en permanence, et il n'y a pas de « caoutchouc » pour tout le monde. Un général a eu une parole malheureuse, il a dit que l'an prochain il y en aurait pour tous. L'an prochain! Est-ce qu'il est possible que la guerre traîne jusque-là? Évidemment, beaucoup d'hommes sont malades, et cela malgré le « demi gill » de rhum qui est distribué tous les jours. Les paroles de Charlemagne évoquent l'impasse.

Y a pas d'issue, Maria. On remplit des sacs de terre pour abriter les tranchées, mais la pluie dissout la terre et on se retrouve avec des sacs vides. On peut pas creuser profond, ça se remplit d'eau, de gadoue, disent les Français. Puis, comme pour nous narguer, les Allemands en face, ils sont sur des hauteurs. Ils peuvent creuser, eux. Je ne sais pas ce qu'on fait là, souvent il n'y a même pas d'affrontement, juste l'artillerie qui tire de temps en temps pour rappeler qu'on est en guerre. En ce moment, il y a plus d'hommes qui meurent de la grippe et de la gangrène que dans les combats. On attrape la gangrène à force d'avoir les pieds dans l'eau. On a beau gainer les bottes et les bas de pantalons, s'enduire les pieds et les jambes d'huile de baleine et changer souvent de chaussettes, ça améliore pas grand-chose. Ceux qui sont chanceux sont amputés à temps, les autres meurent pour rien. Les amputés retournent au pays. L'autre jour, j'étais assez découragé que je me suis demandé si je serais pas mieux de retourner chez nous avec une patte en moins. Mais rassure-toi, je suis revenu à un peu de bon sens. À quoi je servirais avec juste une patte? Et puis de toute façon, ça se commande pas. Et puis je suis un gars solide. C'est long, mais je vais passer à travers. Je le sais.

Oh oui! il faut que je te parle du jour de Noël. Ça a été vraiment spécial. Aucun tir d'artillerie des deux bords. On sortait même des tranchées et les autres faisaient pareil en face. Pas un tir. C'est fort pareil! Je suis certain qu'au haut commandement, s'ils avaient été ici au lieu de réveillonner dans les châteaux, ils nous auraient ordonné de tirer. J'ose à peine le dire, mais aujourd'hui je suis pas mal certain que, s'il n'y avait pas les têtes couronnées, les premiers ministres et les généraux, il n'y aurait pas de guerre. Il y aurait des chicanes ici et là, c'est sûr, mais pas de guerre. Je serais chez nous. On est leurs jouets, Maria. Dis bien aux enfants de ne pas croire tous ceux qui leur diront que les choses doivent être comme ci et comme ça et que c'est eux qui vont faire que ça va arriver. Non, tous ces gens-là sont des vampires. Imagine-toi, chez les Français, ceux qui marchent un peu de reculons durant un assaut, ces pauvres types-là sont fusillés par les gendarmes en arrière.

Comme je te l'ai dit, à part creuser, remplir des sacs, se graisser les pieds et nettoyer nos armes, on n'a rien à faire sinon endurer. Ça donne du temps pour jongler à toutes sortes de choses. C'est sûr que, les premiers temps, on fait juste se demander quand est-ce que ça va être à notre tour d'être touché, mais ça passe, alors, on pense surtout à pourquoi on est ici. J'en suis venu à me dire que tout ça c'est à cause qu'il y en a qui veulent que tous les autres vivent comme eux ils pensent qu'on doit vivre. Ça devrait être interdit.

J'en suis pas certain, mais je crois que j'ai tué un Allemand l'autre jour. Je devrais être content, mais non, ça me fait de la peine. Je l'ai même pas vu, mais je l'ai entendu crier. C'est curieux, quand ça arrive j'aurais plutôt pensé que les gens devaient dire leur prière ou implorer Dieu, mais non, la plupart du temps ceux qui sont touchés appellent leur mère. Comme si à ce moment-là on redevenait un petit enfant. C'est ce qu'il a fait, l'Allemand. À ce moment-là, j'ai imaginé une pauvre femme qui allait pleurer toutes les larmes de son corps quelque part je ne sais pas où à Berlin ou dans la Forêt-Noire. Aussi autre chose, à ce moment-là encore, je me suis rappelé la phrase de Jésus, tu sais: «Ce que tu fais au plus petit d'entre vous, c'est à moi que tu le fais.» On entend cette phrase-là souvent quand on va à la messe, tout le monde l'a entendue, c'est une parole du Christ. Alors, si j'ai tué l'Allemand, est-ce que j'ai pas tué Jésus aussi? J'ai beau essayer de trouver le contraire, ça ne marche pas. Alors, je dis que si on *est chrétien, on peut pas faire de mal, on peut pas tuer, et tous ceux qui disent le contraire, qu'ils soient ministres, rois, juges ou généraux, ce sont des menteurs. Et aussi les évêques qui viennent bénir les troupes. Parce que je sais que dans les lignes en face, il y a aussi des évêques qui vont bénir les troupes. Qu'est-ce que ça veut dire? Et s'ils savaient vraiment ce qu'ils font, ça voudrait dire que le bon Dieu, il est pas mal mêlé dans ses affaires. Mais le bon Dieu peut pas être mêlé puisque c'est Dieu. Alors, ce sont les autres, ceux qui nous gouvernent, ceux qui veulent du pouvoir et des honneurs. Ce sont tous ceux-là qui sont dans les patates.*

Maria pousse un profond soupir. Comment son mari va-t-il lui revenir? Il suffit de lire ses lettres pour se rendre compte qu'il change. Ce n'est pas que ce qu'il dit soit faux, au contraire, mais tout ce temps à penser, est-ce qu'il ne va pas revenir un peu bizarre? C'est bien connu: ceux qui pensent trop souvent à des sujets qui n'ont rien de pratique deviennent vite des illuminés.

Par la fenêtre, elle observe les geais gris qui viennent à tour de rôle picorer là où elle jette les miettes de la table. Ils sont trois, ils nichent dans un grand cyprès à la lisière du bois. Parfois, lorsqu'il n'y a plus rien, ils viennent sur la bordure de la fenêtre et la regardent comme pour lui dire « on en veut d'autres ». Tout paraît si simple dès qu'on ne sort pas le nez dans le monde. Et pourtant, tout ce qui manque ici, c'est bien du monde… Bon! voilà qu'elle aussi se met à penser comme Charlemagne. Il y avait quelque chose à faire, quoi déjà?

Elle ne se sent plus tout à fait la même depuis le matin où les trois braconniers sont venus. Elle a l'impression d'avoir perdu quelque chose d'essentiel, mais elle ne sait pas quoi. La nuit, elle se réveille et elle tourne dans son lit. Toute l'immensité glacée est dehors, mais elle jurerait que ça vient d'en elle-même. Et les nuits où le vent hurle, ce n'est pas le vent qu'elle entend, mais l'angoisse. La rivière est gelée, les arbres sont comme prostrés dans une attente millénaire, la neige scintille, le ciel a ce bleu trompeur que l'on prêterait à celui des déserts brûlants. Tout cela est terriblement beau, mais d'une beauté étrangère. Tout semble signifier que les hommes n'ont pas leur place ici. Elle a eu ce sentiment à la mort de François et c'est revenu après le passage des trois hommes. Comme s'ils lui avaient volé le mode d'emploi de ce pays.

Mais elle l'ignore, elle attribue son mal uniquement à l'absence de Charlemagne. Même si, l'autre jour, en regardant Aude et Thomas qui riaient ensemble, il lui est venu la terrible pensée : « Est-ce qu'on s'aime de même, moi pis Charlemagne ? » Elle a effacé la question avant même d'y répondre. En réalité, pas tout à fait, il reste une autre question sournoise : « Ça se pourrait-ti qu'il aille voir une Française ? » Elle n'y croit pas, elle ne veut pas y croire, mais, chaque jour, c'est un peu comme si le continent américain était un peu plus loin de l'Europe.

***

L'hiver s'en va, ou plutôt les beaux jours s'en viennent, car l'hiver ne s'éloigne jamais. Ce pays est sa demeure et il se fait grincheux pour le prêter à des chaleurs qui, en juillet, se croient tout permis. La neige fond et, çà et là, des touffes de foin ocre jettent des taches sombres. C'est toujours ainsi au tout début du printemps ; la luminosité pour un temps le cède au terne et parfois jusqu'au morose. Heureusement, quelque part dans le fond de l'air, resurgissent les odeurs de la vie.

Maria, Aude et Thomas sont assis autour de la table. Thomas a proposé de faire un potager commun et Aude a apporté du papier pour en dessiner l'agencement. Maria ne cesse d'être surprise par Aude. Jamais elle n'avait imaginé que l'on puisse d'abord dessiner un potager. Elle constate que la chose a du bon ; cela permet de mieux gérer ce que l'on veut produire. Alors qu'elle est plus ou moins habituée à faire les choses avec l'expérience de l'habitude, Aude, elle, semble les recréer. Et le plus curieux est que cela donne souvent de bons résultats – même si parfois une erreur d'évaluation peut tourner au désastre. Comme cette fois où, voulant réchauffer rapidement la maison un matin, elle avait chargé le poêle uniquement avec de l'écorce de bouleau. La chaleur a mis le feu au créosote accumulé dans les tuyaux, ceux-ci sont devenus rouge incandescent, et la petite maison avait bien failli partir en fumée. Mais, suppléant à l'inexpérience, elle a aussi de bonnes idées. Comme cette trouvaille de fabriquer une pâte avec des vieux journaux afin d'isoler les interstices entre les billots qui forment les murs de leur maison. Et puis il y a aussi les erreurs qui provoquent des situations plutôt comiques, comme ce jour où elle a voulu adapter une recette française trouvée dans un journal, faisant un « orignal jeannois » d'un bœuf bourguignon. Ne possédant évidemment pas de vin de Bourgogne, elle avait utilisé le vin de pissenlit fabriqué par Maria. Le plat avait mijoté toute la journée sur le poêle, s'évaporant au fur et à mesure, mais, plutôt que de rajouter de l'eau, elle avait largement utilisé le vin. Presque tout un gallon y était passé. Le soir, ayant apporté son chaudron chez Maria pour le souper, tout de suite après leur première assiettée, sans qu'on ait à le leur demander, les enfants sont allés se coucher. À leur seconde assiettée, car c'était bien bon, les adultes trouvaient motif à rire de n'importe quoi. Et comme c'était décidément très bon, ils en ont repris. C'est Thomas, le premier, qui a retrouvé ses sens au milieu de la nuit, trouvant Maria et Aude endormies, tout comme lui l'était, le visage posé sur la table pas même débarrassée, le poêle complètement mort et le froid qui s'installait. Ils s'étaient tout simplement enivrés sans s'en rendre compte. Seule Aude n'a pas ri, et lorsqu'ils lui ont demandé pourquoi, annonçant du même coup la nouvelle, elle a dit :

— Parce que je crois que je suis enceinte et que l'alcool et les bébés, ça ne va pas ensemble.

Comment aussi ne pas oublier Noël ! Fabriquant une pâte à modeler avec de la farine, Aude avait patiemment montré aux enfants comment faire les personnages de la crèche. Celle-ci était prête pour le soir, mais malheureusement il faisait trop froid pour emmener Charlotte dans le «berlot», et Maria se désolait de ne pas pouvoir assister à l'office à Saint-Eugène. Thomas et Aude, certainement pour rester avec elle, n'avaient pas parlé d'y aller. La nuit tombée, Aude, fermant toutes les lampes, a allumé une petite bougie au fond de la crèche, et là, alors qu'il était évident, au regard des enfants, que ceux-ci se trouvaient transportés dix-neuf siècles plus tôt à Bethléem, Aude a commencé à chanter. Maria n'oubliera jamais cette nuit-là. Ici, loin de tout, isolée dans la solitude et l'hiver, une simple voix a recréé toute la magie de Noël. Soudain, peu importait la distance, ils étaient rassemblés avec tous les gens qui de par le monde célébraient la naissance de l'Enfant.

Il y a une question qui intrigue Maria et qu'elle voudrait poser à Aude depuis longtemps. Elle a le sentiment que celle-ci ne pourra jamais être vraiment heureuse si elle ne finit pas par se raccorder avec son père, mais, craignant de brusquer les sentiments, elle hésite à lui demander si elle compte un jour tenter une démarche dans ce sens. Il lui semble que si Aude parvenait à se réconcilier avec son père, la chose serait encore plus facile entre Alma-Rose et Samuel Chapdelaine. Depuis que, par Rosaire Caouette (qui, lui, l'avait appris lors d'un voyage à La Pipe), elle a su qu'Alma-Rose était partie rejoindre Élie Halevi, elle ne cesse de se répéter que sa sœur et son père doivent tous les deux être bien malheureux chacun de son côté. Elle voudrait pouvoir agir, mais que faire sinon, dans des lettres, glisser des allusions?

De son côté également, Aude ne cesse d'être surprise par Maria. Comment peut-elle tenir seule ici? Souvent, lorsqu'il lui arrive de passer le matin, elle voit bien aux yeux de son amie qu'une autre nuit a vu des larmes. D'où tire-t-elle son courage et sa ténacité? Quelle force l'attache sur ce coin de terre, dont Aude se demande justement pour elle-même si, bizarrement, ce n'est pas toute l'abnégation que lui demande ce pays qui l'y attache. Oui, c'est sans doute cela! Maria a été forgée au feu glacé de tous les renoncements. Ceux-là mêmes qu'appellent la force verticale des grandes épinettes et le cri noir des solitudes. Rien à voir avec Cacouna où, forçant l'isolement, le fleuve charrie en lui toutes les humeurs du continent. Là-bas la vie peut être sinon facile, du moins facilitée. Ici, chaque matin elle réclame ce que l'on a déjà donné la veille. Alors, comment ne pas être étonné par une femme qui est à l'image de son pays : pure à force d'austérité sauvage. Belle!

Aude se demande même si sans la présence de Maria elle aurait pu rester ici et heureuse. Aurait-elle pu trouver l'éblouissante beauté dissimulée derrière tant d'âpreté?

Penché au-dessus de la table, Thomas, songeur, hoche lentement la tête en regardant les plans dessinés par Aude.

— Il faut qu'on aye tout ce qu'il faut pour l'hiver qui s'en vient, dit-il comme un préambule. Je vous en ai pas encore parlé, mais ça se pourrait que l'hiver prochain je sois pas icitte pour un trois mois en ligne. Y a un foreman de la baie d'Hudson qui m'a proposé une job de traîneur. Cent mille livres de matériel à transporter de Saint-Félicien au grand lac Mistassini. Du ravitaillement pour les Indiens. Avec deux chiens, ça me donnerait trois piastres par jour. Difficile de cracher là-dessus...

Aude le regarde avec un mélange de surprise et de douleur.

— Mais... Thomas...

— Oui, je sais, c'est pas facile, mais faut aussi regarder ce que ça rapporte. Imagine ce qu'on va pouvoir faire avec quasiment trois cents piastres. On va pouvoir se partir pour de bon.

— Et le bébé... Tu vas me laisser toute seule avec le bébé?

— Tu seras pas vraiment toute seule, pis le bébé, lui, y verra pas la différence. Ça lui donnerait pas grand-chose de plus que je sois là ou pas. Ça va lui être ben plus profitable que j'aille gagner un beau trois cents piastres. Avec ça, on va pouvoir s'acheter des bêtes et du matériel. Quand chus allé au monastère des pères, l'autre jour, le père Gabriel, à qui j'ai parlé, m'a bien dit qu'il pourrait me vendre deux ou trois génisses Ayrshire à prix coûtant. Tu nous vois-tu, Aude, avec un vrai troupeau d'Ayrshire? On pourrait vendre tout le lait à la fromagerie du monastère, on serait gras dur. Il suffit que je fasse la traîne pendant trois mois; ça doit pas être la fin du monde.

— Si ça rapporte tant que ça, dit Aude qui ne semble pas convaincue, tu voudras y retourner l'année prochaine, puis l'autre après. Ça ne finira plus… Je ne veux pas que…

Elle allait dire «que tu partes comme le mari de Maria», mais se ravise et ne termine pas sa phrase. Maria l'approuve:

— Oui, oui, Aude tu peux le dire, comme Charlemagne. On sait pourquoi l'homme doit partir dans les chantiers ou ailleurs, mais après, on ne sait plus très bien pourquoi il devrait s'arrêter. On a l'impression que sans l'argent qu'il va chercher là, on pourra pas s'en sortir. Ben, moi, astheure, je sais que c'est une attrape. Pendant qu'il est au chantier, l'homme a pas le temps de voir à ses affaires, et les seuls qui font vraiment des piastres, c'est uniquement les gros boss des compagnies. Ceusses qu'ont pas besoin de quitter leur famille tout l'hiver.

Thomas semble d'accord sur ce point; il l'appuie d'un mouvement de tête.

— C'est vrai ce que tu dis là, Maria, mais c'est vrai aussi que tu vois les choses par rapport à ce qui vous est arrivé, à toi pis à Charlemagne. Ça veut pas dire que c'est parce que je vais aller travailler trois mois pour une compagnie que je vais me retrouver en Europe par après. À ce que je sache, dans toute la région, y a juste Charlemagne qu'a été envoyé là-bas.

— Pour moi, c'est déjà beaucoup trop! Je veux pas m'astiner avec toi, Thomas, mais je sais ben que, quand un homme a goûté une fois à des grosses gages, il sait plus comment s'en passer. On dirait que ça y coupe tout le génie pis qu'y sait plus quoi faire d'autre que de donner tout son temps à des compagnies. Comme si sans les Price, les Dubuc ou les Murdoch, on serait plus capables vivre par nous autres mêmes. Ben, moi, Thomas, si tu t'en vas faire le traîneur durant l'hiver, chus prête à gager que tu y retourneras l'autre hiver d'après, pis l'autre encore. Pis au bout du compte, t'auras même pus le temps de t'occuper d'un troupeau de vaches. T'auras tout fait ça pour rien. Tout ça sans compter qu'Aude va rester toute seule à se morfondre. De ça, je peux t'en parler...

— Et si je fais pas ça, comment je vais trouver l'argent pour acheter des génisses aux pères?

Maria le regarde un instant en se posant la question, puis soudain son visage s'éclaire.

— J'ai une idée! Oui, cette fois, je vous dis que j'ai une idée...

— C'est quoi? demande Aude puisque Maria ne semble pas se décider à en dire plus long.

— Je vais aller trouver le père Gabriel, pis je vais lui en demander trois, des génisses Ayrshire... Je crois qu'on est capable de s'entendre, nous autres. On va s'en occuper ensemble comme on peut pis, avec le temps, on va faire une grosse ferme avec nos deux familles. C'est sûr qu'en ce moment, toute seule, je peux pas donner tout l'ouvrage qu'il faudrait, mais, quand Charlemagne va être revenu, y aura plus de problème. Pis toi, Thomas, t'auras pas besoin d'aller te geler par les rivières pendant que ta femme passera la nuit auprès du poêle à bois en se demandant quand est-ce que le jour va finir par arriver... Pis d'abord, ce serait gnochon d'aller acheter chacun ses outils et construire deux granges-étables, alors qu'on pourrait tout faire ça ensemble. Y a qu'à voir les moines, justement. Pourquoi est-ce qu'ils ont tout ce qu'il faut, eux autres? C'est parce qu'ils sont ensemble. S'ils étaient chacun un de son bord, ils seraient comme les autres à tirailler le diâbe par la queue.

À voir le regard d'Aude, il est évident que l'idée de Maria lui sourit. À Thomas aussi, mais ses sourcils froncés indiquent qu'un détail le laisse perplexe.

— Et pourquoi est-ce qu'il te donnerait des génisses, le père Gabriel? demande-t-il.

— Simplement parce que je vais aller le trouver, lui expliquer comment que Charlemagne a été envoyé en Europe, pis qu'en attendant son retour, pour montrer qu'une femme ne doit pas rester à rien faire pendant que son mari n'est pas là, je voudrais bien commencer à monter notre troupeau. Si je lui explique tout comme il faut et comme je le sens, c'est sûr qu'il pourra pas me dire non. Surtout que je vais bien lui répéter que Charlemagne va tout payer avec sa solde dès qu'il sera revenu.

— Je sais pas si ça peut marcher...

— Pourquoi non?

— Il va te dire qu'ils ne peuvent pas donner du bétail à tous ceux qui n'ont pas les moyens de s'en payer.

— Et moi, je vais lui répondre que je suis toute seule avec un mari parti à la guerre, que je peux pas aller travailler dans les chantiers et m'occuper des enfants, pis que s'il est pas capable de comprendre ça, eh bien, qu'il change la loi de la religion qui dit qu'une femme n'a le droit qu'à un seul mari...

— Maria! s'esclaffe Aude.

— C'est ben certain que je veux pas d'un autre mari. Seigneur, non! Je dirais ça au père-abbé juste pour qu'il comprenne...

— Ce serait bien..., pense rêveusement Thomas.

Soudain, ils se regardent tous les trois comme si quelque chose était en train de naître. Il y a de la lumière dans leurs yeux, ils s'aiment sans se le dire, et le bonheur est presque là.

***

C'est la première fois que Maria pénètre à l'intérieur du grand monastère. De l'extérieur, elle s'est toujours trouvée impressionnée par l'édifice. Quatre étages en comptant le rez-de-chaussée, a-t-elle compté. Pas moins de treize fenêtres à chaque étage s'ouvrent sur la façade, chacune dont la croisée forme une croix. Pourquoi treize fenêtres? Elle s'est demandé si le chiffre a un rapport quelconque avec le Dernier Repas. Elle s'est aussi demandé combien de piastres tout cela pouvait coûter. En tout cas, une somme qui lui semble hors des limites humaines. Elle a dû chasser l'idée insidieuse que ça ne correspondait pas très bien avec le vœu de pauvreté que doivent prononcer les moines.

« Qu'est-ce que je connais, moi, qui me permettrait de juger? Et puis c'est sans doute justement parce qu'ils sont pauvres que la communauté est riche. »

Le père Gabriel l'a reçue dans un des « parloirs » aménagés à l'accueil. Une petite pièce blanche, un crucifix doré sur un mur, une icône sur l'autre, trois chaises et un prie-Dieu, sans doute destiné à des confessions impromptues. Il y a aussi une odeur d'encaustique et de citronnelle qui lui rappelle le presbytère de Péribonka, où il y a déjà plusieurs années elle a reçu l'ordre de se présenter à l'Hôtel-Dieu de Chicoutimi. Peut-être est-ce ce souvenir qui la fait se sentir un peu mal à l'aise.

Le père-abbé est assis sur l'extrémité de sa chaise, les doigts croisés sur son ventre. Sous une courte barbe grisonnante, son sourire est rectiligne. Derrière ses verres sans montures, son regard exprime autant la courtoisie que l'absence. « Il doit avoir d'autres troubles en tête que les miens », s'est dit Maria.

En le rencontrant, elle a surtout été saisie par l'énorme tonsure du religieux. Celle-ci ne lui laisse qu'un mince ruban de cheveux autour du crâne. Comme si, par cette presque mutilation, il voulait bien montrer que les choses terrestres n'avaient pas prise sur lui.

En quelques mots, elle lui a raconté qui elle était, d'où elle venait et pourquoi elle requérait son aide. Le visage de l'homme n'exprime toujours rien de plus qu'une espèce d'attention miséricordieuse.

— Ainsi votre époux est en France… Dans quelle région, le savez-vous?

— Je sais que sur une lettre il a parlé de la Somme et aussi de la ville d'Amiens…

— Bien sûr, bien sûr, c'est là où se livrent les combats… Pauvre époque… Notre bon Pie x en est mort de chagrin… Enfin… Vous savez, je suis moi-même natif de France.

— J'ai remarqué, mon père…

— Mon accent, n'est-ce pas?

— Ben oui, un peu…

— J'essaie pourtant de l'aplanir, si vous voulez. Et dans le fond, la différence n'est pas énorme, quelques accents circonflexes çà et là… Oui, la France me paraît parfois bien loin aujourd'hui…

— À moi aussi, mon père…

— Je l'imagine facilement, avec votre époux là-bas… Trois génisses, vous m'avez dit?

— Oui, mon père. Je crois que ce serait une bonne partance.

— Et ceci nous serait remboursé à la démobilisation de votre mari?

— Oui, mon père.

— Bien, disons que nous vous cédions chaque génisse pour la somme de vingt dollars, ce qui est très raisonnable pour une bête de race, cela nous ferait soixante dollars, n'est-ce pas?

— Ben, mon père, j'avais plutôt imaginé que les génisses auraient coûté une quinzaine de piastres chaque…

Pour la première fois, le père-abbé semble s'installer complètement dans la conversation. Son sourire se fait plus vivant.

— Mais vous savez que ce ne sont pas des Canadiennes que nous avons là. La vache Ayrshire donne un tout autre rendement…

— J'avais pas pensé à ça de même, mon père. Mais si j'en prenais quatre, des génisses, vous me feriez peut-être un prix de gros à seize piastres la tête?

— Vous m'avez dit être une Chapdelaine de votre nom de fille?

— Oui, mon père. Je suis une fille de Samuel Chapdelaine, il reste en haut de Péribonka.

— Il faudra que je vérifie, mais la famille doit être originaire de Normandie…

Maria ne sait que répondre. Elle se demande le rapport avec les génisses. Peut-être cherche-t-il à mieux la connaître par des questions détournées.

— Je le sais pas pantoute, mon père, ou plutôt tout ce

que je sais, c'est que l'ancêtre devait venir d'une ville qui s'appelait Plomb ou quelque chose comme ça. Un jour, j'ai entendu mon père qui parlait de ça. Mais cet ancêtre-là est venu quand il y avait encore des rois en France, alors…

— Plomb! Mais bien sûr! C'est à proximité d'Avranches. C'est bien ce que je disais, nous sommes dans la Manche; on pourrait presque dire la Normandie de la Normandie…

— Je comprends pas le rapport avec les génisses, mon père?

— Aucun rapport, aucun… Je songeais simplement à votre façon de…, disons, de mener les affaires. Une façon tout à fait normande…

— Est-ce que j'ai dit de quoi de pas correct?

— Non, non, pas du tout. Vous défendez vos intérêts et c'est bien normal, surtout dans votre situation.

— C'est certain que, s'il n'y avait pas la guerre, ma situation serait toute différente. Mon mari serait icitte et il pourrait vous payer avec du cash.

— Combien d'enfants, vous m'avez dit?

— Quatre, mon père. Trois filles et un gars.

— Un gars… À propos, vous devez savoir que j'ai vu ici à l'établissement d'un juvénat destiné à l'éducation spirituelle des garçons qui ressentent l'appel d'une vie religieuse.

— Je ne sais pas si Abel…

— Quoi qu'il en soit, si vous devinez en lui des dispositions, pensez-y lorsqu'il atteindra ses treize ans.

— Ça doit coûter des sous pas mal…

— Dieu pourvoit à qui se donne la peine. Pour tout dire, nous prenons entièrement à notre charge l'entretien de nos juvénistes.

— Ben certain que si on voit qu'il est porté sur la vie religieuse, c'est sûr qu'on va y penser…

— Il aurait sa place. N'oubliez pas la parole du Christ : « Laissez venir à moi les petits enfants. »

— C'est ben sûr…

Maria ne sait que répondre d'autre et malgré elle se fait la réflexion qu'elle n'aimerait pas voir son fils avec une pareille tonsure.

Elle se rend compte que Dom Gabriel la regarde un peu comme s'il attendait autre chose. Elle se demande ce qu'elle a oublié. Comme il détourne les yeux, elle le voit qui détaille un instant le prie-Dieu. Doit-elle lui demander la confession? Est-ce que c'est ce qu'il convient de faire lorsqu'on vient traiter une affaire au monastère? Comment le demander?

— Est-ce que vous entendez la confession, mon père?

— Cela m'arrive, même si je dois vous dire que j'entends ici très peu de femmes. Dans un sens, c'est un peu dommage, cela me permettrait de mieux connaître les…, disons, les tentations auxquelles elles sont exposées dans nos régions. Cela dit, c'est sans doute partout un peu du pareil au même…

«Très peu de femmes», cela veut-il dire qu'il voudrait l'entendre, elle? Ça ressemble à ça.

— Nous n'avons pas encore d'église par chez nous, dit-elle. Encore moins de prêtre. Si ça vous dérangeait pas, mon père, de me confesser…

— Je suis là pour ça, ma fille.

De la main, il lui désigne le prie-Dieu et elle se demande soudain ce qu'elle doit confesser. Un seul sentiment la taraude depuis l'hiver. Doit-elle s'en confesser au père à qui elle est venue demander des génisses à crédit? Est-ce qu'il ne va pas lui dire non après qu'il l'aura entendue? C'est si moche ce qu'elle ressent. D'un autre côté, si elle ne dit pas l'important, il est certain que Dieu ne pourra pas être de son côté. Non, il vaut mieux tout dire et espérer. Et puis, ça lui fera du bien de se délivrer de tout ça. C'est trop lourd à porter.

— Bénissez-moi, mon père, parce que j'ai péché en pensées, en actions et en omissions. Surtout en pensées, mon père…

— Je vous écoute…

— De la gourmandise, mon père. J'ai mangé du sucre à crème durant le carême…

— Souvent?

— Une fois. Il en restait dans la boîte à bonbons et j'avais oublié que c'était carême.

— Il y a eu là une faute de relâchement plus que de

gourmandise. Il faut se surveiller, le laisser-aller peut conduire à la négligence, l'abandon, la paresse. Il faut tout le temps être sur ses gardes, être une vigie pour le Seigneur. Que la vigie s'endorme et c'est parfois tout le navire qui va se fracasser sur les écueils. Autre chose?

Maria a d'abord parlé de cet oubli pour différer la suite; elle ne s'attendait pas à tant de sévérité pour un morceau de sucre à la crème. Que va-t-il lui dire pour la suite? Elle n'obtiendra jamais ses génisses! Il faudrait qu'elle s'arrange pour éviter les lieux où ça sent la cire encaustique et la citronnelle.

— Il y a mon corps qui ne m'écoute pas toujours, mon père…

— Est-ce que vous voulez dire par là que l'absence de votre mari vous paraît… physiquement trop longue?

— C'est un peu ça, mon père.

— Et est-ce que… vous tentez de lui substituer autre chose?

— Heu… Une fois, mon père.

— Quelqu'un?

— Non, mon père!

— Votre main a été plus forte que vous?

— Heu… oui…

— Vous savez, ma fille, Dieu nous a conçus avec tout ce qu'il faut pour nous survivre. C'est une machinerie complexe et très forte, si nous ne sommes pas constamment sur nos gardes, si nous ne sommes pas la vigie dont je vous parlais tout à l'heure, toute cette machinerie peut nous submerger et nous perdre. Les deux fautes que vous venez de confesser sont de la même nature : celle du relâchement. Le relâchement est une inclinaison vers le monde. Notre-Seigneur nous en a prévenus : celui qui préfère le monde… Mais votre confession dit d'elle-même que vous en avez la contrition. Dieu sait lire dans nos cœurs.

— Mais les pensées qui me viennent dans la tête, mon père?

— Durant ses quarante jours dans le désert, Notre-Seigneur aussi a eu des pensées, il les a repoussées. Vous ne devez pas vous tenir rigueur d'avoir des pensées. Elles sont justement là pour nous éprouver. La faute est si vous les laissez vous envahir, si vous les retenez à plaisir.

— Je vous remercie, mon père. J'avais pas vu ça de même.

— C'est comme je vous disais, nous sommes là pour ça.

Il lui donne l'absolution, trente chapelets à réciter en précisant que la prière doit être un don de soi au même titre qu'un cierge se consume pour donner la lumière. Puis le père Gabriel se lève comme pour signifier que l'entretien est terminé.

Ce n'est qu'au moment de la saluer qu'il semble se souvenir du but de sa visite.

— Ah oui! Pour les génisses, c'est entendu pour quatre têtes à seize dollars l'unité. Votre époux n'aura pas besoin de venir nous trouver directement à son retour, il aura d'autres chats à fouetter. Disons que, lorsque les génisses seront devenues vaches, vous livrerez votre lait à la fromagerie du monastère et le prix des génisses sera retenu sur vos factures de lait. Est-ce que cela vous convient?

— C'est plus que je m'en attendais, mon père! Je sais pas comment vous remercier.

— La joie que vous manifestez est déjà une récompense amplement suffisante.

— Est-ce que vous venez aussi de la Normandie, mon père?

— Non, pas du tout, je suis un fils de la Loire, un fleuve de France. Pourquoi?

— Juste pour savoir, mon père… À un moment donné, il va falloir que j'ouvre une carte de ce pays-là pour savoir de quoi ça a l'air.

En sortant du monastère, Maria a l'impression que le ciel est un peu plus lumineux, l'air, presque enivrant. Pour un peu, elle jurerait que Charlemagne va surgir d'un moment à l'autre.

XI

Pour Maria les saisons passent comme figées dans l'absence. Un peu plus espacées dans le temps, les lettres de Charlemagne se suivent. Elles continuent à parler de la boue, du temps interminable, du tabac, du rhum et des morts. De plus en plus des morts. Il a parlé de la ville d'Amiens. Surtout de la cathédrale, dont il décrit la taille comme on décrirait le ciel ou l'océan. À propos de cette église il a même ajouté :

> *Je crois que j'ai compris à quoi les hommes servaient, Maria. Je croyais qu'on était là pour notre salut à chacun, depuis la cathédrale je crois qu'on est tous là pour le salut de la Création de Dieu. Je sais que ça doit être un peu dur à comprendre, mais c'est l'impression que j'ai eue au milieu de toute cette pierre devenue autre chose que de la pierre. Je commençais à en avoir besoin de cette cathédrale, Maria. J'en étais vraiment à me demander si l'homme n'était pas rien que bon à détruire et à tuer. Et puis quand on voit tomber tous ceux qu'on connaît, on finit par se dire qu'on est vraiment pas grand-chose. À Amiens, j'ai compris qu'on était quand même un peu plus que ça. Tu me parles de ton amie, Aude, qui chante comme un ange. Je crois comprendre ce que tu veux dire. À la cathédrale, il y avait un chœur qui répétait lorsque j'y suis allé. Je traverse toute cette maudite guerre sans verser une larme et voilà que, dans cette église, à écouter ces gens, j'avais le motton dans la gorge. Je dois aussi te le dire, je dois tout te dire, ma petite femme, il y avait une jeune fille qui chantait*

et je l'ai trouvée pas mal belle. Ça m'a fait mesurer combien tu me manques. Nous, les hommes, on sait quasiment rien faire que du mal, mais on a besoin de la beauté des femmes et des cathédrales.

Maria aussi a pleuré. Mais ce n'était pas la première fois. Elle n'est plus très sûre des traits de Charlemagne.

Les enfants grandissent. C'est Aude qui a appris à lire aux jumelles et à Abel. Blanche passe son temps à réclamer des livres d'histoires, Aimée s'y intéresse parfois, et Abel préfère nettement courir dehors. Il y a aussi le rire de Charlotte qui égaie la maison du matin au soir, et Jonas qui rechigne dès qu'ils sont séparés.

C'est le 5 août 1916 que Jonas est né, une date que ne sont pas près d'oublier Aude et Thomas. Des nuages noirs accompagnés de vents forts avaient fait juger préférable à Thomas de rentrer le bétail à l'étable. À peine les bêtes à l'abri, des grêlons gros comme des raisins se sont mis à tomber du ciel. Thomas a encore voulu fermer la porte de la grange, mais une soudaine bourrasque d'une violence inouïe l'a arrachée et elle est retombée sur Thomas qui s'en est sorti avec l'épaule démise. Grimaçant de douleur, il est rentré chez lui pour y trouver Aude dont les douleurs venaient de commencer. Il n'a rien dit de son épaule, il est venu jusque chez Maria et, toujours sans parler de son épaule, lui a demandé d'aller trouver Rosaire Caouette et voir s'il pouvait aller chercher la sage-femme à Saint-Eugène.

— Je préfère rester auprès d'Aude, avait-il expliqué.

Rosaire était absent et c'est Maria qui a dû aller jusqu'au village. Les douleurs d'Aude se sont poursuivies longtemps, mais l'accouchement s'est bien passé, au grand soulagement de Maria qui se demandait un peu si une taille aussi étroite était vraiment faite pour enfanter. C'est un garçon et ils l'ont appelé Jonas. À Maria, qui en riant disait à Aude qu'elle n'avait vraiment rien d'une baleine, ils lui ont raconté les faits qui avaient provoqué leur rencontre au large de Tadoussac. Maria a trouvé l'histoire très belle.

— Comme dans les romans! s'était-elle exclamée.

La fin de cet été-là avait été très occupée pour Maria. Presque invalide, se sentant un peu amoindri, Thomas s'occupait de la cuisine et des enfants, Aude de son bébé et Maria de tout le reste. Pour plus de facilité – et moins d'ennui pour celle dont l'époux ne revient pas –, les deux familles prennent leurs repas dans la «Maison Saint-Pierre», ainsi qu'ils ont pris l'habitude de la nommer. Il arrive souvent à Maria de se dire qu'ils forment une seule famille. Au point que parfois elle doit lutter contre elle-même pour ne pas se montrer trop familière avec Thomas. Elle s'est rendu compte qu'elle l'aimait bien, comme on se rend compte qu'on a faim. Ce n'est pas un amour qui enlève quoi que ce soit à Charlemagne ou à Aude. Il y a simplement qu'il est là, qu'elle en a pris l'habitude et de ce fait se trouve heureuse auprès de lui. Comme on se trouve bien auprès d'un frère ou d'un ami, sans trop savoir si on les aime parce qu'on est bien auprès d'eux ou si l'on est bien parce qu'on les aime.

Elle est cependant loin d'imaginer les remarques grivoises que glisse parfois Rosaire Caouette à sa femme dans les ténèbres du soir.

Aude s'est de nouveau trouvée enceinte, elle a porté son bébé durant six mois avant de le perdre sans que l'on sache très bien pourquoi. Un matin, elle s'est réveillée en racontant un cauchemar où il était question d'une grande maison de pierre, de fenêtres ouvertes pour laisser entrer l'air du printemps, d'un visiteur étrange et d'une fillette défigurée. Dans l'après-midi, elle faisait sa fausse couche. Durant quelques semaines, elle est restée comme prostrée jusqu'à ce que Thomas annonce qu'ils feraient le voyage à Cacouna pour voir la parenté. Sans que l'on comprenne pourquoi, elle a secoué la tête et elle est redevenue comme avant. Souvent, lorsque Maria s'approche de leur maison, elle l'entend qui chante. Presque aussi souvent, elle s'arrête et elle écoute sans comprendre où son amie peut «aller chercher tout ça».

Il y a aussi les lettres d'Alma-Rose qui racontent la vie à Montréal. À travers les lignes, Maria l'y sent toujours profondément amoureuse d'Élie, mais aussi que le Lac-Saint-Jean lui manque. Les rues sont décrites froides et sales, les gens n'ont pas toujours «une belle façon». La lumière électrique est bien pratique, mais il lui «manque un quelque chose». Le seul point vraiment positif est l'eau courante. «Élie vient de faire installer un système d'eau chaude, et on peut prendre des bains chauds. C'est tellement agréable que je me demande dans quelle colonne ils mettent ça sur le grand livre d'en haut!»

Elle travaille à la boutique avec Élie, et la tâche ne semble pas non plus l'enthousiasmer. «Quand on y pense, ça fait un peu peur de savoir qu'on sera encore là dans trente ans à compter nos sous le soir en silence. On se demande un peu à quoi ça sert. Si c'est juste pour avoir de l'eau chaude, je sais pas si ça vaut la peine.»

Le point vraiment noir est que l'union ne semble pas bénie par le ciel. Alma-Rose n'attend toujours pas d'enfant. Lorsque Samuel Chapdelaine est passé il y a quelques semaines, il a juste dit: «Comment qu'elle pourrait en avoir?...» Maria a abandonné l'espoir de lui faire changer d'idée. Tout cela ronge l'homme qui n'est plus le même. C'est à croire qu'il a appris à aimer sa blessure. Elle parle de tout cela à Aude qui vit la même chose et qui, elle, reçoit des lettres de sa sœur Colombe où, en des termes légèrement plus circonspects, celle-ci raconte que leur père est pour ainsi dire devenu un tyran pour son entourage.

L'été passé, deux nouvelles familles sont venues s'installer sur des concessions au-delà de chez Aude et Thomas. Le chemin commence à ressembler à un vrai rang. Dans l'une des familles, Maria a été surprise de retrouver Lise Potvin, cette jeune fille enceinte d'un inconnu que Samuel Chapdelaine avait arrachée à la fureur d'un père sur la route entre Mistassini et Péribonka. Elle est à présent l'épouse d'un nommé Roméo Grondin et lui a déjà donné cinq autres enfants. L'homme paraît beaucoup plus porté sur la boisson que sur le travail, et Maria n'aime pas la façon dont il la regarde, elle ou Aude. Marcel et Myriam de Grand'Maison sont les deux membres de l'autre famille. Bien que nouveaux mariés, ce sont certainement les aînés dans le secteur, car ils portent facilement la trentaine. Chaque matin ou presque, Marcel de Grand'Maison affirme avoir l'idée qui doit tout révolutionner. Il prend toujours sa femme à témoin de son génie, mais elle se contente invariablement de sourire avec une espèce d'indulgence. La dernière idée consistait à construire un « dalot » sous les chutes de la rivière, exactement comme au monastère des trappistes, et à y installer une turbine qui pourrait fournir « tout le monde » en électricité.

— Au maximum, lui a fait remarquer Thomas, on ne va être que cinq familles à se cotiser pour la turbine, ça me semble pas assez…

— Ça va peut-être coûter un bras pour commencer, mais après, quand ça va se savoir qu'icitte on a tout le confort pareil comme en ville, tout le monde va vouloir venir s'installer dans le bout et on pourra vendre de l'électricité à tous les nouveaux arrivants. On donne une grosse shot maintenant et on se retrouve gras dur ce sera pas long.

— Un plan de nègre! a dit Rosaire Caouette en résumant un peu l'opinion générale.

La ferme des deux familles grossit. Les premières génisses sont devenues vaches et deux nouvelles taures sont en croissance. Cette année, les parcelles de blé, d'orge, d'avoine et de lin ont toutes bien donné. Le potager est à son meilleur et l'on a obtenu un surplus de pommes de terre, de carottes et d'oignons. Les quelques moutons fournissent de la bonne laine que Maria et Aude filent l'hiver, la laine comme la fibre de lin. Thomas continue à faire de la terre, et la ligne du bois recule. Charlemagne ne se reconnaîtra plus lorsqu'il va revenir, et Maria ne peut s'empêcher d'en éprouver une certaine fierté.

C'est une belle soirée d'automne, peut-être le début de l'été des Indiens? Charlotte est couchée, les autres jouent au bord de la rivière, et Maria s'est assise devant la maison en se disant que c'est peut-être une des dernières douces soirées de l'année avant l'arrivée du froid qui a déjà montré ses crocs.

Il y a quelque chose de triste dans l'automne, un peu

comme la fin d'une fête. Pourtant, Maria ne déteste pas les matins humides, l'odeur un peu putride des feuilles mortes, les brusques rafales du vent froid qui laisse présager une autre odeur, celle du bouleau qui s'enflamme dans le poêle à bois.

Des cris dans le ciel lui font lever la tête. Lèvres entrouvertes, elle regarde passer le grand V d'un « voilier » d'outardes. Elles reviennent du Grand Nord et volent vers ce Sud qui parfois la fait rêver, surtout depuis qu'elle a lu *La Case de l'oncle Tom*. Ça doit être étrange, là-bas. Toute cette chaleur, ces Noirs qui rient et qui chantent, ces champs tout blancs de coton, cette espèce d'indolence qui ici conduirait sans doute tout droit à la ruine et à la tombe. Elles sont chanceuses quand même, les outardes, de pouvoir profiter des deux mondes.

Tiens! Voilà Thomas qui revient d'Alma.

Maria se lève pour aller à sa rencontre, mais, apercevant Aude qui sort de chez eux, où elle devait guetter l'arrivée de son mari, elle se fait la réflexion qu'après trois jours il faut laisser les mariés se dire bonjour seul à seul. En tout cas, elle entend bien qu'il en soit ainsi au retour de Charlemagne.

Thomas doit rapporter des nouvelles de chez elle, où il devait passer, et aussi ces dindes qu'il est allé chercher et dont ils ont envisagé de faire l'élevage.

Jonas rejoint ses parents sur ses petites jambes, et Thomas adresse un signe de la main à Maria.

— T'as fait bon voyage, Thomas? demande-t-elle.

— Pas si pire, pas si pire… Chus même allé au spectacle en ville…

Il tient toujours Aude par les épaules, et Maria se sent comme douloureuse.

— Tu t'es donné du bon temps, t'as ben raison… T'as pas oublié les codindes au moins?

— Dans les cages, dit-il en désignant l'arrière de la voiture. Je vais tout de suite aller les lâcher dans leur clos; elles doivent commencer à être tannées, là-dedans.

— Tremblay t'a-ti fait le prix qu'il avait dit?

— C'est sûr qu'il a essayé de barguigner. Quand il m'a vu

arriver, il a dû se dire qu'après avoir fait tout le chemin, j'allais pas repartir les mains vides. Il a essayé de me faire accroire qu'elles avaient été plus dispendieuses à nourrir que ce qu'il avait tout d'abord calculé. J'y ai juste répondu que ça me faisait pas de différence, que les trappistes en avaient justement à vendre pour pas cher, que j'étais juste venu le trouver par respect pour ma parole…

— Pis il a dû te répondre que lui aussi il avait aussi une parole et que, même s'il perdait dessus, il allait te les laisser au prix qu'il avait dit?

— C'est en plein ça.

Aude s'est approchée des cages et observe les volatiles. Jonas fait la grimace en les découvrant à son tour.

— Ça surprend quand on les voit la première fois, lui explique sa mère, mais on s'habitue. Rien n'est moche dans la Création, Jonas, à part peut-être ce que nous pouvons parfois en faire. Mais les dindons, c'est le bon Dieu qui les a faits de même, et il les a bien faits parce que c'est bon en péché!

— Es-tu passé par chez nous? demande Maria à Thomas alors que celui-ci dirige doucement la voiture vers l'étable. Du nouveau?

— J'ai couché chez vous hier soir, on a joué aux cartes. Ta belle-mère est pas forte, mais ton père, lui, il change pas.

— Sais-tu si… Il t'a-ti parlé d'Alma-Rose?

— Ben justement! Il a comme voulu dire qu'il avait peut-être jugé un peu vite. Il l'a pas dit directement, mais on parlait de tes enfants, et c'est là qu'il a dit qu'avec les jeunes on prend des fois des décisions rapides qu'on regrette après pis qu'on sait plus comment réparer. Mais après, comme pour se raplomber, il a quand même ajouté que c'était ben de valeur que tout le monde suive pas la vraie religion.

— Si ça se pouvait qu'un jour ils fassent la paix…

— Ça finira ben par arriver. En tout cas, ben avant que le mien, de beau-père, nous donne des nouvelles…

Aude a un sourire triste. Elle s'apprête à dire quelque chose, puis, fronçant les sourcils, elle semble se raviser et change de sujet:

— T'es tout blême, Thomas.

— Un peu fatigué. Ça doit être le voyage.

— T'as veillé tard?

— Ben oui, le premier jour, à Alma, j'ai été à la séance de dramatiques. Je te dis pas, y avait des bouts, c'était drôle pour mourir, surtout la pièce qui s'appelait *Le Docteur Oscar*. Pis hier soir, on a jasé tard avec Samuel Chapdelaine. Et y a aussi que je dois avoir pogné un rhume…

— Ben, tu serais mieux d'aller te mettre à la chaleur en dedans avant d'attraper de quoi de grave; je vais m'occuper des dindes pis de la carriole avec Maria.

— Eille! ma femme, chus pas mourant.

— Non, mais t'es blême comme une vesse de carême et j'aime mieux que tu te reposes. Ça sert à rien de se rendre malade.

— Ben, puisque tu le dis de même, je me laisse faire pis je vais retrouver notre lit. Il m'a manqué un peu…

— C'est ça, mon mari, et je préparerai une petite ponce en rentrant.

Ils se sourient de cette façon qui chaque fois rappelle trop à Maria sa solitude. Alors, elle s'intéresse aux dindes en essayant de retrouver les chiffres qu'elle a calculés et qui lui ont dit que d'ici deux ans, en s'y prenant comme il faut, ils seraient capables de livrer une centaine de dindons à des familles de Mistassini pour le réveillon. «Juste avec ça, s'est-elle dit, c'est certain que Charlemagne aura jamais besoin de repartir sur les chantiers.»

Le voyage n'a pas troublé l'horloge interne des dindes. Sitôt lâchées, elles regardent autour d'elles et, choisissant justement la poutre destinée à cet usage, s'empressent d'aller s'y jucher pour la nuit. Aude et Maria rient de les voir faire et, les bras croisés sur la poitrine, restent ainsi à les regarder.

— C'est une belle vie pareille…, dit Maria.

Aude approuve.

— Oui, même si, au début, je t'avoue que j'ai eu un peu de mal…

— Toi?

Maria est surprise.

— Oui. Je ne voulais pas le montrer, je ne voulais pas créer du tourment à Thomas, mais, oui, au début, je te dis que j'ai pas trouvé ça facile.

— Pourtant, vous étiez tous les deux…

— Je le sais, Maria. Mais, moi, je n'avais pas été habituée à ce genre de vie. Le plus dur, au début, ce n'était pas le travail, c'était de voir si peu de monde. Et puis l'autre chose, aussi, c'était de ne pas pouvoir prendre de bain chaud. Ça, j'ai trouvé ça dur…

— Là-dessus, je te comprends. On avait un bain quand on était à Ouiatchouan. C'est bien agréable de pouvoir se sentir propre quand on en a envie…

— C'est pas juste ça. Maria, je crois aussi que c'est le signe qu'on a un peu de temps pour s'occuper de soi… C'est surtout ce que je veux dire en parlant de bain.

— Je sais pas si c'est si bon que ça d'avoir du temps en masse pour s'occuper de soi… On commence à penser à tous ses petits problèmes et on s'en fait des montagnes, pis là on finit par se dire qu'on est important et on pense plus rien qu'à nous, comme si que l'univers tournait tout autour de nous. Moi, tu vois, je crois justement qu'il vaut mieux pas avoir de temps pour trop s'occuper de soi.

— Je sais ce que tu veux dire, c'est juste qu'au début je n'étais pas habituée. Je vais même te dire : avec la vie comme je l'avais apprise, je croyais quasiment qu'on vivait pour soi-même, qu'on était là pour faire ce qu'il fallait pour avoir le plus de plaisir possible.

— Oui, mais le plaisir, ça vient pas à la commande…

— Je le sais, Maria. Je l'ai appris et je dois même te remercier, c'est un peu toi qui me l'as montré par ton exemple.

— Moi, j'ai rien fait pantoute! T'as pas d'affaire à me remercier, Aude.

L'obscurité brune envahit l'étable, et elles se dirigent vers l'extérieur. Maria entend les jumelles et Abel qui reviennent de la rivière; elle se dit qu'il va être l'heure qu'ils aillent se coucher. Poursuivant un peu le fil de ses préoccupations, Aude lui fait remarquer :

— Il y a juste pour Jonas que je ne sais pas encore si c'est bien d'être ici…

— Pourquoi ça?

— Il n'y a pas grand-chose autour de nous pour les enfants.

— Qu'est-ce qu'il pourrait y avoir de plus ailleurs?

— Je ne sais pas…, des gens, des événements, des journaux.

— Ça rendrait pas ton Jonas plus gentil qu'il est. Pis les enfants des villes, d'après Alma-Rose, ça a de l'air qu'ils veulent tous faire pareil les uns comme les autres. Comme si qu'ils voulaient tous rentrer dans le même moule.

— Peut-être… J'en sais rien… Je voudrais quand même que Jonas connaisse un peu la musique, la peinture, toutes ces choses qui élèvent un peu l'esprit.

— T'es sûre de ça? Peut-être ben que ça élève juste l'esprit de ceux qu'ont pas l'occasion autrement, de ceux qui sont pris dans les soucis de la ville et coincés derrière des murs où on voit plus rien du monde. Quel tableau qui pourrait être plus beau que la rivière ou ben qu'une belle chute de neige au milieu des épinettes? Et quelle musique qu'est plus belle que quand je t'entends chanter dans ta maison?

— Je ne savais pas que tu m'écoutais.

— Difficile de faire autrement. Même que je me dis souvent que je suis ben chanceuse de t'avoir comme voisine. Si t'avais chanté sur les scènes des grandes capitales, comme tu voulais le faire avant, c'est les gens des villes qu'auraient dû dépenser de la grosse argent pour aller t'écouter. Qu'est-ce que Jonas pourrait entendre de plus beau que la voix de sa mère?

— Holà! si tu continues, je vais finir par m'en faire accroire.

— Je crois pas qu'y ait de danger pour ça, et puis je fais juste te dire ce que je pense.

— En tout cas, merci. Tu viens presque de me convaincre.

— Tu sais, je vais te dire une autre affaire: ce serait pas dur pantoute de me convaincre que c'était vraiment la grande vie dans la jolie maison de tes parents. Le fleuve qui passait devant, les gros meubles, les pièces immenses, le service, le beau linge toute la semaine pis encore du plus beau le dimanche. Ça prendrait pas beaucoup pour me convaincre de vivre de même…

— Oui, mais il y a ce qui va avec… Rien n'est gratuit et parfois on paie plus cher que ce que ça donne… Tiens, je crois que je vais aller rejoindre Thomas. Je trouve qu'il a pas bonne mine.

— C'est vrai, t'as raison. J'ai trouvé, comme toi, qu'il avait pas l'air à filer fort. J'ai du liniment à la maison si t'as besoin.

— Je ne crois pas que ce soit la peine. Tous les onguents, il dit que ça sent la maladie, il n'aime pas ça. Non, une petite ponce, une bonne nuit de sommeil et demain matin il va courir partout. Y a rien qui l'arrête, Thomas.

Maria hoche la tête en souriant, mais l'image de François Paradis vient soudain la frapper. Lui non plus, rien ne semblait l'arrêter. Elle secoue imperceptiblement la tête comme pour chasser l'idée importune. Ça doit être la saison qui veut ça. À l'automne, on a un peu tendance à voir les choses en noir. C'est normal, l'hiver ressemble un peu à la mort.

— Bonsoir, Aude.

— Bonsoir, Maria… Dors bien. Oh! je t'ai pas dit, mais la nuit dernière, j'ai rêvé que ton mari revenait. Je ne sais pas comment te l'expliquer, mais j'ai l'impression que ça va être bientôt.

Maria sourit. Ça devrait lui faire plaisir, mais un courant froid la saisit.

— Je crois aussi que ça devrait plus tarder, répond-elle sans ajouter qu'au-delà de cette impression s'en trouve également une autre sans joie.

Pourquoi?

***

Le temps est morose ce matin. Comme s'ils s'accordaient avec le ciel, les enfants autour de la table avalent leur gruau sans entrain.

— Est-ce que je vais pouvoir aller un jour à l'école? demande soudain Blanche.

Maria, qui regardait par la fenêtre en se disant que la neige n'est pas très loin, se tourne vers elle, étonnée.

— Qu'est-ce que ça te donnerait de plus? Grâce à Aude, vous savez lire et compter…

— Oui, mais si un jour je voulais devenir quelqu'un de savant?

— Mais voyons, Blanche, tu es une fille!

— Ça fait quoi?

— Ça fait qu'une fille doit se préparer à devenir une mère. Qu'est-ce que c'est que ces questions à matin!

— Et si moi j'avais pas envie d'être une mère, si j'avais envie d'écrire des histoires dans des livres? Il faut bien qu'il y en ait qui les écrivent, les histoires, si on veut lire les livres, non?

— Je ne sais pas… Peut-être, un jour, quand tes enfants seront grands… Mais qui t'a mis ces idées-là dans le crâne?

— Personne. Y a juste que je me vois bien en train d'écrire des livres, pas de faire à manger pis la vaisselle et le reste pour des enfants… C'est gnochon, les enfants!

— Ça, t'as raison! T'as jamais rien dit d'aussi vrai, il suffit de t'écouter pour s'en rendre compte… Bon… Eh bien, moi, astheure, il faut que j'aille à l'étable parce que si je me mets à rêvasser à des grandes affaires, comme toi, ce sera pas long qu'on va tous avoir le ventre vide. Pis le ventre vide, ça ne raconte pas longtemps des histoires… Charlotte! essaie pas d'attraper quelque chose sur le poêle, t'es encore trop jeune. Blanche et Aimée, vous la surveillerez. On reparlera de l'école une autre fois…

— Quand il sera trop tard, marmonne Blanche.

— Non, ma fille. Il n'est jamais trop tard pour bien faire. Moi, j'ai appris à lire la même année que j'ai connu votre père. Pense à ça un petit peu.

Maria a déjà ouvert la porte lorsqu'elle aperçoit Aude qui se précipite vers la maison.

— T'as ben de l'air pressée à matin? lui demande-t-elle.

— Oui, Maria, je voulais te prévenir que Thomas sera pas bon à grand-chose aujourd'hui. Il ne va pas mieux du tout. On dirait qu'il a attrapé un sale rhume.

— Il est-ti fiévreux?

— Je te crois! Il est trempe bord en bord et il claque des dents…

Maria fronce les sourcils. Tout cela ne lui dit rien de bon.

— S'il fait de la fièvre, dit-elle, c'est pas juste un rhume. Il faudrait pas que ça lui tombe sur les poumons…

— Qu'est-ce que je peux faire?

— Reste auprès de lui. De toute manière, y a rien de ben urgent à faire. Je vais m'occuper du train et ça va aller. Je passerai voir chez vous sur l'heure du midi. Si ça va pas mieux, on fera chercher le docteur. Est-ce qu'il respire comme il faut?

— Il râle pas mal…

Maria retourne dans la cuisine, ouvre l'armoire de bois où sont rangés les remèdes et en sort un pot et un flacon.

— Tiens, dit-elle, frictionne-le avec le liniment et fais-lui prendre un peu de sirop d'épinette rouge, ça va l'aider à mieux respirer.

Constatant le regard angoissé de son amie, elle lui sourit comme on le fait pour rassurer.

— T'en fais pas, ajoute-t-elle, c'est pas un rhume qui va abattre un homme comme Thomas.

— Mais tu viens de dire que c'était pas juste un rhume!

— Quand même que ce serait une grippe, on en meurt pas, de la grippe, à nos âges.

— J'aime pas ça, Maria. J'ai toujours eu l'habitude de voir arriver le docteur quand ça n'allait pas…

— Et le docteur, il te dirait de le frictionner et de lui donner du sirop. Il pourrait rien faire de plus. Peut-être ben que ça rassure de voir un docteur, mais, à part quelques affaires, dire que ça aide… J'ai tout vu ça à Chicoutimi…

Ces dernières paroles rappellent à Aude que Maria a travaillé à l'Hôtel-Dieu de Chicoutimi et la rassurent. Avec son expérience, Maria doit savoir si c'est grave ou non.

— Je vais le frictionner, déclare-t-elle.

— Chanceuse…, lui glisse Maria avec un clin d'œil.

Aude sourit avec un peu de gêne avant de réaliser que Maria fait allusion au fait qu'elle-même aimerait bien pouvoir s'occuper de Charlemagne.

De son côté, Maria réalise comment ses paroles ont d'abord été interprétées. Le trouble lui coupe le souffle un instant.

***

Thomas est vraiment malade!

Même si son cœur s'est subitement emballé, Maria continue de sourire comme si tout allait dans la normale des choses.

— Je te connaissais pas de même, lui dit-elle. Voilà que tu t'arranges pour rester au lit…

Tout à l'heure, Aude est venue la chercher sans attendre qu'il soit midi.

— Il ne va vraiment pas bien…, a-t-elle dit.

— Je viens, a répondu Maria.

Effectivement, il ne va pas bien, et Maria ne comprend pas comment il a pu ainsi changer depuis hier soir. Laborieux, son souffle emplit la pièce, sa peau s'est comme parcheminée et ses yeux, très creux, brillent d'une lueur noire. Elle n'a pas besoin de poser sa main sur son front pour constater qu'il est fiévreux, pour ne pas dire au bord du délire.

D'un regard, elle attire son amie un peu à l'écart.

— Je m'occupe de faire prévenir le docteur, dit-elle.

— C'est mieux, hein?

— Oui, c'est mieux… Arrange-toi pour faire baisser sa température, des compresses d'eau froide, chauffe pas trop le poêle. Je reviens tout de suite.

— Ça m'étonnerait que tu trouves du monde pour aller à Mistassini; tous les hommes sont à la chasse…

— C'est vrai, ça… Bon, ben, c'est pas grave, je vais atteler et y aller moi-même. Les jumelles sont assez vieilles pour surveiller. Et en passant, je vais demander à Ninon de passer voir chez nous de temps en temps.

— C'est grave, hein?

— Je le sais pas, Aude. Ça arrive, des fois, qu'on soit complètement à terre pis que le lendemain on ne comprend même plus ce qui s'est passé.

— Oui, mais j'ai bien vu les yeux que t'avais en le voyant…

— J'ai juste été surprise de le voir autant changé depuis hier, c'est tout. Bon, j'y vais. Occupe-toi de lui. Oublie pas de laisser le poêle baisser un peu; il fait chaud pour mourir ici dedans.

Ce n'est qu'une fois en route et longeant la Rivière-aux-Rats, que Maria prend conscience qu'il y a une éternité qu'elle n'a pas quitté sa terre. C'est toujours Thomas qui rapporte les commissions. L'église est trop loin pour songer à y aller tous les dimanches, la parenté encore plus, et rien n'a motivé l'occasion d'un voyage à Mistassini ou ailleurs depuis belle lurette. Si ce n'était de la santé de Thomas, elle serait sans doute ravie de cette échappée inattendue et elle en est à se dire que, même si elle a un peu prétendu le contraire la veille à Aude, il fallait néanmoins parfois trouver le temps de ne s'occuper que de soi, uniquement de soi.

Le temps est toujours gris, mais elle n'y prend pas garde. C'est bon de se sentir sur la route, la rivière sur votre droite allant dans le même sens que vous. Avec en arrière-pensée une ombre qui le lui reproche, elle s'imagine un instant en route pour le Sud. Laisser tout le matériel derrière soi et s'enfoncer vers une nouvelle vie. Pourquoi pas? Pourquoi faudrait-il toujours ne vivre que la même vie? Puis elle secoue la tête; la terre est grande, immense, mais on doit bien toujours y retrouver les mêmes tourments. Des tourments…

Qu'est-ce qui se passe avec Thomas? Son regard lui a fait peur; elle a souvent vu le même à Chicoutimi. Chicoutimi… Comme ça paraît loin, presque une autre vie. Et sœur Marie, qu'est-elle devenue? Et les autres? Soudain, elle voudrait revoir tous ceux qu'elle a connus. Elle voudrait les entendre parler de leur vie, leur raconter la sienne. «Pourquoi est-ce que le temps nous sépare? Et pas seulement le temps… Mon Dieu! il ne faudrait pas que ce soit trop grave pour Thomas.»

Son imagination s'emballe un instant, puis elle s'aperçoit avec stupeur que, oubliant Aude, elle en mesurait les conséquences pour elle-même. Thomas parti, sa solitude serait encore plus dure.

C'est affreux! Est-ce que l'attachement pour les autres ne tient qu'à ce qu'on en retire? Pourtant… Thomas n'a de réalité que par la joie qu'il dispense, le bonheur qui émane de lui et qui réchauffe, le rire qu'il sait provoquer quand ça va mal. Oui, elle l'aime pour ce qu'il est, car ce qu'il est fait du bien.

Et pourquoi est-ce qu'elle pense à ça? Ne devrait-elle pas plutôt se demander quoi faire pour lui? Ce serait certainement plus utile. Comme pour les actes, on ne doit pas laisser voguer ses pensées au gré des fantaisies. Dès qu'elle sera à Mistassini, immédiatement chez le docteur. Pourvu qu'il n'ait pas été appelé ailleurs au loin!

***

Le docteur est bien chez lui, mais il n'y est que de passage, le temps d'avaler une soupe chaude. Il dit n'avoir pas eu l'occasion de rien manger depuis la veille.

— Je ne peux pas aller avec vous, a-t-il dit à Maria. J'ai trop de malades ici en ce moment. Je ne peux pas tous les laisser durant toute une journée pour un seul… Et puis, il doit avoir la même chose que tout le monde…

— Qu'est-ce que c'est?

— La grippe. Tout simplement la grippe…

— Alors, ce n'est pas très grave?

— Celle-ci l'est. Celle-ci tue… Depuis deux jours, j'ai perdu quatre jeunes gens dans la force de l'âge. Cette foutue maladie s'en prend aux forts, c'est à n'y rien comprendre. Ça contredit toutes les lois de la fameuse sélection naturelle.

Maria est toujours debout dans la cuisine, le regardant qui avale sa soupe en vitesse. Elle est restée secouée un moment sans pouvoir rien dire.

— Qu'est-ce que je peux faire? demande-t-elle.

— Il faut lui donner tous les soins qu'on peut donner à

un grippé et prier. Je ne vois rien d'autre… Si j'étais un peu plus croyant, je dirais que tout ça, c'est à cause de la folie des hommes qui, depuis bientôt quatre ans, n'ont rien trouvé de mieux à faire que de s'entre-tuer là-bas en Europe. Mais je suis un scientifique, alors, je dis que tout ça, c'est à cause de la folie des hommes qui, pour s'entretuer là-bas dans les vieux pays, vivent dans des conditions qui ont permis à la maladie de mettre au point une véritable technique meurtrière.

Atterrée, comprenant peu à peu ce qui se passe ici comme chez eux et partout ailleurs dans le monde, à ce qu'il vient de lui en dire, Maria se fiche des explications philosophiques; elle veut simplement repartir avec une garantie pour Thomas.

— Mais vous devez ben avoir quelque chose qui va aider mon voisin, docteur. Je ne peux pas repartir les mains vides. Il y a sûrement un médicament, quelque chose! Vous m'avez sauvé la vie quand j'ai eu les jumelles, vous devez ben avoir de quoi pour une grippe! On meurt pas de la grippe dans la vingtaine, ça a pas d'allure!

— Je n'ai rien, Maria. Que des conseils, rien d'autre… Donnez-lui des liquides, frictionnez-le à l'alcool, donnez-lui toute votre affection et toute votre attention; priez, mais aussi, je vous en supplie, n'en faites pas trop parce que personne n'est à l'abri… Les hommes passent, c'est un peu dans la normale des choses, mais les femmes doivent rester…

Il est visible que le docteur n'a pas dormi, et Maria met tous ses grands propos sur le compte du manque de sommeil.

— Mais lui, il ne doit pas passer! déclare-t-elle. Il ne faut pas!

Pour la première fois, le médecin la regarde vraiment en face. Ses traits expriment une tristesse un peu mélancolique.

— Retournez auprès de lui, dit-il. Il n'a besoin que de présence… Le reste…

— Mais moi, je suis pas la présence qu'il a besoin, docteur; il a sa femme auprès de lui pour ça. Non, moi, je suis icitte pour trouver quelqu'un qui peut l'aider.

— Il y en a beaucoup qui cherchent ce quelqu'un en ce moment, Maria. Et puis arrêtez donc un peu de penser que tout est perdu si je ne monte pas au canton; même si cette charogne fait des victimes, Thomas a quand même beaucoup plus de chances de s'en sortir que de rendre l'âme.

— Mais j'ai vu ses yeux, docteur! Des yeux de même, j'en ai vu à Chicoutimi et à chaque fois…

— Non, Maria, non. Ce que vous me racontez là n'est rien qu'une impression, pas des faits. Ça n'existe pas, des yeux qui connaissent leur fin. Il n'y a que des yeux malades, et, à ce que je sache, la plupart des malades guérissent… Que des faits, Maria, le reste n'est que tromperie, illusion, chimère ou poésie; tout ce qui nous embarque dans des chemins sans issue.

Envahie d'un sentiment d'impuissance, Maria quitte la maison.

Des faits! Qu'est-ce qu'il veut dire? Thomas est couché, malade, les yeux malades, et elle vient d'apprendre que des jeunes gens meurent de cette maladie. Est-ce que ce ne sont pas des faits? Elle n'a rien inventé, rien imaginé, les faits sont là. Et la poésie? Pourquoi a-t-il parlé de la poésie? Qu'est-ce que ça vient faire là-dedans? Est-ce qu'elle n'est pas là pour exprimer avec les mots ce que l'on ressent avec le cœur? Est-ce qu'il voulait dire que ce que l'on ressent avec le cœur n'est qu'une illusion? Mais si on ne ressentait plus, à quoi ça servirait de vivre? Et puis vivre, est-ce que c'est pas ça, justement, de ressentir les faits, de les transformer en sentiments à travers le filtre de ce que l'on est? C'est à croire que le docteur a perdu de vue ce que c'est que de vivre. À force de soigner les corps, peut-être qu'il en est venu à penser qu'il n'y avait rien que ça d'important. Comme ces braconniers qui sont passés un hiver et qui croyaient visiblement que le plaisir devait suffire au bonheur.

Thomas doit vivre! Il doit continuer à sourire quand l'écureuil vient manger sous sa fenêtre. Sa voix doit continuer à appeler les geais au repas des miettes. Sa main, à trembler légèrement lorsqu'il la pose sur l'épaule de sa femme. C'est si beau de le voir aimer comme il aime.

Et puis aussi, est-ce que ce n'est pas à travers les autres que l'on existe!

Thomas doit vivre, il le faut!

Il n'y a pas que Thomas lui-même qui lui importe. Le temps du voyage vers Mistassini, sans se le formuler, même en pensée, elle sait quelque part qu'elle a fait de Thomas une assurance sur Charlemagne. Si Thomas meurt, alors plus rien n'a de sens, et si plus rien n'a de sens, pourquoi devrait-elle compter sur le retour de Charlemagne?

Un sentiment appelant une pensée, elle se demande soudain s'il est bien correct pour elle de se faire autant de souci pour un voisin. Est-ce que cette attention qu'elle porte à Thomas, elle ne la doit pas tout entière à Charlemagne? A-t-elle le droit de laisser son cœur ne serait-ce qu'envisager la disparition d'un voisin et même d'un ami avec autant de déchirure? Est-ce que ce n'est pas un peu déposséder Charlemagne que de se préoccuper pour un autre avec autant de force?

Sans vraiment s'en rendre compte, elle a repris le chemin du retour. Étouffant le heurt des sabots de Rouge sur le chemin, une petite neige tombe en flocons épars. Malgré toute l'angoisse qu'elle éprouve, Maria se dit qu'elle aurait bien aimé une pause dans le temps qui lui aurait permis de continuer au moins jusque chez elle, histoire de dire bonjour à son père, histoire de voir la maison, de voir autre chose. Peut-être aussi qu'elle serait allée voir Lilas qui s'occupe toujours d'Eutrope. Pas une journée ne se passe sans qu'elle pense au moins un instant à Lilas, envers qui elle se sent une dette immense. Il y a des années qu'elle ne les a pas vus, mais son père en donne parfois quelques nouvelles. Si l'on peut appeler ainsi l'immobilité dans laquelle ils semblent survivre.

Il y a des moments, comme ça, lorsque les sens envisagent une épreuve à venir, ils donnent l'impression de chercher leur force à faire le tour des souvenirs. Au rythme des pas de Rouge, Maria se laisse aller dans une espèce de farandole mélancolique où tout et tous s'entremêlent: ses frères, Chicoutimi, François, Alma-Rose, sa mère, l'oncle de Saint-Bruno, Blanche-Aimée, Charlemagne, Chien, la tante Antoinette et Chantale. Tout et tous ceux qui marquent sa vie, appelés comme une coalition pour faire face à l'inconnu.

De temps en temps, elle croise une maison. Chaque fois la cheminée fume et elle en perçoit l'odeur un peu âcre. Chaque fois cela lui rappelle que chez elle aussi la cheminée doit fumer et que l'on doit y être bien, tous ensemble. Et chaque fois elle se rend compte que l'unité envisagée ne sera peut-être plus la même. C'est pour ça qu'elle a envie de pleurer et se sent malheureuse.

***

Ce n'est plus le jour, ce n'est pas encore la nuit. Il neige dans le violet du soir. La petite maison des Jolycœur semble toute frêle dans le crépuscule. Comme si la nuit, le froid, l'hiver allaient l'engloutir. Une maison, ce n'est pas que le bois et la pierre, une maison, ce sont les joies et les peines de ceux qu'elle abrite, leurs cris et leurs rires. Une maison, ce sont tous ses habitants au singulier. Et s'ils souffrent, elle pleure.

En tout cas, c'est ainsi qu'elle apparaît à Maria. Vacillante au bord du grand rien hostile, petite flamme au vent de la nuit.

— Comment il va? demande Maria comme Aude lui ouvre la porte.

— Pareil…, mais je ne crois pas que la fièvre soit montée. Et le docteur? Il arrive?

Maria n'a même pas prévu qu'Aude allait le demander. Elle improvise sur-le-champ:

— Imagine-toi donc qu'il n'a pas voulu; il dit que tout le monde a la même chose en ville; que c'est rien qu'une grippe, que ça va passer…

— Est-ce qu'il a dit si c'était dangereux?

Maria hésite. Doit-elle l'inquiéter inutilement alors que rien n'est joué, ou doit-elle dire les faits comme ils se présentent afin que, le cas échéant, ils puissent se préparer? Rien ne lui semble pire que de partir sans être prêt, sans avoir l'opportunité de se dire au revoir.

— C'est assez sérieux, Aude… Il y a des morts à Mistassini…

— Oh! mon Dieu! Des vieilles personnes alors!

— Ben… Non…

— C'est pour ça que le docteur n'est pas venu, hein, c'est une épidémie?

— Ça a l'air à ça, mais ça veut rien dire…

Presque méconnaissable de faiblesse, la voix de Thomas parvient du lit:

— Qu'est-ce que vous racontez toutes les deux à voix basse? Y a-ti des secrets?

— Y a rien, Thomas, lui répond Aude. Y a juste que Maria revient de Mistassini et que le docteur lui a dit qu'il fallait que tu restes couché. Il paraît que la grippe est bien maligne cette année…

— Quand même que je voudrais me lever…, je me suis jamais senti aussi branleux…

— Veux-tu quelque chose de chaud?

— À boire. J'ai juste soif.

— Un peu de bouillon de soupe?

— Oui, du bouillon.

Il a du mal à se redresser pour boire. Sa chemise est ouverte et, garant de force et de vie d'habitude, son torse évoque une lutte inégale. Émue, Maria se demande comment un homme encore jeune et costaud comme Thomas a pu s'affaiblir en si peu de temps.

Il finit de boire avec difficulté et son regard se pose sur Maria. Il paraît soupeser un pour et un contre, puis il hoche légèrement la tête.

— Maria, pendant que t'es là, je vais en profiter pour te demander de quoi devant Aude…

— Tout ce que tu veux, Thomas…

— Non, c'est pas un service, c'est juste une promesse. Je veux que si jamais il m'arrive de quoi, j'y tiens pas pantoute, mais on sait jamais, donc, s'il m'arrive une badloque, je veux que tu rappelles à Aude que ce serait beaucoup plus facile pour elle si elle retournait faire la paix avec son père…

Aude secoue vivement la tête dans un mouvement de refus.

— Jamais! Thomas Jolycœur. Tu m'entends! D'abord, il

t'arrivera rien de terrible, ôte-toi ça de l'idée tout de suite, et ensuite, non, pas question que j'aille demander pardon à mon père. J'ai rien fait de mal, rien! Au contraire! Avec Jonas, tu es ce qui m'est arrivé de mieux dans la vie, Thomas. S'il y a quelqu'un qui doit s'excuser, c'est juste Wilfrid Gosselin. Ce n'est pas moi qui ai coupé les ponts, ce n'est pas moi qui refuse même que je voie ma mère. Et puis, pendant qu'on y est, ma mère aussi, elle doit demander pardon de se détourner de sa fille pour ne pas choquer son mari. Et puis autre chose encore: je suis bien ici et j'y suis heureuse; c'est notre place à nous, Thomas, je ne vois pas pourquoi il faudrait que je parte. Plus facile… Comme si c'était un gage de bonheur… Et puis je t'interdis de penser à des affaires noires comme ça, tu m'entends!

— Oui, mais, Aude, qu'est-ce que tu pourrais faire, icitte, toute seule? Il faut voir les choses en face. Je me sens très fatigué…

Soudain, Aude se mord les lèvres. Des larmes s'étalent au bord de ses paupières, et elle se précipite vers son mari.

— T'as juste une grippe, Thomas! Juste une grippe, c'est normal que tu te sentes un peu faible… Je t'aime, mon mari, tu peux pas être aussi fatigué que tu le dis, tu peux pas, Thomas…

Se sentant des larmes à son tour, Maria se détourne et annonce doucement qu'elle va aller voir si les enfants vont bien, qu'elle reviendra un peu plus tard.

Au moment de fermer la porte, elle voit Aude, dans sa robe bleu ciel, passer les bras autour des épaules de Thomas. Elle la voit de dos, et ce dos parle plus que des mots ne pourraient le faire. Elle aperçoit aussi le visage de Thomas. Il a laissé retomber ses paupières et porte un grand cri silencieux dessiné dans un pli douloureux des lèvres.

Ce n'est qu'à mi-chemin entre les deux maisons que le sanglot s'échappe de sa bouche. Puis un autre. Mais elle ignore si c'est la tristesse d'imaginer une disparition possible ou si c'est à cause de toute la beauté contenue dans ce qu'elle vient de voir. Puis, elle réfute cette dernière hypothèse; oubliant que c'est l'amour qui la sous-tendait, elle se fait la réflexion qu'une scène de douleur ne peut pas être belle au point d'en pleurer. D'ailleurs, elle ne peut même pas être belle!

Mais elle ne peut cesser de pleurer et décide d'aller à l'étable plutôt que de se présenter devant les enfants avec les yeux rouges.

Il y a une poule morte dans le poulailler. C'est la brune. Elle est étendue sur le côté, toute plate, comme si elle était dégonflée. Pourquoi la mort semble-t-elle tout aplatir? Ce qu'on nomme le souffle de vie ne serait donc pas une simple image? Elle la ramasse avec le broc et la dépose dans la brouette avec le fumier. C'est ça, la mort: la carcasse pue le temps de se décomposer, puis c'est de nouveau de la terre, prête à recevoir semence. La terre garde-t-elle une mémoire quelconque? Ce qui rejaillit d'elle a-t-il l'expérience floue d'autres passés? Et si tout ce qui vit n'était justement que des tentatives de la terre pour prendre conscience d'elle-même, si tout ce qui compose les choses n'était au fond que Dieu, si Dieu était l'unique composant de base de tout ce qui est?

Elle secoue la tête pour chasser toutes ces pensées qui n'apparaissent nulle part dans la religion. Et puis, ce n'est d'aucune consolation. Si Thomas devait partir, tout ce qu'elle espère, c'est qu'elle puisse un jour le retrouver dans l'au-delà. Comme elle retrouvera sa mère ou François Paradis. En attendant, il faut vivre. Vivre!

C'est presque un ordre et, cherchant une activité propre à satisfaire cette volonté, elle monte sur le fenil pour jeter du foin par la trappe. Mais là, elle oublie presque ce qu'elle est venue y faire et regarde autour d'elle comme pour se le demander. En réalité, il n'y a rien à regarder puisqu'il fait nuit et qu'aucune luminosité nocturne n'apparaît par les interstices des planches. Seule la légère lueur mordorée de la lampe d'étable monte par le trou de la trappe. Elle peut presque percevoir le froissement des flocons dans l'air de la nuit. Lasse, elle se laisse aller sur une brassée de paille. Pourquoi sent-elle tout à coup son ventre si vide?

Elle voudrait se blottir contre… Charlemagne. Qu'il soit

là, l'étreigne et l'enveloppe. Sentir son corps tout contre le sien. Qu'il la serre très fort. Plus encore, oui, le sentir en elle et s'abîmer ensemble dans une obscurité lumineuse qui ne soit que la leur. Elle a le droit à ce bonheur! Elle le réclame!

Mais Charlemagne n'est pas là! Charlemagne n'est jamais là! Elle ne prend pas conscience qu'elle lui en veut quasiment. Ici, presque partout, il n'y a de traces d'activité que celle de Thomas. Et maintenant, cette maladie qui… Thomas s'installe derrière ses paupières…

Il fait beau, comme au printemps, et la rivière est toute pailletée d'or. Sur les rochers sous les arbres, la mousse est tendre…

Une main muselant ses objections, l'autre va au-devant des images. Sentant monter ce qu'elle a appelé, dans un dernier sursaut, elle veut fuir ce qu'elle a imaginé, tente de ramener Charlemagne, ne sait plus comment, pense un instant à Élie, à François, revoit Thomas. Thomas ruisselant sous le soleil. Thomas en elle. Les lèvres de Thomas sur les siennes et leur bouche s'ouvrant l'une sur l'autre, pour s'avaler, se dissoudre dans l'oubli de soi, dans l'autre. Sans plus pouvoir se reprendre, emportée par l'évocation de Thomas qui la brûle plus que les autres, elle se figure sa conscience une avec celle du mari d'Aude, puis, sans plus penser à rien, se laisse glisser vers un plaisir détaché de tout ce qui n'est pas lui. Un point de lumière noire au milieu de rien. Furtive, une impossible représentation du néant. Ce n'est que trop tard, pour s'amender, qu'elle prononce le nom de Charlemagne.

Elle demeure étendue dans l'obscurité sans savoir. Sans savoir si elle doit penser ou non. Si elle en a le droit. Elle se répète que c'est faux; pourtant, elle sait qu'elle n'a jamais autant éprouvé de plaisir. Comme si celui-ci était indépendant des «vrais» sentiments. Elle craint d'avoir entrevu une vérité interdite.

Elle a terriblement peur d'avoir à «payer» avec un malheur proportionnel à ce qu'elle vient d'éprouver.

Peut-être dans l'espoir d'écarter ce sort, elle pense à Charlemagne. C'est contre lui qu'elle repose à présent. Elle a noué ses bras autour de son cou. C'est lui qui a appelé tout ça, c'est son absence. Quand il sera là, ils se rejoindront tous les deux ici, et alors tout ce plaisir deviendra «réel».

«Il faut que j'aille voir aux enfants, se dit-elle, il faut que j'oublie toutes ces affaires-là. Pardonnez-moi, mon Dieu. Je sais pas ce qui s'est passé… Je comprends plus rien à rien, Jésus. Je ne sais plus… Faites que Thomas aille mieux…»

Comme si c'était une réponse, il lui vient soudain l'idée terrible que si Thomas meurt, ce sera de sa faute à elle.

— Non! s'exclame-t-elle tout haut. Ce que Vous voulez, mais pas ça… Ni Charlemagne, mon Dieu, ni Charlemagne! Prenez-vous-en juste à moi! À moi!

«On verra, se répond-elle en pensées, comme si la voix venait d'ailleurs. Mais à partir de maintenant, puisque tu sais, un autre abandon pourra se retourner contre ceux que tu aimes.

«Mais je sais rien, moi!

«Oui, Maria, tu sais. Tu sais que ton corps peut être plus fort que ton âme. Tu sais qu'il peut la perdre. Tu sais que ce qu'il réclame peut retomber sur les autres et les détruire.»

C'est plus une image que des mots qui lui laisse entrevoir que l'intensité du plaisir tient à ce qu'il met en jeu. C'est ce qui le rend dangereux et c'est ce qu'elle n'aurait jamais dû apprendre!

***

L'aube est grise à la petite fenêtre. Aude est assise au pied du lit, les yeux fermés, la tête inclinée vers l'épaule droite. Un mouvement de Thomas la fait brusquement se redresser, et elle écarquille les yeux un instant pour retrouver la mémoire. Ses traits se contractent alors qu'elle se tourne vers son mari et qu'elle le rencontre, les yeux ouverts.

— Tu es réveillé, constate-t-elle.

Il fait oui de la tête.

— Comment te sens-tu?

— Pas très fort…

Elle se lève et pose la main sur son front.

— On dirait que tu fais moins de fièvre, Thomas. Je vais te préparer quelque chose. Veux-tu manger?

Il refuse d'un mouvement de tête.

— Juste à boire, dit-il.

— Je te fais du café. Ça va te remonter, un bon café…

Aude s'active comme pour chasser une mauvaise impression. Économisant ses mouvements, il la suit des yeux.

— Je crois pas que je pourrais faire encore ben, ben de l'ouvrage aujourd'hui, dit-il alors qu'il se redresse péniblement pour prendre la tasse fumante.

— Y a rien qui presse, Thomas. Tout est à l'ordre pour l'hiver.

— Pourquoi tu t'es pas couchée à côté de moi, cette nuit?

— Il fallait bien que je veille sur toi… T'étais pas très fort hier soir.

— C'est pas vargeux encore à matin… Tu veux pas te coucher une secousse?

— Jonas va se réveiller, il va falloir que je m'en occupe.

— Je voudrais te serrer contre moi, Aude… On a encore du temps…

Elle se mord les lèvres. Elle croit comprendre ce que les mots signifient: il a imaginé sa fin et il en a anticipé la trop grande solitude.

— Alors, un petit peu…, dit-elle en voulant se donner le ton léger que l'on prend pour accorder une gourmandise.

Elle ôte sa jupe pour le rejoindre sous le drap. Il se tourne vers elle, et chacun passe son bras sous l'épaule de l'autre. Les yeux dans les yeux, ils se regardent, complices.

— Je t'aime, Aude. Tu es ce qui m'est arrivé de plus beau dans la vie.

Ils se sourient. Il l'attire un peu plus contre lui. Elle tend les lèvres, il secoue la tête:

— Je veux pas te passer ma grippe…

— J'attrape pas ça, moi, les grippes, dit-elle.

Il ferme les yeux. Elle sent qu'il veut dire quelque chose, mais se ravise. Elle a peur que ce ne soit des paroles trop graves, des paroles que l'on croit devoir dire dans des moments ultimes. Elle voudrait trouver un sujet léger, mais rien ne lui vient à l'esprit.

Hormis un rose léger qui ourle les nuées, il fait toujours gris à la fenêtre. Un gris plus clair, argenté. Aude se souvient comme ce silence l'a angoissée dans les premiers temps ici. Elle n'y pensait plus, mais, depuis hier, elle retrouve cette vieille angoisse diffuse.

— Je sais que je suis pas très fort, mais j'ai envie de toi, Aude, dit-il alors qu'ils sont toujours perdus dans le regard de l'autre, comme à l'heure d'une pause on se perd parfois l'été dans le vaste ciel bleu.

— Moi aussi, Thomas, j'ai envie de toi. C'est à croire que c'est un puits sans fond, j'ai toujours envie de toi. Mais, là, il ne faudrait peut-être pas que tu te fatigues…

— Je veux juste t'aimer, Aude. Ça ne peut pas faire de mal, au contraire.

Elle ferme les paupières et retombe un peu sur le dos. Il la suit.

— Ne bouge plus…, dit-elle.

— Je ne bouge plus, souffle-t-il.

— On est bien…

— Oui, on est bien…

— Il faudrait rester comme ça toute la vie.

— Chut, mon amour…

— Oui, mon amour… Tu vas mieux, hein?

— Chut…

Ils s'étreignent davantage, un peu étonnés et un peu irrités qu'il ne soit pas possible d'aller plus loin. Toujours ce besoin de se fondre dans l'autre. Presque d'y disparaître et sa solitude avec.

«C'est ça, trouver le Grand Amour, se dit Thomas. C'est rencontrer celle en qui on peut accepter de disparaître. Mais c'est aussi rendre la mort pas mal plus difficile… Je veux pas la quitter! Jamais!»

Car, même si la fièvre est tombée, quelque part en lui, il se sent partir. Il commence à le savoir. Aude aussi.

C'est aussi pour ça qu'elle va chercher ses lèvres; un peu pour le retenir, un peu pour partir avec lui.

Absorbant leur angoisse, les murs ont commencé à prendre cet aspect incolore et froid qui marque la tristesse. Il n'y a pas que les murs; toute la terre autour prend les teintes du chagrin et, pas loin de là, regardant à sa propre fenêtre, c'est aussi ce que ressent Maria.

Thomas et Aude n'ont pas besoin des paroles. Il lui inspire qu'elle est belle, et elle lui retourne qu'elle n'est que l'image de ce qu'il provoque en elle.

Presque au-delà de la conscience immédiate, il y a un dialogue muet :

« Tu ne partiras pas sans moi, Thomas. Si tu pars, je te suis!

« Il faut que tu restes, mon amour. Il y a Jonas. Il est nous deux. Jonas est tout ce que nous avons été.

« Mais, toi et moi, on ne sera pas toujours nous?

« À travers Jonas, Aude. À travers Jonas. De tout le reste, de notre poussière, il ne restera que notre sentiment; une petite lumière qui voyagera sur le fleuve et dans la forêt, un rayon de soleil frappant les doigts d'un nouveau-né, une brise du printemps qui court le monde. »

Dans « Je t'aime », il y a « je » qui signifie « moi »; « aime » qui est la somme de tous les verbes positifs; et « t' » qui signifie « toi ». Moi sans toi égale rien. C'est le don inconditionnel de soi à l'autre. C'est pourquoi il est inutile de chercher d'autres phrases quand on s'aime. Seule la répétition de celle-ci est ressentie nécessaire. Thomas et Aude ne font pas exception à la règle. Tandis qu'avec le jour ils montent vers le don de soi à ce qu'ils forment, ils ne peuvent que se le dire et se le répéter. Et c'est chaque fois nouveau, chaque fois plus beau.

Ils s'étreignent dans le petit jour, s'étonnent et s'émeuvent des humeurs de l'autre. L'un prend en donnant, l'autre donne en recevant. Sur le drap de flanelle, les doigts de leurs deux mains se croisent, se pressent et blanchissent aux jointures. Un appel, un cri, un chant et un merci; un même sanglot à deux voix. Faire durer l'instant, le multiplier dans la même unité, l'étirer jusqu'à sa source, si jamais…

Plus jamais un et une, mais plutôt nous.

Nous sommes!

Ils ne savent pas s'ils sont extrêmement malheureux ou extrêmement heureux. Mais ça n'a pas beaucoup d'importance; tout ce qui compte est de partager le même espace, le même temps, le même sentiment, presque le même souffle. Tout à l'heure, il n'y aura que le réveil de Jonas qui pourra les résoudre à se séparer.

***

Déjà le soir tombe. Les ombres brunes se sont glissées par la fenêtre, et il a fallu allumer la lampe. Mais la lumière de celle-ci semble avoir perdu sa chaleur. Aude et Maria sont assises de part et d'autre du lit, chuchotant parfois à voix basse au-dessus du malade.

Dans la matinée, lorsqu'elle est venue chercher Jonas, Maria a trouvé un Thomas dont la fièvre était tombée et une Aude qui croyait que le pire était passé. Pour elle-même, elle savait qu'il ne fallait pas se réjouir trop vite; à Mistassini le docteur lui a expliqué que souvent, dans la grippe, la fièvre semble disparaître pour ensuite revenir de plus belle. Aussi, lorsqu'elle a ramené Jonas, en fin d'après-midi, c'est presque sans étonnement qu'elle a trouvé Aude en larmes auprès de son mari qui prononçait des paroles décousues, disait qu'il était en train de se noyer.

— Il allait mieux, Maria! Il allait mieux!

— Le docteur m'a dit que ça pouvait arriver. Je te l'ai pas dit pour pas que ça t'inquiète… Mais ça veut rien dire pantoute, c'est le déroulement normal de la grippe. Il faut du temps… Il va se remonter, il est fort, je te dis qu'il va se remonter.

Aude fait oui de la tête, comme pour forcer le destin. Les yeux trop grands ouverts, elle ne cesse d'observer son mari. Elle craint, elle se reproche d'avoir cédé ce matin. Ce qu'ils ont fait a ôté ses dernières forces à Thomas. Peut-être que si elle n'avait pas cédé, peut-être alors qu'en ce moment il serait mieux. Elle oublie tout et a l'impression qu'elle n'a pensé qu'à elle. Pour un peu, comme on se confesse dans l'espoir de lever un châtiment, elle déclarerait tout à Maria.

Elle ignore que de son côté Maria s'estime encore bien davantage coupable. «C'est ma faute! c'est ma faute! se répète-t-elle. C'est ma lâcheté qui a fait ça à Thomas. Je suis lâche! Mon Dieu, comment pourrez-Vous me pardonner? Je ne le peux pas moi-même. Mais je Vous en prie, Thomas n'y est pour rien! Ne laissez pas Aude et Jonas sans lui, ils en ont besoin. Tout le monde a besoin de Thomas, Seigneur, il est si gentil. Toujours prêt à donner et à rendre service. Laissez-le-nous! Laissez-le-nous et je Vous promets que je ferai tout pour qu'Abel aille au juvénat des trappistes et que, si Vous lui donnez la vocation, il fasse de lui-même un prêtre. Je sais, mon Dieu, que tout est de ma faute, j'ai cédé à la tentation, mais Vous voyez en moi, Vous savez que je regrette… Oui, Vous devez Vous demander si je recommencerai… Je ne sais pas quoi Vous répondre, Seigneur, je sais que je suis faible. Je sais que des fois il y a des choses plus fortes que moi, mais donnez-moi seulement la force de les combattre sans faiblir.»

Lorsqu'elle rouvre les yeux, la réalité est là sans qu'elle n'y puisse rien. Thomas est très malade, on ignore s'il va vivre ou mourir, mais, quoi que l'on puisse souhaiter, ce qui lui arrivera est écrit dans l'ordre du mouvement depuis le début des temps.

Aude éponge le front de son mari. Comme si Maria venait d'arriver, elle répète qu'elle ne sait pas comment faire baisser cette fièvre, qu'elle a beau «le frotter à l'alcool», rien n'y fait. Encore une fois, elle entreprend de lui frictionner le buste. Elles ne comprennent pas qu'il ne réagisse pas davantage. Il garde les paupières baissées et la bouche entrouverte, à s'imaginer que l'esprit a déjà abandonné le corps.

— Est-ce que tu as déjà vu ça quand tu étais à Chicoutimi? demande Aude. Est-ce qu'il est dans le coma?

— Je crois, oui…

— Est-ce que…

— Je ne sais pas, Aude, je ne sais pas. Personne peut savoir.

— Mais qu'est-ce qu'il faut faire!

— Prier…

Maria s'était pourtant dit que plus jamais elle ne prierait pour une faveur, mais que faire d'autre face à l'impuissance?

Dans sa tête, un *Notre Père* suit un *Je vous salue, Marie*, mais bien vite les mots ne veulent plus rien dire. À eux se substitue la grande interrogation de la mort. Pourquoi est-ce qu'on meurt? Où va-t-on après? Pourquoi est-ce que Dieu permet que des gens qui s'aiment soient séparés? Ne sait-Il pas qu'on souffre terriblement de la mort? Ça ne Lui fait rien? Il ne peut rien faire? Est-ce qu'on se retrouve? Retrouvera-t-elle François? Et alors, comment pourra-t-elle être avec lui puisque Charlemagne sera là aussi? Non, la mort n'a aucun sens!

Elle se le dit et se le répète, s'offusque de sa réalité, mais quelque part une intuition lui chuchote qu'au contraire c'est peut-être en tentant de comprendre la mort que l'on peut comprendre la vie. Mais comment accepter ces idées absurdes alors que là, sur le lit, Thomas lutte pour vivre. Tout le prouve, dans sa lutte il arrache la vitalité à tout ce qui l'entoure: la flamme de la lampe paraît vaciller, et sa lumière est terne, tout semble inerte et morne, les meubles eux-mêmes «refroidissent».

— J'aurais peut-être dû…, murmure Aude.

— Quoi donc, Aude? T'as pas de reproche à te faire, tu le sais bien.

— Peut-être pas, justement. Il est écrit qu'il faut honorer son père et sa mère… Peut-être que Thomas irait bien si j'étais pas partie en peur… Peut-être que tout ce serait arrangé autrement…

— Il y a autre chose qui est écrit: tu quitteras tes parents et avec ton époux tu formeras une seule chair… Je connais pas grand-chose de la Bible, mais ça, je l'ai lu. Non, il ne faut pas que tu regrettes ton choix. Ça n'a rien à voir avec la grippe.

Et puis pourquoi toujours chercher dans ce qu'on a fait des raisons à ce qui arrive aux autres? Ça n'a aucun rapport. T'aurais obéi à ton père, Thomas serait resté pêcheur et peut-être qu'une tempête l'aurait fait chavirer. À ce moment-là, tu te serais dit que c'était de ta faute, que si tu avais écouté la voix de ton cœur il ne se serait pas trouvé là… Et puis qu'est-ce qu'on raconte! Thomas est juste malade. Il a une grosse grippe et c'est tout! Il va s'en sortir!

Tout à coup, elle se rend compte qu'Aude la fixe étrangement, la bouche légèrement entrouverte.

— Qu'est-ce qu'il y a?

— Rien… Rien… J'avais jamais pensé que tu pouvais aimer Thomas…

— Qu'est-ce que tu veux dire?

— Bien, je te vois, là, qui a de la peine et qui prie…

— C'est normal, non?

— Oui, oui, mais ça fait… curieux…

— Mais, Aude, je l'aime pas comme toi tu peux l'aimer si c'est ce que tu veux dire.

— Non, ça je sais… Il y a juste que ça me fait curieux de me rendre compte que si jamais… Oh! rien…

— Mais oui, continue?

— Non, c'est des bêtises. Je ne sais plus ce que je dis… Je voudrais que Thomas se réveille, je voudrais tant lui parler. Il me semble qu'on ne s'est encore rien dit… Pourtant, il n'y a pas une journée où il ne me fait pas découvrir un petit quelque chose. Tiens! juste avant de partir à Alma, il m'a appris comment calculer la durée de la nuit. C'est facile: tu prends l'heure où le soleil se lève, tu multiplies par deux et tu as la durée de la nuit. Tu vois, il m'apprend des tas de choses, comme ça, que tout le monde devrait savoir…

Thomas pousse un râle et elles se penchent aussitôt sur lui.

— Thomas! l'appelle Aude. Thomas, tu m'entends?

Il ouvre les yeux, et son regard les frappe bien plus que l'inconscience dans laquelle il était plongé. Un regard qui vient de loin et qui a peur de devoir y retourner.

— Ça file pas fort…, articule-t-il.

— Veux-tu quelque chose?

Il secoue la tête et sourit tristement à sa femme.

— La grippe te dételle un homme, c'est pas long, murmure-t-il.

— Te fatigue pas, Thomas; t'as besoin de toutes tes forces.

— Y a juste une affaire…

— Quoi donc?

— Si jamais j'en avais pas assez, je tiens pas à aller dans un cimetière. J'aimerais mieux me retrouver au pied du grand cyprès ioù nichent les geais. Comme ça, je serais pas loin…

— Tais-toi, tu racontes des affaires simples. Tu vas pas mourir, voyons donc!

Encore une fois, il sourit. Trop tristement, pense Maria. Aude, elle, s'afflige de voir à quel point le visage de Thomas se transforme rapidement. Il a le souffle beaucoup trop court, son teint a l'aspect sec d'un parchemin, et ses traits se creusent comme s'il y avait des mois qu'il n'avait pas mangé à sa faim, comme si quelque chose le dévorait de l'intérieur.

Maria se sent soudain de trop. Elle se dit qu'elle doit les laisser seuls. Quoi qu'il arrive, c'est sans doute préférable pour eux. Elle se lève un peu brusquement.

— Je vais aller voir si les enfants dorment comme il faut, dit-elle. Je repasserai plus tard…

Aude lève la tête, lui sourit un peu et opine du menton.

— Repose-toi, dit-elle. On va avoir besoin de toi…

Maria est devant la porte lorsqu'elle rencontre le regard lointain de Thomas.

— Salut, Maria, dit-il en essayant sans succès de lever la main. Pis merci pour tout.

C'en est trop pour Maria qui ne sait quoi faire d'autre que de hocher la tête, se mordre les lèvres, puis sortir un peu précipitamment. Encore une fois au milieu de la nuit, elle s'arrête pour donner libre cours à des sanglots. Elle n'en doute pas, c'est bien un adieu que vient de lui envoyer Thomas. Un adieu auquel elle ne pouvait répondre.

***

Des cloches! Les cloches d'une église qui carillonnent à toute volée dans le ciel bleu pur du printemps. Elle est sur le perron de l'église, le monde est immense, beaucoup trop grand, et la lumière est beaucoup trop intense, il y a quelque chose qui ne va pas. Pourquoi ce carillon? Ah oui, les funérailles! Mais de qui déjà? Elle ne parvient pas à s'en souvenir. Ça doit être trop triste. Oui, c'est ça, c'est trop triste et on ne peut pas savoir qui c'est. À moins que ce soit elle! Oui, dans le fond, c'est sans doute son enterrement à elle. Tout à l'heure, on va la porter en terre, et toute cette lumière va s'éteindre, il n'y aura plus que du noir. Du noir, du silence et du froid. Non, il n'y aura même plus de noir, il n'y aura plus rien; c'est pour ça que maintenant il y a toute cette lumière et ce carillonnement qui cherche à rappeler un souvenir lointain. Qu'est-ce qu'elles veulent lui dire, les cloches? Il y a quelque chose dont elle doit se souvenir avant que tout se referme…

Maria s'éveille tout à coup et se redresse brusquement.

« Thomas! » se dit-elle.

Sans une autre pensée plus élaborée, elle se lève, enfile son manteau et ses bottines, puis, dans l'obscurité, quitte la maison sans faire de bruit. Elle hésite devant la porte des Jolycœur. D'une part, elle craint d'arriver trop tard, de l'autre, trop tôt. La seule motivation qui lui fait ouvrir la porte est celle de l'espoir.

La lueur gris-jaune de la lampe éclaire ce que Maria redoutait. Aude est agenouillée au pied du lit, le visage enfoui entre ses bras. Sous le couvre-lit blanc, inerte, la forme de Thomas. Thomas qui, lèvres ouvertes sur le néant, fixe le plafond sans le voir. Et sa main nouée dans celle de sa femme, comme soudées pour l'éternité.

Aucun sanglot ne secoue Maria. Seules des larmes glissent sur son visage. François est mort, sa mère et Blanche-Aimée aussi, mais jamais elle n'a trouvé nuit aussi terriblement triste. Elle était elle-même davantage impliquée, mais la souffrance qu'elle lit sur la nuque d'Aude lui enfonce un épieu dans la poitrine. Elle voudrait s'agenouiller à côté de son amie, la prendre dans ses bras, lui dire qu'elle est là, qu'elle n'est pas toute seule, mais elle se rend compte que ce serait autant pour se consoler elle-même, que ce serait également rompre leur dernière étreinte. Elle voudrait se retirer dans l'ombre, disparaître en silence, les laisser une dernière fois et leur donner encore un peu de temps. Mais il est trop tard, Aude redresse son beau visage ravagé.

Elle ne dit rien, voudrait presque sourire, mais n'y parvient pas. Maria s'approche et lui pose la main sur l'épaule.

— Je ne sais pas quoi dire, souffle-t-elle. Je ne sais pas...

Aude ferme les yeux.

— On était trop heureux, murmure-t-elle. Ça doit être ça... Trop heureux... C'était une insulte au monde. Je veux le rejoindre, Maria! Je ne veux pas qu'il parte!

— Je sais, Aude... Je sais...

— Oui, moi aussi, je sais..., il y a Jonas. Il faut que je reste pour Jonas. Il faudra que je lui raconte... Il y avait le fleuve, Maria, toute la lumière du monde... Il y avait eu un souffle, plus que du vent, une promesse... J'ai cru que... Pourquoi? Pourquoi?

Maria aussi se demande pourquoi. Son regard a accroché le crucifix surmontant la porte et, à lui aussi, avec reproche, elle demande pourquoi. Car si toutes les autres fois elle pleurait surtout le disparu, cette fois, peut-être plus encore que Thomas, elle pleure aussi l'image du bonheur.

Combien de temps restent-elles ainsi? Elles seraient incapables de le dire lorsque l'aube délaye la nuit.

— Il faut que je prévienne sa famille, dit soudain Aude. Il faut qu'ils sachent... Pauvre monsieur Jolycœur... Sous le grand cyprès, a dit Thomas... Il a donc senti qu'il partait, c'est affreux! Je ne voulais pas qu'il souffre, je n'ai pas su tout prendre...

— Non, Aude, non! Tu n'as rien à te reprocher.

— Tu sais ce qu'il m'a dit après que tu es partie, il a dit qu'il pensait pas qu'il y a eu un homme plus heureux que lui sur la terre. Mais il a dit ça pour me faire plaisir...

— Non, je suis sûre que non. Ça se voyait qu'il était heureux. On ne voyait que ça sur lui, sur vous deux…

— Ah oui, alors! On peut dire qu'il m'a appris le bonheur. Quand je pense que mon père… Et puis, c'est pas la peine, qu'est-ce qu'il faut que je fasse maintenant? Tu le sais, toi?

— Ben… Je crois qu'il faut le préparer…

— Tu veux dire lui fermer les yeux et ces choses-là?

— Oui…

— Je ne veux pas lui fermer les yeux, Maria. Je ne peux pas!

— Il le faut, pour Jonas. Il peut pas voir son père ainsi, ça le marquerait. Je peux le faire, tu sais.

Aude secoue la tête.

— Non, non, Maria, merci, mais je vais le faire. Je dois le faire. Je voulais juste dire que, moralement, je n'admets pas de lui fermer les yeux. C'est au-dessus de moi. C'est pour ça que ma mère me reprenait tout le temps; parce que je n'acceptais pas. Et je ne changerai pas; je n'accepterai jamais ce qui fait souffrir. Jamais! Regarde s'il est beau! Il a toujours été simple, mais c'était une simplicité de l'âme, il n'a jamais eu l'air d'un habitant. C'était un seigneur! Mon Dieu! Mon Dieu! qu'est-ce que je vais devenir sans lui? Je voudrais tant…

Maria regarde autour d'elle. Rien n'a changé depuis ces derniers jours, mais déjà plus rien n'est pareil. Avec Thomas, une partie de ce qui habitait les murs et les choses s'en est allée. Tout est plus froid.

— Je vais te laisser pour aller voir aux enfants, dit-elle. Et puis je vais préparer Jonas. Je reviendrai plus tard avec lui.

— Laisse-moi un peu de temps…

— Bien sûr.

— Qu'est-ce que tu vas dire à Jonas?

— J'y ai pas encore pensé. Il est jeune, on peut lui dire que son père s'est endormi pour longtemps?

— C'est terrible, Maria, je devrais être plus malheureuse pour lui, mais je n'arrive à penser qu'à moi.

— C'est normal.

— Tu sais, je… Oui, je voudrais m'allonger à côté de lui encore une fois. Est-ce que tu crois que ça se fait?

— Évidemment, Aude, que ça se fait. Ce qu'il a laissé, c'est la partie de lui à travers laquelle tu l'as aimé. On est pas des anges, on a que ça pour s'aimer, nous autres. Pis c'est ben pour ça aussi que c'est terrible.

Les yeux immenses, la tête inclinée, Aude fixe la dépouille de son mari. Elle n'a pas encore pleinement réalisé qu'il n'est plus. Elle l'observe comme si elle attendait qu'il revienne.

« Eh ben, Thomas, se dit Maria en regagnant sa maison, on peut dire que tu nous laisses seules. On est plus que nous deux pour se débrouiller astheure. Mais je parle pour parler, c'est pas ça qui me fait de la peine, on sait ben qu'on réussira à se débrouiller, non, ce qui me donne du chagrin, c'est la douleur qui vient d'enfermer Aude à tout jamais sans qu'elle ne puisse jamais rien faire contre. Je sais que j'avais pas le droit de t'aimer comme on aime un mari, et ça a jamais été le cas, mais je t'aimais pareil. Pis ça je peux le dire parce que je sais que ça retire rien à Charlemagne. Tu dois déjà te faire du souci pour Aude, mais je te jure qu'elle pourra toujours compter sur moi ; quand elle aura besoin, je serai présente. Mais encore là, tu sais comme je le sais que c'est peut-être moi qui aurai besoin d'elle… Seigneur comme c'est triste ! Et tout ce ciel bleu à matin, et la rivière qui continue de couler, et ça sent bon le foin brûlé – sans doute Rosaire qu'a mis le feu à son champ –, et tout ça sans Thomas… »

Puis elle s'arrête brusquement. Tout comme il y a quatre ans elle a su que quelque chose arrivait, elle a soudain la même conviction. Qu'est-ce que ça pourrait être d'autre que le retour de Charlemagne ? Aura-t-il fallu cela pour ça ? C'est ridicule ! Elle refuse cette hypothèse. Sa première réaction est même de se dire que ce serait un peu trop tôt pour qu'Aude n'y voie pas un mauvais tour du destin.

XII

C'est Marcel de Grand'Maison qui est allé chercher un cercueil à Mistassini. Sans parvenir à dissimuler une lueur gourmande au fond des yeux, Roméo Grondin a déclaré à Aude que si elle avait besoin de quoi que ce soit, de ne pas hésiter à faire appel à lui. Maria l'aurait giflé. Mais sa femme, Lise, a apporté une tourtière en annonçant qu'elle s'occuperait de la nourriture «pendant ces journées difficiles». Là-dessus, Rosaire Caouette a proposé à Maria de tenir compagnie à Aude pendant que lui s'occuperait du «train» et que la chasse pourrait attendre.

Puis, après avoir longuement négocié avec le prêtre pour qu'il consente à ce que Thomas soit inhumé en dehors de la terre consacrée, où, selon lui, se reconnaîtraient les «bons» au jour du Jugement, il y a eu l'office à Saint-Eugène. Intérieurement, Maria s'est emportée contre le prêtre qui, plutôt que de parler de Thomas et de ce qu'il a fait chaque jour pour apporter un peu de joie et de bonheur autour de lui, a préféré saisir l'occasion pour rappeler une fois de plus des mots qu'il a attribués à Salomon : «Vanité des vanités, tout est vanité[3].» Il a été question du «Grand Mystère» de la mort qui ne trouve sa réponse que dans la foi. Là, Maria a compris la menace dans les paroles du prêtre. Quelque chose comme «si vous n'écoutez pas ce que l'Église vous dit, si vous n'écoutez pas ce que je vous dis, vous brûlerez en enfer pour les siècles des siècles».

---

3. Ecclésiaste 1,2. Dans la traduction exacte du texte original, comme le mentionne André Chouraqui, il faudrait lire «fumée» à la place de «vanité». Le mot «fumée» pris dans le sens de «illusion».

Oubliant un moment qu'elle était là avec les autres afin que tous s'unissent avec Thomas une dernière fois, elle s'est soudain demandé si un « père infiniment bon » pourrait supporter que ses enfants, même les plus malcommodes, brûlent à jamais dans « un étang de feu et de soufre ». « Non! » s'est-elle répondu, un peu terrifiée de son audace à réfuter un dogme pourtant soutenu par des gens qui doivent en savoir plus qu'elle.

Puis, dans la froidure de novembre éclairée d'un or très pâle, Aude et Jonas en tête, les quatre familles ont suivi le cercueil d'épinette transporté dans la carriole de Samuel Chapdelaine, prévenu à temps.

Sous le grand cyprès, ils ont tous fait cercle autour de la fosse creusée par Rosaire et Roméo. Tremblante sur ses jambes, Aude a aidé Jonas à jeter la poignée de terre symbolique sur le cercueil de son père. Un peu plus tard, elle a eu un signe de tête et tous ont compris qu'elle désirait rester seule. De loin, Maria l'a vue se mettre à genoux à côté de son fils et se pencher vers la fosse dans une vaine tentative d'y rejoindre son mari. Maria s'est alors aperçue que Blanche pleurait. Elle a serré ses doigts entre les siens.

— C'est des choses qui arrivent…, a-t-elle dit sans très bien savoir pourquoi.

— C'est pas juste!

— La justice, vous savez, les enfants, c'est aux gens de la pratiquer. Mais là où on ne peut rien faire, on peut pas en réclamer. Il y a des arbres qui restent petits, d'autres qui meurent tout tordus et d'autres qui deviennent très beaux et très grands, on ne sait pas pourquoi, c'est comme ça…

— Alors, on peut rien faire?

— On peut juste travailler à ce que ça aille mieux, un jour, plus tard. C'est peut-être même pour ça qu'on est là…

— C'est bien ce que je disais…, a dit Samuel Chapdelaine qui les suivait deux pas en arrière. J'aurais eu plus l'impression de servir à quelque chose si vous aviez repris la ferme. J'ai apporté un peu d'amélioration, vous auriez continué. Mais tu es orgueilleuse, ma fille, tu as voulu repartir de zéro. Remarque, je dis pas que t'as pas avancé, au contraire…

— C'est vous, son père, qui avez de l'orgueil pas mal…

— Oui, je sais à quoi tu penses…

— Je sais que ma sœur souffre, son père.

— De ne pas m'avoir écouté?

— Non, vous le savez bien, son père; Alma-Rose souffre de votre silence. Y a que vous qui pouvez lui dire que vous pensiez que son bien était ailleurs.

— Et si j'en juge par les héritiers qu'elle ne nous donne pas, j'avais raison en sirop!

— Je suis contente que vous parliez au passé, son père…

— T'as raison, je vais aller faire une tourette à Montréal un de ces jours. Je voudrais ben voir ce que c'est devenu depuis que j'y suis passé. À ce moment-là, je devais à peu près avoir ton âge ou plus jeune. Pis c'est vrai aussi que j'aurais pu tomber sur un gendre qui se pacte la fraise ou qu'a pas tout son génie ou qui prend sa femme pour un punching bag… (Il a eu un regard en direction d'Aude.) Mais on dirait ben que c'est toujours les meilleurs qui partent… Je l'ai pas rencontré souvent, Thomas Jolycœur, mais j'ai tout de suite vu que c'était un sapré bonhomme.

Le père et la fille se sont regardés avec un léger sourire.

Ils sont à présent sur le point d'entrer dans la maison. Samuel Chapdelaine désigne Aude :

— Qu'est-ce qu'elle compte faire? Elle veut pas rester icitte quand même?

— Et pourquoi non, son père?

— Je le sais pas, c'est loin du monde pas mal…

— Et c'est vous qui avez traîné sa mère loin des vieilles paroisses qui dites ça! J'en crois pas mes oreilles.

— Faut croire qu'on prend des années… Mais qu'est-ce qu'elle va faire toute seule?

— Je suppose qu'elle va faire comme j'ai fait toutes ces dernières années.

— Jolie comme qu'elle est, elle peut pas rester veuve!

— J'ai pas l'impression qu'elle envisage autre chose tout de suite. Son mari vient tout juste de mourir, son père…

— C'est sûr.

Blanche, qui a tout écouté, secoue la tête de droite à gauche.

— Moi, je dis qu'elle se remariera jamais! déclare-t-elle. Si elle se remariait, ça voudrait dire qu'elle l'aimait pas! Ça voudrait plus rien dire pantoute! Ça serait ridicule!

Une ombre de tristesse passe dans le regard de Samuel Chapdelaine.

— Ça voudrait pas dire qu'elle l'aimait pas, dit-il d'une voix un peu couverte, ça voudrait dire qu'elle a réussi à oublier. C'est une loi dans la vie; il faut avoir le courage d'oublier ce qui fait mal, pour continuer, pour survivre.

— Et à quoi ça sert de survivre si c'est pour se conter des menteries?

— Tu comprendras plus tard.

— C'est toujours ça qu'on me dit quand on est pas capable de me répondre...

— Ouais! On peut dire que t'as du caractère, toi... (Il s'adresse à Maria.) C'est-ti Charlemagne qu'est de même?

— Sa grand-mère Saint-Pierre était un peu de même.

Passant devant la fenêtre, Maria s'y fige soudain. Son père la voit pâlir brusquement.

— Qu'est-ce que c'est, Maria?

— Je... Je ne... Je crois que c'est... Non, non, il est plus grand que ça... Ah non, c'est pas Charlemagne. Il y a quelqu'un qu'arrive dans un boghei que je connais pas, et un moment j'ai cru que c'était Charlemagne. Je sais pas pourquoi, ces temps-citte, j'ai tout le temps l'impression qu'il va revenir. Je me demande qui ça peut ben être...

Tirant sur sa pipe, Samuel Chapdelaine s'approche de la fenêtre, fronce les sourcils, s'étonne un instant, puis secoue la tête.

— Cré maudit! Tu reconnais pus ton frère...

De nouveau, Maria regarde par la fenêtre, puis la surprise lui agrandit les yeux.

— Mon Doux! mais c'est Tit'Bé! Tit'Bé icitte! Et je le reconnaissais point! Mais qu'est-ce qu'il fabrique par icitte? Je le croyais dans l'Ontario.

— Moi pareil, je me demande ben ce qui se passe avec lui. Il arrive peut-être nous annoncer qu'il a enfin trouvé une créature à son pied. Regarde-le s'en venir avec son habit de chez les Anglais! Y s'en fait un peu accroire, tu trouves pas?

— Pantoute, son père, je le trouve bien, moi.

Ils sont sortis pour l'accueillir. Maria s'avance vers lui pendant que leur père les observe d'un œil plutôt satisfait.

— Tit'Bé! s'exclame Maria, tu parles d'une surprise, p'tit frère! On te croyait toujours dans l'Ontario. T'as pas écrit pour dire que tu t'en venais.

— Bonjour, ma grande sœur! Surprise de me voir, hein?

— Plutôt, oui, mais ça fait plaisir pareil. Qu'est-ce que tu fais dans le bout? Son père est icitte, justement.

Tit'Bé lève la tête et salue son père.

— Bonjour, son père, je m'attendais point à vous voir icitte.

— C'est-ti une mauvaise surprise pour toi?

— Pantoute! Au contraire! De même, je vois tout le monde…

— C'est-ti qu'y aurait plus d'ouvrage par chez vous? demande Samuel Chapdelaine.

— C'est pas ça, de l'ouvrage y en a full time, non, chus revenu par icitte pour autre chose… (Il regarde autour de lui comme pour s'assurer de n'être entendu que des bonnes personnes.) Pour tout vous dire, je suis revenu pour me cacher. Y a la police militaire qui me cherche pour m'envoyer de l'autre bord, et moi ça me tente pas que l'diâbe…

Maria rit alors que son père prend une attitude plus sévère.

— Je ne vois pas ce qu'y a de drôle, dit ce dernier. Je sais pas si c'est ben, ben courageux que de se cacher pour pas aller à la guerre.

Maria se tourne vers lui.

— Vous trouvez pas qu'y en a assez d'un dans la famille, son père? Je peux vous lire les lettres de Charlemagne. Vous allez voir que c'est pas juste pour la patrie et tout ça qu'ils envoient des hommes là-bas. Les politiciens pis les généraux, ils se servent du pauvre monde pour jouer à la guerre, tout comme nous autres on peut jouer au jeu de l'oie. T'as eu raison, p'tit frère. Icitte, les polices viendront pas te chercher. Pis s'ils viennent, je leur dirai ce que je pense de leur guerre, moi.

— Je crois que tu serais mieux de rien dire…

— O.K., je dirai rien… Tu dois avoir faim? Combien de temps ça t'a pris pour t'en venir?

— Chus resté une journée et une nuit dans les chars, pis chus passé par Normandin ioù c'qu'Esdras m'a passé un boghei pour m'en venir icitte. Il dit qu'à Normandin, c'est pas sûr. C'est sur le chemin passant… Mais comment ça se fait que vous êtes tous ben checkés de même? C'est-tu la noce ou ben quoi?

— Pantoute, Tit'Bé, on s'en vient juste d'enterrer notre voisin. Tu l'as pas connu, c'était tout un homme, et moi, je l'aimais bien. Malheureusement, t'arrives pas pour partager de la joie…

— Il est-ti mort de la grippe, lui itou?

— Oui. Pourquoi, il y en a beaucoup ailleurs?

— Partout. Ça meurt comme des mouches. Dans le train, les gens parlaient rien que de ça. Moi, ça m'inquiète pas trop, chus fait solide.

— Thomas aussi, il était solide… Mais entre, tu vas manger avec nous pis après on verra ioù ce qu'on peut te faire une petite place. Aude sera avec nous pour souper. Faudra faire attention de pas avoir l'air trop animé.

— Aude, c'est ta voisine?

— Oui, et mon amie aussi. Alors, raconte, c'est comment dans l'Ontario? C'est-ti aussi bien que chez nous?

— C'est pas pareil. Là-bas c'est plus facile de gagner sa piastre, mais aussi faut dire que c'est des Anglais. C'est pas la même mentalité qu'icitte. Je dis pas qu'on est meilleurs ou qu'y sont moins bons, je dis que c'est différent.

— Tu dois parler l'anglais astheure?

— Ben obligé. On peut rien faire, là-bas, si on parle pas, ou ben alors des jobs de crève-faim.

— Pis les créatures de l'Ontario, lui demande Samuel

Chapdelaine, t'en as pas trouvé une seule à ton goût? Si t'étais marié, ils te laisseraient tranquille et t'aurais pas besoin de te cacher pour pas aller te battre dans les vieux pays.

— J'ai pas encore trouvé, son père. J'sais pas pourquoi, on dirait que les femmes pis moi, ça clotche pas. Chus p't'être ben fait pour rester un vieux garçon… Anyway, c'est l'fun de vous revoir.

— Tu perds ton français, mon garçon. Tu nous places des mots d'anglais un peu partout.

— L'habitude, son père, l'habitude. Pis chus pas si pire; y a des francos qui vivent là-bas, y sont rendus durs à comprendre dans les deux langues.

— D'icitte à ce que Télesphore pis Da'Bé parlent pus rien que l'anglais, avec votre sœur qui doit avoir perdu de sa religion, on sait pus trop ce qu'on va être dans la famille… Tu crois pas que tu serais mieux de t'en revenir rester au Lac pour de bon?

— Je le sais pas, son père. L'argent est plus facile à ramasser en Ontario… Pis pour vous dire tout ce que je pense, la religion, j'arrive pus vraiment à croire que c'est sérieux. Faut pas m'en vouloir, c'est de même pis c'est tout.

— La foi, je peux pas te la donner, mon gars, c'est entre les deux oreilles que ça se passe, et je peux pas croire que ça va pas te revenir à un moment donné, mais pour ce qui est des piastres de l'Ontario, tu crois pas que faire une bonne vie, c'est pas exactement rechercher à gagner des piastres?

— Je vois pas ce qu'y faut faire d'autre, son père…

— C'est peut-être ben justement parce que t'as perdu la foi. À ce que je vois, tu commences pas juste à parler comme les Anglos, tu penses aussi comme eux autres…

— En tout cas, j'ai appris que quand on a des piastres on fait ce qu'on veut et que quand on en a pas on fait ce que les autres veulent. C'est pour ça qu'on dit que les Anglais nous ronnent, c'est parce que c'est eux autres qu'ont les piastres.

— Ben moi, je les envie pas les ceusses qui vivent pour

l'argent, dit Maria. Ils ont peut-être ce qu'ils veulent, mais est-ce que leur vie a du sens? Moi, j'aime mieux savoir que je suis là pour autre chose que pour faire des piastres. Qu'est-ce que ça me donnerait au bout du compte?

Tit'Bé a un mouvement de tête hésitant. Maria, apercevant Aude qui revient à pas lents, sort pour aller à sa rencontre. Le chagrin a presque statufié son visage.

— Maria, tu vas m'excuser, dit-elle, mais moi et Jonas, on ne va pas souper chez toi ce soir. Je crois que je préfère qu'on reste seuls entre nous…

— Mais pourquoi? Ça te changerait un peu les idées…

— Je ne veux pas me changer les idées, Maria. Je veux rester avec Thomas, tu comprends?

— Oui, bien sûr. Je vous apporterai de la tourtière un peu plus tard dans la soirée.

— Maria…

— Oui?

— Je ne veux pas que tu t'imagines que j'ai besoin d'une assistance spéciale. Je veux qu'on continue comme avant, c'est tout.

— C'est aussi mon idée, Aude, mais tu vois, je te considère pas juste comme une simple voisine; alors, crois pas que ça me tord un bras d'aller te voir; c'est le contraire qui serait dur à prendre.

Un sourire traverse la tristesse d'Aude.

— À plus tard, dit-elle. Profite de sa présence pour essayer de convaincre ton père que ta sœur n'est pas une criminelle…

— J'essaie, j'essaie… Et toi, as-tu écrit à tes parents?

— Certainement pas! Mon père serait trop heureux.

— Ben, voyons!

— Je me fais pas d'illusions, Maria. Il serait capable de dire que le ciel a remis les choses en ordre ou quelque chose du genre. Et comme ma mère lui donne toujours raison… Par contre, j'ai prévenu la famille de Thomas et ça me surprendrait pas de les voir arriver ces jours-ci. J'aurais voulu éviter ça à son père, c'est un gentil monsieur. Il doit être complètement anéanti.

— Tu vois comment t'es! Tu devrais penser à toi et tu penses aux autres. Tu as ben assez de ta peine, Aude, prends pas en plus celle des autres.

— Et c'est toi qui dis ça! Je te connais, Maria Saint-Pierre…

Une nouvelle fois, elles se sourient avant de se séparer.

***

— Ouvrez! Ouvrez!

Maria se redresse vivement, elle se sent un peu effrayée. Un regard autour d'elle lui apprend que c'est le milieu de la nuit. Qui peut crier comme ça à la porte à cette heure?

— Je me lève, une minute, répond-elle.

Il y a trois hommes en uniforme derrière la porte. Le premier s'incline un peu sèchement.

— Excusez-nous, madame, mais vous êtes bien une sœur de Tit'Bé Chapdelaine?

— Tit'Bé… Oui, c'est mon frère, mais pourquoi, qu'est-ce qu'il y a? Il lui est pas arrivé quelque chose?

— Non, nous savons seulement qu'il se cache par ici.

— Tit'Bé, se cacher! Mais pourquoi donc, mon doux Seigneur! C'est toujours ben pas un criminel…

— Il se cache pour échapper à la conscription, madame. Et d'après nos renseignements, il pourrait se trouver ici…

Maria pose ses mains sur ses hanches.

— Ben là, c'est fort pas à peu près! dit-elle. S'il y a quel-qu'un qui devrait se cacher icitte, c'est ben mon mari! Mais non, mon mari est en Europe ça va faire quatre ans! Quatre ans sans qu'il puisse voir ses enfants, sans voir sa femme, et là, vous débarquez au milieu de la nuit pour me dire que mon frère, qui, soit dit en passant, vit dans l'Ontario, serait icitte pour pas aller dans l'armée. Entrez donc, fouillez partout! Il n'y a que mes enfants et moi-même, mais fouillez quand même…

Le policier a un regard vers l'intérieur, puis il secoue la tête.

— Excusez-nous, dit-il, on a dû avoir des mauvais ren-seignements. On vous dérangera pas plus longtemps.

— Si vous êtes pas certains, j'aimerais mieux que vous fouilliez partout plutôt que de me déranger une autre fois…

— Non, non, madame, ce sera pas la peine. On voit bien qu'il n'est pas chez vous. Excusez-nous encore.

Elle les regarde partir, puis ferme lentement la porte.

— Tu peux te rendormir tranquille, dit-elle à l'intention de Tit'Bé couché sous le lit d'Abel qui a été un peu surélevé dans ce but. Je pense pas qu'ils reviennent cette nuit.

— Je te remercie, grande sœur…

— Chus pas très fière. J'aime pas ça pantoute, ces affaires-là, moi.

Il sort de sa cache pour aller voir de biais à la fenêtre.

— Tu sais à quoi je pensais pendant que tu leur parlais? Je me disais que si tu réussissais à les renvoyer, je retournerais à la messe tous les dimanches.

— Oui, ben laisse-moi te dire une chose: le bon Dieu, c'est pas tant que t'ailles à la messe qui Lui ferait plaisir, c'est que tu croies en Lui pis que tu L'aimes. Je pense pas qu'Il soit très fort sur les marchandages…

— C'est ce que je voulais dire, Maria. Quand j'ai vu les polices qui s'en retournaient, j'ai comme senti que Jésus était pour quelque chose dans l'affaire, et ça, ça veut dire que, si je L'ai entendu, j'ai pas d'autre choix que d'y croire.

— Ben, mon mensonge aura toujours eu ça de bon… Si on m'avait dit que je serais obligée de mentir un jour…

— Y a des fois où on a pas le choix. Tout est pas toujours tout blanc ou tout noir… Tiens, depuis que je suis en Ontario, j'ai appris une autre affaire: icitte, au Lac, on a toujours dans l'idée que quelqu'un qui pile son argent, c'est un avaricieux, pis être avaricieux, c'est plutôt un défaut. Là-bas, chez les Anglais, ils appellent ça un économe et c'est plutôt une qualité que d'être économe. C'est pour te dire…

— Ben pour moi, un baise-la-piastre, ça restera toujours un baise-la-piastre. Pis c'est marqué dans l'Évangile, on ne peut pas avoir deux maîtres: Dieu et l'argent… Et pour moi, être économe, ça veut juste dire qu'au lieu d'acheter du superficiel, il faut garder le minimum pour les jours difficiles.

Pis mentir, c'est raconter le contraire de la vérité. Y a juste le Seigneur qui pourrait dire si, à long terme, ça aurait pas été mieux pour toi que les polices t'emmènent.

— Merci!

— Je dis ça comme je le pense, mais tu sais ben aussi que chus pas pantoute pour qu'ils t'envoient là-bas te faire tirer dessus ou tirer sur les autres. Au fait, pourquoi tu veux pas y aller?

— Parce que c'est pas de mes oignons. Moi, les Boches, ils m'ont jamais rien fait. Et puis, aussi, j'ai pas envie de me faire tuer. J'ai appris la *Marseillaise des Canadiens* à Genin. Pour moi, ça veut rien dire pantoute. Je peux te la chanter. Dans l'obscurité, il se met à fredonner tout bas :

> *Entendez-vous ces cris d'alarme*
> *Qui nous viennent des vieux pays*
> *Descendants de Français « aux armes »*
> *Canadiens, répondons : « Nous voici! nous voici! »*
> *C'est le souvenir des ancêtres*
> *Qui vibre au fond de tous nos cœurs*
> *Comme eux sans reproche et sans peur,*
> *Vengeons les martyrs de ces rêtres*
> *Aux armes, Canadiens, formez vos bataillons*
> *Versons, versons le sang impur des assassins teutons.*

Maria secoue la tête.

— Charlemagne, lui, ça va faire quatre ans qu'il est dans les tranchées. Il a jamais dit qu'il ressentait le souvenir des ancêtres vibrer au fond du cœur ni que les Teutons avaient le sang plus impur que d'autres…

— C'est pas normal! Crime! Envoyer se faire tuer du monde qu'a même pas encore eu le temps de vivre sa vie pour des affaires qu'on comprend même pas… Tu te souviens-tu, quand on était petits pis que l'hiver le père nous faisait sortir dehors pour voir les aurores boréales?

— Oui, ça, je me souviens…

— Moi, à chaque fois, je trouvais ça extraordinaire. On était tous là, assis sur le banc de neige, gelés comme des cretons, mais on y pensait pas, tout semblait merveilleux. Moi, en dedans, je me sentais aussi grand que l'espace tout entier… Enfin, je raconte tout ça pour dire que la vie, c'est pas mal grand, pis que je comprends pas qu'il y en a qui croient qu'ils peuvent décider comme ils veulent de celle des autres.

Maria se fait songeuse.

— Oui, dit-elle, je voudrais bien que Charlemagne soit là cet hiver pour emmener les jeunes dehors voir les aurores boréales. Avec une mère, c'est pas pareil…

***

— Dire que dans moins d'un mois ce sera déjà Noël, dit Aude. J'aimerais le plus beau pour Jonas, lui faire un peu oublier…

Maria ne relève pas que son amie aussi devrait non pas oublier, c'est impossible, mais peut-être essayer d'accorder plus de crédit à l'avenir. Aude est de ces personnes qui refusent de contourner leur chagrin. Pour elle, vivre celui-ci sans jamais chercher à y échapper est en quelque sorte un dû à celui qui est parti. Est-ce que Thomas, s'il était parti se battre dans les vieux pays, aurait fait comme Charlemagne?

Pour l'énième fois depuis qu'elle a eu sa dernière lettre il y a trois jours, Maria se demande si elle doit la brûler ou la relire encore et essayer de comprendre. Pourtant, chaque mot en est inscrit dans sa mémoire.

Maria,

Je ne crois pas qu'il y a pire que de mentir à celle qu'on aime. Je crois même que c'est le mensonge lui-même que l'on appelle tromper.

Il y a plusieurs jours que je me demande si je dois t'écrire cette lettre. Des fois, je me dis que non, que ce serait tout briser, et puis aussitôt je me réponds que tout briser ce serait te mentir.

Alors, voilà.

J'ai été faible, Maria. Je pourrais mettre ça sur la faute du rhum puisque j'en avais bu pas mal, mais ce serait chercher une excuse facile, même si je crois que le vrai coupable, c'est l'ennui. J'ai cru pouvoir me faire accroire que je te retrouvais.

Ça s'est passé à Douai pendant notre dernière permission. Je m'étais assis à la terrasse d'un café (en France, les cafés peuvent servir les clients sur des tables installées sur le trottoir), je fumais de ces cigarettes amenées par les Américains et il y a une fille qui est venue jouer de l'accordéon autour des tables. À un moment donné, sans que j'y sois pour rien, elle a posé son accordéon sur ma table en me disant qu'elle était morte de fatigue. C'est pour ça que je lui ai dit de s'asseoir. Comme de raison, on a commencé à jaser et puis le temps a passé sans qu'on s'en aperçoive. Elle me parlait de sa vie et moi de la mienne, et tout à coup on s'est rendu compte qu'il était tard parce que le café allait fermer. Elle m'a dit qu'elle avait du pain, du saucisson et une bouteille de rouge chez elle, et elle m'a demandé si je voulais manger un morceau. Comme je la trouvais bien gentille et que je me sentais comme il y avait longtemps que ça m'était pas arrivé, j'ai dit oui. À ce moment-là, Maria, ça va peut-être te paraître dur à croire, mais je n'avais pas d'idées en tête. On a donc mangé autour de la table ronde dans son petit logis et on a continué à parler de nous. Elle a mis de la bien belle musique sur un phonographe. Elle voulait tout savoir sur le Canada, elle disait qu'elle aimerait ça y aller. Et puis... Je ne sais plus comment te dire, il faisait sombre, on était seuls, il y avait eu le rhum et le vin rouge, elle sentait bon les fleurs, et il y avait longtemps que... Voilà, il fallait que je te le dise. Je crois que ça ne servirait à rien d'être un couple si c'était pour se mentir.

Je ne peux rien te dire de plus, Maria, sinon que,

pour toi, je regrette de ne pas avoir été assez fort. Je sais que ça va te faire de la peine, mais je sais aussi que le mensonge aurait fini par nous faire encore plus de mal. Crois-moi quand je te dis que je souffre à l'idée de te causer du chagrin.

Les larmes au bord des paupières, Maria serre les lèvres. Elle va brûler cette lettre! Elle va… Elle va s'en aller, partir avec les enfants! Il n'avait pas le droit! Il est…

Elle essaie de se mettre en colère contre lui, mais n'y parvient pas. Elle voudrait lui en vouloir, mais n'y arrive pas. Elle se sent blessée, terriblement malheureuse, mais est incapable d'en imputer la responsabilité à Charlemagne. Elle voudrait trouver un moyen, l'imagine, là-bas, dans ce logis français avec cette accordéoniste, mais, comme si sa propre mémoire se faisait l'avocat de Charlemagne, elle se souvient de l'autre soir sur le fenil, avant que Thomas ne meure. Elle se souvient de cet été où elle regardait Élie cachée derrière les aulnes.

«Quand même! essaie-t-elle de réagir. Je n'ai rien fait avec personne, moi!»

Mais elle sait bien au fond que ce ne sont que des mots.

Tentant d'échapper à cette lettre, elle revient à Aude en train de conter aux enfants une histoire de Noël qui se passe quelque part dans les steppes du Caucase. Maria se demande où Aude va chercher tout ça et, l'écoutant, se laisse elle-même prendre à la magie du récit.

— … et alors, raconte Aude, le pont-levis du château s'est abaissé et tous, souverains, seigneurs et troubadours, animaux sauvages et domestiques, se sont mis en marche vers le village des lépreux. Au son de la fanfare, les éléphants marchaient en tête, les singes en costume rouge sur leur dos. Très dignes, les chameaux suivaient sur leurs grandes jambes. Montée sur l'un d'eux, la princesse Natacha ne pouvait retenir des larmes de joie. Le roi Sardar lui-même, au milieu de ses gens, avançait en tenant son gros ventre, et jamais on ne l'avait vu aussi heureux. Non, jamais on n'avait vu les gens et les animaux aussi heureux dans un défilé…

« Il a cru pouvoir aller chercher un moment de bonheur, se dit soudain Maria. Est-ce que je devrais lui en vouloir pour ça? Est-ce que c'est un crime que de vouloir être heureux? Après tout ce temps, est-ce qu'on ne peut pas se tromper une fois… Je t'aime, Charlemagne! Je t'aime, mon amour! Oui, je serai là lorsque tu reviendras, et ensemble on retrouvera bien ce qu'on a perdu. Tu verras! »

À la fenêtre, elle aperçoit le grand ciel bleu trompeur de l'hiver. Bercée par le conte d'Aude, elle se laisse emporter dans sa lumière.

***

Maria est sortie et a fait quelques pas dans la neige craquante. « Une bonne journée pour laver les draps et les couvertes, s'est-elle dit en humant à fond l'air froid et sec du matin. Ça va réchauffer assez aujourd'hui pour que j'étende dehors. » Elle a fait un signe à Aude qui se dirigeait vers l'étable, une chaudière à la main.

Hier soir, elles ont veillé un peu tard. En compagnie de Myriam, Lise et Ninon, elles ont joué au toc une grande partie de la soirée pendant que, sauf Tit'Bé reparti pour l'Ontario, les hommes réunis chez Rosaire jouaient au « bluff » et, bien entendu, puisaient dans le baril de « baboche ». En fin de soirée, elles les ont retrouvés, rigolant comme de grands enfants, à n'en plus retrouver leur souffle.

— C'est quoi qui vous fait rire de même? a demandé Myriam.

— C'est ton mari, c'est ton mari…, a éclaté Rosaire, cette fois littéralement au bord de la suffocation.

— Qu'est-ce qui se passe, Marcel?

— Rien! Y a rien pantoute, c'est eux qui niaisent… Y sont comme des queues de veau depuis le début de la partie…

— J'ai plutôt l'impression que vous êtes retournés un peu trop souvent au baril…

— C'est pas vrai, ça, Myriam! C'est ton époux: y lâche des vents comme un diable.

— Et c'est ça qui vous fait rire comme des bossus! Ben, j'ai mon voyage! C'est à se demander si les hommes ont tout leur génie... Ça se peut-tu, un peu!

— Câline! Faut ben rire une shot, a dit Roméo. C'est pas tous les jours que ça se présente...

Sans doute parce qu'il avait trop bu, il avait ensuite adressé un clin d'œil égrillard à Aude qui a aussitôt annoncé qu'elle rentrait. Son geste venait de jeter un froid, et il a voulu s'en défendre :

— Ben quoi? Qu'est-ce que j'ai fait qui va pas?

— On dirait que t'as un petit verre dans le nez..., lui a répondu Lise d'un ton qui se voulait détaché.

— C'est pas vrai! C'est pas vrai! Chus même pas chaudette... Et pis crime! Qu'est-ce que j'ai fait pour qu'on me fasse manger d'la marde de même? C'est ennuyant comme la mort, chez nous, on peut pas rire une secousse, on peut pas prendre un p'tit verre sans qu'on nous tombe aussitôt sur la fripe. Ça dérange?

— Ça dérange pas, ça dérange pas, a répondu Lise avec un sanglot mal dissimulé dans la gorge. Viens-t'en, Roméo, il est tard.

Marcel et Rosaire se sont levés.

— Ouais, y commence a être tard pas mal, ont-ils dit l'un après l'autre.

Maugréant, Roméo s'est levé aussi et a enfilé son manteau.

— Tu t'es boutonné en jaloux..., lui a dit Lise en s'avançant pour replacer les boutons.

— C'est ça! Dis à tout le monde que j'ai l'air d'un gorlot, câlisse! Tu peux pas te fermer la boîte, des fois!

Il y avait quelques instants que Maria sentait la colère la gagner. Elle lui en voulait surtout d'avoir blessé Aude.

— C'est toi, Roméo Grondin, qui devrais te la fermer un peu, la boîte, a-t-elle dit sèchement.

— Qui c'est qui t'a passé le crachoir, à toué? a-t-il répondu. Viens pas nous faire une morale icitte, t'es mal placée pour ça...

— Là, par exemple, je voudrais ben savoir ce que tu veux dire?

— Tu sais ben ce que je veux dire…

— Non, pis je voudrais que tu le dises tout haut, qu'on puisse en jaser.

— J'ai rien à dire pantoute, pis c'est pas une créature qui va venir me dire quoi faire! Jamais du saint-sacrement!

— Si c'est pour entendre sacrer de même, t'as raison, j'aime mieux rien entendre. De toute façon, y a rien à entendre.

— C'est ça, viarge! Pis de toute manière, y est mort et j'aime pas parler des morts…

Elle a eu l'impression qu'un sang glacé lui parcourait le corps.

— Cette fois, tu dois t'expliquer, Roméo Grondin. Si tu le fais pas tout de suite, je te jure que tu vas le regretter… Chus gentille, mais si tu veux un chien de ma chienne, tu vas l'avoir…

— Blablabla et blablabla… J'ai rien à expliquer que tout le monde sait déjà. Même ton mari, mé qu'y s'en revienne de la guerre, il va déjà le savoir qu'une créature qui reste trop longtemps sans son bonhomme, c'est normal qu'a regarde ailleurs… Pis Jolycœur y portait ben son nom…

Sidérée, Maria se rend compte que Rosaire a le regard fuyant. Mais ce n'est pas pour elle-même qu'elle est le plus insultée, c'est pour Thomas qui ne s'est jamais permis ne serait-ce qu'une allusion voilée. Et qu'aucune tentation n'a dû seulement jamais avoir effleuré.

— Tu es une ordure, Roméo Grondin! lance-t-elle d'une voix blanche. Un rat, une coquerelle, pis encore, c'est insultant pour eux autres. J'ai jamais donné l'heure à quelqu'un, mais à toi je vais te le dire: t'es rien qu'un ivrogne juste bon à te pogner le cul. Tu nous regardes avec les yeux pleins de vice et tu t'imagines que tout le monde est comme toi. J'ai jamais souhaité une affaire de même, mais là, je le fais: je souhaite tout haut que Lise te laisse tomber. Un mari comme toi, vaut mieux pas en avoir pantoute… Et encore autre chose: si jamais tu laisses entendre des saletés comme tout à l'heure devant Aude, si jamais tu lui fais mal avec ton esprit malade, je te le dis comme je suis là, je te saigne comme on saigne un cochon. Pis demande-toi pas si j'en suis capable, maudit écœurant! Je veux pus jamais te voir chez nous ni sur notre terre. Tu passes au loin sur le chemin et tu y restes.

Le cœur battant, elle est sortie et a marché vers chez elle d'un pas décidé. Elle s'est alors rendu compte qu'Aude attendait sur le seuil.

— Bravo…, lui a-t-elle dit.

— Tu as tout entendu?

— Oui.

— J'aurais pas voulu…

— Ça ne me touche pas, Maria. C'est tellement ridicule! Ce que je ne comprends pas, c'est pourquoi il y a des gens comme lui… Je t'ai jamais vue en colère de même…

— Des fois, c'est plus fort que moi…

Aude a ri à côté de Maria, étonnée.

— Qu'est-ce qu'il y a?

— Je t'imagine en train de saigner Grondin comme un cochon… Je vois le gros titre dans *Le Progrès*: «Insultée, une femme égorge son voisin.»

— C'est pas drôle.

— Parce que tu ne te vois pas. Tu n'as vraiment pas le genre, je t'assure… Pas plus qu'on pourrait imaginer Roméo Grondin en saint François d'Assise…

Peut-être une réaction des nerfs alors que la colère retombait, Maria s'est mise à rire avec Aude, de plus en plus fort, et brusquement elle a réalisé que c'était la première fois qu'elles le faisaient depuis la mort de Thomas.

Mais parce qu'il lui a soudain semblé que c'était beaucoup trop tôt, Aude s'est tue brusquement. Comprenant ce qu'il lui arrivait, Maria lui a serré l'avant-bras en silence.

Elle repense à tout cela en se disant qu'elle a désormais un ennemi. Mais, même s'il était ivre, pouvait-elle le laisser médire comme il le faisait?

— Non! affirme-t-elle tout haut en décidant sur un autre plan de sortir la grande bassine à lessive.

Elle a les deux bras dans la lessive lorsque les clochetons de «menoires» d'une voiture lui font relever la tête. Qui ça peut bien être aujourd'hui? La voiture n'est pas encore apparue au tournant du rang que la réponse habituelle lui saute à l'esprit. Depuis quelques jours, sans vraiment savoir pourquoi, elle s'attend sans cesse à voir surgir Charlemagne.

«Et puis non! décide-t-elle, ça sert à rien de se faire des fausses joies tout le temps. Je serai certainement prévenue d'avance quand il sera pour revenir...»

Elle repense à la dernière lettre, et une douleur tord ses lèvres. Elle se demande comment pouvait être cette accordéoniste. Une Française! «On sait ben que ça doit être plus facile pour elles de se tenir plus jolie. La vie doit être plus facile là-bas: ils ont pas à travailler comme icitte pour survivre dans des cabanes au fond du bois...» Comme pour se faire plus mal, elle l'imagine très belle et avec tant d'attraits qu'elle ne pense même plus à redresser la tête alors que la voiture est en vue. Au bout d'un moment, l'impression d'être fixée la fait revenir à ce qui l'entoure.

Il est là! Assis sur le banc, tenant les guides d'une main. Maria s'aperçoit qu'elle avait presque oublié à quel point il est grand. Non, elle n'avait pas oublié, elle avait rangé l'image loin dans sa mémoire pour ne pas en souffrir. Elle voudrait essuyer la mousse sur ses bras, ôter son gros tablier de lin. Pourquoi n'a-t-elle pas pensé à mieux se coiffer ce matin? Mon Doux! comme il est maigre. Mais, même encore à cette distance, ce n'est pas tant la maigreur que le regard qui déconcerte Maria.

Si bien sûr elle reconnaît son mari, elle se rend compte, comme une gifle, que ses traits ne sont plus les mêmes. Sa mémoire avait gardé l'empreinte d'un jeune homme; revoici un homme marqué par le temps.

«Qu'est-ce qu'ils lui ont fait?» se demande-t-elle surtout pour taire son émoi.

Il commande l'arrêt aux chevaux. Maria est toujours debout, les bras le long du corps, la bouche un peu entrouverte.

— Maria…

Il n'a prononcé que son prénom, mais dans l'intonation elle devine tout le questionnement, toute la douleur de ne pas retrouver ce qu'il a quitté voici trop longtemps. Un sanglot immense monte en elle. Elle ébauche le geste de lever les bras vers lui.

— Charlemagne…

— Maria…

Il y a un silence un peu embarrassé qu'elle finit par rompre avec une banalité :

— C'est à qui le boghei ?

— À ta tante Antoinette. Je lui ai emprunté. Je voulais arriver seul…

Pendant quatre ans, elle a imaginé ce moment. Toutes ces années, elle s'est demandé si le temps passé allait leur ôter le courage d'aller l'un vers l'autre, de renouer naturellement. Elle n'avait pas pris en considération toute la somme des sentiments mis inconsciemment au repos. Ils n'ont besoin ni de raison ni de courage ; un élan unique les pousse l'un vers l'autre, sans qu'ils s'aperçoivent que c'en est un où la compassion et la tendresse prennent une part qu'elles n'avaient encore jamais eue avec cette force.

Il a posé ses bras autour de ses épaules, elle a noué les siens derrière son dos. Ils ont mal partout, le choc est trop fort, comme une engelure que l'on présente à l'eau chaude.

Encore une fois, ils prononcent leurs prénoms, tout surpris de cette douceur inattendue.

— C'est papa ! C'est papa ! s'écrie Blanche à l'intention des autres.

Bras ballants, les lèvres agitées d'un tremblement incoercible, Charlemagne contemple ses quatre enfants accourus sur le seuil. Eux l'observent, un peu inquiets, le regard plein d'étonnement. Il voudrait tendre les bras, dire un mot, mais l'émotion le paralyse. Maria regarde ailleurs.

— Bien, je crois que je vais commencer par dire bonjour à Charlotte que je ne connais pas encore, dit enfin Charlemagne en tendant les bras. Je suis ton père, Charlotte…

Personne ne s'aperçoit que, depuis le seuil de l'étable, les yeux agrandis, les doigts tremblants devant sa bouche, Aude les observe. Soudain, elle rentre précipitamment à l'intérieur où seules les bêtes sont témoins de sa détresse.

— Je voudrais te rejoindre, Thomas! murmure-t-elle. Je voudrais tellement te rejoindre, mon amour!

XIII

Il y a eu le premier souper et les questions sur tout ce qu'ils savaient déjà plus ou moins. Charlemagne regardait ses enfants, leur demandant chacun leur tour ce qu'en général ils aimaient ou pas. Souvent, il levait les yeux vers Maria, mais, lorsque leurs regards se croisaient, l'un et l'autre se dérobaient.

— Tu ne repartiras pas? a demandé Aimée.

— Non, Aimée, jamais!

— Même pas pour montrer la France à maman? a demandé Blanche.

— Peut-être, un jour, mais moi, pour l'instant, je n'ai vraiment pas envie d'y retourner.

Maria a alors pouffé.

— Qu'est-ce qu'il y a? a-t-il demandé.

— Ton accent… Des fois, on a l'impression d'entendre un Français de France. Tu prononces les « oi » pointu et les « a » sans accent circonflexe.

— Il n'y en a pas non plus… Mais ça, c'est sans doute à cause que là-bas j'étais surtout avec des Anglais; la plupart du temps, quand je parlais français, c'était avec des Français.

— Ou des Françaises…, précise Maria.

À voir la détresse sur le visage de son mari, elle a aussitôt regretté ses dernières paroles. Lui, comme pour échapper à cette conversation, a ajouté :

— Il y avait quand même un gars d'Alma avec moi: Ernest Lapointe. On a été quasiment tout le temps dans les mêmes unités depuis le début, mais il s'est fait tuer le 28 octobre, et on l'a enterré avec une douzaine d'autres dans une petite ville qui s'appelle Emerchicourt. Ça aurait pu être moi, ça a été lui…

Maria s'est alors demandé si ces paroles voulaient signifier que le Charlemagne qu'elle avait connu n'était plus.

Aude n'avait pas voulu venir pour ce premier souper de retrouvailles; elle voulait «laisser la famille ensemble». Elle est juste arrivée après le repas pour serrer la main de Charlemagne.

— J'ai tellement entendu parler de vous, a-t-elle dit. Ça fait tout drôle…

— Moi aussi, Maria m'a beaucoup parlé de vous dans ses lettres. Je peux juste vous remercier d'avoir été là. Elle m'a écrit que, sans vous et sans votre mari, elle ne serait certainement plus ici aujourd'hui.

Il a alors sorti un papier de sa poche qu'il a déplié.

— Là-bas, a-t-il dit, j'ai passé beaucoup de temps à dessiner. Tout ce qui m'intéressait, c'était la maison que je voulais pour nous tous. (Du doigt, il désigne une moitié du bâtiment ceinturé d'une galerie couverte.) Ça, ici, c'est votre partie, pour vous et Jonas… Dès cet hiver, je m'en vais bûcher tout le bois dont j'ai besoin et au printemps je vais commencer la maison. Ça sera votre maison tout autant que la nôtre…

Aude a secoué la tête.

— Je ne peux pas, Charlemagne, c'est trop… Et puis je ne veux pas vous embêter.

Charlemagne s'est tourné vers Maria :

— Est-ce que tu crois qu'elle nous embêterait?

— Oui, si elle disait non…

— Alors ici, a-t-il répété avec autorité, c'est votre partie. J'ai pas dessiné les cloisons pour que vous me disiez comment que vous voulez que ce soit disposé… Pis si y a quelque chose qui vous plaît pas dans le dessin de la maison, il faut me le dire, parce que c'est tout autant chez vous que chez nous.

Aude a regardé son amie comme pour demander si tout ça était bien sérieux.

— Une maison comme ça, a répondu Maria, ça m'intéresse que si on est dedans tous ensemble. Une belle maison, c'est fait pour y être heureux, pas pour faire son frais ou sa fraîche.

Puis elle a souri à Charlemagne. Un peu comme elle avait rangé le souvenir de sa carrure pour ne pas trop souffrir de son absence, elle avait aussi remisé celui de ses bonnes attentions, toujours un peu surprenantes.

Lui, comme pour sceller l'entente, il a sorti une bouteille de rhum de son sac de voyage.

— C'est le moment ou jamais de trinquer, a-t-il dit.

Maria s'est demandé pourquoi il serrait si fort ses doigts autour de la bouteille.

La nuit était bien avancée lorsqu'ils se sont retrouvés dans l'obscurité de la chambre. Il est venu s'asseoir près d'elle sur le bord du lit, mais c'est elle qui a posé sa main sur la sienne.

— Est-ce que…? a-t-il demandé tout bas.

— Quoi donc?

— Est-ce que tu m'en veux beaucoup?

— J'ai essayé, Charlemagne, mais j'y arrive pas…

Il a paru étonné. Puis il a froncé un peu les sourcils sous le coup d'une idée.

— Est-ce que toi aussi tu…?

— Tu quoi?

— Tu sais…

— Qu'est-ce que tu en penses?

— Ben non! Excuse-moi, je suis stupide.

— Tu te trompes, Charlemagne…

Il s'est raidi brusquement, comme sous l'effet d'un choc.

— Avec… Avec qui? a-t-il réussi à prononcer.

— Ça a-tu une grosse importance?

Il n'a pas répondu, et elle pouvait presque ressentir l'impression de chute qu'il éprouvait à l'intérieur de lui-même. Une voix lui ordonnait de faire cesser cette souffrance, l'autre lui enjoignait de se taire pour le punir.

— Avec personne, a-t-elle dit enfin. Personne, Charlemagne.

— Mais alors pourquoi tu viens de me dire que…

— Pour voir ta réaction et aussi pour que tu imagines la mienne quand j'ai reçu ta lettre. Et puis aussi… Parce que j'y ai pensé…

— Pensé! Avec qui?

— Encore cette question, elle est sans importance.

— C'est toi qui le dis… Avec un voisin?

— Avec personne, je viens de te le dire.

— Je comprends pas…

Elle s'est approchée pour lui parler à l'oreille. Il a senti ses doigts se crisper sur les siens.

— Des fois, ça me prenait d'avoir besoin de… un sexe dans le bas de mon ventre, Charlemagne… Pas pour aimer, pour…, enfin, tu sais…

— Un sexe! Tu veux dire n'importe lequel?

— Oui. Mais il n'y en a pas eu. Ça n'intéressait que mon ventre, pas la Maria que je suis, même si tu vas dire que mon ventre, c'est moi aussi.

Parfois, l'intuition vaut mieux que la compréhension. Il n'a rien répondu à ces paroles ambiguës. Et puis elles lui rappelaient non pas l'accordéoniste, mais la boue des tranchées. La boue qui recevait ce qu'il ne pouvait donner.

Par ailleurs, ces paroles avaient réussi à effacer l'inhibition du temps. Alors qu'un peu plus tôt ils se demandaient encore comment ils se comporteraient lorsqu'ils allaient se retrouver seuls sur le lit, tous ces derniers mots, sans qu'ils aient été prononcés dans ce but, ont eu pour effet de les enflammer, et c'est sans aucune préméditation qu'ils se sont retrouvés enlacés.

Mais ça n'a pas été vraiment comme elle l'avait attendu. Il y avait trop de présences : une accordéoniste, Thomas, et même le passage fugace des braconniers. Dans le silence qui avait suivi, elle s'est retrouvée pleurant une fin qu'elle n'avait pas prévue.

Le lendemain, peu de temps après le petit-déjeuner, elle l'a vu prendre une rasade de rhum, puis d'autres plus tard. Jamais beaucoup à la fois, une rasade de temps en temps. Ce n'est qu'au bout d'une semaine qu'elle lui a demandé si c'était bien nécessaire.

— Le temps que je me déshabitue, a-t-il répondu.

Ce qui rompait son silence. Car Maria a compris qu'il a pour ainsi dire perdu l'usage de la parole inopinée. Il répond lorsqu'on lui pose une question, en pose lui-même lorsque c'est nécessaire, mais pour le reste il ne parle plus. Maria avait imaginé, au contraire, qu'à son retour il aurait des milliers de choses à raconter; c'est l'inverse qui se produit. Mais ce n'est pas comme s'il gardait tout au fond de lui, c'est plutôt comme s'il n'y avait plus rien. Il ne se montre pas taciturne ou de mauvaise humeur, il est même souriant. À s'imaginer parfois que tout ce qui l'entoure lui est complètement nouveau et le ravit en silence.

Il a repris le travail, s'occupe du « train » matin et soir, au point que Maria et Aude se sont dit qu'elles avaient presque l'impression d'être désœuvrées. Mais l'autre jour, lorsqu'elle est allée le retrouver à l'étable pour lui demander ce qu'il pensait exactement du troupeau d'Ayrshires, elle l'a surpris en train de boire directement au goulot d'une bouteille de rhum.

— C'est peut-être pas très bon…, a-t-elle voulu suggérer.

— On meurt plus vite d'autre chose, crois-moi.

— Je parlais pas juste de mourir…

— De quoi d'autre?

— Des bonheurs simples de la vie.

— Pour ça, laisse-moi le temps de me refaire accroire que ça existe…

— Ça existe, Charlemagne! Je sais par où tu es passé, enfin, j'imagine un peu. Je sais que ça doit cacher tout le reste, mais ça existe. On est là, nous autres…

— C'est vrai.

Mais il n'a pas promis qu'il arrêterait. Au lieu de cela, un peu plus tard, rompant son silence, il a dit:

— De toute façon, le rhum me rend pas méchant, au contraire. Pis je fais tout mon ouvrage, non?

— J'ai jamais dit le contraire, même qu'à ce temps-citte de l'année tu pourrais slacker un peu et te reposer. Y a rien qui presse.

— Ben justement, demain je vais vous laisser l'ouvrage. Il faut que j'aille à Alma…

— Pour quoi faire?

— Une surprise… Pis j'en profiterai pour dire bonjour à ton père.

***

À son retour, le lendemain, il décharge la carriole d'une boîte mystérieuse qu'il porte dans la maison.

Tout le monde est autour de la table et, un petit sourire aux lèvres, Charlemagne fait durer le suspense.

— On voudrait bien savoir! s'indigne Maria.

Pour n'en avoir jamais vu, les enfants ne comprennent pas ce qu'il pose sur la table. Aude, qui est là, pousse une petite exclamation, et Maria écarquille les yeux.

— Un phonographe, annonce-t-il en sortant à présent une pile de disques. J'ai entendu la musique en France et je crois qu'on devrait l'entendre dans toutes les maisons. Aude, vous connaissez un peu la musique. Est-ce que vous avez déjà entendu *Madame Butterfly*?

— J'en ai seulement entendu parler, ça fait une secousse de ça…

— Et *Carmen*?

— Oui! j'en connais même des passages. *L'Amour est enfant de Bohème qui n'a jamais, jamais connu de loi…*

Charlemagne approuve avec un sourire jubilant, pose un disque sur le plateau, remonte la manivelle, puis place le saphir sur le premier sillon. Aussitôt, sous le regard écarquillé des enfants, s'élèvent les premières mesures qui, pour Aude et Charlemagne, évoquent une place ensoleillée d'Espagne. Maria, elle, ne connaît pas l'histoire, mais devine qu'il y a là quelque chose d'un pays de lumière. Elle ne bouge pas, presque paralysée à l'idée que, par l'entremise des notes, le monde d'ailleurs vient de pénétrer ce pays.

Un frisson dans la nuque, elle a soudain le sentiment que sa clairière au milieu des grandes épinettes s'est mise à battre à l'unisson du monde.

Il a tourné le disque et, doucement, Aude commence à accompagner la cantatrice. Les enfants ne savent plus où regarder. Leurs traits vont de la stupéfaction à l'enchantement. Charlotte et Jonas rient. Charlemagne, les paupières à demi fermées, bat l'air de ses mains comme s'il battait la mesure. Puis, de cette voix grave qu'il avait pour chanter le *Minuit, chrétiens* voilà des années, il donne la réplique à Aude :

— *Toréador, en garde, toréador…, un œil noir te regarde et que l'amour t'attend. Et que l'amour t'attend…*

Maria a porté les mains devant sa bouche, comme pour cacher son plaisir. Mais elle ne peut dissimuler ses yeux qui pétillent. À la fin du disque, Charlemagne en pose un autre du même opéra.

— Vous aimez-tu ça? demande-t-il.

Vivement, les enfants ont tous un signe affirmatif, et Maria opine du chef. Comme s'il n'avait attendu que cet assentiment général, Charlemagne se dirige vers le garde-manger. Il en sort une bouteille dont il se sert une longue rasade. Maria et Aude se regardent. Il secoue la tête.

— Je suis pas un soûlon, faites-vous-en pas, dit-il. Il y a juste que là-bas ils nous ont donné des habitudes difficiles à se défaire. Et puis un petit peu de rhum avec la musique, ça va bien ensemble…

— C'est en France que tu as appris cette musique? demande Maria.

— Oui, ça a commencé quand on allait en permission. Souvent dans les villes, surtout le dimanche après-midi, il y avait des orchestres qui jouaient sur les places publiques. Je les écoutais tout l'après-midi. Et puis en dernier, on avait un capitaine qui avait un phonographe. Toute la journée, il nous passait de l'opéra. Ça faisait changement des obus et surtout ça faisait paraître la vie toute différente dans la tranchée. Il passait beaucoup *Madame Butterfly*, que j'ai ici. Ça nous faisait tous rêver, surtout le soir. C'est comme ça que j'ai appris à aimer la musique et c'est pour ça que j'ai été chercher le phonographe. La vie est courte, il faut en profiter; pas pour rigoler bêtement, mais pour goûter aux belles choses, celles qui mettent les émotions là-dedans.

Il se désigne la poitrine. Maria voudrait lui demander si l'accordéoniste est aussi pour quelque chose dans cette passion pour la musique. Elle ne peut s'empêcher d'imaginer Charlemagne chez elle, dans une maison de pierre, assis dans un lit avec elle, en train d'écouter un autre phonographe reproduisant les paroles de la Carmencita.

Elle tente de cerner un souvenir de cet ordre sur le visage de son mari. Mais il n'y a rien. Que le plaisir de la musique. Il prend un autre disque.

— Maintenant, on va justement mettre *Madame Butterfly*. Vous allez voir, c'est beaucoup plus doux que *Carmen*. C'est aussi beaucoup plus triste. Notre officier disait : mélancolique. C'est l'histoire d'un marin américain qui rencontre une geisha au Japon. Ils s'aiment, ils se marient malgré tout ce qui les sépare et ils ont un enfant. Mais le destin les sépare, et lui doit repartir vers l'Amérique. Quand il reviendra, des années plus tard, elle apprendra qu'il est remarié avec une Américaine. À la fin, croyant qu'il l'a abandonnée, elle se suicide et meurt juste quelques instants avant qu'il n'arrive dans la pièce. Les farces de la vie, comme pour mon ami Lapointe… Vous allez entendre, au début, quand ils chantent tous les deux, on oublie tout… Là-bas, dans la tranchée, on allait jusqu'à oublier qu'il y avait des Allemands en face. Et j'ai même l'impression que de l'autre côté ils écoutaient tout comme nous.

Il n'a jamais autant parlé depuis son retour. Maria se demande s'il aura fallu la musique pour ça ou si c'est exceptionnel.

Ils se sont assis autour du phonographe. Dehors, des flocons se sont mis à tomber et offrent un contraste avec la musique qui semble s'élever sur le même rythme qu'ils descendent. Aude a le regard perdu au loin, parfois ses lèvres forment les mots du chant, pourtant en italien. Les enfants aussi paraissent partis pour un grand rêve éveillé. Charlemagne a fermé les paupières et berce doucement la tête au gré de la mélodie. Maria fixe les tisons rouges à travers les évents de la porte du poêle, mais elle imagine une femme au Japon, attendant longtemps celui qui doit revenir. Elle est facile à imaginer, cette femme, et les intonations de sa voix sont faciles à interpréter. Mais pourquoi donc toutes les femmes doivent-elles passer par cette souffrance?

«Nous sommes toutes des Madame Butterfly», se dit-elle en sentant des larmes.

C'est Blanche la première qui paraît émerger de sa rêverie.

— Et le train! dit-elle. Les vaches vont avoir faim si on reste tous de même à écouter de la musique.

Les adultes rient, mais au fond, Blanche n'est pas dupe, ils sont un peu embarrassés.

— Toi, tu feras une bonne fermière quand tu seras plus vieille, lui dit Charlemagne en se levant.

— Jamais!

— Pourquoi pas?

— Moi, quand je serai plus vieille, j'irai vivre dans une grande ville. J'irai dans les musées voir les tableaux des grands peintres, j'irai dans les salles de concert, j'irai dans les librairies où on vend tous les livres… (Elle désigne le phonographe.) C'en est une preuve, il se passe quelque chose ailleurs et ici on est pas au courant. Pourquoi est-ce qu'il faudrait que je vive loin de ce que les gens font de beau et d'agréable? Et comment je pourrais en faire aussi, moi, si je sais pas ce que les autres font?

— Tout ce que je peux comprendre, lui dit sa mère, c'est que tu es attirée par du superficiel. À ton âge, c'est normal, mais en vieillissant, tu vas voir, tu accorderas plus d'importance aux choses qui en ont vraiment.

Blanche les regarde, un peu mystérieuse.

— Être malheureux, dit-elle, je vois pas pourquoi ce serait plus important que d'être heureux…

— Qui t'a parlé d'être malheureux, Blanche?

— Pas besoin de m'en parler…

Charlemagne est resté debout face à elle. Son visage est décomposé.

— Quand je suis parti, t'étais encore une toute petite fille qui mâchait ses mots… J'ai tout manqué…

Blanche s'approche de son père et lui prend la main.

— Nous aussi, papa. Nous aussi on a manqué des affaires puisque t'étais pas là…

Puis, peut-être parce qu'Aude est avec eux, elle ajoute :

— Heureusement qu'on avait Thomas.

Aude lui sourit.

Charlemagne regarde Jonas, hoche la tête et lui pose la main sur l'épaule en passant.

— Mon garçon, faudrait que je sois pour toi ce que ton père a été pour eux…

— C'est bien commencé, affirme Aude.

— Non, faut pas se le cacher, j'ai beaucoup de chemin à faire et, le pire, c'est que je m'en sens pas toujours le goût… (Il regarde Aude.) On pourrait peut-être se dire tu; ça sera plus facile pour toi de me dire des bêtises quand ce sera le temps.

— Ben voyons, Charlemagne!

— Y a pas de ben voyons, Aude, je sais trop ben ce qu'ils ont fait de nous… (Cette fois, il regarde Maria.) Le monde sera plus jamais pareil, tu sais. J'ai l'impression qu'il est comme un petit enfant qu'a perdu son innocence. Et c'est rien, ça, il va tomber dans l'adolescence ce sera pas long et il va vouloir essayer tous les mauvais coups… Bon, assez jasé, astheure je vais voir aux vaches pour de vrai! Pour elles, y a pas de changement.

Il est déjà au milieu du champ lorsque les femmes se regardent encore une fois. Elles ne disent pas un mot, mais le dialogue est clair : « Tu crois qu'il va s'en sortir? » demande Maria. « Je ne sais pas, répond Aude, il faut que tu l'aides, il est malheureux. »

— Moi, dit Abel, j'écouterais ben une autre musique de même… C'est beau!

Maria ne répond pas; elle a le pressentiment que la maison va en entendre souvent, de cette musique. Elle craint même que cela ne fasse pas seulement participer ce coin de terre au reste du monde; il ne faudrait pas que son royaume disparaisse dans l'écho des autres.

XIV

Les jumelles et Abel se sont fabriqué un radeau. Ils descendent la rivière en hurlant de plaisir. Le soleil étincelle sur l'eau, la végétation exhale sous la chaleur et l'air est imprégné de ses parfums.

Ils n'ont pas réussi à éviter le rocher à fleur d'eau, le radeau tangue, Abel, déséquilibré, tente inutilement de se raccrocher dans les airs et tombe à l'eau. Blanche prend peur. Son frère sait nager, mais le courant est fort. Elle plonge à son tour. Se retrouvant seule sur le radeau, Aimée se met à crier :

— Aidez-moi! Aidez-moi! Je sais pas comment arrêter, moi!

Il n'y a pas de danger. En aval, une anse forme un obstacle où le radeau va s'échouer. À la nage, Abel et Blanche y arrivent presque en même temps. Aimée crie :

— Vous aviez pas le droit de me laisser toute seule! J'aurais pu être emportée dans le courant pis dans les rapides en avant...

Trempés, Abel et Blanche se regardent, puis éclatent de rire.

— Qu'est-ce qu'il y a encore? demande Aimée.

— Je ne sais pas si tu t'en es rendu compte, ma sœur, lui fait remarquer Blanche, mais c'est nous qui étions dans l'eau et c'est toi qui cries...

— Vous êtes stupides, vous comprenez rien!

Parce que Blanche et Abel veulent se changer et qu'Aimée déclare en avoir assez, ils gravissent la berge pour couper à travers champ vers la maison. Tout en marchant, Blanche ne se lasse pas d'admirer la maison bâtie par son père. Elle en contemple le beau dessin. Elle se dit qu'un jour elle aussi aura une maison comme ça avec une large galerie circulaire, deux étages, un toit à quatre eaux, deux grosses cheminées de briques, beaucoup de fenêtres à cadre blanc; une maison bleu ciel comme celle-là, qui elle aussi se dressera dans l'or du foin d'été.

Charlotte et Jonas se bercent dans la « balancine ». Charlotte tient un livre; elle doit encore être en train de raconter une histoire.

— Qu'est-ce qui vous est arrivé? demande-t-elle en les apercevant trempés.

— Tombés à l'eau, ça se voit, non? répond Abel.

— Maman a dit qu'on allait aller aux framboises plus tard. Toi, papa te cherchait je sais pas pourquoi.

— C'est dimanche, aujourd'hui! proteste Abel en s'imaginant que son père a un travail pour lui.

— Moi, je fais juste te transmettre le message, s'excuse Charlotte en haussant les épaules. De toute façon, papa, que ce soit dimanche ou non, ça le dérange pas plus que ça…

Elle fait un peu référence à la brouille de l'an passé entre Charlemagne et le curé Leclerc du canton voisin. C'est arrivé durant la visite paroissiale – déjà que leur père rouspétait qu'on ne voyait le curé au canton Pelletier que pour ramasser la dîme annuelle –, le prêtre, ignorant qu'après la naissance de Louis, dans l'année qui avait suivi le retour de Charlemagne, Maria n'était pas retombée enceinte sans que ce soit le fait d'une décision, lui avait demandé si elle se rendait bien compte que, s'il n'y avait pas beaucoup de petits Canadiens, les Américains, tous des protestants, prendraient toute la place.

— Et vous, mon père, lui avait aussitôt lancé Charlemagne, un peu ironique, qu'est-ce que vous faites pour ça?…

— En tout cas, moi, je sais qu'un père de famille devrait pas laisser des bouteilles vides partout où il passe…

Charlemagne avait pâli au point que Maria avait presque pris peur.

— Ça veut dire quoi, ça, curé?

— Ça veut dire ce que ça veut dire…

— Vous voulez-tu dire que je donne pas ce qu'il faut à

ma famille? Vous voulez-tu dire qu'y a pas de manger sur la table, pas de toit sur la tête, pas d'animaux bien soignés dans l'étable, pas un peu plus de belle terre neuve à tous les ans? C'est-tu ça que vous voulez dire?

— Non, mais…

— Non, mais quoi? C'est qui qu'on voit avec les yeux dans la graisse de bine tous les dimanches après-midi? C'est-tu le vin de messe qui fait ça? C'est quoi l'affaire de venir me chanter des bêtises dans ma maison? C'est quoi la maudite affaire de s'occuper de la vie privée des gens? C'est quoi l'idée de chialer en chaire après la dame Gagnon parce qu'elle met un pantalon quand il fait quarante sous zéro pour aller à l'étable. Elle a des rhumatismes sans bon sens, la mère Gagnon. Ça suffit pas? Il faut en plus que vous lui fassiez honte devant tous les autres? Pis l'affaire aussi de refuser la confession à la jeune Sauvageau? C'est-tu chrétien, ça? Jésus Lui-même, Il a écouté Marie-Madeleine et Il lui a pardonné. Y me semble que la Marie-Madeleine, elle était pas mal plus dévergondée que la jeune Sauvageau. Vous êtes-tu plus haut que Jésus, vous?

— Vous ne comprenez pas que je suis votre conseiller spirituel et qu'il est de mon devoir de tenter de vous remettre sur le bon chemin.

— Le bon chemin! Celui qui nous envoie tuer des Allemands, celui qui nous demande de voter pour des menteurs et des tricheurs, celui où tous les protestants sont des suppôts du diâbe, celui où les étrangers sont de la vermine à supprimer, celui où on rabaisse son prochain à l'église le dimanche… J'en veux pas, curé, de votre bon chemin. Pis laissez-moi donc suivre le mien et saprez-moi patience. Je vais payer ma dîme pour pas qu'on dise que je participe pas à l'entretien d'une église qu'est même pas chez nous, mais c'est tout.

Le prêtre avait perdu de sa superbe. Il s'est tourné vers Maria:

— Madame Saint-Pierre, je ne sais pas pourquoi Charlemagne se met en colère de même, mais il faut penser à vos enfants…

— Mon mari est en colère parce qu'il voudrait entendre parler d'une religion d'amour et il n'entend que les supposées menaces d'un Dieu colérique. Il a raison, mon père, chus vraiment pas certaine que le Dieu d'amour était en colère parce que Guylaine Sauvageau est allée chercher un peu de joie dans une danse… L'amour, ça peut pas marcher avec la crainte, mon père. Au bout du compte, à faire comme vous faites, vous allez écarter plus de gens de Dieu que de les en rapprocher…

— Je suis quand même mieux placé que vous pour juger, non?

— Laisse faire, Maria, a dit Charlemagne, ils sont presque tous de même. Leur maman leur a peut-être trop dit que c'était pas bien de se chatouiller le zizi quand ils étaient petits et ils sont restés avec l'idée que tout ce qui fait plaisir est un péché mortel. Pis comme la joie fait plaisir itou, ben, il faut éviter la joie. Merci, petit Jésus, de nous avoir donné une vie sans joie, merci pour toute la souffrance que vous nous avez donnée et donnez-nous-en chaque jour davantage… C'est rien que ça leur mautadite religion.

— Charlemagne! lui a reproché Maria.

— Je sais, c'est dur à entendre, mais c'est ça pareil…

— Vous devriez avoir honte, a dit le prêtre en se relevant. Voilà où ça mène, la boisson… Quelle pitié pour les enfants!…

Blême, Charlemagne s'est levé brusquement, et Maria a vu le moment où il allait empoigner le prêtre par le col.

— Charlemagne! l'a-t-elle supplié.

Il l'a regardée une seconde, puis il s'est détourné pour sortir à grands pas.

— Il a beaucoup souffert en France…, a-t-elle voulu expliquer au prêtre.

— C'est quand même pas une raison…

— Ça, vous en savez rien. Pis apprenez aussi que si j'ai pas d'autre bébé, c'est tout simplement que le bon Dieu m'en donne pas. Au revoir, monsieur le curé.

— Et pour…

— Ah oui, la dîme…

C'est ainsi que, depuis cette chicane, les Saint-Pierre et

les Jolycœur ne vont plus à la messe à Saint-Eugène. Parfois, de bonne heure le dimanche, Charlemagne réveille tout le monde en annonçant qu'il fait beau et que c'est une belle journée pour aller à l'office à l'église du monastère à Mistassini.

Mais tout ceci a appris à Maria une chose qu'elle ignorait toujours : le fait qu'on sache à l'extérieur que Charlemagne n'avait pas réussi à se débarrasser de son habitude de boire. Au début, elle avait paniqué, puis elle s'est rendu compte que son mari n'est pas ce qui s'appelle un buveur social. Ce n'est pas pour autant une raison de se réjouir, mais cela évite cependant bien des problèmes liés à l'alcoolisme. Charlemagne ne quitte pas la maison pour aller boire, le budget consacré au rhum est somme toute très relatif et ne menace pas de les jeter dans la misère. Elle ne l'a même jamais vu ivre. Par contre, elle ignore si depuis la guerre elle l'a réellement vu complètement à jeun une seule fois. À part lorsqu'il est en colère ou au contraire dans un de ses états d'exaltation, il ne reparle toujours pas plus. La plupart du temps, sauf en été, vers trois heures, l'après-midi, il s'enferme avec le phonographe et il écoute de la musique jusqu'à l'heure du souper. Parfois même on l'entend chanter derrière la porte. Non, ce n'est pas l'alcoolisme tel qu'elle en a toujours entendu parler. Mais c'est quand même un état qui lui ôte la plus grande part de son mari. Pour tout dire, depuis son retour il y a quatre ans, Maria n'est toujours pas complètement convaincue qu'il soit vraiment revenu. Pour elle, une partie du Charlemagne qu'elle a connu est restée dans la terre des Flandres.

Ce qui n'a pas empêché celui qui est revenu de leur construire la plus belle maison d'ici à Mistassini. À croire qu'il a trouvé la clef magique pour réaliser les rêves qui l'habitent. Et la grande question qu'on se pose chez les Grondin et les Caouette est de savoir « où il prend son argent ». Ils sont incapables de comprendre que ce n'est qu'une question de perception. Charlemagne a même tenté de l'expliquer à Rosaire en lui disant :

— Les choses sont comme on croit qu'elles sont, Rosaire. Quand ça va pas, il suffit d'essayer de les voir d'une autre manière.

— Quand j'ai quatre trente sous dans mon porte-monnaie, Charlemagne, j'ai beau essayer de me dire que j'ai un million, il y a toujours rien qu'une piastre, sacrement!

— Ouais, mais avec ta piastre tu as toujours le choix d'aller acheter des clous ou ben un vilebrequin pour mettre des chevilles de bois à la place. Quand t'auras plus de clous et qu'il faudra que t'en achètes d'autres, t'auras toujours ton vilebrequin…

— C'est plus long…

— C'est sûr, mais t'as tout ton temps puisque t'as pas besoin de le donner pour aller chercher une piastre pour acheter des clous…

— Calvâsse! c'est trop compliqué, tes affaires…

Mais, à part avec Marcel de Grand'Maison avec qui il s'entend bien, Charlemagne ne parle aux autres voisins que par politesse lorsqu'il les rencontre. Il a même dit à Maria des paroles qui ont rappelé à celle-ci son père autrefois :

— Si jamais ça vient qu'il y a trop de monde par icitte, faudra se retrouver une autre place plus loin dans le bois.

Avec les réflexions de son âge, Abel pense à tout cela alors qu'il se dirige vers la grange en se demandant pourquoi son père le réclame. Il n'en est qu'à mi-chemin lorsqu'il aperçoit un boghei inconnu qui arrive. Il se dit que l'arrivée d'une nouvelle voiture dans le rang est toujours un événement. Se retournant vers la galerie de la maison pour voir si sa mère reconnaît qui s'en vient, il l'aperçoit, la main posée en visière au-dessus des yeux. Il s'apprête à se dire qu'elle aussi doit l'ignorer lorsque soudain il la voit qui se redresse sur ses pieds pour mieux être aperçue. Il ne comprend pas pourquoi elle fait maintenant des grands signes des bras.

— Alma-Rose! Alma-Rose! entend Abel qui regarde de nouveau vers la voiture sans reconnaître sa tante.

Oubliant que son père l'a réclamé, il fait demi-tour. Il a hâte de connaître cette tante dont, sans réellement se souvenir de la personne, il sait qu'il l'a bien aimée.

Maria et sa sœur sont dans les bras l'une de l'autre.

— Mon Doux! ça fait tellement longtemps…, dit Maria. Charlotte arrivait au monde. Qu'est-ce qui vous amène? Vous avez-ti décidé de revenir au pays ou ben vous êtes juste en visite?

Comme pour lui laisser la réponse, Alma-Rose se tourne vers son mari qui, contrairement à elle, de l'avis de Maria un peu surprise, n'a pas du tout changé.

— On ne sait pas encore vraiment, Maria… Mais on va vous raconter ça plus tard… Ça a changé ici! Quelle belle maison!

— C'est Charlemagne qui a tout fait, affirme Maria. Il est habile de ses mains. Mais rentrez donc, on va prendre quelque chose, vous devez avoir soif. Je ne sais pas où Charlemagne est passé, il ne doit pas être loin…

Chacun se présente et chaque fois Alma-Rose pousse une exclamation de surprise et affirme qu'elle ne les aurait pas reconnus dans la rue.

Revenant de chez Marcel avec qui il discutait d'un projet de ruches, Charlemagne reste un instant sans voix en reconnaissant Alma-Rose. Il ouvre les bras et déclare qu'il y avait des années qu'une visite ne lui avait pas fait plaisir comme celle-là. Puis, il salue Élie Halevi avec dans le regard toutes les questions laissées par l'attitude de Samuel Chapdelaine. Car ce dernier, s'il a fini par renouer contact avec sa fille, continue à soutenir en privé que c'est parce que sa fille a un peu trahi la race qu'elle n'a pas d'enfants.

Aude est venue les saluer et remarque que les deux sœurs ont des airs de famille. Sans que Maria comprenne pourquoi, elle la voit hésiter un instant avant de saluer Élie Halevi, comme si elle se trouvait un peu surprise.

Tout le monde s'est installé dans la cuisine où toutes les fenêtres ouvertes provoquent un courant d'air bienfaisant qui fait danser légèrement les rideaux de coton. Remarquant que sa sœur cherche une place à l'abri, Maria s'aperçoit comme elle a mauvaise mine.

— Le voyage t'a fatiguée? demande-t-elle.

— Un peu, oui… C'est pas tout proche…

— Alors, demande Charlemagne à son tour, qu'est-ce que vous faites dans le bout?

Un peu trop sérieux, Élie Halevi s'avance sur sa chaise et, se penchant vers l'avant, pose les coudes sur ses genoux.

— On est venus chercher une place au grand air où Alma-Rose pourrait se reposer…, dit-il.

Maria se tourne vers elle.

— Tu travailles trop?

Alma-Rose secoue la tête en essayant de sourire.

— Le docteur dit que j'ai pas les poumons faits pour l'air de la ville…

Maria a l'impression que son sang se refroidit dans ses veines. Elle comprend d'un bloc ce que signifient les paroles de sa sœur. Les gens emploient toujours des euphémismes pour signifier qu'ils sont poitrinaires. Imaginant soudain le sanatorium comme elle a connu l'Hôtel-Dieu de Chicoutimi, avant même de consulter son mari du regard, elle déclare d'emblée:

— Eh ben, tu n'as plus à chercher une maison au bon air, p'tite sœur, tu viens d'en trouver une…

— Maria! Tu sais ben que je peux pas m'installer au milieu de vous autres pour déranger. Je te remercie ben gros, mais y a pas de raisons pour…

Charlemagne l'interrompt d'un geste.

— Y en a une, raison, Alma-Rose: vous êtes ma seule belle-sœur, pis j'ai toujours le souvenir que c'est vous qui avez veillé Maria quand elle était malade et que certains la disaient pour perdue. On lisait *Paul et Virginie*, vous vous rappelez?

— Très bien, sourit Alma-Rose, même que c'est à cause des passages un peu… que j'ai décidé d'apprendre à lire pour de bon.

— Bon, ben, y a plus à s'obstiner, déclare Charlemagne. Vous restez icitte, on a toute la place qu'il faut. (Il se tourne vers Élie.) Pour tous les deux, ben sûr. Maria m'a tout conté ce que vous avez fait icitte et j'ai jamais pu dire merci… Pis autre chose que je voudrais dire tout de suite: j'adore mon beau-père, c'est tout un bonhomme comme y en a pas des tonnes, même si je suis pas tout à fait d'accord avec lui quand il dit qu'il y a pas de meilleur monde qu'un Canayen… Voilà, la maison est grande en masse, et j'ai pris la peine de faire ce que dans les magazines ils appellent une chambre d'amis. Faut que ça serve, batince!

Il s'ensuit un silence un peu trop chargé d'émotion que Maria se dépêche de rompre:

— As-tu vu des bons docteurs, au moins?

— Oh oui! T'inquiète pas, je vais pas si mal que ça. Un peu de bon air, comme ils disent, et ça va revenir à la normale… Parlons plutôt des jeunes. Quoi de neuf icitte?

Maria parle un peu du rang qui ne «se développe pas vite», de ceux qui sont venus il y a déjà une «secousse» et, surtout pour détendre l'atmosphère, des aventures du Belge qui n'a fait que passer, le temps de se rendre compte qu'il n'était pas à sa place. Un matin de printemps, en compagnie de Marcel, Charlemagne l'avait vu passer en hurlant dans le rang.

— Qu'est-ce qui arrive? lui avait-il demandé.

— Mais vous ne voyez pas! hurlait l'autre toujours en courant. Je suis poursuivi par une nuée d'insectes piqueurs. Ils s'en prennent tous à moi! Merde! Merde!

Un peu interloqués, Charlemagne et Marcel s'étaient regardés.

— Les mouches sont mauditement chiennes cette année, avait dit ce dernier, pince-sans-rire.

C'est lui-même qui durant l'hiver avait sauvé la mise du Belge. Il l'avait emmené faire le tour de ses collets en raquettes. Passant une crique, la glace s'était un peu enfoncée sous le Belge, laissant une nappe d'eau remonter à la surface. Prenant peur, l'homme avait voulu sauter et, dans le mouvement, avait cassé une raquette. Paniquant, il avait lancé son gant en l'air, avait trébuché et n'avait retrouvé l'équilibre qu'en plongeant sa main dans l'eau. Ensuite, ayant perdu tous ses moyens, il gardait sa main à l'air libre, alors qu'il faisait dans les moins trente, et il répétait: « Ma main gèle! »

— Réchauffe-la, calvince! lui avait dit Marcel.

— Comment!

— Mais fourre-la dans tes culottes, n'importe ioù. Sacri-fice! Réagis! Y aura pas toujours quelqu'un avec toi.

Ensuite, suivant Marcel comme un petit chien, le Belge était rentré le dos courbé pour garder constamment la main au fond de son caleçon.

— Passe pas emmanché de même devant chez nous, lui avait dit Marcel, un peu excédé. Myriam va s'imaginer des affaires pas catholiques…

D'autres anecdotes viennent alimenter la conversation, on oublie presque la raison de la présence d'Alma-Rose, et tout le monde rit. Parfois, Maria suit le regard d'Élie et s'étonne qu'il regarde toujours sa sœur avec le même air d'adoration qu'il avait voilà déjà bien des années. Aude aussi le regarde. Elle se demande pourquoi il lui rappelle un peu Thomas. D'autant plus qu'un soir de confidences, Maria lui a déjà dit qu'il lui rappelait un peu François Paradis.

***

Maria lui a écrit qu'Alma-Rose était avec eux, mais c'est en déclarant qu'il venait chercher Charlemagne pour aller à la chasse que Samuel Chapdelaine est arrivé un lundi après-midi. Avant même qu'il n'entre dans la maison, Maria lui a expliqué pourquoi Alma-Rose et son mari étaient là.

— Je vous dis ça pour pas que vous partiez en peur contre lui, a-t-elle ajouté. C'est pas le moment, son père…

Samuel Chapdelaine faisait songer à un taureau qui se serait assommé au milieu d'une course.

— Elle est si malade que ça?

— Y a des fois que ça va pendant une secousse, pis d'au-tres fois qu'elle est tout le temps ben, ben fatiguée…

Les épaules comme ratatinées, Samuel Chapdelaine avait difficilement monté les marches de la galerie. Puis, Maria l'a vu se ressaisir aussi soudainement qu'il s'était effondré, et il a résolument ouvert la porte en claironnant un sonore:

— Salut, tout le monde, dans la cabane!

Il ignorait qu'Alma-Rose n'avait attendu que d'entendre le son de sa voix pour se dire : « Astheure, il est icitte… » Elle était inquiète; elle avait parlé avec Aude de la tentative de cette dernière de se réconcilier avec son père, tentative qui avait semblé être un succès jusqu'à ce que, du haut de l'escalier, elle entende Wilfrid Gosselin déclarer au « fier-pet » plein d'arrogance qui a épousé sa sœur Colombe : « Heureusement, tabarnak! le ciel a bien voulu que la famille soit débarrassée du pêcheur…

— Pôpa, vous n'êtes qu'un pauvre type, avait-elle froidement laissé tomber en descendant l'escalier. Vous venez de me voir pour la dernière fois et retenez que je ne veux rien de tout ce qui vous a plongé dans cette misère. Rien! »

Quelques mois plus tard, elle avait reçu un courrier lui annonçant que son père venait d'être emporté par un infarctus avant même de régler ses affaires. La formule n'était pas destinée en tant que telle à lui dire que l'âme de Wilfrid Gosselin requérait de nombreuses messes, mais à lui faire savoir qu'il l'avait déshéritée et que la famille ne pouvait que respecter la volonté du disparu.

Alma-Rose, elle, n'attend aucun héritage, mais elle veut être certaine que, du fond du cœur, son père reconnaîtra Élie comme étant son gendre et l'aimera comme tel.

***

Le tapis de feuilles brunes exhale une odeur humide qui évoque l'humus en devenir. Les deux hommes avancent en prenant garde de marcher sur des bois morts. Ils devaient être trois, mais au dernier moment Charlemagne est revenu de l'étable en annonçant que la jument « bleue » allait mettre bas et qu'il ne pouvait pas partir. Samuel Chapdelaine et Élie Halevi avancent de front en silence. Ils ont convenu que parvenu au petit lac chacun prendra son côté pour en faire le tour. Le père est convaincu que le « buck » qu'ils savent dans les parages va répondre lorsqu'il imitera la femelle, il a expliqué à Élie, qui en est à sa première « grosse » chasse, où il fallait viser.

— Quand il est devant toi, faut pas que tu t'énerves, faut pas que tu t'affoles. Faut pas non plus se poser de questions, c'est pus le temps de couper un cheveu en quatre, d'avoir la chienne ou de faire de la poésie. Tu te sers de ton visou, tu te mets tout entier dans la balle et tu l'accompagnes jusque dans le cœur de l'animal. Après, quand il est tombé et quand t'es ben certain qu'il se relèvera pas, tu peux lâcher ton fou pendant une minute. Mais pas avant!

Au-dessus de leurs têtes, les hommes entendent les cris d'un voilier d'outardes. Élie se fait la réflexion que les oies partent vers le sud, là où l'hiver est doux. Là où la vie continue toute l'année. Il se sent un peu triste, et tout, autour de lui, paraît distiller de la mélancolie.

Les feuilles bruissent sous leurs pas, les troncs sont humides, plus haut le ciel a la couleur de l'argent et, par moments, il bruine. Les canons bleutés de leurs armes sont couverts de gouttelettes. Samuel Chapdelaine se racle discrètement la gorge.

— On a pas toujours été du même bord de la corde…, dit-il sur un ton qui sans être un murmure a peu de chance d'être entendu au-delà d'une centaine de pieds.

— Vous aviez vos raisons que je comprends…

— Et toi, t'avais les tiennes. Pis je sais toujours pas si elles étaient pour le mieux… Comprends ben que c'est pas à toi personnellement que je parle, c'est au…, au mélange. Tu vois ce que je veux dire?

— Je vois… Mais je suis pas d'accord avec vous là-dessus. Pas plus que je l'étais avec mon père qui pensait tout comme vous. Lui, il me lisait des passages de la Torah où il est écrit qu'il faut prendre des filles de chez nous.

— Ça me paraît plein de bon sens… Pis si la Torah le dit… Si tout le monde se mêle, on ne saura plus qui est qui.

— Quelle importance?

— Comment retrouver les habitudes de nos pères, ensuite?

— Justement, au lieu de répéter, on avance.

— Et on avance vers quoi? Qui a dit qu'il fallait avancer vers quelque chose?

— Vers un peu plus de bonheur pour tout le monde, peut-être…

— Je vais te dire une affaire, mon grand-père me disait : « Samuel, la vie, c'est une tartine de marde qu'il faut caler à tous les matins. Tu peux rien faire contre ça, juste attendre le jour où, par chance, il t'arrive une tartine de confiture. Pis c'te tartine de confiture là, crés-moué, Samuel, elle vaut toutes les tartines de marde. »

— Ça empêche rien, monsieur Chapdelaine. Ça empêche pas que le paradis sur terre, c'est à nous de le bâtir. En tout cas, pour moi, c'est ça, la vraie prière, la vraie religion : faire tout son possible pour que ça aille un tout petit peu mieux pour soi et les autres.

— Et tu crois que ça aide de mélanger les races pis les religions?

— Je crois que ça ne dérange pas. Pourquoi le bon Dieu Il aurait fait qu'on s'aime, Alma-Rose et moi, si c'était juste pour souffrir de ne pas être ensemble?

— Un obstacle. Le bon Dieu, Il place des obstacles pour voir si on est capable de passer par-dessus. C'est de même qu'on se mérite une place au paradis, quand on saute les obstacles plutôt que de les ôter en se disant qu'ils ont pas d'affaire là.

Élie a un petit rire un peu désabusé.

— On verra jamais les choses de la même manière…

— C'est pourtant la mienne qu'est la bonne, batêche!

— Non, la mienne!

Cette fois, les deux hommes se mettent à rire franchement et ne cessent brusquement que lorsqu'ils se souviennent qu'ils sont ici pour chasser l'orignal.

Samuel Chapdelaine est entré dans le lac à hauteur de ses bottes et a longé la berge en levant le pied chaque fois. Dans le silence, le bruit de ses pas évoquait le déplacement d'une femelle dans l'eau. Puis il s'est arrêté et en a imité le cri prolongé. Un instant, Élie en a eu froid dans le dos. Une impression qui venait de très loin, un vieux souvenir enfoui dans l'ancienne mémoire animale.

À présent, chacun de son côté du lac, ils entendent le

mâle qui approche. L'animal ne semble pas se méfier. Une fois de plus, d'un regard, Élie vérifie son arme. Il sent son cœur battre lourdement dans sa poitrine lorsqu'il l'aperçoit. Sans y connaître grand-chose, il calcule, à ses bois, qu'il doit avoir sept ou huit ans. Il est superbe.

Il a épaulé et vise à la limite de l'encolure, en haut du membre antérieur. Mais impossible de garder le contrôle et de tenir sa mire dans l'axe. Il voudrait souffler, prendre une grande respiration, mais il se dit que l'animal l'entendrait sans doute. Que fait Samuel Chapdelaine, pourquoi ne tire-t-il pas, lui?

Puis viennent les questions qu'il avait pourtant prévues: « Est-ce que j'ai le droit de le tuer? Pourquoi ne pas le laisser vivre? »

Soudain, il s'imagine lui-même orignal; il vit la forêt, il la goûte par tout ce qu'il est. Il ressent le soleil sur son dos, le frottement des branches de sapin sur ses flancs, l'eau des lacs sur ses membres, le froid du gel sous ses sabots, le vent de l'hiver sous son poil; toutes les odeurs font frémir ses naseaux; il connaît l'histoire de tous les arbres.

C'est tout cela qu'il doit prendre pour amener de la viande sur la table. Mais est-il normal justement de prendre tout ça, la vie, pour de la viande? Questions oiseuses! Samuel Chapdelaine l'avait prévenu: la poésie, les doutes, ce sera pour après. Pour l'instant, il doit être un homme. Il retient son souffle.

Le coup déchire le silence, et Élie ne voit rien d'autre que le blanc immense de l'œil du grand mâle. Un pur éclat de frayeur qui se propage jusqu'à lui.

À peine s'il se rend compte que l'animal s'écroule sur ses jambes. Il a un peu l'impression de perdre autant que l'orignal. Là, à cet instant, il regrette d'avoir tiré.

— Tu l'as eu, tabarnouche! Tu l'as eu! crie Samuel Chapdelaine en sortant de derrière un bouquet d'aulnes et en se dirigeant vers l'orignal effondré dans l'eau. J'y croyais plus…

— Il ne va pas se relever?

— Non, tu l'as bien eu… Reste plus qu'à le saigner… (Il

tire un coup dans la tête de l'animal, puis se baisse aussitôt, son couteau en main, pour trancher le garrot.) Qu'est-ce que tu attendais?

— De l'avoir bien dans ma mire…

— Ça faisait longtemps que je l'avais.

— Pourquoi vous n'avez pas tiré, vous?

— Je voulais te laisser la chance d'avoir ton premier orignal. Astheure, tu fais partie de ceux qui ont tué… Ça fait tout un effet, pas vrai?…

Élie désigne le cadavre baignant dans l'eau teintée de sang.

— Je trouve que c'est un peu de valeur…

— De valeur! De quoi donc?

— Je sais pas trop, c'était une bête libre…

— Pis astheure de la viande pour la table. T'aimes pas ça, un bon steak d'orignal?

— Bien sûr…

— Vous voyez que vous autres, vous êtes pas pareils… Un Canayen, un vrai, il danse et il crie quand il a tué un buck. Toi, t'as quasiment l'air à trouver que c'est des funérailles. Ben, c'est pas ça pantoute, au contraire, c'est la vie. Pis la vie, ça marche avec la mort. C'est comme ça pis on y peut rien. Faut être content de ce qu'on a pis c'est tout. Pourquoi aller se créer des problèmes là où y en a pas? Crime! Vous avez le goût de souffrir, vous autres.

— C'est pas ça, monsieur Chapdelaine, mais je peux pas m'empêcher de penser que, si je l'avais pas tué, il serait encore en train de sentir toutes les choses de la vie.

— Pis nous, si on mangeait pas, ça serait pas long qu'on sentirait plus rien… Astheure, va falloir portager la viande, je crois que le mieux, c'est de le tirer dehors de l'eau pis que toi t'ailles chercher du monde pour porter les quartiers. Moi, pendant ce temps-là, je vais commencer à le découper.

Marchant vers la maison, Élie se surprend tout à coup à s'imaginer racontant à Alma-Rose comment il a tué l'orignal. Il ne comprend pas d'où vient l'orgueil qu'il en retire. «Le stade du chasseur pourvoyeur, se dit-il, c'est dépassé depuis longtemps. À quoi je joue?»

Arrivant sur la galerie et croisant Aude, il annonce pourtant avec fierté :

— On ne manquera pas de viande dans les jours qui viennent, Aude, je viens d'abattre un gros buck.

— Bravo! Il me semblait bien avoir entendu tirer... Ça n'aura pas pris de temps cette année.

Elle semble apprécier et lui ne se demande même pas pourquoi il en retire toute cette satisfaction. Il commence à trouver qu'il est fort agréable de revenir de la chasse avec un orignal à son actif.

Dans la chambre, Alma-Rose est endormie. Il s'apprête à la réveiller pour tout lui raconter, lorsque le nacre presque translucide des paupières baissées lui fait se dire que sa femme semble bien fragile dans son sommeil. Il referme la porte avec une appréhension mal définie et redescend pour demander des volontaires. Il ne rencontre que Charlotte qui lui dit que les autres sont à l'étable pour voir la nouvelle pouliche.

— Pas toi?

— Non, Louis dort et il faut que quelqu'un le surveille.

— Et c'est toi...

— Oui, mais c'est pas grave. Après, j'irai la voir tout le temps qu'il me plaira. Et papa m'a même dit que je pourrais lui donner un nom.

— Tu en as trouvé un?

— Oui, ce sera Lady Taïga.

— Lady Taïga, ça sonne bien. Où tu as trouvé ça?

— Lady, ça veut dire une grande dame. Taïga, c'était dans une histoire racontée par ma tante Aude. C'est des grandes plaines dans la Russie. Une place où les chevaux doivent pouvoir courir tout le temps sans jamais rien qui les arrête.

— Tu as raison, c'est beau.

Il songe de nouveau à l'orignal qui, s'il n'avait pas tiré, aurait pu continuer à courir sans jamais rien pour l'arrêter. Il voudrait soudain monter s'étendre auprès d'Alma-Rose. Rester près d'elle. Mais, si tuer un animal qui n'appartient qu'à lui-même se fait très bien, à moins d'être malade, il est impensable d'aller s'étendre en plein jour auprès de sa femme.

Il est revenu au petit lac avec presque toute la famille. Ils ont apporté des couteaux, une scie à viande et des poches de coton pour transporter les morceaux. Il a voulu participer au débitage, mais, nettement, Samuel, Charlemagne et Maria ont plus d'expérience. Le plus souvent, se sentant presque de trop, il ne peut que rester à regarder en compagnie d'Aude et des jeunes. Blanche, parfois, fait des grimaces. Lui signifiant qu'elle comprenait ses sentiments, Aude a haussé légèrement les épaules d'un air d'impuissance.

Comme Charlemagne jette la tripaille au pied d'un arbre, Blanche déclare d'un ton ferme :

— Je mangerai plus jamais de viande !

— Pourquoi donc ? s'étonne son grand-père.

— Parce que c'est pas normal de tuer pour manger.

Samuel Chapdelaine secoue la tête, lui aussi en haussant les épaules.

— C'est pourtant le bon Dieu qui nous a donné tout ça, jeune fille. C'est écrit dans la Bible... (Il tend le foie à Maria qui l'enveloppe aussitôt.) Et puis si on mange pas de viande, on peut pas survivre. C'est pas dans les patates ou les carottes qu'on va trouver les forces qu'on a besoin pour travailler.

— J'ai du mal à croire que Dieu a voulu qu'on tue les bêtes pour les manger, grand-père.

— Parce que tu t'imagines que les bêtes pensent comme toi, mais ça on n'en sait rien. Peut-être ben qu'elles sont contentes de savoir qu'elles vont nous servir. Peut-être même qu'elles savent qu'elles ont été créées pour ça.

— Il est aussi écrit qu'on ne doit pas manger de cochon..., fait Élie qui sait pourtant que ces paroles seront mal perçues par son beau-père.

— Où ça ? demande Samuel Chapdelaine un peu brusquement.

— Dans le Deutéronome. Je ne me rappelle plus le chapitre, mais c'est là, écrit en toutes lettres.

— Ça devait être un commandement spécial, décide Samuel Chapdelaine. L'Église nous laisserait pas en manger si on avait pas le droit. Et puis j'aime pas trop qu'on mette des idées qui sont pas les nôtres dans la tête de mes petits-enfants…

— Je fais simplement remarquer ce qui est écrit dans le livre qui est à la base de nos religions. Si ce livre-là ne dit pas vrai, monsieur Chapdelaine, alors, rien n'est vrai… Personne, d'aucune religion sur terre, n'a été dans l'au-delà et en est revenu pour nous dire c'est comme ci et comme ça. Si on croit au Livre, on doit y croire dans tout ce qu'il dit, pas juste dans ce qui fait notre affaire.

Samuel Chapdelaine s'est redressé, furieux.

— J'ai mon voyage! On vous accueille dans notre pays, vous venez séduire nos filles et, comme si c'était pas assez, vous voulez démolir notre religion. Crime! Ils ont ben raison dans les gazettes de nous mettre en garde… On le voit ben le résultat de tout ce laisser-aller! Pas d'héritiers, ma fille malade… Ça parle… Et après, on viendra me dire que j'ai pas de tolérance…

Les traits d'Élie expriment à la fois sa déception, mais aussi sa détermination.

— Ce pays, monsieur Chapdelaine, il est le mien comme le vôtre. Ou alors il revient aux Indiens qui étaient là bien avant tous les autres. Les Indiens à qui on a ôté leur religion et leurs filles pour en faire des chrétiennes. Quant à la maladie d'Alma-Rose, savez-vous d'où elle vient, cette maladie? Elle vient de la ville. De la ville où elle s'ennuyait et où elle ne serait pas venue me retrouver si, avec votre approbation, on s'était installés ici comme on le désirait au départ…

Ils ne remarquent pas Blanche qui a fait un pas en avant comme pour les séparer.

— Moi, dit-elle, j'ai pas voulu faire de disputes en disant que je ne voulais pas manger de viande, mais astheure, je vais vous dire une affaire : si personne n'est capable de s'entendre à cause de ce que dit ou ne dit pas le Livre, comme vous dites, ben moi, ce livre-là, j'y croirai plus pantoute. Si le Livre sert rien qu'à faire des chicanes, au diâbe le Livre…

Maria a ouvert la bouche deux fois pour parler, mais rien n'est sorti. Contre toute attente et pour la stupéfaction de tous, Charlemagne éclate de rire.

Ils attendent une explication, mais elle ne vient pas.

— Qu'est-ce qu'il y a de si drôle? lui demande enfin Maria.

— L'air des adultes quand la vérité sort de la bouche des enfants…

— Quelle vérité? veut savoir Maria. Blanche parlait pas sérieusement.

— Au contraire! Tu sais que Blanche parle toujours sérieusement.

Samuel Chapdelaine semble un peu ébranlé.

— Moi, je comprends plus rien, Charlemagne. Tu riais-tu parce que ta fille disait qu'elle croirait plus à rien?

— J'étais heureux d'apprendre qu'elle se méfierait de ce qui provoque des chicanes, comme elle dit. Moi, je connais autre chose qui est écrit: on reconnaît l'arbre aux fruits qu'il porte. Ce que ma fille a dit, c'est que l'arbre du bien peut pas porter de fruits du mal. Moi, Samuel, je me fiche pas mal qu'Élie soit juif ou je ne sais quoi. Il pourrait être zoulou, je sais que c'est du bon monde et ça me suffit.

— Mais vous voyez pas qu'il est après tous vous influencer! Ils sont malins, un petit mot icitte, un petit mot là, on se dit que ça a du bon sens et on lui donne raison. Mais, je vous le dis, on va se retrouver un de ces matins qu'on se reconnaîtra plus. On a un parler et une religion, c'est ça qui fait ce qu'on est. Si on perd ça, on est plus nous autres. Un Canayen, un vrai, ça mange du porc, on a été élevé avec ça pis ça semble pas nous faire tort plus qu'il faut. De quoi qu'on aurait l'air si demain on se mettait tous à manger du mouton!

— Moi, ce que je sais, éclate Maria, c'est que ma sœur est malade. Malade! Ça, c'est la vérité vraie! Je sais aussi que ma sœur voudrait que son père et son mari se reconnaissent. Elle me l'a pas dit, mais y a pas besoin. Si jamais elle devait… Ce serait moche qu'elle sache pas qu'au moins elle laisse rien de mêlé derrière elle. Le Livre, ce qui est écrit ou pas, la viande, le cochon, ce qu'on est ou ce qu'on est pas, ça n'a aucune espèce d'importance; ce qui compte, c'est que ma sœur soit pas malheureuse!

Il n'y a rien à répondre à cela. Après quelques secondes

de réflexion silencieuse, comme si rien n'avait été dit, chacun retourne à sa tâche. Aude se mord les lèvres. Ces derniers moments lui ont fait revivre une situation qui est toujours aussi douloureuse. «Ce qu'il faudrait, se dit-elle, c'est trouver le moyen d'établir entre Élie et son beau-père ce qui n'a jamais été entre Thomas et pôpa.»

Levant les yeux vers le lac couleur argent, elle ressent une anxiété mal définie. Comme si… Oui, comme si la mort rôdait. Allons, ça doit être à cause des couleurs de l'automne, de l'odeur des feuilles mortes, du tronc noir des arbres, du ciel triste qui se reflète dans l'eau. L'automne et la mort, c'est un peu synonyme; tous deux évoquent la fin de la vie, l'entrée dans une autre lumière. C'est peut-être aussi à cause du sang de l'orignal. Quelque chose de l'animal doit continuer à demeurer ici, se demandant comment faire pour continuer à courir sous les arbres, comment écarter les pattes pour s'abreuver, comment emplir sa poitrine de l'air frais chargé de lumière. Tout comme il reste quelque chose de tous ceux qui sont passés. Tout comme, après la mort de Thomas, il lui arrivait de le voir assis à table, à sa place habituelle, ou couché tout habillé sur le lit à l'heure où il faisait la sieste. Et puis, un jour, elle ne l'a plus revu. Elle l'a espéré, mais elle sentait bien qu'il était parti trop loin, qu'il n'avait laissé derrière lui que le fantôme des souvenirs; peut-être une vigie chargée de le prévenir au cas où…

XV

Moins quarante dehors. Maria, Alma-Rose et Aude se trouvent dans la cuisine, dans ce grand espace aménagé tout exprès pour y installer le vieux métier à tisser de Blanche-Aimée. Toutes trois sont assises sur le long banc, mais Alma-Rose n'a d'autre occupation que d'envoyer la navette de son côté. Charlemagne est allé faire le « train » et Élie est absent depuis le lendemain du jour de l'An. Il est allé à Isle-Maligne où le projet d'usine hydroélectrique dont tout le monde parle lui a donné l'idée d'ouvrir un magasin général.

Les trois femmes discutent justement de ce projet, ou plutôt de ses promoteurs : le petit-fils Price et surtout du magnat de l'American Tobacco, James Buchanan Duke.

— Vous vous rendez-ti compte? dit Alma-Rose. J'ai lu dans *Le Progrès* que sa propriété dans l'État du New Jersey valait soixante-quinze millions de piastres. Ils disent que c'est trois fois le budget de toute la province.

— Soixante-quinze millions! répète Maria. Ç'a pas d'allure… On arrive même pas à imaginer. Quelqu'un avec un bon salaire de dix piastres par jour, il faudrait qu'il travaille pendant… J'arrive même pas à compter, ça ferait, attendez… Mille pour cent jours, environ trois mille par année…

— Il faudrait qu'il travaille vingt-cinq mille ans, a calculé Aude. C'est plus long que toute l'histoire humaine…

— Batince! Qu'est-ce qu'on peut faire avec tout ça? se demande Alma-Rose. Une fois qu'on a une belle maison, des beaux vêtements, une voiture Ford, l'électricité et une salle de bains, qu'est-ce qu'on peut ben vouloir d'autre? Parce que la santé, ça s'achète pas.

— On veut du pouvoir, fait Aude. C'est pour ça que ces

gens-là bâtissent des usines. Ça leur donne une impression de puissance de savoir qu'ils ronnent mille ou dix mille personnes.

— Moi, dit Maria, j'aimerais pas ça pantoute savoir que mille ou dix mille familles dépendent de mes talents.

— Eux autres, c'est ça leur plaisir.

— Ça prend de l'orgueil en masse, dit Alma-Rose. Ça peut pas leur porter chance…

— Il suffit de penser à ce bateau d'Angleterre qui a coulé avec tous les gros messieurs, rappelle Maria. Fallait-ti être orgueilleux, un peu, pour s'en aller dire que même Dieu pourrait pas le couler! Ils ont vu… Moi, avoir entendu ça, j'aurais même pas voulu embarquer.

— Une fois qu'on a l'argent, dit Aude, la vie paraît plus facile et on en vient vite à se dire que ceux qu'en ont pas, c'est quasiment de leur faute. Mais il y a une chose qu'est sûre, ça peut pas acheter ni le bonheur ni la santé; même si, on peut pas prétendre le contraire, ça peut aider pas mal… On a moins de chance d'être malade quand y a pas besoin de risquer sa santé pour gagner sa vie, pis on a plus de chance d'être heureux quand on a les siens en santé autour de soi…

— Je sais pas si avec un million je pourrais suivre une cure qui me guérirait complètement? se demande Alma-Rose.

— Tu vas pas mal mieux que quand tu es arrivée, lui assure Maria. Pis ça va continuer dans ce sens-là! Moi, j'ai besoin de rien. J'ai tout ce qu'il me faut. C'est sûr que, des fois, on rêve à des affaires… Mais on peut facilement s'en passer. Et puis si ça se trouvait que j'avais de l'argent un peu, c'est pas des choses qui me tenteraient le plus, ce serait de faire un voyage. Voir les vieux pays, Paris, Rome et Athènes. J'aimerais vraiment voir de quoi ça a l'air, les temples grecs sous le ciel bleu au bord de la mer de là-bas…

— Moi aussi, déclare Aude, ce seraient des voyages. J'ai toujours eu envie d'aller voir les pays de la Bible. J'aimerais aussi aller voir la jungle, ça doit être vraiment différent…

— La jungle! s'étonne Alma-Rose. Quelle horreur! Les

serpents, les plantes carnivores, les bébites, non, merci pour moi. Je veux ben aller à Paris ou dans des capitales comme ça, mais pas dans les pays sauvages.

— On y est pourtant, dans un pays sauvage, fait remarquer Aude. Je suis sûre que pour un Africain, de penser à une forêt où il fait quarante sous zéro l'hiver, où on se fait manger par les mouches noires l'été et où il peut arriver sur un ours, ça ne doit pas le tenter plus qu'il faut.

Comme pour souligner ces paroles, Charlemagne rentre, les cils frangés de glace.

— Calvâsse que c'est frette à matin! Je vous dis que ça remue pas trop dans le poulailler. Les poules sont toutes joquées les unes contre les autres. Pis y a une truie qui va avoir ses petits, ce sera pas long, il faudrait que la température remonte une shot… Je prendrais ben du thé chaud… Pis, ça avance-tu, la catalogne?

Maria est presque surprise. Il est rare que Charlemagne en dise autant à la fois.

— Il y a de l'eau chaude dans la bombe sur le poêle, lui indique-t-elle. Est-ce qu'ils passent chercher le lait aujourd'hui?

— Ça va aller à demain… Je crois que j'ai eu une idée pendant que je faisais le ménage…

— À propos des vaches? demande Maria.

— Non, non, pantoute; au sujet d'une nouvelle vie…

— Une nouvelle vie?

— Ben oui, j'étais après me dire qu'on avait une ferme pas si pire, une belle maison, de la bonne terre au bord de la rivière, pis qu'y avait pas de raison pour que ça change. Alors, j'ai pensé que toute la vie qui nous restait, elle allait ressembler pas mal à ce qu'on sait déjà et c'est pour ça que je me suis demandé si ce serait pas une bonne idée de changer de vie avant qu'on soit trop vieux. Vu qu'on a qu'une vie, je me suis demandé si c'était ben utile de toujours vivre la même tout le temps…

— Je comprends pas ce que tu veux dire par changer de vie? demande Maria.

— Ben, j'ai pensé que si Élie revenait en disant que ça avait de l'allure d'ouvrir un magasin général près du nouveau chantier des millionnaires, ce serait une pas pire idée de s'associer tous ensemble pour démarrer un commerce là-bas. Pis ça aurait un autre avantage : les jeunes pourraient faire des études un peu plus avancées. C'est ce que je me suis dit…

Donnant du relief au silence qui suit ces mots, une rafale hurlante vient heurter les murs, puis s'insinue sous la porte en sifflant. Comme pour s'opposer au froid, des tisons crépitent dans le poêle. Les trois femmes se regardent.

— Et la ferme? veut savoir Maria. Et la maison?

— On vend. On peut tout vendre; c'est jamais que des biens qu'on peut pas emporter au paradis… Et l'argent, on le met dans le commerce.

— Mais ça donnerait quoi de plus, Charlemagne? On est en sécurité, icitte, on a fait quelque chose de pas pire et on peut continuer; pourquoi tout laisser tomber pour des affaires qu'on connaît pas?

— Comme je l'ai dit tantôt, pour vivre des choses qu'on connaît pas. Pour pas continuer à pilasser dans la même trail. Faut prendre des risques et voir autre chose, sinon on va devenir vieux et bêtes, ce sera pas long…

— Mais, Charlemagne, y a pas juste nous, la moitié de la ferme appartient à Aude…

— Je sais ça, c'est pourquoi je demande ce que vous en pensez. C'est sûr qu'on va pas faire ça drette bang de même. Il faut en jaser. Je fais juste donner une idée.

— Moi, dit Aude, il y a juste une chose qui me dérangerait, c'est de laisser la tombe de Thomas. J'ai l'impression que ce serait comme si je l'abandonnais… Pour le reste, c'est vrai que Jonas aurait la chance d'aller aux études.

Charlemagne approuve de la tête et revient à Maria, interrogatif. Elle est indécise. Laisser tout ce qu'ils ont construit pour une aventure lui semble un peu extravagant, mais n'est-ce pas aussi le signe que Charlemagne n'a plus d'intérêt à ce qu'il fait ici? Peut-être a-t-il besoin de changer de vie? Le soir, il l'embrasse sur le front, se tourne et s'endort. Ce serait peut-être aussi une occasion de l'amener à renoncer au rhum.

— Ça peut se penser, dit-elle. Et puis c'est pas sûr que ça plairait à Élie. C'est son idée.

Alma-Rose secoue la tête :

— Au contraire, dit-elle, il serait ravi. C'est juste que, moi, à votre place, ça me paraîtrait épouvantable de laisser cette belle grande maison.

— J'en ai construit une, dit Charlemagne, je peux en faire une autre. Mieux, même, il y a des erreurs que je ne recommencerais pas.

— Y a une autre affaire, fait remarquer Maria, ça veut pas dire que c'est parce qu'on voudrait vendre qu'il y aurait un acheteur. Si c'était dans une vieille paroisse, je dis pas, mais icitte, quasiment dans le bois, pas d'église proche, pas d'école pour les jeunes, avec la malle qu'il faut aller chercher à Saint-Eugène, je vois pas qui ça pourrait intéresser.

— Ça, c'est un autre problème, dit Charlemagne. Ça va pas, Alma-Rose?

Il vient de remarquer que sa belle-sœur, soudain très pâle, a porté une main à sa poitrine et s'appuie de l'autre sur le montant du métier.

— Un peu étourdie… Je crois que je vais aller m'étendre une secousse.

— Oui, dit Maria, vas-y. Je vais t'apporter de quoi de chaud et une bouillotte.

Essayant de se redresser, Alma-Rose sent ses jambes trop faibles et se rassoit, un peu essoufflée.

— Eh ben, fait-elle, l'air étonné, chus pas très forte…

— Ça va-tu aller? demande Maria qui essaie de conserver un ton normal. T'es-ti bonne pour monter?

— Attends une seconde…

— Je vais te porter, dit Charlemagne, y a pas de troubles.

Sans attendre de réponse, il s'approche, passe un bras dans le dos d'Alma-Rose et un autre sous ses genoux.

— Cré-mosusse! s'étonne-t-il en se redressant. Tu pèses rien!

— Chus une femme…

— Oui, mais…

Il allait faire la comparaison avec Maria, mais s'avise que ça ne serait qu'une source d'inquiétude et de dépit pour Alma-Rose. Il s'interrompt abruptement.

— Je le sais bien que Maria est plus ronde…, fait-elle en finissant la phrase qu'il a commencée.

Il est au milieu de l'escalier. Est-ce de la sentir ainsi toute frêle dans ses bras, presque comme un oiseau blessé? Tout à coup, il éprouve un brutal élan de tendresse mêlée de désir qui le renvoie à un certain après-midi en France. Imperceptiblement, comme pour assurer sa prise, il referme ses doigts autour du bras d'Alma-Rose. Devine-t-elle ce qu'il éprouve, elle lève les yeux vers lui. Il n'avait jamais remarqué qu'elle avait les yeux gris. Gris comme un ciel d'automne. Pourquoi ce besoin de poser ses lèvres sur les siennes? Tout ça est ridicule!

— Voilà, ta chambre…, dit-il.

— C'est pas encourageant…, dit-elle.

— Quoi donc?

— Je pensais que j'allais mieux…

— C'est juste une petite fatigue. Ça doit être à cause du froid qu'il fait dehors. On s'en rend pas compte, mais le corps lutte et ça fatigue. Ça doit être pour ça que les ours préfèrent hiberner.

Il la dépose sur le lit, mais, peut-être une fraction de seconde de trop, il garde ses bras autour d'elle. Aussitôt, cherchant à faire oublier cet instant, il va toucher les briques de la cheminée qui traverse la chambre.

— C'est chaud, dit-il, mais je vais quand même activer un peu le poêle; faudrait pas que tu prennes froid.

— T'es gentil, Charlemagne.

— Chus rien que normal. Avec une belle-sœur comme toi, tout le monde serait gentil.

— Charlemagne…

— Oui?

— Je sais ce qui m'attend, pour moi, c'est pas trop grave, on s'y fait, mais c'est pour Élie… Je voudrais qu'il se sente toujours une famille dans la mienne…

— T'avais même pas besoin de demander. Et puis il y avait de ça dans ce que j'ai dit tout à l'heure en bas.

— Je l'avais compris.

— Mais va-t'en pas croire que tout est perdu, loin de là, t'es même sur la bonne voie. Il faut que tu luttes, Alma-Rose…

— Toi aussi, Charlemagne…

— Comment ça?

— Personne t'en parle jamais, mais je crois que là, entre nous deux, je peux me permettre: faudrait que tu lâches le rhum. Ça te fait pas de bien ni à personne.

Charlemagne se sent bouleversé par le « entre nous deux ». Il lui semble que par ces mots elle lui a révélé qu'elle avait deviné son trouble dans l'escalier.

— Ça dérange tant que ça? demande-t-il. Je me suis jamais mis chaud.

— Je sais, mais mets-toi à la place de Maria. Elle a besoin de tout son homme…

— Qu'est-ce que tu veux dire?

— Tout ce que tu mets dans les sensations que t'apporte la boisson, tu peux pas le donner à Maria…

— Qu'est-ce que tu veux que je lui donne de plus?

Elle le regarde sans répondre. Triste, un léger sourire éclaire ses traits fatigués. De nouveau ce besoin de vouloir embrasser ses lèvres. Ils se regardent un instant, puis il se tourne vers la porte.

— Tu sais, dit-elle alors qu'il a fait deux pas, je sais pas si tu t'en es rendu compte dans ce temps-là et si tu t'en souviens aujourd'hui, mais au début, quand tu venais à la maison, j'étais un peu jalouse de ma sœur…

Il s'est arrêté. Il secoue une fois la tête de droite à gauche, puis sort sans se retourner.

— Je vais y penser…, dit-il une fois sur le palier.

Il s'apprête à descendre l'escalier lorsqu'il l'entend éternuer de cette toux trop profonde qui glace le sang dans les veines.

***

Charlemagne laisse les chiens filer. Les trois bêtes, dont il a fait l'acquisition à l'automne, tirent la traîne sans faiblir. Deux fois la semaine, il fait l'aller-retour avec eux à Saint-Eugène pour y chercher le courrier. Cela même si le plus souvent il n'y a rien pour personne au canton. C'est Marcel de Grand'Maison qui en reçoit le plus; il est abonné à divers cahiers qui traitent des inventions nouvelles.

Mais aujourd'hui, surprise, il y a une lettre pour lui-même. Il l'a tout de suite ouverte et s'est rendu compte qu'elle venait de Tit'Bé, sans doute par l'intermédiaire d'un écrivain public.

Chère sœur et cher beau-frère,

Je vous écris cette lettre pour vous dire que cette fois je m'ennuie du pays pour vrai. C'est curieux, c'est depuis que je fais de l'argent pas mal ici que ça m'a pris. C'est pas que les Anglais sont méchants ou de quoi de même, c'est juste que je m'ennuie de chez nous pis que je me languis de parler à du monde sans me tortiller la langue dans celle des autres.

Alors, cette lettre, c'est pour vous demander si jamais vous entendez parler de quelqu'un qui voudrait vendre sa ferme au Lac, de me le faire savoir. J'aimerais mieux une ferme déjà faite parce que je me sens un peu vieux pour tout recommencer à zéro. J'ai un peu d'argent devant moi pour payer cash sur la table.

En plus de la betterave à sucre, depuis que je me suis lancé ici dans la tomate pour la compagnie Heinz, j'ai pas à me plaindre.

J'ai rencontré une Franco de Pain Court. Elle s'appelle Ginette, et on parle de se marier. Elle dit que ça lui plairait d'aller vivre au Lac. Par ici, c'est bien pour gagner sa vie, mais pour élever des enfants, si on veut qu'ils soient comme nous, c'est mieux dans la province de Québec.

Un gros bec à mes neveux et le bonjour à tout le monde.

Votre frère, Tit'Bé

Charlemagne rit encore derrière son écharpe de laine. C'est à jurer que le destin joue avec le monde. Pas plus tard qu'hier, ils ont pris la décision de vendre la ferme pour construire un « grand magasin général » avec Élie Halevi.

L'autre jour, celui-ci est revenu d'Isle-Maligne en déclarant que c'était un chantier formidable, que ça allait entraîner un gros développement économique et l'arrivée de beaucoup de monde.

— Les Américains vont investir dans les cinquante millions, a-t-il ajouté. C'est peut-être là l'occasion de gagner beaucoup d'argent. J'ai télégraphié à mon père de vendre le magasin de Montréal.

Charlemagne se demande quelle sera la réaction de Maria lorsqu'il va arriver et annoncer qu'ils ont un acheteur. Il ne sait toujours pas si elle a accepté son projet simplement pour lui faire plaisir. En tout cas, Alma-Rose devrait être contente. Pour elle, ce sera un peu l'assurance qu'Élie restera entouré par la famille.

Il s'attriste en pensant à sa belle-sœur. Elle s'amaigrit de jour en jour. Ses joues sont creuses et ses yeux brillent loin au fond des orbites. Elle ne s'est pas vraiment relevée depuis l'autre jour où il l'a montée à sa chambre. Elle descend pour les repas, s'assoit parfois un peu à côté du poêle où, de plus en plus, elle parle avec Maria des souvenirs de leur enfance.

C'est aussi depuis ce jour-là qu'il n'a pas retouché au rhum. Ou, plus exactement, qu'il essaie; car par trois fois il s'est retrouvé avec le goulot entre les lèvres. Mais dans l'ensemble il tient bon. Parfois, pour un rien, un mot qui ne lui plaît pas, il sent la colère l'investir comme une éruption. Aussitôt, il sort pour aller fendre du bois jusqu'à épuisement. Pour lui-même, il ne voit pas très bien ce que l'abstinence va lui donner; au contraire, il a l'impression qu'il va perdre tout ce qui faisait un moment attendu de chacun de ses après-midi; mais il paraît que ce sera mieux pour les autres. C'est sans doute vrai puisque la nuit dernière, dans l'obscurité, il a pris Maria dans ses bras.

— Qu'est-ce qu'il y a? a-t-elle d'abord demandé, un peu surprise.

— Rien de spécial...

— Ah bon. C'est bien, alors...

***

Un peu comme une fleur se fane ou comme le jour s'en va sans qu'on puisse déterminer exactement le point de non-retour, Alma-Rose est partie.

Bien avant qu'il ne se produise dans les faits, durant des jours, la maison a été pleine de ce départ. Dans les bruits quotidiens: ceux des pas ou ceux des couverts raclant les assiettes; dans les chuchotements des jeunes tout autant que le silence des adultes. Dehors, le froid persistait; à l'intérieur, le poêle crépitait. Dehors, les bleus; à l'intérieur, les ors. Tous voulaient la garder à l'intérieur, dans la chaleur, mais, tranquillement, sans désespoir, tranquille, son regard s'évadait de l'autre côté de la fenêtre, un peu plus doux chaque jour.

Toute la journée, Élie restait assis sur la chaise entre le lit et la fenêtre. Il lui parlait, même lorsqu'elle sommeillait. La nuit, tout habillé, comme s'il prévoyait d'avoir à se relever, il s'étendait à ses côtés.

Puis, Maria a pensé qu'il fallait qu'elle prévienne son père. Samuel Chapdelaine est arrivé, beaucoup trop vieilli. Le lendemain, c'était Esdras, et Maria a réalisé qu'il y avait des années qu'elle n'avait pas revu son frère pourtant le plus proche. La dernière fois, c'était un jeune homme; à présent, c'était un homme qui commençait déjà à «caler» et dont elle n'était pas certaine qu'elle l'aurait reconnu dans une foule. Un soir, alors qu'ils étaient à table, la porte s'est ouverte, livrant passage à trois frères au visage défait. Parti de la Saskatchewan, Da'Bé avait rejoint Télesphore et Tit'Bé à Montréal, alors qu'eux-mêmes s'étaient retrouvés à Chatham. Elle a su par la suite que c'était leur père qui avait télégraphié. En les voyant tous, Maria a compris que ça faisait longtemps, trop longtemps qu'ils n'avaient pas été réunis. Elle a aussi compris que c'était la dernière fois, et il lui a fallu trouver un prétexte pour aller se réfugier un instant dans la cuisine d'été.

Une attente un peu étrange a commencé. Mais, non, ce n'était pas une attente, le mot n'est pas celui qui convient. C'était plutôt une très longue veillée qui pourtant s'est révélée beaucoup trop brève. Ni entre eux ni encore moins avec Alma-Rose, il n'a jamais été question de la mort. Ce n'est qu'après, le lendemain matin, qu'ils ont su ce qu'Alma-Rose avait confié à Aude alors que, par hasard, elles s'étaient retrouvées seules dans la chambre.

— Est-ce que ça te dérangerait, Aude, si j'étais enterrée sous le grand cyprès, pas loin de ton mari?

— Bien sûr que non! Mais pourquoi là?

— Parce que je crois qu'on doit rester où l'on meurt, mais aussi parce que comme ça toutes les choses seront à leur place...

Aude n'a pas compris le sens de cette dernière affirmation; elle a juste affirmé qu'il n'était pas question de mourir.

Le soir, tout le monde restait très tard dans le salon. Depuis la dernière visite du curé, Charlemagne avait décidé d'en ouvrir les portes à toute la maison. Plus question de réserver la plus belle pièce à cette visite annuelle. Da'Bé a évoqué les grandes plaines et affirmé que dorénavant il serait incapable de se réhabituer à la région, qu'il s'y sentirait trop à l'étroit.

— Le plus curieux, a-t-il raconté, c'est pas la terre qui paraît immense, c'est le ciel. On a quasiment l'impression de vivre dans le ciel, là-bas. Une fois qu'on a appris à oublier les arbres, on prend goût à voir l'horizon, et ça devient un besoin. C'est comme si on se sentait plus grand, plus libre...

Télesphore, lui, a vanté Detroit et l'industrie. Lui non plus ne veut pas revenir vivre au Lac.

— Là-bas, j'ai l'impression de faire partie de quelque chose qui avance. Pis qui avance vite à part de ça. Vous verrez, quand on sera vieux, chus pas mal certain que la vie comme on la connaît aujourd'hui, elle sera plus pareille. Il y aura de moins en moins de travail et on pourra vivre plus longtemps pour soi. Pis des voitures automobiles, il y en aura partout. D'icitte à vingt ans, on verra même plus de voitures à chevaux. Terminé. Tout le monde conduira, et moi, à ce moment-là, je serai gras dur parce que je serai un des grands foremen sur les chaînes de montage. Et puis, je vous le dis, Detroit va devenir une des villes les plus importantes de la terre. C'est là que ça se passe. À New York ils ont la finance, à Chicago, le bétail et les grains, mais nous, on a l'avenir : on a le mécanique. Vous verrez ce que je vous dis, c'est le mécanique qui va ronner le monde.

— Moi, je sais une affaire, a rétorqué son père, c'est qu'on peut se passer de voiture, mais que de manger, ça, on peut pas… Quand les temps seront durs, c'est ceux qui sont sur une terre qui s'en sortiront encore le mieux. Pis si, comme tu dis, que les gens se retrouvent avec moins de travail, c'est certain que les temps vont être durs.

Esdras, Da'Bé et Tit'Bé ont approuvé leur père. Télesphore a haussé les épaules et pris Charlemagne à témoin :

— T'étais en Europe pendant la guerre, Charlemagne, tu le sais, toi, c'est quoi qui l'a gagné cette guerre : c'est le mécanique. Quand les Américains sont arrivés avec des tanks, c'est là qu'on a su que la guerre allait être gagnée.

— Tout le monde a perdu…, a affirmé Charlemagne sans définir sa pensée.

Les soirées se sont écoulées ainsi, d'abord à parler du présent, puis, progressivement, à évoquer le passé. Élie a voulu descendre sa femme au milieu de sa famille à deux reprises, mais chaque fois, bien que confortablement installée dans la meilleure berçante, elle perdait visiblement trop de force. Cela les torturait tous de la voir ainsi, si faible, au milieu d'eux. Maria avait l'impression que sa sœur devenait chaque jour comme un peu plus translucide, mais Alma-Rose souriait toujours, comme si elle était heureuse.

— Je suis contente qu'on soit tous ensemble, a-t-elle dit la première fois au salon. Il manque juste notre mère, mais, à sa façon, je suis pas mal certaine que ce soir elle est là itou avec nous autres. Je la sens. Pas vous?

Ils avaient hoché la tête.

Le lendemain, elle avait regardé les portraits des enfants de Da'Bé et d'Esdras.

— Astheure, on est sûr que la famille va continuer…, a-t-elle dit.

Dans les derniers jours, Samuel Chapdelaine ne dormait pas et il s'était habillé avec l'intention de « prendre une petite marche » jusqu'à l'étable, où il s'était dit que de donner un peu de fourrage aux vaches en leur jasant l'aiderait à trouver le sommeil. Passant en silence devant la chambre d'Alma-Rose, il s'était arrêté, car sa fille s'était mise à tousser. Chaque toux de sa fille se répercutait dans sa propre poitrine. Immobile dans l'obscurité, les joues inondées, tremblant, il s'est retrouvé en train de réclamer une considération du ciel. La porte était entrouverte, et il s'est approché, un peu gêné, pour tenter d'apercevoir le visage d'Alma-Rose dans le clair de lune. Il a tout de suite vu Élie. Il était à genoux devant la fenêtre et, à tendre l'oreille, Samuel Chapdelaine a perçu les mots d'une prière. Même si c'étaient des mots qu'il ne comprenait pas.

Quelque chose s'est brisé dans son cœur. Comme une déchirure, ou plutôt une ouverture. Une douleur en lui qui a comme fait éclater l'enveloppe de ses pensées. Un souffle immense dans sa tête.

« Qu'est-ce que j'ai fait? Mon Dieu, qu'est-ce que j'ai fait? »

Il aurait voulu fuir vers l'extérieur, mais il ne pouvait plus. Il fallait absolument qu'il « répare ». Il est entré dans la chambre où Alma-Rose toussait toujours.

— Ça va pas, Rose?

Élie s'est relevé.

— Je ne sais plus quoi faire, a-t-il dit. Je voudrais tant être médecin, trouver un remède…

Sans rien dire, Samuel Chapdelaine a eu un geste qu'il n'avait jamais eu pour personne d'autre que sa femme ou ses enfants : il a pris Élie dans ses bras.

— J'avais pas compris…, a-t-il dit. Faut me pardonner, mon garçon, j'avais rien compris.

— Moi non plus, monsieur Chapdelaine. Moi non plus.

— Qu'est-ce que vous racontez? a soufflé Alma-Rose.

— Je disais à ton mari que j'étais rien qu'un beau cabochon, ma fille.

— Comment ça, son père?

— J'ai pas voulu comprendre que t'avais rencontré un gentil gars qui t'aimait. Faut crère que ça me faisait plaisir de trouver une bonne raison d'en vouloir à quelqu'un.

— C'était pas une bonne raison, son père.

— Je sais, Rose! Astheure, j'ai compris.

— Je savais ben que vous le sauriez un jour, son père. L'amour, c'est plus fort que la race, plus fort que la religion, plus fort que n'importe quoi. C'est pour ça que je chiale pas. La maladie n'est pas un bateau confortable, son père, mais il conduit à bon port… Je suis heureuse que tout soit arrangé… Ben heureuse…

Elle s'est détournée et, dans le bleu lunaire, ils ont vu un sillon brillant sur la porcelaine pâle de sa joue.

Encore une fois, il a serré l'épaule de son gendre sous sa main et il est sorti. Dehors, le ciel était pur. À l'opposé de la lune, au-dessus des épinettes noires, le cosmos étincelait de tous ses feux.

— Bonguienne! que c'est grand…

Là, il aurait voulu écarter les bras et prendre l'univers en le serrant tout contre lui. Le serrer si fort qu'il s'y serait fondu; comme sa Rose était en train de le faire.

— Ben, cré-maudit! J'ai rien voulu comprendre. Comme si que c'te beau grand pays-là, il avait besoin d'une race en particulier, comme si que le bon cœur de mon gendre lui était pas plus utile que les coups d'œil cochons que Grondin lance à tout ce qui porte jupon. Ouais…, t'es pas futé plus qu'y faut, Samuel Chapdelaine…

Il parlait tout haut, ignorant que, derrière sa fenêtre, Maria se demandait bien pourquoi son père se dirigeait vers l'étable à cette heure de la nuit.

— T'es pas couchée? a demandé Charlemagne un peu plus tard.

— Non…

— T'arrives pas à dormir?

— Non. J'arrête pas de penser.

— Tu te fais du mal.

— Je peux pas faire autrement. Je t'ai réveillé?

— Non, je dormais pas non plus. Je sais pas pourquoi, j'ai l'impression qu'y a personne qui dort dans la maison.

— En tout cas, mon père dort pas, je viens de le voir aller à l'étable.

— Ça n'a aucun bon sens…

— Qu'est-ce qu'on peut faire?

— Je sais pas… C'est terrible, tu sais, j'ai l'impression que c'est en train de tout effacer… J'ai comme l'impression de revenir à la vie, Maria. Comme s'il avait fallu ça…

Elle n'a pas dit un mot, elle est retournée se coucher, face à lui, et elle est entrée dans ses bras. Ils sont restés comme ça, comme des enfants s'étreignant très fort durant un orage.

Alma-Rose est partie tout en douceur. Comme à l'automne une feuille virevolte lentement une première et dernière fois dans le souffle léger du ciel. Ce matin-là, comme si durant la nuit elle était allée murmurer son secret à l'oreille de chacun, tout le monde était resté assis autour de la grande table, reprenant plus que de coutume le café apporté par Télesphore. Les jeunes parlaient encore plus bas qu'ils en avaient l'habitude, et les adultes fixaient les reflets du jour se miroitant sur la surface noire du café, ou les veines sombres du bois de la table, ou encore le givre étincelant aux vitres des fenêtres.

Ils ont entendu Élie prononcer le nom de sa femme. Maria a monté l'escalier puis, un instant après, elle est revenue sur le palier pour faire un signe silencieux. Alors, l'un derrière l'autre, le chagrin alourdissant leurs pas, ils sont montés. Ils ont pris leur place autour du lit blanc immaculé qui leur paraissait presque flotter dans la pièce. Alma-Rose respirait à peine, et ses paupières demeuraient fermées.

L'implorant de rester, lui tenant la main, Élie prononçait son nom dans toutes les nuances de l'harmonie. Les regards allaient de leurs mains liées au souffle qui effleurait de moins en moins souvent les lèvres bleuies.

Faisant face à Élie, Samuel Chapdelaine était debout à la tête du lit, très droit, les mains le long du corps, inutiles, le visage ravagé. Ce n'est que lorsqu'un son d'oiseau est sorti de la bouche de sa fille qu'il lui a pris l'autre main, cherchant par toute sa volonté à la retenir par le diminutif qu'il lui a toujours donné. Blanche regardait parfois autour d'elle. Elle a dit plus tard qu'elle avait l'impression qu'il y avait d'autres personnes dans la chambre. Maria a voulu lui dire « mais non! », mais, repensant à ces moments, elle n'était plus certaine de devoir contredire sa fille.

Alma-Rose a vraiment souri. Mais c'était encore plus qu'un sourire, c'était quelque chose comme un « Excusez-moi, je vous aime tant. Mais ne soyez pas tristes, ce n'est qu'une étape, nous avons toute l'éternité ensemble. Tous ensemble. » Ensuite, elle a comme oublié de reprendre son souffle, longtemps, et tout à coup elle a ouvert très grand les yeux. Un éclat de seconde, elle a paru découvrir l'inexprimable, puis plus rien. Vides, ses prunelles indiquaient qu'elle était partie.

— Ma petite enfant… Rose…, a chuchoté Samuel Chapdelaine.

À part lui qui déjà n'aspirait plus qu'à la suivre, à part Élie fixant le néant et prononçant désormais le prénom de sa femme en silence, les autres, douloureusement, se sont souri comme elle venait de le faire. Ils se sentaient soudain solidaires d'un même chagrin, et forts de la douceur qu'elle venait de leur laisser.

Ça s'est passé ainsi, et aujourd'hui ils sont réunis une dernière fois sous le grand cyprès. En attendant le dégel, son cercueil va demeurer dans le charnier de Saint-Eugène, mais ils ont voulu être ensemble là où elle va retourner à la terre. Tout à l'heure, Télesphore va repartir pour Detroit, et Da'Bé, pour les prairies. Par le souvenir, ils vont emporter un peu de leur sœur, l'un dans le bruit d'une ville décidée à modifier le temps, l'autre sous la courbe immense du ciel. À travers ceux qui restent, elle participe à jamais au royaume.

Charlotte et Jonas, les joues rouges, se jettent des regards impatients. Ils ont hâte d'aller essayer «la tobagane» dans la nouvelle descente qu'ils ont tapée dans la coulée.

XVI

Le bruit! Il est partout maintenant. Il a tout envahi progressivement, et Maria ne s'en était pas vraiment rendu compte. Mais hier, lorsque des hommes sont arrivés au magasin en racontant qu'Alexis Lapointe, celui qu'on appelait le Trotteur, venait de se faire avoir par le train sur le pont ferroviaire, elle a soudain réalisé que tout est devenu différent.

Il fait froid, et le ciel est d'un bleu sans tache. Aveuglante, la lumière est partout. Les bras croisés sur la poitrine, elle regarde les hommes, comme des fourmis, qui travaillent à la construction du barrage numéro 4 qui obstrue le bras de la décharge entre Isle-Maligne et celle d'Alma. Elle aperçoit les énormes machines occupées à déblayer des montagnes de neige : pelleteuses et bouteurs à vapeur, on dirait d'énormes insectes qui, l'été, martyrisent le sol, le déchirent et l'arrachent. En une heure, une machine comme ça pourrait faire tout l'essouchage que son père faisait durant une saison de labeur. Réprimant un chagrin, elle secoue légèrement la tête. Comment tout cela est-il arrivé? Elle connaît les chiffres : le canal de cinq cents pieds creusé dans le roc sur une largeur de cent cinquante pieds, le barrage lui-même avec ses ouvertures à coulisses de quarante pieds, construit là où, il y a quelques années, on osait à peine s'aventurer en chaloupe à cause du courant. Ça fait un peu peur, toute cette force brutale. Et puis, il y a aussi la dynamite, les cris et les sacres, les hommes chauds le samedi soir, les filles de Montréal, les bagarres, les étrangers qui parlent l'italien, le russe, le polonais et d'autres langues encore plus étranges; tout ça est arrivé avec les millions du développement.

Oui, c'est hier, en montant dans le même taxi que le

vicaire pour se rendre auprès de son vieil ami Alexis, qu'elle a réalisé que le monde qu'elle a connu jusqu'à ce qu'ils déménagent à Isle-Maligne n'existait plus. Lorsque Alexis a fermé les yeux, elle a compris que le pays de son enfance expirait avec lui.

Alexis… Il était venu souper plusieurs fois depuis qu'il travaillait pour la Québec Development. Il parlait alors d'autrefois, de leur course à Ouiatchouan, et Charlemagne riait. Hier, elle l'a trouvé étendu sur le bois d'une table dans une des baraques du campement de la Compagnie. Ses jambes n'étaient plus que des loques, et un infirmier essayait de lui replacer les intestins qui sortaient d'une blessure au ventre. Alexis ne disait rien, pas un mot sur la souffrance terrible qu'il devait ressentir.

— Ben, Alexis…

— Maria…

— Qu'est-ce que vous avez fait, Alexis, pour l'amour?…

Il a eu un sourire contrit et penaud, un peu comme lorsqu'on veut s'excuser d'une erreur. Comme si ce n'était pas lui qui en subissait les conséquences.

Il a fallu qu'elle se retire un peu pour laisser au vicaire le temps d'entendre la confession. Lorsqu'elle est revenue auprès de lui, comprenant qu'il s'en allait, elle lui a donné la main et s'est souvenue tout haut de la façon dont elle l'avait rencontré la première fois.

— Vous vouliez vous maller par la poste comme on malle un colis… Vous vous souvenez-ti?

— Astheure chus parti pour pas mal plus loin que la poste peut se rendre…

— Ben non!

— C'est pas grave, j'ai eu du plaisir en masse; y a juste que j'aurais ben aimé une femme qui m'aurait aimé comme que j'ai toujours rêvé qu'une femme pouvait aimer un homme… J'aurais ben aimé ça… Faut crère que j'étais pas fait pour…

Elle aurait voulu lui dire que rien n'était fini, que ça allait arriver un jour, mais il a alors fermé les yeux, et le vicaire s'est avancé pour lui donner le sacrement des malades.

« J'étais pas fait pour… » Elle repense à ses dernières paroles et se dit qu'en tout cas Alexis n'était sans doute plus à sa place dans le nouveau monde en train de naître.

« Le monde pense plus rien qu'aux choses, se dit-elle. De l'argent pis encore de l'argent pour paraître quelqu'un. On se juge les uns les autres aux affaires qu'on a pis à l'argent qu'on fait. Si on a pas d'argent, on est un trou de cul, on n'intéresse plus personne. Ce qu'on est en dedans, les qualités qu'on a, ça n'a plus d'importance. Alexis s'est fait frapper par le train, et tous ceux qui ont vu l'accident vont se fermer la boîte, parce que c'est la Compagnie qui distribue l'argent et que la Compagnie serait pas de bonne humeur d'avoir à payer des compensations pour la mort d'un trou de cul. Même le vicaire, qui a tout entendu, il dira rien qui pourrait nuire à la Compagnie. Pis moi non plus, parce qu'ils pourraient bien s'arranger pour qu'on perde tout ce qu'on a gagné. Avec les jeunes aux études, on peut pas risquer de se retrouver en bas de l'échelle. Avant, quand les grosses poches d'ailleurs avaient pas besoin d'envoyer le monde à la guerre, on était au moins son maître et on avait le silence; astheure, il y a la Compagnie et le barda que font les machines, les chars ou les gars chauds la nuit quand ils réclament les filles. Tout ça, c'est le bruit de la piastre. Et le pire, c'est que c'est passionnant! Je sais même pas si j'aimerais ça retourner au canton, loin du monde. Tout le bruit, tous les gens, les barrages, la rivière en train d'être domptée, on dirait qu'on s'en va quelque part. On sait pas ioù, mais on sait qu'on y va, et le pire, c'est qu'on a pas envie de débarquer du char. »

— Pensive, Maria?

Celle-ci se tourne vers Aude qui vient à sa rencontre.

— Un peu. Je pense au temps qui passe. Ça change pas rien qu'un petit peu…

— Il y a des choses qui ne changent pas, par exemple! Ça y est, ils viennent de passer la résolution au Conseil pour qu'Isle-Maligne devienne une ville. Je te laisse deviner qui a le droit d'être électeur…

— Les hommes…

— «Toute personne de sexe masculin, et toute veuve ou fille majeure.» N'importe quel homme peut voter, mais nous, il faut qu'on soit veuves ou vieilles filles… Je trouve ça tellement…

— C'est comme le reste: un jour ça va finir par changer. Il faut le temps…

— On dirait que ça ne te choque pas, toi…

— Je trouve que ça n'a pas de bon sens, mais qu'est-ce que tu veux que je fasse? C'est pas de la faute à Charlemagne. Je peux pas lui faire une crise pour qu'il s'en aille au Conseil leur dire que c'est gnochon, leurs affaires.

— Moi, j'aimerais ça y aller, au Conseil, leur dire le fond de ma pensée…

— Ils feraient juste te regarder en rigolant comme des niaiseux. Les hommes sont de même; ils s'imaginent qu'ils sont supérieurs. On les élève de même. C'est de notre faute aussi. Prends les garçons: s'ils chialent un peu, je leur dis de pas pleurnicher comme une fille. C'est certain qu'à la longue ils vont s'imaginer qu'ils sont plus forts.

Aude regarde autour d'elle, comme si elle cherchait le moyen d'aborder le véritable sujet qui l'a amenée ici. Maria devine de quoi il s'agit, mais elle ne voit pas quelle perche elle pourrait lui tendre. Désignant le barrage de la tête, elle lui demande si elle regrette d'avoir déménagé ici.

— Pas du tout, même si, des fois, je t'avoue que j'ai un peu la nostalgie. Mais, ça, j'imagine que c'est à cause de Thomas… Non, j'aime ça, ici. J'aime le magasin, et puis on ne s'ennuie pas.

— Moi aussi, j'aime ben ça, le magasin, approuve Maria, toujours surprise de le constater.

En fait, elle n'a pas encore compris ce qui s'est passé, mais, oui, elle a tout de suite aimé le magasin. Tous ensemble, ils ont bâti un gros magasin général où l'on trouve de tout, depuis la bobine de fil jusqu'au poêle à bois en passant par les clous, la «broche» à clôture, le linge de travail ou celui du dimanche, le tabac Quesnel ou les cigarettes Turret, des disques phonographiques du Quatuor Saguenay, les patrons

Butterick, des musiques à bouche Honner ou même les tablettes Leroy pour maigrir et les chocolats vermifuges du Dr Pierre.

Ils se sont un peu réparti les responsabilités : Charlemagne s'occupe surtout de tout ce qui concerne la quincaillerie, Élie, du linge et des tissus, Maria, de l'épicerie, et Aude fait la comptabilité et l'inventaire. Cette tâche n'est pas la plus facile, car une grande partie de la clientèle fait créditer ses achats, et ce n'est pas toujours aisé de leur rappeler que le compte « est dû ».

Maria s'est surprise à apprécier cette nouvelle vie. Elle s'est aperçue qu'elle aimait les objets. Que ce soit un marteau, une charrue ou un fanal, elle s'étonne toujours de l'ingéniosité et du talent qu'il a fallus pour concevoir et fabriquer l'objet. C'est ce qui l'aide à ne pas brader trop facilement lorsque des cultivateurs un peu désargentés font valoir qu'ils ne peuvent pas se permettre d'acquérir tel ou tel article qui leur permettrait de mieux vivre ou de mieux travailler.

— On peut dire qu'Élie a eu une bonne idée, remarque Aude.

— C'est vrai. Et, même si au début je me demandais où ça allait nous mener, je ne regrette pas la décision de Charlemagne de tous nous avoir embarqués dans cette aventure.

— Maria...

— Oui ?

— Qu'est-ce que tu crois, toi, qu'il se passe après la mort ?

— Drôle de question... Je sais pas, moi. On ressuscite au jour du Jugement...

— Oui, mais je veux dire les maris et les femmes... Comme ton père qui s'est remarié ; après, comment ça va se passer, quelle femme il va retrouver, à ton avis ?

Maria a déjà pensé à ça. Charlemagne est son mari, mais elle n'a jamais oublié qu'elle et François s'étaient promis l'un à l'autre et que ça avait quasiment la valeur d'un mariage. Que va-t-il se passer, de l'autre bord, si elle retrouve François ?

— Dans l'Évangile, répond-elle, il y a Jésus qui dit qu'après il n'y a plus de mari ou de femme, mais, pour te dire les choses comme je les sens, ça me paraît un peu dur à comprendre. Il me semble que si je retrouve Charlemagne de l'autre côté, je vais vouloir être avec lui.

— Et celui dont tu m'as déjà parlé, François Paradis?

— Je sais pas, Aude. C'est certain que, si je retrouve François, je pourrais pas l'ignorer non plus…

— Peut-être qu'il n'y a pas d'après, au fond…

— Hein! Dis-moi pas que tu crois plus à rien?

— J'ai pas dit ça, Maria. Je fais juste me poser des questions…

— Des questions de même, ça peut mener tout droit en enfer…

— Tu m'as déjà dit que tu n'y croyais pas vraiment, à l'enfer.

— Quand même, il doit y avoir quelque chose. Je peux pas croire qu'on puisse faire n'importe quoi sans payer. Mais pourquoi que tu me poses des questions de même, aujourd'hui?

— J'en sais rien, comme ça…

Un instant, Maria a l'impression qu'Aude va parler, mais non, celle-ci ne fait que murmurer :

— Je voudrais tellement que Thomas soit là…

Maria la regarde dans les yeux.

— Il faut que tu vives, Aude… Une femme peut pas attendre pendant des années… La nature a mis en masse du besoin d'amour en nous, et on peut pas aller contre.

— Je sais, Maria… Je le sais trop…

— Trop?

— Je retarde, Maria… Plus de quarante jours…

Cette fois, c'est Maria qui reste sans voix. Sa stupéfaction est éloquente; Aude comprend qu'elle ne peut plus se taire. Comme pour chercher le courage des mots, elle regarde autour d'elle et s'arrête un instant sur le travail de déblaiement des pelleteuses. Elle pousse un soupir qui fuse en buée devant ses lèvres.

— Tu te souviens, le mois passé, quand vous êtes allés toute la famille à Chicoutimi dans l'auto d'Albert Naud et que vous êtes restés en panne là-bas et que vous avez dû y passer la nuit…

— Oui, c'est même ce jour-là que Charlemagne a dit qu'il n'achèterait jamais d'auto et que le lendemain il est allé voir pour le modèle Ford…

— C'est ça. Eh bien, ce soir-là, Élie et moi, on avait rien à faire, on a commencé à jouer aux cartes et puis… Enfin, tu sais ce que c'est…

Maria ne comprend pas pourquoi cette nouvelle lui cause un pincement.

— Non, je sais pas, dit-elle un peu sèchement.

— Ça ne devait pas arriver, croit devoir expliquer Aude. Jonas était déjà au lit, l'électricité a manqué comme ça arrive souvent, et Élie s'est levé pour aller chercher un fanal. Je ne sais pas pourquoi, je lui ai dit de rester assis, qu'on était bien dans la noirceur. C'est comme ça. Il y avait juste des lueurs rouges qui venaient du poêle à bois dans la cuisine, et on a commencé à jaser. Il m'a d'abord parlé d'Alma-Rose, pis moi j'ai continué avec Thomas. On a fini par se dire que jamais plus on pourrait aimer comme ça…

— Je comprends pas…

— Moi non plus. C'est comme s'il avait fallu dire ça tout haut pour se donner l'autorisation de… Enfin, non, j'exagère, ça ne s'est pas passé drette bang de même. À un moment donné, en passant mon bras au-dessus de la table, j'ai renversé le paquet de cartes et en se penchant en même temps pour les ramasser on s'est cogné la tête. Assez fort, merci. Il m'a pris le bras pour me demander si j'avais mal et à ce moment-là, je ne sais pas ce qui s'est passé, ça a été comme plus fort que nous…

— Au point de…? fait Maria.

— Oui, au point de, comme tu dis.

— Je ne comprends pas, dit Maria. Pourquoi comme ça, avant même de vous promettre l'un à l'autre?

— Le désir, Maria! Le désir, torpinouche! Tu ne sais pas ce que c'est…

— Je le sais, Aude. Un peu… J'ai attendu Charlemagne pendant quatre ans…

— Alors, tu peux comprendre.

Pour la première fois depuis très longtemps, Maria se souvient de la visite des braconniers, puis, comprenant sa réaction de tout à l'heure, elle se souvient aussi de cette fois où elle se savait observée par Élie durant son bain dans la rivière.

— Oui…, dit-elle presque comme un aveu. Ce que je comprends un peu moins, c'est pourquoi vous avez pas attendu que tout soit fait dans les règles…

— Je viens de te le dire, Maria, c'est arrivé comme ça, brusquement.

— Et maintenant?

— Maintenant, il va falloir que je parle à Élie. On a reparlé de rien depuis cette nuit-là. On se sourit lorsqu'on se rencontre, c'est tout.

— Mon doux Seigneur! Ça veut dire qu'il n'est pas au courant de ton état et que vous n'avez rien prévu.

— C'est pour ça que je voulais ton avis, Maria.

— Qu'est-ce que je peux donner comme avis, moi? Ça me paraît pas compliqué: si tu retardes, il faut lui parler et ça presse. Pis il faut passer devant monsieur le curé avant que ça commence à jaser.

— C'est pas ce que je voulais te demander, Maria. Je voulais savoir si, à ton avis, on peut moralement épouser un homme que l'on aime beaucoup moins que celui qui a été notre mari. J'aime bien Élie, je suis bien avec lui et on s'entend bien. Je crois que c'est pareil pour lui. Mais est-ce qu'on a le droit de lier nos existences? C'est ça que je ne sais pas. Lorsque je rêve de l'homme que j'aime, c'est de Thomas. Et ça doit être la même chose pour Élie. Pour lui, la femme aimée, c'est Alma-Rose.

Maria a les larmes aux yeux. Elle se mord les lèvres un instant.

— Alma-Rose le savait…, murmure-t-elle mystérieusement. Elle avait deviné…

Aude hoche lentement la tête d'un air entendu avant de demander:

— Tu crois que c'est ce qu'elle avait voulu signifier quand elle a demandé à être enterrée près de Thomas?

— Ça se pourrait... Oui, maintenant que j'y repense, je crois qu'elle a dû voir quelque chose, et son geste a été de redonner sa liberté à Élie. Seigneur! j'avais même pas compris.

C'est au tour d'Aude de rester stupéfaite.

— Qu'est-ce qu'elle aurait pu voir? demande-t-elle.

Maria ne répond pas. Contre toute logique, elle se demande à présent si Alma-Rose a jamais deviné ce qui s'était passé au bord de la rivière. Ou alors! est-ce que, par sa dernière volonté, elle n'a pas un peu forcé Élie et Aude l'un vers l'autre pour protéger sa propre sœur contre une tentation éventuelle? Non, c'est ridicule! Et puis, il n'y a rien eu! Rien!

Pourtant, pourquoi cette douleur furtive, tout à l'heure, lorsque Aude s'est confiée? Est-il resté quelque chose de cet après-midi-là? Elle en refuse l'hypothèse, mais surgit le souvenir de cette nuit où, sur le fenil, elle s'était imaginée avec Thomas. Ce souvenir qui l'a fait se sentir responsable du drame d'Aude et qu'elle a voulu oublier.

«Mais qui je suis?» se demande-t-elle, soudain effarée par sa propre personne, réalisant qu'il lui est arrivé d'envisager l'affection intime du mari de sa sœur aussi bien que de celui de son amie. Elle ne comprend plus, se demande même tout à coup si l'amour n'est pas une invention de l'esprit pour déguiser le désir. À moins qu'elle ne soit seule à éprouver ces tentations? Peut-être a-t-elle l'âme de ce qu'on appelle une femme de mauvaise vie? Emportée, c'est sans réfléchir à ses implications qu'elle pose la question à Aude:

— Aude, as-tu déjà imaginé que toi et Charlemagne... Enfin, tu vois...

Aude la regarde, de la tristesse plein les yeux.

— Ni plus ni moins que toi et Thomas, j'imagine... On n'y peut rien et ça ne veut rien dire, sinon qu'on est des humains. Avant de vivre, je crois qu'on faisait déjà partie de tout, mais vivre, c'est éprouver ce tout dont on fait partie...

Maria ne sait pas trop comment interpréter cela. Elle ne retient que le fait de savoir que, oui, pendant au moins un instant, Aude a déjà envisagé Charlemagne pour amant. C'est terrible! À ce rythme, on peut supposer que Charlemagne s'est imaginé avec Aude, qu'Élie s'est vu avec elle aussi bien qu'avec Aude, et ainsi de suite. Toutes les certitudes de Maria s'écroulent. Elle a l'impression qu'il y a encore plus de bouleversement dans son esprit que dans le sol malmené d'Isle-Maligne. À croire, justement, que ce sont toutes ces machines, toutes ces transformations, ces travaux gigantesques et ces brassages humains qui autorisent soudain la prise de conscience de ce qui pourtant a toujours été. Comme si l'orgueil de leurs réalisations octroyait aux hommes le droit de réviser ce que la force des habitudes leur avait fait tenir pour acquis.

Son ressentiment de tout à l'heure est tombé. Au contraire, elle n'a plus que de la compassion pour son amie.

— Je crois qu'il vaut mieux que tu épouses Élie, décide-t-elle soudain. Bébé ou pas, je crois que ce serait le mieux pour vous deux.

— Et puis on s'entend bien… Mais comment est-ce que je vais lui demander ça? C'est pas à la femme de faire la demande!

— Explique-lui que tu es enceinte, le reste viendra de lui.

— Je voudrais que ça vienne de lui sans qu'il se sente obligé. Autrement, je ne saurais jamais vraiment pourquoi il m'a épousée.

— Il est un peu tard, non?

— Je suis prête à accepter les conséquences de mes actes…

— Toi peut-être, mais les autres…

— Les autres penseront ce qu'ils voudront!

— Ce n'est pas si facile que ça, Aude.

— Ah oui, le commerce…

— Il faut y penser un peu. Et puis l'enfant, s'il y en a un…

— Je sais! Je sais! Mais pourquoi est-ce que la fichue voiture de Naud est tombée en panne, aussi!

— Ça me fait penser que je pourrais peut-être proposer à Charlemagne qu'on aille faire un tour à Québec avec la Ford. Ça fait longtemps que je veux aller à Québec…

— Tu veux nous replonger dans une situation embarrassante?

— Pas embarrassante, Aude. Au lieu d'aller trop loin, au dernier moment tu pourrais proposer que ça se fasse sur des bases plus convenables. Tu vois ce que je veux dire?

Les deux jeunes femmes s'observent et soudain elles éclatent de rire. Ensemble, elles se tournent en direction du magasin, situé sur tout le rez-de-chaussée de la grande maison, dont ils se séparent l'étage.

Maria songe que la conscience est bien bizarre. Tout à l'heure, elle se mettait tous les péchés du monde sur le dos; à présent, elle songe à ce voyage à Québec qu'elle vient tout juste d'imaginer. Un long voyage en voiture, la ville, un bel hôtel et des bons restaurants. Pourquoi n'y a-t-elle pas pensé plus tôt? Pour elle et Charlemagne ce serait une occasion de se retrouver un peu. Avec le commerce, les enfants et ses disques d'opéra qu'il écoute religieusement une heure ou deux tous les après-midi, ils n'ont plus de temps pour eux.

Cherchant depuis quand ils ne se sont pas vraiment retrouvés, elle se demande tout à coup si ce n'était pas avant la guerre. Cependant, comme d'habitude, elle ne se pose la question que pour la forme, elle en connaît trop bien la réponse. Elle a soudain envie de se réfugier tout contre lui, très fort, comme avant.

Avant… Ce dernier mot lui rappelle qu'Alexis est mort hier. Tournant la tête par-dessus son épaule, elle a un autre regard pour l'étendue du chantier qui bouscule tout. Mais, comme pour chasser le flot de nostalgie qui l'envahit, elle se détourne aussi vite.

«Faut aller de l'avant, se dit-elle, ça sert à rien de penser à hier. De toute façon, ça doit être la jeunesse qu'on regrette plus qu'autre chose. On peut pas dire que quand l'ours est arrivé devant chez nous pour manger les enfants, c'était vraiment le bonheur… Le vrai bonheur, c'était surtout… »

Se sentant coupable, elle chasse l'image fugitive qui vient de lui apparaître. Ce dimanche de la Sainte-Anne, aux bleuets avec François, baignés dans toute la lumière du monde.

Plus que jamais, elle se sent solidaire d'Aude.

— Ça va s'arranger, tu vas voir…, lui promet-elle sans raison alors qu'elles grimpent les quatre marches de bois qui mènent au magasin.

***

Maria n'avait jamais imaginé qu'il pouvait y avoir tant de forêt entre le Lac-Saint-Jean et Québec. Pendant des heures, elle a contemplé tout ce territoire trop accidenté pour que l'on puisse songer à s'y installer.

— Vous pouvez passer, leur a dit un gardien lorsqu'ils ont quitté le Lac-Saint-Jean. On ne prévoit pas de neige pour tout de suite.

Puis ils n'ont plus rencontré une seule maison. Que des lacs, des épinettes et de la roche.

— Ça fait un peu peur…, a dit Maria.

— Quoi donc? a demandé Charlemagne, étonné.

— Tout ça, qui sert à rien.

— Ça sert aux ours, aux castors pis aux orignaux.

— Oui, mais c'est pas pour du monde. On pourrait rien faire pousser par icitte.

— Moi, ça me plaît de savoir qu'il y a des places où on peut se retirer si ça va mal…

— Qu'est-ce qui pourrait mal aller au point de s'en venir icitte? Faudrait vraiment être pauvre comme Job.

— Je parlais pas de ça, je parlais de celui qu'en a plein son casque…

— Ça t'arrive-tu, à toi?

— Ben non, Maria. Je fais juste imaginer que c'est des choses qui peuvent arriver, pis qu'il y aurait toujours une place pour s'en aller loin du monde.

— Moi, je m'y vois pas pantoute.

— Quelle différence avec le canton?

— Je sais pas, c'est pas pareil. Au canton, quand on défriche, il reste de la terre pour les gens, icitte, rien. Je te le dis, ça me fait peur.

— T'aimes pas ça?

— Tout le temps que l'auto roule, ça va, au contraire, c'est plaisant de passer à travers les choses sans avoir à les supporter. Mais je voudrais pas être prise pour rester.

— Avec une Ford, y a pas de trouble.

— J'en sais rien, a-t-elle répondu en riant; ça se peut que ce soit mon petit frère qui l'ait construite, celle-là.

— Ben justement...

— La mère disait toujours à Télesphore qu'il avait pas tout son bon sens. Je suis pas sûre que ce soit différent aujourd'hui. Passer sa vie aux États, je suis pas certaine que c'est un bon signe...

— Ben voyons! Y en a des millions qui décident de faire leur vie là-bas. Pis, à ce que j'en sais, c'est pas plus mal qu'ailleurs. Ça sert à rien de se faire accroire qu'on est meilleurs parce qu'on est né d'un bord des lignes plutôt que de l'autre; surtout que ces lignes-là n'existent que dans nos têtes. Dans la vraie réalité, il n'y a pas de lignes.

— En tout cas, ça me fait bizarre de penser qu'on va être à Québec ce soir. Ça m'a toujours paru à l'autre bout du monde... Euh..., Charlemagne?

— Oui?

— Tu y penses-tu encore des fois, à l'accordéoniste?

— T'as ben des drôles de questions...

— Tu réponds pas.

— Ça arrive, a-t-il avoué en haussant les épaules. Mais pas comme tu peux le croire. J'y pense comme on pense à tout ce qui a pu nous arriver. Pourquoi tu me demandes ça?

— Je pense à Aude pis à Élie. Tous les deux, je sais qu'ils ont été en amour pour mourir chacun de leur bord, pis aujourd'hui, comme si qu'il n'y avait rien eu, ils vont peut-être se marier.

— Je vois pas le rapport?

— Si, pour une raison ou une autre, tu avais eu à passer le reste de ta vie en France, tu te serais peut-être engagé avec l'accordéoniste. Quand je vois ce qui se passe, des fois je me dis que l'amour, ça se peut que ce soit rien qu'un mensonge qu'on se fait...

S'apercevant du regard malheureux qu'il a eu, elle a aussitôt regretté ses mots et a haussé brusquement les épaules comme pour les effacer.

— Je parle pour rien dire, a-t-elle affirmé. Je dis des bêtises.

— Je t'aime, Maria. Avec les enfants, je t'aime plus que tout le reste. Pis c'est pas des accroires!

Sans comprendre ce qui lui arrivait, Maria s'est retrouvée secouée de sanglots.

— Moi aussi! Moi aussi, Charlemagne, je t'aime plus que tout le reste, mais je ne sais pas ce qui se passe en moi. C'est comme si j'arrivais pas à te rejoindre. Comme si que t'étais jamais revenu de cette maudite guerre. Y a des moments, quand t'écoutes ta musique, j'ai même l'impression que t'es dans un ailleurs où tu te plais mieux qu'avec moi, où t'es plus heureux qu'avec nous autres. On est ensemble, et je me sens seule, Charlemagne. Je sais pas ce qui se passe, je le sais pas pantoute.

Il a regardé devant lui sans avoir l'air de se rendre compte qu'il avait considérablement ralenti. De chaque côté, serrées les unes contre les autres, leurs branches basses immobilisées dans la neige, les épinettes semblaient préserver un sombre mystère. Tout semblait désolé. Du dos de la main sur la vitre, Maria sentait le froid qui cernait la voiture.

Ces instants sont encore en elle alors qu'elle distingue tout à coup la vieille ville perchée dans le lointain.

— Québec! annonce Charlemagne en tendant le doigt.

— C'est vrai que c'est grand en bibitte… On va se perdre… Charlemagne rit et cela détend l'atmosphère.

— Mais non, ma femme, y a juste un peu plus de monde qu'à Isle-Maligne et c'est tout.

Elle secoue la tête.

— Je sais pas si j'aime ça…, dit-elle.

— Quoi donc?

Elle désigne ce qu'elle aperçoit.

— Tout ça… J'aime pas l'ambiance de ce que je vois, Charlemagne.

— Il est trop tard pour retourner…

— Je veux pas retourner! Ça doit juste être le choc, j'imagine. Je m'attendais pas à ça…

— Quelle affaire?

— Je le sais pas, c'est comme… triste.

— Mais on est même pas encore rendus!

— Je le sais ben, ça a pas de bon sens, mon affaire. Je suppose qu'il faut un peu de temps pour s'accoutumer.

Il hoche soudain la tête.

— Je sais ce que tu veux dire, ça m'a fait pareil quand je suis arrivé en France. Ça m'a paru triste comme c'est pas possible. Comme si que tout était resté figé dans le passé, que ça n'avançait plus et surtout qu'il n'y avait plus rien à espérer.

— Ça va aller mieux tout à l'heure, je te dis. Le temps que je m'y fasse. C'est quoi qu'on voit là-bas…, la grosse bâtisse?

— Le château où on va passer la nuit, Maria.

Elle le regarde comme s'il était en train de plaisanter.

— Tu veux dire qu'on va passer la nuit là-dedans?

— Je te l'ai dit qu'on allait au Château Frontenac. On s'en vient pas jusqu'icitte pour coucher n'importe où.

— Mais une grosse bâtisse de même, Charlemagne, c'est pour les rois, ou ben les présidents. On imagine ça dans les contes de fées.

— Ils feraient vite faillite, à l'hôtel, s'ils n'avaient que des rois ou des présidents comme clients. Non, Maria, un hôtel comme celui-là, c'est pour tout le monde. Pour qu'on s'offre une fois de temps en temps la vie de château. Comme un cadeau qu'on se fait. C'est pas parce qu'on est pas nés de la cuisse de Jupiter qu'on a pas le droit de temps en temps de s'offrir un peu de luxe. Pis c'est justement fait pour ça, le luxe, pour faire changement d'avec la vie de tous les jours.

Pénétrant dans la ville elle-même, ils ont perdu le Château de vue et montent à présent une côte très abrupte. Maria observe des passants qui longent les trottoirs comme des ombres, soufflant devant eux un petit nuage de buée à chaque expiration. Elle se demande où vont tous ces gens sans visage, quelle vie ils peuvent avoir, quel effet cela peut faire de vivre entre ces murs trop sombres.

Charlemagne paraît lire dans ses pensées :

— Ça fait toujours bizarre quand on arrive dans une nouvelle place; loin de ce qu'on connaît, on se sent un peu perdu, triste, même.

— C'est quand même curieux, toutes ces maisons en dur, collées les unes contre les autres. Il y a pourtant de la place tout autour. C'est quoi l'affaire de se mettre comme ça les uns sur les autres?

— C'est la ville… J'imagine que, quand on vient en ville, c'est justement pour être au travers des autres. Un peu comme à Isle-Maligne, on est plus proche du monde que quand on restait au canton.

Par deux fois, Charlemagne doit demander son chemin à des passants. Maria est presque surprise de les entendre répondre comme s'ils se connaissaient depuis toujours.

Ils franchissent un portique de pierre, puis, se penchant un peu vers le pare-brise comme pour être certain de ne pas se tromper, Charlemagne gare la voiture devant un homme dont Maria se dit qu'il doit être un officier en parade.

— C'est qui? s'étonne-t-elle alors que l'homme se penche pour ouvrir la portière.

— Le portier, Maria.

Étonnée, et surtout intimidée, Maria descend de voiture comme le geste du portier l'y invite. Elle ne sait si elle doit le suivre ou le précéder vers les grandes portes tournantes. Elle jette un coup d'œil un peu angoissé à Charlemagne qui lui répond par un petit sourire. Visiblement, il n'en sait pas beaucoup plus qu'elle sur les usages de ce genre d'établissement.

À l'intérieur, frappée par ce qu'elle découvre, et qu'elle associe à la magnificence, elle voudrait presque faire demi-tour. Si ce n'était derrière eux de la présence du portier qui les a introduits, elle prendrait Charlemagne par la manche pour s'enfuir.

— *Can I help you?* demande courtoisement un réceptionniste derrière le comptoir de bois sombre.

— Vous parlez pas français? s'étonne Charlemagne.

— Certainement, monsieur. Vous avez une réservation?

— Heu…, non. Il en faut une?

Le réceptionniste sourit toujours aussi courtoisement, mais Maria croit déceler un peu d'ironie dans le regard.

— Généralement, c'est plus prudent, mais ce soir vous avez de la chance, nous avons des chambres vacantes.

— Il paraît que vous en avez avec la vue sur le Saint-Laurent et la ville…

— Bien sûr! Un ou deux lits?

— Un lit, c't'affaire! On est mariés.

— Certainement… Heu…, j'imagine que vous connaissez nos tarifs?

— Pas de problème avec ça, répond Charlemagne. C'est pas tous les jours qu'on part en vacances, alors on va pas se priver…

— Bien sûr! Si vous voulez bien remplir cette fiche.

Toujours impressionnée et sans voix, Maria ne cesse de regarder autour d'elle, essayant en vain de se sentir naturelle dans ce cadre. Les dimensions imposantes, les dorures, les tapis écarlates immenses, les lumières diffusées par les grands abat-jour de cristal, les panneaux de bois précieux, tout contribue à lui faire ressentir qu'elle vient de pénétrer dans un milieu dont elle croyait plus ou moins qu'il n'avait vraiment de réalité que dans les romans. Un milieu où son impression dominante est que chacun de ses gestes risque de révéler qu'elle est une intruse.

Mais rien ne se passe, aucun regard malveillant ne vient s'interposer à leur présence, et c'est avec des commentaires anodins, mais courtois sur la température extérieure qu'un bagagiste leur ouvre la porte en fer ouvragé de l'ascenseur.

— Ça peut pas tomber? demande-t-elle, un peu inquiète, à Charlemagne.

— Ben non, voyons!

Le bagagiste sourit et, comme s'il n'avait pas entendu Maria, fait remarquer qu'il se trouve dans «cette cage» au moins cent fois par jour depuis dix ans.

Un long couloir silencieux conduit à leur porte. Maria se demande la somme que peut représenter tout ce tapis. Sans doute, pour ce seul couloir, autant que la ferme qu'ils ont vendue à Tit'Bé. Sans savoir pourquoi, durant une seconde, elle se revoit avec le père-abbé, discutant de l'achat à crédit des jeunes génisses. Et maintenant, elle foule un tapis qu'ont dû fouler les pieds des princes et princesses de ce monde!

Mais, une fois le bagagiste reparti avec le billet que lui a donné Charlemagne, c'est la chambre qui les laisse pantois.

— Ben, dis donc, c'est le grand luxe! dit Charlemagne.

— C'est ben de trop beau pour nous autres, répond Maria.

— Pourquoi ça? Qu'est-ce qu'on a de moins bien qu'un Duke, un Price ou une autre grosse poche?

— J'en sais rien, mais tout ça, pour nous… On est rien que des gens d'en haut du Lac…

— Ça fait quoi? On est pas pires que les autres, Maria. Tout le monde vient de quelque part. On est même tout aussi bien, pis on va profiter! Y a toujours ben un crime de bout à se croire moins fin que les autres. On a le droit aux belles choses pareil comme tout le monde.

Elle s'est avancée dans la salle de bains et s'extasie sur le volume de la baignoire.

— Tu crois qu'on peut la remplir d'eau chaude? demande-t-elle.

— Certain! Tu peux la remplir et la vider toute la nuit si tu veux. Pis regarde donc le miroir… Tu peux t'admirer de la tête aux pieds dans la tenue d'Ève…

— Charlemagne!

— Ben quoi, tu vas pas griller dans les flammes de l'enfer parce que tu regarderais un peu comment que t'es faite. T'es toujours jolie à regarder, tu sais… La plus jolie…

— Voyons donc!

— C'est pas des farces, Maria. Ça me gêne pas pantoute de te montrer dans les beaux hôtels, même qu'astheure on va aller souper dans leur salle à manger. Il paraît qu'ils ont un grand chef qui prépare des spécialités de France. On va même s'offrir une bonne bouteille de vin, jarnigoine! Y a pas personne qui pourra dire qu'on sait pas ce que c'est que la grande vie.

Elle rit, puis c'est du même pas qu'ils s'approchent de la fenêtre et en écartent les rideaux.

— Oh ben! Oh ben! s'exclame Charlemagne au bout d'un long moment. Tu vois-tu?

Lèvres entrouvertes, yeux écarquillés, Maria fait oui de la tête. Beaucoup plus bas, révélé par les bleus lunaires, ils découvrent le fleuve d'un seul regard.

— C'est beau pas pour rire…, dit-elle enfin. Je savais pas qu'on pouvait voir de quoi de si beau… Le fleuve, la ville, les lumières, tout ça au chaud dans une chambre, comme si que c'était à nous, rien que pour nous… Pis c'est tellement grand…

Elle s'aperçoit soudain qu'il la fixe.

— Qu'est-ce qu'il y a? demande-t-elle.

— Je te regarde, Maria. Je trouve que de te voir regarder le fleuve pis tout ça, là, ben…, c'est encore plus beau que le reste… Tu sais, j'avais pas réalisé que tu te sentais seule, comme tu l'as dit dans l'auto, tout à l'heure… Je savais pas…

— Tu ressens pas ça, toi?

— Moi… Moi, c'est pas important…

— Alors, ça veut dire que tu le ressens… C'est pas moins pire pour toi que pour moi, Charlemagne. Mais je comprends pas pourquoi. Tu trouves que je suis pas avec toi?

— C'est pas ça, je sais pas. Avant, je croyais qu'on était tous les deux l'un pour l'autre. Je sentais ça comme ça. Astheure, je te sens loin de moi. T'es là, t'es gentille et tout, mais c'est comme si qu'on était plus ensemble, comme si qu'il y avait une barrière entre nous deux. Ça veut pas dire pareil que je t'aime moins, faut pas que tu t'imagines ça.

— Alors, qu'est-ce qui se passe, Charlemagne?

Il se tourne à nouveau vers le panorama du fleuve et de la ville. Son regard semble s'y perdre.

— C'est sûrement de ma faute, dit-il. Là-bas, dans les vieux pays, j'ai dû briser quelque chose qu'on comprend pas…

— Pas juste de ta faute…, répond-elle mystérieusement dans un presque murmure au terme d'un long silence.

Elle est incapable, tout comme il l'est, d'avouer qu'en ce moment elle a envie de lui comme jamais encore.

— Et si on allait voir cette salle à dîner! dit-il soudain.

Elle approuve, puis s'interroge tout haut sur la robe qu'elle doit mettre. Pourtant ses yeux ne quittent pas le ruban immense du fleuve sous la lune. Ce spectacle lui souffle qu'ils ne sont pas grand-chose dans le passage du temps, et cela ne fait qu'aviver le vide qui la ronge.

***

Il y a eu les nappes blanches et les candélabres d'argent. Les serveurs empesés et empressés, les rouges d'une bisque d'écrevisses et la dorure croustillante d'une peau de canard. Les voix feutrées dans le velours du soir et le flot carmin du vin dans les verres en baccara. À côté d'un pilier, il y avait une épaule blanche sur laquelle se posait parfois le regard de Charlemagne. Deux tables plus loin, plongé dans la lecture solitaire d'un livre, il y avait ce jeune homme en veste de tweed sur lequel revenaient souvent les yeux de Maria. Le vin était bon, les rires, abondants, et leurs jambes, un peu trop molles. Charlemagne l'a tenue par les épaules pour rejoindre l'ascenseur. Entre deux étages, ils se sont embrassés. Mais il s'est endormi pendant qu'elle prenait son bain, alors, elle a fermé les lumières et est restée devant la fenêtre jusqu'à ce que les effets du vin la prennent à son tour.

— Charlemagne? Ça va pas?

Il fait nuit et seul un filet de lumière passe par la porte de la salle de bains où elle l'entend qui reprend bruyamment sa respiration.

— Je crois ben que je suis malade...

Elle se lève pour le rejoindre et le trouve, livide, à genoux devant la toilette.

— J'ai dû manger de quoi qui me faisait pas, dit-il. Batêche que ça fait mal!

— Mal? Ioù ce que t'as mal?

— Au ventre, là, dans le côté droit.

Une autre poussée douloureuse lui arrache une grimace. Trop pour une simple indigestion, se dit-elle. Peut-être une crise de foie? À nouveau, il est plié par la nausée. Elle mouille une serviette pour lui rafraîchir le visage.

— Je crois qu'il faudrait un docteur, dit-elle.

— Ça va passer… Il faut que ça passe…

— Je veux pas te faire peur, Charlemagne, mais ça ressemble pas mal à une appendicite. J'ai vu ça plusieurs fois quand j'étais à Chicoutimi.

— C'est pas possible, Maria! Je peux pas avoir l'appendicite icitte, loin de chez nous.

— On peut pas choisir la place…

À nouveau, il grimace en se tenant le côté.

— Sacrement!

— Charlemagne!

— Excuse-moi. C'est le mal… Ça fait mal en verrat.

— Je vais aller voir si je trouve quelqu'un.

— Qui? Ioù ça?

— Je sais pas, en bas. Ils doivent ben savoir ioù ce qu'on peut trouver un docteur.

— Ça va passer, je te dis.

Elle hausse légèrement les épaules comme s'il disait n'importe quoi, passe dans la chambre où elle enfile à la hâte ses vêtements de voyage. Sans déjà plus ressentir la gêne de l'arrivée, elle longe le couloir, prend l'ascenseur, puis se dirige vers l'homme à lunettes assez âgé qui, debout derrière le comptoir de la réception, la regarde s'approcher.

— Il faudrait que je trouve un docteur, explique-t-elle d'emblée. C'est-ti possible?

— Bien sûr. Pour vous?

— Pour mon mari. Il va pas bien pantoute comme c'est là. On dirait une appendicite…

— Oh! peut-être simplement une indisposition. Mais n'ayez crainte : je rejoins notre médecin habituel et vous l'envoie aussitôt à votre chambre.

— Je vous remercie beaucoup, vous êtes ben gentil.

— Je suis là pour ça, répond-il sans cacher l'amusement

Maria

qu'il trouve à cette appréciation. Vous pouvez retourner auprès de votre époux sans crainte. D'habitude le médecin fait diligence.

Ayant précisé par deux fois le numéro de sa chambre, Maria retourne vers les ascenseurs, étonnée de se sentir déjà un peu comme chez elle. « Tout est une question d'habitude, se dit-elle à travers l'inquiétude que lui inspire l'état de Charlemagne. Pourvu que je me trompe! Pourvu que ce soit pas l'appendicite! »

Tout a été très vite. Le médecin a poussé un profond soupir, prononcé ce qu'elle redoutait et ordonné un transfert d'urgence vers l'Hôtel-Dieu.

— C'est-ti une appendicite normale? a-t-elle demandé, anxieuse.

— Sans doute, mais il faut toujours faire vite…

Elle n'a plus très bien suivi ce qui s'est passé : le taxi, le grand hôpital, l'arrivée d'un chirurgien qui portait encore des marques d'oreiller sur une joue, les lumières jaunes, les murs verdâtres, la civière, l'odeur de l'éther, Charlemagne qui lui tenait la main trop fort, comme s'il avait peur de ne pas revenir, les mots destinés à encourager, et puis tout à coup, trop brutal, le silence d'une pièce seulement éclairée d'une veilleuse bleue où on lui a dit qu'elle pouvait attendre la fin de l'intervention.

— Mon amour! Mon amour! murmure-t-elle en se sentant le besoin d'une prière qu'elle ne sait par où commencer.

En ce moment, un homme à peine réveillé ouvre le ventre de Charlemagne. Elle essaie de réaliser pleinement ce qui arrive, mais ne parvient à se fixer sur cette évidence. Tout a été trop vite. Tout ce qui l'entoure est trop étranger. Tout ressemble à un mauvais rêve. Tout à l'heure, elle était encore à la fenêtre de leur chambre, regrettant son bain prolongé, regrettant que Charlemagne se soit endormi, regrettant ses regards trop fréquents vers le jeune homme solitaire, regrettant s'être dit devant la fenêtre que lui ne se serait peut-être pas endormi. Regrettant de s'être laissée aller à imaginer une suite.

« C'est le vin! décide-t-elle. C'est à cause du vin! »

— Madame Saint-Pierre?

— Hein! heu…, oui?

Elle ne sait plus très bien si elle somnolait dans un demi-cauchemar, si elle entrevoyait tous les scénarios d'une complication ou si elle priait. Mais le chirurgien a le sourire; c'est bon signe.

— Votre époux se trouve à présent en salle de réanimation, fait-il en se frottant les mains. Tout va bien, mais il était temps; l'appendice était perforé et l'on risquait une péritonite, un empoisonnement rapide. Mais, je vous le répète, tout s'est bien passé, et votre époux semble avoir une constitution plus forte que la moyenne.

Maria approuve avec vigueur :

— Oui, il est fort, mon Charlemagne. Qu'est-ce que je dois faire maintenant, docteur? Je peux-ti aller le voir?

— Ce serait peut-être préférable de le laisser se reposer un peu et de revenir demain matin. De toute façon, il va se trouver sous sédatif. Ne vous inquiétez pas, une quinzaine de jours au maximum, et il sera sur pied.

— Quinze jours!

— L'appendicite n'est pas une opération très compliquée, mais ça laisse des belles coupures. Il faut le temps que la cicatrisation se consolide.

Maria fait signe qu'elle comprend sans partager le nouveau problème qui se présente à elle. Puis soudain, pour elle-même, elle hausse les épaules dans un mouvement de détachement. Après tout, l'important est que Charlemagne se porte bien.

— Bon… Je vais retourner à l'hôtel, dit-elle. On verra ben…

— Ah, vous n'habitez pas Québec?

— Non, on vient du Lac-Saint-Jean. C'était même notre première soirée à Québec…

— Ça, c'est pas chanceux!

— On y peut rien…

Il rit sans qu'elle comprenne d'abord pourquoi.

— On reconnaît bien là le flegme des gens du Lac,

explique-t-il. Je ne sais pas pourquoi, la plupart des gens de chez vous acceptent les coups du sort sans se rebiffer. Ça m'a toujours surpris. Il doit y avoir de l'Indien qui se promène dans le sang par là-bas. Remarquez que c'est pas une critique négative; au contraire, ça me paraît même plutôt plein de bon sens puisque, au fond, on ne peut pas faire grand-chose contre le sort.

Elle a pris un taxi pour retourner à l'hôtel et, un peu hébétée, elle constate qu'elle est à présent seule dans cette chambre.

— Qu'est-ce que je fais là? se demande-t-elle tout haut.

Le lit lui paraît beaucoup trop grand. Elle étreint l'oreiller et appelle doucement Charlemagne. Elle voudrait tant serrer ses bras autour de lui tandis qu'il l'envelopperait des siens. Elle voudrait qu'ils se retrouvent comme… Comme quand déjà? Cherchant au fond de sa mémoire, c'est soudain le visage de François qui surgit. Elle a beau mordre l'oreiller, elle ne peut rien contre la plainte qui s'échappe d'elle.

***

Elle aime bien l'hôtel, elle aime beaucoup le panorama sur le fleuve, mais elle s'est rendu compte qu'elle n'aimait pas la ville. Pourquoi? Elle ne saurait le dire exactement, elle peut juste expliquer qu'elle s'y sent enfermée.

C'est pourtant encore ce qu'elle se demande en longeant la rue Saint-Jean pour la troisième journée de suite en direction de l'Hôtel-Dieu.

Aujourd'hui, il fait froid, mais il n'y a pas un nuage dans le ciel, et la lumière contribue à atténuer la saleté de la neige accumulée. Charlemagne lui a dit que ce n'était pas la peine de rester à l'hôpital toute la journée, qu'elle devrait en profiter pour visiter la ville; elle a répondu que ce qu'elle en voyait lui suffisait.

— Il n'y a qu'à l'hôtel que je me sens bien, a-t-elle ajouté. Comme si c'était une oasis… Y a juste que ça coûte pas mal cher. Ça serait peut-être mieux si je trouvais quelque chose de meilleur marché…

Il a secoué la tête énergiquement.

— C'est rien que de l'argent, a-t-il dit. Profite.

— Je vais prendre des goûts de luxe, Charlemagne.

— J'aime pas mal mieux ça que des goûts de misère. J'espère seulement que tu regardes pas les grosses poches qui s'y trouvent, a-t-il ajouté en riant. On sait ben que c'est pas parce qu'ils ont de l'argent qu'ils sont moches et pas gentils…

Elle a ri comme si l'éventualité relevait de la plus haute fantaisie, mais du coup elle n'a pas osé avouer qu'elle avait justement dîné la veille en compagnie du jeune homme solitaire qui, le second soir au restaurant, avait pour ainsi dire volé son acceptation par surprise.

— Puis-je m'asseoir? avait-il demandé en désignant le fauteuil vacant avant qu'elle ne l'ait vu arriver.

Elle n'avait trouvé aucun moyen de refuser, et c'est ainsi qu'ils s'étaient retrouvés en tête-à-tête, avec toute la durée d'un repas pour discuter. Sans savoir exactement pourquoi, se sentant un peu coupable, mais ne détestant pas vraiment cette impression, elle n'en avait pas parlé à Charlemagne le lendemain. Pas même lorsqu'il l'avait mise en garde contre «les grosses poches». Et c'est encore avec un certain plaisir, où la culpabilité n'était pas étrangère, qu'hier soir elle avait accepté qu'ils prennent leur repas ensemble.

Il est beau. Un vrai bel homme! Pour tout dire, ce qu'il représente la fascine. Elle ne comprend même pas pourquoi il lui a demandé de s'asseoir à sa table. Qui est-elle pour qu'il lui demande de partager ses repas? En plus, elle doit avoir sept ou huit ans de plus que lui.

Il est originaire d'Écosse et il vient de terminer des études d'architecture en Suisse, où il a parfait son français, même s'il lui arrive de confondre les genres. Il se trouve à Québec pour étudier les similitudes que l'on peut retrouver entre l'architecture de cette ville et celle de certaines villes fortifiées de la côte atlantique française. Sans qu'il en ait fait spécialement mention, elle a deviné qu'il devait venir d'une vieille famille fortunée puisqu'il évoque chez lui et son enfance en parlant du «château». Il doit aussi avoir beaucoup voyagé, car il cite des villes d'Asie dont elle n'a jamais entendu parler, des contrées d'Afrique aux noms étranges où vivent des animaux de légende, il cite les grandes capitales européennes lorsqu'il parle d'un monument ou d'un autre. Auprès de lui, elle a l'impression d'apprendre énormément. Mais, plus que tout cela, il semble être quelqu'un de très attentif puisqu'il l'écoute parler sans l'interrompre et pose souvent des questions pertinentes sur ce qu'elle vient de dire.

Bien sûr, elle n'est plus une fillette et sait que tout cela est dangereux. Combien de fois s'est-elle surprise à contempler les mains du jeune homme. Combien de fois a-t-elle dû se faire violence pour ne pas rester accrochée à la douceur mystérieuse de son regard. Et puis, le premier soir, lorsque Charlemagne s'est endormi trop vite, ne l'avait-elle pas déjà évoqué? Il faut absolument qu'elle trouve le moyen de lui refuser le repas de ce soir, qu'elle a pourtant déjà implicitement accepté lorsqu'hier il a suggéré que «ce ne serait pas une mauvaise idée que de prendre un carré d'agneau ensemble». Oui, il faut qu'elle oublie tout ça et qu'elle pense à Charlemagne qui ne peut pas bouger de sa chambre. Quelle sorte de personne est-elle? Ce soir, le mieux sera de faire monter son repas à sa chambre et de prétexter une fatigue quelconque si jamais elle le rencontre à nouveau.

Elle retrouve l'odeur d'éther et les longs couloirs ternes de l'Hôtel-Dieu. Pourquoi les hôpitaux ne ressemblent-ils pas à l'hôtel? Les malades reprendraient sans doute plus vite goût à la vie. À l'étage où elle a pris l'habitude de retrouver la chambre de Charlemagne, elle se fait dire que son mari a été transféré dans une chambre à quatre lits.

— Bonjour! lui lance-t-elle en l'apercevant, renfrogné, étendu sur son lit dans le pyjama qu'elle lui a apporté hier.

— Bonjour, Maria…

— Ça va pas?

— Je commence à trouver le temps long. Y me semble que j'ai plus d'affaire à rester icitte. Les coutures des cicatrices vont tenir…

— Ben voyons, Charlemagne…

— Toi, ça te fait rien, t'es au Château…

— Pourquoi tu dis ça?

— Pour rien…

— Je comprends pas…

— Y a rien à comprendre, j'ai dû me lever du mauvais pied. Tu serais mieux d'aller visiter la ville pendant que t'en as l'occasion. Je vais pas passer ma vie icitte…

— La ville m'intéresse pas; elle est sale, triste, et puis j'aime mieux être avec toi.

— Pourquoi que t'en profites pas pour aller dans une librairie te choisir des livres? T'as toujours dit que t'aimerais ça. Tu pourrais même t'entendre avec un libraire ou je ne sais pas qui pour assurer un dépôt dans notre magasin. Doit ben y avoir des gens qui veulent lire par chez nous.

— On dirait que tu veux vraiment pas que je reste avec toi…

— Je me sens de mauvaise humeur. Je finirais par te dire des bêtises que tu mérites pas.

— On est pas de mauvaise humeur sans raison…

— Ça a peut-être rapport à ce que j'aime pas que tu dormes seule à l'hôtel. Quand t'es partie, le soir, j'y peux rien, j'arrête pas de jongler à toi toute seule à l'hôtel… Je sais ben que c'est gnochon, mais c'est de même.

— Ça serait-ti que tu serais jaloux, Charlemagne?

— Chus pas jaloux, je jongle malgré moi.

— C'est ça être jaloux. Si je passe mon temps à me figurer que tu es dans les bras d'une autre, pour moi, c'est ça qui s'appelle la jalousie.

— Ça t'arrive pas jamais?

Elle réfléchit un instant.

— Ça m'est arrivé… Avant d'avoir des bonnes raisons de l'être…

— Pis après?

— Après, Charlemagne, on est plus jaloux, on est malheureux.

— Excuse-moi, dit-il, je raconte n'importe quoi. Je crois quand même que tu serais mieux d'aller voir les livres. Peut-être que je serai plus d'adon dans l'après-midi.

— C'est bien, je vais faire comme tu le dis.

Il paraît presque surpris de cette décision. Elle réalise qu'il ne s'y attendait pas vraiment, que pour un motif qu'elle ignore il n'a fait que chercher à se donner des raisons supplémentaires de « jongler » en lui proposant d'aller se promener seule en ville. Malgré elle, elle lui reproche cette faiblesse qu'elle voudrait attribuer à sa situation présente. « Il fait tout pour que je sois heureuse, se reproche-t-elle. Pourquoi est-ce que je lui en voudrais ? »

— T'es pas obligée de revenir exprès cet après-midi. Ça fait une trotte.

— Je verrai…, répond-elle.

Pour la première fois, ils se quittent sans s'embrasser. Maria n'en prend pourtant conscience qu'à l'autre extrémité du couloir. Elle se sent une furieuse envie de pleurer qu'elle ne sait pas trop à quoi attribuer.

— C'est à cause de cette accordéoniste ! murmure-t-elle. Tout vient d'elle !

Elle sait trop bien qu'elle s'invente une fausse explication, mais celle-ci est nécessaire à alimenter la colère qui peut maquiller le chagrin.

Cependant, elle ne s'avoue pas clairement qu'elle appelle délibérément cette colère pour justifier son revirement de décision : ce soir, elle commandera du carré d'agneau en compagnie de Richard Bailleul. Ce soir, elle l'écoutera parler de Bangkok ou de Persépolis avec cet accent qui la ravit. Quelque part, s'en taisant le reproche, elle se sent un peu comme ces héroïnes du roman *Les Désenchantées*, que lui avait prêté Aude.

Passant devant la cathédrale, elle songe un instant à y pénétrer, mais elle continue tout droit, refusant toute tentative d'explication qui pourrait lui apprendre pourquoi elle n'obéit pas à cette voix qui lui demande d'entrer.

***

Elle ne pourrait jurer ne pas y avoir rêvé un seul instant, mais elle ne s'attendait certes pas à le rencontrer là.

C'est pourtant en feuilletant un beau livre illustré par un certain Gustave Doré qu'elle se retourne sur celui dont les doigts viennent de lui effleurer l'épaule.

— Je vois que vous aimez les livres…, fait Richard Bailleul dans un sourire où elle se surprend à lire bien davantage de tendresse que de politesse.

— Oh! Bonjour…

— Je vous croyais à l'hôpital…

— J'y suis allée…

— Ah…

— Mon mari avait surtout besoin de repos.

— C'est naturel.

— Vous aussi, vous aimez les livres?

— Beaucoup. Trop. Je ne peux pas passer devant une librairie sans y entrer. J'espère toujours trouver le livre que je recherche depuis toujours.

— Lequel?

— Ça, je l'ignore! Je sais qu'il doit se trouver quelque part, mais j'ignore où et même de quoi il peut traiter.

— Un peu comme l'amour, alors? dit-elle en regrettant aussitôt ses mots qu'elle juge un peu légers en tête-à-tête avec ce jeune homme.

— C'est ça, sauf que l'amour… L'amour nous laisse parfois malheureux, les livres, jamais. Les livres nous parlent sans retenue, ils sont avec nous. L'autre, celui que l'amour a choisi, parfois il ne nous parle pas, parfois même il nous ment.

Maria ne ressent pas le besoin de lui demander s'il a vécu cette situation; les mots parlent d'eux-mêmes. Elle le connaît à peine et pourtant s'en trouve attristée. Elle voudrait presque… Oui! presque poser ses bras autour de lui. Elle secoue la tête un peu vivement pour chasser la pensée. Il ne faut pas!

— Ça ne va pas? demande-t-il.

— C'est rien, un étourdissement.

— Voulez-vous que nous prenions un café ensemble? Ça vous ferait du bien.

— Je ne sais pas… C'est que…

— Si, j'y tiens, je ne peux pas vous laisser ainsi.

— J'ai l'habitude de m'occuper de moi-même, vous savez.

— Ça, je l'ai deviné, Maria. Et c'est ce qui me fascine chez vous… Vous êtes une personne très forte, une des plus fortes que j'ai rencontrées…

— Vous me connaissez pas, veut-elle prendre la chose en plaisantant. Je suis pas meilleure qu'une autre.

— Voilà encore des paroles qui prouvent le contraire. Allez, venez, je connais un petit café qui devrait vous plaire.

Une fois assise devant une courte table de bois lisse, elle se rend compte qu'elle ne sait même pas par où ils sont passés. Ils ont marché en parlant, elle en racontant son pays au-delà des Laurentides, lui en posant des questions. Un rayon de soleil passe par la vitre de la porte et forme un angle lumineux sur la table. Autour d'eux, quelques personnes parlent d'une voix basse et posée. Il y a dans l'air un bon arôme de café et de cacao. Elle a l'impression d'avoir changé de monde, de vivre une autre vie.

Maintenant, c'est lui qui parle de son pays natal. Il évoque des lieux balayés par des vents âpres, les arômes de la bruyère et des personnages de légendes dont elle n'a jamais entendu parler. Pourtant, elle l'y suit facilement, en imagine les vallées sauvages, les parfums qu'elle assimile au baume que sa mère récoltait au mois d'août, ou les rues qui étaient déjà vieilles lorsque le Nouveau Monde n'avait pas encore reçu Jacques Cartier.

— J'ai fait mon devoir militaire aux Indes, déclare-t-il soudain. C'est là-bas, dans le Cachemire, où j'ai été le plus heureux et le plus malheureux de ma vie…

— C'est là où vous avez rencontré quelqu'un? suppose-t-elle.

— Oui…, dit-il presque sourdement.

— Vous n'êtes pas obligé d'en parler, je comprends ça.

— Il n'y a rien à cacher, Maria. J'ai aimé une jeune fille qui est morte… Morte de m'avoir aimé…

— Morte de vous avoir aimé?

— Oui, elle venait d'une très riche famille musulmane.

Son père n'a pas accepté qu'elle puisse aimer ce qu'il appelait un infidèle, et je crois que c'est lui qui a ordonné l'assassinat à ses fils…

— Mais c'est pas possible! C'est affreux!

— C'est un autre monde, Maria. On ne peut pas vraiment juger. Je savais dès le début que notre amour était voué à l'échec. Je suis le principal fautif.

— Mais non! Vous pouvez pas vous accuser ainsi.

— Il ne faut pas se cacher la vérité. Si je l'avais aimée un tout petit peu plus, disons un peu plus pour elle-même et un peu moins pour moi-même, j'aurais disparu de sa vie. Elle aurait souffert, j'ai encore l'orgueil de le croire, mais elle serait en vie.

Maria baisse le front. Elle refuse qu'il soit témoin de son trouble. Elle songe aux braconniers, les compare à Richard Bailleul et se demande comment des créatures de la même espèce peuvent être aussi différentes.

Celui-ci est un chevalier!

Tout à coup, elle songe à François. Elle se dit qu'elle et ce jeune homme ont en commun d'avoir perdu leur premier amour. Tous deux sont restés seuls devant l'abîme.

Lorsqu'elle le regarde à nouveau, elle voudrait lui signifier qu'elle comprend. Mais elle ne trouve pas les mots et se contente de lui sourire. Un sourire qu'il lui retourne et qui la laisse comme paralysée, dans les gestes comme dans la pensée.

Elle ne bouge toujours pas lorsque, tendant les bras, il pose les mains sur les siennes.

— Je ne sais pas pourquoi je vous raconte tout ça, Maria. Jamais, depuis ce temps, je n'avais eu besoin de parler à une femme. Vous lui ressemblez un peu, vous savez…

— Moi!

— Oui, vous. J'espère que je ne vous blesse pas. Ce n'est pas mon intention.

Qui lui a jamais parlé ainsi? Elle oublie Charlemagne, elle ne se souvient que de François. François qui lui avait demandé du même ton si elle pouvait l'attendre. Et pourquoi a-t-elle soudain presque l'impression que ce sont les mains de François posées en ce moment sur les siennes?

— Savez-vous pourquoi j'ai voulu être architecte, Maria?
Du regard, elle l'invite à poursuivre.

— Elle me parlait souvent d'une ville très spéciale où les hommes seraient heureux dans la mesure du possible. C'est cette ville-là qu'un jour je veux réaliser en son nom. Je ne vis que pour cela.

— Elle serait comment, cette ville?

Il hésite un instant, la regarde presque avec insistance, puis paraît prendre sa décision.

— Accompagnez-moi, dit-il, je vais vous montrer.

On ne se rend jamais dans la chambre d'un étranger. Le commandement doit être inscrit dans le subconscient de toute honnête femme. Pourtant, Maria a accompagné Richard Bailleul jusqu'à la sienne.

Le jeune homme a étendu des plans et des dessins sur le lit et, animé par son sujet, il lui parle de places ornées de bassins et de fontaines, de rues ombragées d'arbres exotiques ou de «maisons des enfants». Il a réellement envisagé la ville qui pourrait rendre un peu plus heureux. Ce n'est que lorsqu'il désigne «le palais des amours» qu'elle fronce un peu les sourcils et se dit qu'elle n'aurait peut-être pas dû venir jusque dans cette pièce.

— Qu'est-ce que c'est? demande-t-elle en hésitant.

— Un palace rempli d'œuvres artistiques et entouré de jardins suspendus où les couples envisageant d'avoir un enfant pourraient se rendre plusieurs semaines avant la conception. Si les hommes pouvaient se préparer dans la joie et la beauté à cette conception, je crois qu'ils seraient capables de produire, excusez la crudité du terme, une meilleure semence.

— Mais vous ne parlez que de beauté, s'étonne-t-elle. Et la bonté?

— Est-ce que la beauté n'en est pas le résultat?

— Pas toujours, je crois pas. Non, je crois pas.

— Excusez le compliment un peu galant, Maria, mais si vous êtes belle, ça ne peut être que parce que vous êtes bonne.

— Je ne sais pas…, répond-elle, touchée plus qu'elle ne le voudrait.

Il s'est tourné vers la fenêtre, comme pour réfléchir à ces derniers mots. Elle l'observe et soudain, affolée, se rend compte que la simple vue de sa silhouette la bouleverse. Lorsqu'il se tourne à nouveau, il paraît réellement attristé.

— Je ne sais vraiment pas…, dit-il. J'ai toujours estimé que la beauté était le reflet de la bonté.

— Ça dépend aussi de quel genre de beauté vous voulez parler, admet-elle. Mais je crois qu'une belle âme peut loger chez un difforme et que cette beauté-là soit bien visible. Il y a aussi une autre forme de beauté, dangereuse, celle-là…

Elle regarde son manteau posé sur une chaise et se dit qu'elle ferait bien de trouver un prétexte pour partir. Il lui faut retourner à l'hôpital où Charlemagne doit l'attendre en s'imaginant toutes sortes de choses. Que s'imagine-t-il au fait? Qu'elle est dans les bras d'un homme et se donne à lui sans plus penser à rien? Est-ce que pour lui c'était comme ça avec l'accordéoniste? Dans le fond, c'est peut-être cela qu'il craint, Charlemagne, qu'un jour elle trouve ce qu'il a lui-même été chercher! Est-ce que… Est-ce que ce ne serait pas le meilleur moyen pour eux de se retrouver enfin?

Non! Non! Elle s'invente des histoires pour… Pour quoi au fait? Qui a dit que Richard Bailleul pouvait trouver autre chose en elle qu'une amie attentive? Il n'a jamais eu un geste suspect envers elle, à part peut-être lui prendre les mains, mais est-ce que c'est là un signe?

— Je sais de quelle beauté vous voulez parler, dit-il. Certains la nomment tentation…

Elle ne sait que répondre. De quelle tentation veut-il parler? Les images défilent et parlent. Il pourrait tendre le bras, là, et elle serait contre lui. Elle pourrait le sentir par tout son corps. Le lui offrir, même, et tout ce qu'elle est.

Encore cette impression qu'aucun mot ne pourrait franchir ses lèvres, que le plus petit geste serait trop lourd. Il faut pourtant qu'elle attrape son manteau et qu'elle trouve une excuse polie. Elle aurait dû entrer dans cette église!

— C'est bien de la tentation dont vous voulez parler? demande-t-il.

Elle n'a aucune réponse. Elle ne peut que le regarder droit dans les yeux, le sentir qui s'approche, même s'il est immobile. Oui, là, elle voit bien qu'il a besoin d'elle. C'est dans ses yeux. Il la veut, elle le comprend et réalise qu'elle le désire tout autant. Et de s'en rendre compte lui fait balayer toutes les objections qu'elle devrait y mettre.

— Je..., je suis mariée..., dit-elle d'un ton monocorde.

— Je sais, Maria.

— Je peux pas!

— Pourquoi, puisque c'est déjà en vous? Il faudra trouver le courage d'avouer et c'est tout. Le reste ne serait que mensonge.

— Et après?

— Après...

Elle tremble à présent de tout son corps, mais lorsqu'il tend la main, elle tend la sienne à sa rencontre. Leurs doigts s'étreignent alors qu'ils se regardent. Elle croit qu'elle pleure à présent, mais n'en est pas certaine ni ne sait trop pourquoi.

— J'espère que vous êtes ce que je crois que vous êtes, dit-elle en comprenant qu'elle est incapable de reculer.

Les traits du jeune homme s'affaissent comme sous une douleur trop vive. Il reprend sa main.

— Si vous ne le savez pas, dit-il, ça ne sert à rien. À rien!

Elle ne supporte pas qu'il puisse faire un pas en arrière. C'est elle qui tend la main à nouveau.

— C'est pas pour moi vraiment que j'ai dit ça, c'est pour mon mari... Vous comprenez, je ne voudrais pas que ce soit... Je ne voudrais pas avoir l'impression de...

— Vous ne voudriez pas le tromper avec quelqu'un qui ne soit pas au moins à sa hauteur, dit-il un peu durement, c'est ça?

— Non! pas du tout, Richard. Je ne veux pas le tromper! Jamais!

— Je ne comprends pas. Il me semble qu'il y avait un accord tacite au fait de m'accompagner jusqu'ici, non?

Elle y pense et s'aperçoit que, oui, quelque part, elle savait ce qu'elle faisait en venant jusque dans sa chambre. Comment prétendre le contraire, à présent?

— Un jour, dit-elle en croyant elle-même que cela puisse être une explication, pendant la guerre, mon mari a eu une faiblesse pour une femme. Depuis, c'est comme s'il n'avait plus vraiment de désir pour moi. Il le voudrait, mais il ne le trouve pas. Et moi pareil pour lui. Et puis vous voilà... Je m'excuse pour tout ça, il faut que je parte, maintenant.

Il hoche doucement la tête. Il a l'air triste.

— Je sais que cela va vous paraître étrange à entendre, mais je vous aime, Maria. Je vous aime depuis le premier soir où je vous ai vue assise avec votre mari. C'est pour cette raison que je me suis arrangé pour apparaître dans cette librairie et que je vous ai demandé de me suivre ici. Je vous aime et je sais, je le vois dans vos yeux, que vous êtes portée vers moi...

Elle veut lui dire qu'il se trompe; au lieu de cela, comme si une autre parlait à sa place, elle avoue:

— Moi aussi, Richard. Moi aussi et je n'y comprends rien. L'autre soir, quand on est remontés dans la chambre, j'ai passé une partie de la nuit à penser à vous... Plus tard, j'ai même eu le sentiment que c'était à cause de ça que mon mari était tombé malade. Comme une punition du ciel, vous savez...

Ils sont debout, face à face, et se regardent en silence. Soudain, c'est un déferlement, une débâcle. Sans aucune volonté consciente, leurs bouches s'entrechoquent. Ils se mordent les lèvres comme jamais elle n'a seulement imaginé que cela pouvait se faire. Ils ont le goût du sang de l'autre dans la bouche. Tremblant un peu, il recule d'un pas pour déboutonner le chemisier. Maria hésite un peu, frémit, puis, à son tour, ôte un premier bouton de la chemise du jeune homme. Elle s'imagine encore qu'elle peut reculer, mais il se penche vers son oreille, effleure son cou de ses lèvres et avoue:

— C'est la première fois avec quelqu'un qui compte, Maria... Je crains un peu de...

Est-ce intentionnel? C'est comme s'il venait de lui tendre les clefs d'une maison qui ne serait qu'à eux deux. Une maison où ils peuvent se retrouver sans masque.

— Moi, j'ai juste connu mon mari, dit-elle. J'ai… J'ai un peu peur de paraître niaiseuse…

Il rit en secouant la tête.

— Impossible, Maria!

La couvrant de baisers, il la déshabille doucement. Mais elle ne prend vraiment conscience du non-retour de la situation qu'au moment où il pose les lèvres sur son tétin, puis sur l'autre. Elle frémit et ferme les yeux avec l'impression que l'air va lui manquer.

Comment tout cela a-t-il pu arriver? Il est là, nu, devant elle; sa nudité dressée vers elle. Pour elle!

C'est presque comme si elle pouvait se voir poser une main sur son torse, le caresser, descendre les doigts sur son ventre, puis, comme l'on se jette à l'eau, alors que lui-même effleure doucement la courbe de ses fesses, se saisit de lui avec l'intention de le conduire en elle. Il secoue doucement la tête.

— Laissez-moi d'abord vous connaître…, murmure-t-il.

Elle n'a pas de réponse. Il la dépose sur le lit où il la parcourt des lèvres. Encore cette sensation de se voir, se voir tendre son ventre, l'offrir à l'autre. Et le sentir! En vouloir davantage!

Il en profite, l'affole, glisse la tête entre ses cuisses et fait ce qu'elle ne s'était seulement jamais laissée aller à imaginer. Est-ce bien elle qui se tend vers cette bouche! Voilà sa langue qui la fouille! La découvre! Il lui parle avec ses mains, sa langue, sa peau, lui dit qu'il sait déjà tout d'elle.

Comme il se redresse, elle sait ce qu'il désire et s'étonne de le vouloir elle-même. Lui rendre ce qu'il lui fait. Jamais elle n'a regardé Charlemagne ainsi. Jamais elle ne s'est penchée pour le prendre dans sa bouche comme elle le fait maintenant. Ça ne se faisait pas! Il y a toujours eu cette gêne incompréhensible. Mais c'est fini! Ce sexe, ce pénis, cette queue, oui! Un mot fort, un mot animal, un mot qui fait presque mal: cette queue! elle la veut tout au fond d'elle, en être reconnue. Il va jouir d'elle, et elle jouira de sa jouissance! Peu importe ce qu'il en coûtera. Oui, peu importe… Tout à la fois attiser et éteindre ce feu en elle! Au prix de… Non… Oui! Au prix de Charlemagne s'il le faut!

Que dit-elle! Elle voudrait aussi que ce soit Charlemagne, là, à cet instant, la désirant comme ce sexe, tout compte fait inconnu, la désire. Oui! Charlemagne la désirant comme la désire cette chair qui palpite dans sa bouche, sur sa langue, dure, tumescente. Pour elle! Si puissante et si fragile!

Il se redresse un peu. Que fait-il? Il glisse ses doigts en elle. Elle les sent qui se rendent compte, qui savent… Oui, qui savent qu'il n'y a plus d'attente que pour lui. Rien d'autre!

Images de feu. Couleurs du soufre. Est-ce le goût du fruit défendu? Elle imagine confusément qu'elle se donne tout à la fois au jeune homme et à Charlemagne, au regard d'Élie, aux braconniers, au plaisir lui-même! Comme une brutale et incompréhensible envie de tuer la joie.

Peu importe le prix qu'il faudra payer!

Leurs mains ne se rassasient pas. Le jeune homme s'écarte brusquement. Elle voudrait l'avaler! Et qu'il l'avale jusqu'à… Jusqu'à plus rien.

Il est beau ainsi, dressé au-dessus d'elle! Tendu dans le désir d'elle. Est-ce vraiment elle qui lui fait cet effet? Son corps qui provoque cette érection? Aller à sa rencontre! Lui crier des mots interdits! Exploser tous les deux! Jouir!

— Richard! souffle-t-elle en l'attirant.

— Vous êtes si belle, Maria! Je n'ai jamais autant bandé!

Est-ce la crudité des mots? Elle s'arc-boute vers lui.

— J'ai besoin…, murmure-t-elle sans s'en rendre compte.

Il se redresse, surpris par l'aveu qu'il n'attendait pas d'elle.

— Besoin… Besoin d'un homme?

— Oui! oui! d'un homme!

Tout à coup, la voix du jeune homme se durcit, devient cynique.

— Besoin d'un homme parce que votre mari est à l'hôpital et qu'il ne peut pas vous satisfaire en ce moment? Ce n'est que ça?

— Non, Richard! Non!

— Alors, besoin d'une verge plus jeune. Votre époux ne bande plus assez peut-être! Il ne vous satisfait pas?

— Richard! S'il vous plaît!

— Répondez!

— Que voulez-vous savoir, Richard? Qu'avez-vous?

— Je veux savoir si vous êtes ici pour…, pour vous divertir. Pour vous offrir un extra pendant que votre mari est à l'hôpital?

— Vous savez bien que non!

Il a un rire nerveux.

— Répondez, si vous aviez le choix le plus libre, là, à cet instant, qui d'entre nous choisiriez-vous? Lui ou moi?

Là, accablée, elle sait que répondre par la vérité à cette question serait trahir Charlemagne dans ce qu'il y a de plus intime en eux. Pourtant… Tout autant qu'elle voudrait qu'il soit là, qu'il la serre contre lui et qu'ils se retrouvent, enfin, elle sait trop bien qu'à cet instant, s'il était vraiment là, c'est vers Richard qu'elle tendrait son ventre. Pas tant pour punir son mari que pour se punir, elle. Elle a comme un sanglot alors qu'elle referme les jambes autour du jeune homme.

— Il y a un besoin en moi depuis longtemps, Richard. Depuis très longtemps. C'est vous, votre corps, que le mien a choisi en vous apercevant l'autre soir. Je veux que ce soit vous, vous qui sachiez tout ce que je suis. Vous, vous comprenez? Pas un homme, pas un sexe, pas un remplacement, vous!

Il s'adoucit et hoche la tête. Il paraît à présent regretter ses paroles.

— Excusez-moi, dit-il. Excusez-moi… Je suis… C'est à cause…

— Je sais, Richard, vous voulez rien gâcher, moi non plus. Et je veux rien vous cacher. Au contraire, je veux tout vous montrer. Tout, parce que vous êtes vous.

— Même le plus noir?

— Même le plus vilain…

— Alors, racontez-moi le plus vilain.

Ils se racontent. Longtemps. Presque immobiles. Le cœur tremblant de se découvrir bien plus que par la nudité.

— Prenez-moi! s'exclame-t-elle.

Il hésite, semble l'interroger du regard.

— Au risque de perdre votre mari? demande-t-il.

Elle ne répond pas. Il insiste, affirme qu'il ne veut rien voler, qu'elle peut encore choisir.

— Aussi au risque de le retrouver! lance-t-elle soudain.

— Et moi, et nous? Et nous, Maria?

Ce « nous » la transperce. Pour toute réponse, elle se redresse, monte sur lui à califourchon et, étourdie par elle-même, plonge sa langue entre ses lèvres.

Voilà, il lui prend ses fesses à pleines mains et l'attire… Elle le sent, là, à l'entrée de ce qu'elle n'avait promis qu'à un seul qui n'est pas celui-ci. Est-ce l'idée de la trahison elle-même qui… Oh! Voilà! Il est en elle! L'inconnu d'un autre monde est en elle! Le monde, toute la vie est en elle!

Ils s'observent tandis qu'elle l'inonde d'une source qui semble inépuisable et le voit qui sait qu'elle sait qu'il sait qu'elle renonce à elle, s'abandonne à lui et en jouit. Sans crainte, elle se laisse couler au creux d'obscures et moites ténèbres. Maintenant, elle se sent libre avec lui comme jamais avec personne d'autre. Plus libre même qu'elle ne l'a jamais été avec elle-même. Elle le parcourt de ses doigts, l'éprouve, s'aventure, trouve étrange de ne ressentir aucune honte à le caresser en ce qu'il a de plus intime, à sentir le mouvement de son doigt se répercuter sur ce sexe au fond de son ventre. Étrange, enivrant d'attendre de hurler une semence étrangère, de la vouloir, à en brûler, comme la terre craquelée de l'été attend la pluie.

Ils tombent dans le chasme obscur.

— *Is it all right?*… demande-t-il dans un souffle chaud à son oreille.

— Oui… Oui!

Ce dernier oui est plus qu'une affirmation; il proclame haut et fort que plus aucune question ne doit être posée. Tant pis si certaines, mêmes les plus importantes, n'ont pas été envisagées. Ce qui doit arriver arrivera, plus rien ne doit s'opposer à ce qui monte!

Alors, ils s'agrippent très fort l'un à l'autre tandis que dans leurs crânes ils crient chacun en silence le nom d'un autre et d'une autre qui ont quitté les vivants.

Tombe-t-elle ou s'élève-t-elle? Non, elle jaillit d'elle-même! Dans l'obscurité de son esprit, Maria ouvre les yeux dans une lumière éblouissante. La lumière du regard de François Paradis.

Il était caché là. Il attendait qu'elle crie enfin son nom.

Tu étais là, François. Il y a si longtemps!

Oui, Maria, longtemps. Où voulais-tu que je sois?

C'est vrai. Je suis bête.

Maria et François n'ont plus besoin des mots. Ils savent tout. Tout ce qui est passé et qui ne reviendra plus. Tout ce qui a été donné et abandonné dans l'espérance de cette ultime rencontre. Tout ce qui le sera encore. À jamais. Ils sont là, terriblement vieillis par ce qu'ils viennent d'apprendre et pourtant, dans leur amour, aussi innocents et jeunes que dans l'or de ce dimanche de la Sainte-Anne. Ils ont toujours été ensemble, seulement séparés par la chair de la vie. Deux, ils se savent l'enfant unique du royaume de la Péribonca et du Piekouagami. Et pourtant arrachés l'un à l'autre par lui. Ce royaume trahi que ceux d'aujourd'hui donnent aux machines et aux piastres, un peu pour se venger, beaucoup plus pour y survivre. Comme elle-même se donne à Richard pour enfin retrouver François. François qui fait partie d'elle comme elle fait partie de lui, depuis toujours.

… se donne à Richard qui la brûle… Richard dont la semence jaillit dans son ventre sous le regard mémorisé à jamais de la jeune fille du Cachemire, tandis qu'elle, Maria, fille de Samuel, le reçoit et explose dans le souvenir de François.

Les deux amants ouvrent les yeux, un peu anéantis.

— Je vous aime, Maria!

— J'ai le même sentiment pour vous, Richard, mais aussi ce n'est pas vrai. Ni pour vous ni pour moi. C'est le souvenir d'une autre que vous aimez à travers moi.

— C'est ce que vous ressentez?

— Ça sera toujours comme ça pour nous deux. Je crois que c'est ce qui nous a attirés l'un vers l'autre.

— C'est déjà fini?

— Non, Richard, non. Nous avons encore au moins toute la nuit. Je veux encore vous… Je veux encore vous sentir en moi, comme ça, là… C'est drôle, vous savez, j'avais encore jamais dit ces choses-là à quelqu'un…

— Pas même à votre mari?

— On n'a jamais eu le courage d'aller plus loin que l'image qu'on voulait se donner l'un de l'autre.

— Ça va changer?

— Oui, astheure, ça va changer.

— Vous allez tout lui dire?

— Oui, je crois. Tout.

— Qu'est-ce qu'il va faire?

— Il va être malheureux, pis moi aussi. Puis…

— Puis un jour il va vous considérer comme une femme et non plus comme une vénérable image pieuse.

— C'est un peu ça, oui. Vous devinez bien.

— Il faut que je vous dise, Maria. J'ai eu du plaisir comme je ne pensais pas que ce soit possible. En fait, plus que cela, plaisir n'est pas le bon terme.

— Moi aussi, Richard. Tout a comme explosé dans ma tête. J'ai comme aperçu quelque chose d'immense dont j'avais pas idée. Grâce à vous.

— Vous ne lui avouerez pas ça, quand même?

— Je ne sais pas… Non, je ne sais pas… Je crois qu'à un moment donné il faut tout se dire, surtout le plus important, ou alors rien n'a de sens.

— Même si cela fait souffrir?

— Peut-être ben que cette souffrance-là est faite pour déboucher sur du meilleur et un jour… Oui, un jour, mon mari et moi, on ressentira ce que nous venons de ressentir tous les deux. Je veux dire : on ira jusque-là…

— Vous me rendez déjà jaloux.

Elle a un sourire qu'il ne lui connaissait pas.

— J'éprouve la même chose, dit-elle. Vous allez repartir et j'ai du mal à accepter qu'un jour, ailleurs, avec une autre, vous allez revivre ce que nous vivons là. C'est ridicule, je sais, mais astheure j'ai l'impression que vous m'appartenez.

— Vous aussi, Maria, j'ai l'impression que vous m'appartenez.

Comme pour se le confirmer mutuellement, ils resserrent leur étreinte.

L'après-midi s'écoule. Côte à côte, leurs corps sont balayés par les rayons de lumière blanche qui par la fenêtre jaillissent dans la chambre mordorée. Étendue, inerte, Maria savoure l'étrange bien-être qui l'a envahie. Elle se sent comme un oiseau. Elle vole au-dessus des lacs et des forêts de son pays. Revoilà la rivière d'argent derrière leur première petite maison, revoilà la côte du Cran où elle a su qu'elle faisait partie de ce pays, revoilà le grand lac au creux de la lumière. Oui, la grande histoire peut bien se faire à Québec, c'est là-bas qu'est son royaume. Leur royaume! Car elle pressent qu'elle va dorénavant rencontrer le Charlemagne à qui elle n'a jamais su se révéler et donc se donner. Charlemagne qui va la découvrir habitée d'une chair étrangère qui va le meurtrir, mais aussi, puisqu'il est fort, lui permettre de la découvrir non pas comme la femme qu'il a imaginée, mais comme celle qu'elle est. Pas une sainte, pas une image, non, seulement une personne avec des entrailles et un cœur qui bat.

Que dirait Samuel Chapdelaine de savoir sa fille aînée dans le lit de « l'Anglo »? Ne vient-elle pas de trahir bien davantage son père et tous les siens que son mari? « Écossais, pas Anglais », lui a précisé Richard tout à l'heure, mais c'est pourtant en anglais qu'il a crié son plaisir.

« Non, pas une trahison, se convainc-t-elle. Plutôt une passerelle pour avancer vers l'avenir! »

Observant le corps détendu de son amant, Maria se surprend à évoquer avec douleur celui de son mari. Comme une absence, déjà un manque. Même si elle sait tout aussi parfaitement que, ce soir, après le « carré d'agneau », après une autre contemplation du Saint-Laurent, elle va encore revenir vers Richard Bailleul qui désormais fera partie d'elle. Dans quelques jours, lorsqu'ils auront dû se dire adieu et que désormais ils en souffriront toujours un peu, elle offrira la nouvelle Maria, la vraie Maria à Charlemagne qu'elle aime.

Il devrait y avoir un autre mot pour l'amour comme avec François et l'amour comme avec Charlemagne. C'est sans doute pour ça que tout est si compliqué : il manque peut-être un mot ? Ou alors, pour François, ce serait l'amour, et pour Charlemagne, la tendresse ? Mais non, c'est beau, la tendresse, mais ce n'est pas assez. Avec Charlemagne, c'est plus fort que ça. Peut-être même plus fort que l'amour en fin de compte. Oui, il manque un mot. Par contre, ce qu'elle éprouve pour Richard, c'est ce qui doit s'appeler la passion, pas d'hésitation là-dessus.

Elle sourit. Elle peut à nouveau penser à François Paradis sans s'en faire le reproche.

« Tout ça, c'est à cause de toi, François. Pourquoi il a fallu que tu ailles t'écarter dans le bois ? Je t'avais pourtant dit que j'allais t'attendre tout le temps qu'y fallait. Regarde ioù c'que j'en suis, astheure… Je te cherche partout. Je viens même de tromper mon mari. Mais ça veut pas dire que tu peux pas nous aider, Charlemagne pis moi. On va avoir un passage joliment difficile à franchir. Mais on va passer à travers. Parce qu'il va se souvenir de son accordéoniste, Charlemagne va comprendre. Il va avoir mal, c'est certain, mais il va comprendre. Il m'a jamais rien dit, mais astheure je me demande s'il aurait été la voir, cette Française, si lui aussi il n'avait pas quelqu'un au fond de l'âme. Ou peut-être même ben que c'est elle, son quelqu'un ? Ça expliquerait pourquoi il est tout le temps dans l'opéra. Oui, l'accordéoniste serait son quelqu'un, comme Aude a Thomas, comme Élie a ma petite sœur et comme moi j'ai toi, François.

« Tu sais, je disais tout à l'heure que tout ça, c'est à cause de toi, mais c'est pas vrai. La vérité, c'est que, si t'as couru une chance de traverser la tempête, c'est juste à cause de nous, mon amour. À cause que toi et moi, depuis toujours et pour toujours, on est la même eau de la même rivière. Pis ça, personne peut rien faire contre. Toi et moi, on n'est pas une histoire triste, François Paradis, non, pantoute! Toi et moi on est une belle histoire, et cette histoire, elle continue avec Charlemagne, mon mari, l'homme de ma vie; parce que même sans toi la vie doit continuer, François. Pis là, tu m'excuses de te le dire drette de même, mais c'est peut-être que, tout bien calculé, il valait mieux que ce soit comme ça pour que la vie continue. Toi et moi, c'est certain qu'on aurait eu ben du bonheur à être ensemble, au moins une escousse, mais, à bien y penser, étant comme t'étais, tu te serais tanné et tu serais sans doute parti voir ailleurs. On peut se le dire astheure qu'on peut pus rien se cacher, pis ça change rien entre nous, tout comme y a rien qui pourra jamais y changer quoi que ce soit, mais toi et moi, c'était peut-être pas ce qu'il y aurait eu de mieux pour notre coin de pays, celui qui nous a fait comme on est et celui qu'on doit continuer de bâtir si on veut que l'histoire continue après nous. »

Apercevant Richard Bailleul qui s'est redressé près d'elle, visiblement prêt à poursuivre plus loin, elle sourit, écarte un peu les jambes et lui tend la main.

« Assez de se sentir coupable! » se dit-elle, réalisant aussitôt avec une sorte d'effroi, impuissante à en modifier le cours, que la quête dans laquelle elle s'est engagée est sans retour et sans issue.